谨以此书献给我的妻子和孩子们

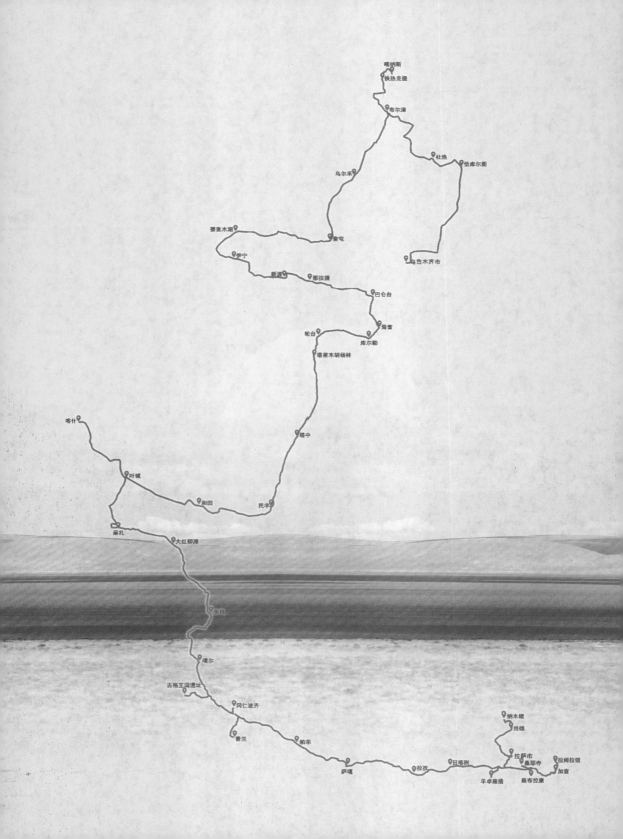

苍穹之下
有银河

从藏南到北疆的背包之旅

黄祯宝

著

WUHAN UNIVERSITY PRESS
武汉大学出版社

图书在版编目(CIP)数据

苍穹之下有银河:从藏南到北疆的背包之旅/黄祯宝著.—武汉:武汉大学出版社,2023.10
ISBN 978-7-307-23790-2

Ⅰ.苍… Ⅱ.黄… Ⅲ.游记—作品集—中国—当代 Ⅳ.I267.4

中国国家版本馆 CIP 数据核字(2023)第 110303 号

责任编辑:黄 殊   责任校对:汪欣怡   版式设计:马 佳

出版发行:**武汉大学出版社** (430072 武昌 珞珈山)
(电子邮箱:cbs22@whu.edu.cn 网址:www.wdp.com.cn)
印刷:湖北金海印务有限公司
开本:720×1000 1/16 印张:22.5 字数:332 千字 插页:1
版次:2023 年 10 月第 1 版 2023 年 10 月第 1 次印刷
ISBN 978-7-307-23790-2 定价:68.00 元

矗立在纳木错岸边的迎宾石，巨大的迎宾石上扯满了经幡和白色的哈达。拍摄于西藏自治区当雄县纳木错扎西半岛。

曲松到加查途中翻越的布丹拉盘山路。拍摄于西藏自治区曲松县布丹拉山垭口。

宗角禄康公园一侧的布达拉宫相较布达拉宫广场一侧要幽静得多，碧水蓝天，林木葱葱，麻鸭凫水，船儿荡在水中央。拍摄于西藏自治区拉萨市宗角禄康公园。

雅鲁藏布江北岸，蜿蜒在山坳中的泽当到桑耶寺的公路。拍摄于西藏自治区泽当到桑耶寺途中。

"天作被盖地当床"，我躺在马路上晒太阳，等待着进入阿里的车辆。拍摄于西藏自治区日喀则市仲巴县帕羊镇。

萨嘎县到如角乡途中看到的萨嘎神山。神山山顶被白云遮掩，倒映在山脚的湖泊中。拍摄于西藏自治区日喀则市萨嘎县到如角乡途中。

山脚下稀疏草原里的藏野驴群。拍摄于西藏自治区阿里地区公珠错附近。

分布在河谷和湖泊周围野草稀疏的草原，是牧民放牧的首选之地。拍摄于西藏自治区阿里地区普兰县霍尔乡。

开满黄色小花的河谷，站在转山的沟口，能看到白雪覆盖的冈仁波齐峰。拍摄于西藏自治区阿里地区冈仁波齐峰西南部河谷出口。

转山途中，随处可见的、嬉戏打闹的喜马拉雅旱獭。拍摄于西藏自治区阿里地区冈仁波齐转山途中。

从玛旁雍错看远处的冈底斯山脉，冈仁波齐峰直插云霄。拍摄于西藏自治区阿里地区玛旁雍错。

从日土县城徒步到班公错，中间隔着一片高寒草原，草原上散布着悠闲吃草的马群。拍摄于西藏自治区阿里地区日土县班公错附近草甸。

在盐湖里正上货和等着上货的卡车。拍摄于新疆维吾尔自治区和田地区大红柳滩。

塔里木沙漠公路北段轮南镇胡杨林。拍摄于新疆维吾尔自治区巴州轮台县轮南镇塔里木胡杨林公园。

塔里木沙漠公路民丰路口密集的指示牌，告知着进入沙漠的注意事项和距离沙漠公路出口的里程。拍摄于新疆维吾尔自治区和田地区民丰县沙漠公路入口处。

　　笼罩在暮色中的铁热克提乡，像极了一幅山村风格的水墨画。拍摄于新疆维吾尔自治区阿勒泰地区哈巴河县铁热克提乡。

　　喀纳斯景区的神仙湾里，碧绿的喀纳斯河被几处沙洲分成辫状，三匹骏马休闲地嚼着掩在雪下的枯草。拍摄于新疆维吾尔自治区阿勒泰地区布尔津县喀纳斯景区。

　　黄色的树叶还未落尽，那拉提镇就被初冬的白雪笼罩了，一群鸟儿从眼前飞过，给寂静的旷野带来几分喧嚣。拍摄于新疆维吾尔自治区伊宁市新源县那拉提镇。

自　序
最丰盛的收获，总在意料之外

　　加西亚·马尔克斯在他的自传——《活着为了讲述》的题记中写道：生活不是我们活过的日子，而是我们记住的日子，我们为了讲述而在记忆中重现的日子。《活着为了讲述》很厚，可见加西亚·马尔克斯的人生很精彩。我买的马尔克斯的第一本书是《百年孤独》，第一本看完的书却是《霍乱时期的爱情》，抛开内容不说，就我而言，进入阅读状态，《霍乱时期的爱情》比《百年孤独》更容易。《百年孤独》的开头几页让我很难进入，书中人物关系的复杂、人名的相似甚至相同，让我目眩，这本伟大作品似乎在有意筛选它的读者，就像化学反应中的势能，只有克服这个能垒，化学反应才能顺利地进行下去。阅读《百年孤独》时就有这样的感觉，跨过开头的"门槛"，读者就滑进了马孔多的世界而无法自拔。我意外闯入马尔克斯的文学世界，陆续阅读了《枯枝败叶》《没有人给他写信的上校》《苦妓回忆录》《礼拜二午睡时刻》《一桩事先张扬的凶杀案》等作品。《百年孤独》就是一个引子，把我带进了马尔克斯的世界，《活着为了讲述》让我了解了他传奇的一生，这些收获，远比阅读《百年孤独》来得更全面、更具体，这是我未曾想到的。

　　我未曾想到的，还有一段旅程，它给我带来了前所未有的体验，那就是从藏南到北疆的背包之旅，就像题注所说：最丰盛的收获，总在意料之外。

　　要不是骑车进藏途中遇到阿雅，从藏南到北疆的背包之旅就不会发生。在这段 60 天的旅程中，我们行走在拉萨和山南，行走在广袤的高原日喀则和阿里。从新藏线进入新疆，行走在祖国最西部的城市喀什，感受夜里 11 点钟的落日和喀什噶尔古城，在和田河寻玉，穿越塔克拉玛干沙漠，到访伊犁，最后北上进入喀纳斯的中国最美泰加林……我见识了前所未见之事物，听闻了前所未闻之逸事，经历了前所未有之经历。当我坐在电脑前，敲打着这段文字，思绪就像吸水后膨胀的海绵充满整个脑腔，太阳穴放大着脉搏的震动，记忆碎片快速从眼前闪过。当时的气息扑面而来，甚至是那一片被风吹得噼啪作响的树叶、那一颗被风卷起的沙粒、那一场夹杂着泥土芳香的雨的气息、那一壶茶的清香、那一个人的呼吸都原模原样、丝毫没有褪色地来到我身边。

　　闪亮的繁星组成了耀眼的银河，我们身处在耀眼的银河中，星星代表着希望、光明和善意。从藏南到北疆的路上，我无时无刻不被遇见的人和事感动，他们就像一颗颗明亮的星星，洒落在广袤无垠的大地上，他们点缀着大地，照亮了大地，也照亮了我脚下的路，他们组成了这苍穹之下的银河。

　　活着为了讲述。生活不是我们活过的日子，而是我们记住的日子，是我们为了讲述而在记忆中重现的日子。

　　这是一段值得被讲述的记忆。

黄祯宝

2023 年 4 月 22 日于湖北武汉

正值江城四月天，万物疯长

CONTENTS 目 录

西藏篇

新疆篇

篇外篇

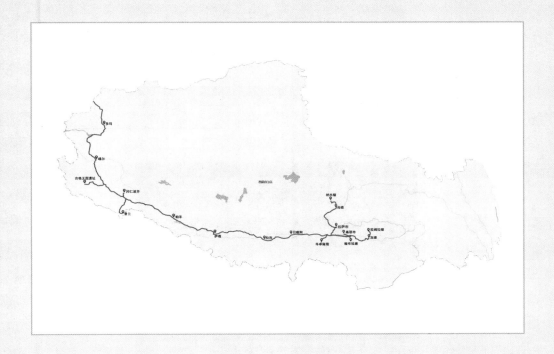

西
藏
篇

拉萨到当雄，搭车初体验

一直等到下午 5 点，才搭上第一辆车。

骑车进藏的路上，在米拉山脚下的松多镇，我认识了从大理搭车进藏的阿雅和晓薇。到拉萨后，我们住进同一家旅馆。在拉萨晃荡的 5 天里，我们一起吃饭、一起逛街、一起会友。决定去纳木错的前一天，我到火车站寄走了单车，接着回拉萨市区邮局寄东西，在邮局门口碰到了阿峰。当天晚上，我们和阿峰的朋友们到北京路上的冈拉梅朵喝酒。喝酒聊天是一天中最开心的时候，大家分享着路上的奇妙经历，笑得前俯后仰。当聊到山南之行时，一位被人叫作"菠菜"的骑友来了兴致。去山南之前，我们安排了纳木错的行程，就这样，空出来的 3 天时间里，菠菜在拉萨办理边防证后等我们。酒吧深夜 12 点打烊，我们不得不在意犹未尽中离开。离别前，阿峰把牛仔帽送给了我，那顶牛仔帽陪我走到了新疆的那拉提。

去纳木错之前，我、阿雅和晓薇在布达拉宫广场西边遇到要买火车票回家的骑友阿路。寒暄一番后，四个人走进了布宫西侧的牦牛酸奶坊。等出来时，三人行变成了四人行。我们说服了想家的阿路。

有一种说法（我对搭车旅行不了解，所以对于搭车界是否有这样的说法也不清楚，但听起来似乎在理）：搭车旅行，旅伴的搭配和人数很重要。一般愿意搭人的车，要么是自驾游的车，要么是顺路的当地车，要么是卡车。自驾游的车座位有限，一般很少能空出两个以上的位置；当地车以皮卡和小车居多，情况和自驾车相似；卡车大部分是长途车，除了驾驶员，一般会有家属或倒班的人，而卡车只能搭载三个人，如此一来，卡车只能空出一到两个位置。除此三类车外，其他的车基本上不在考虑范围之内。这就是一路上我们可能搭到的车。对于搭车的人，两个男生或一个女生比一男一女的搭配更难搭上车。两个男生，司机不放心；一个女生，女生不放心，毕竟双方都有顾忌；一个男生也不算好，男生搭车是最不受待见的，几乎所有的司机都认为：是男人，选择背包游就靠自己的双脚去走嘛。所以，一男一女最好，人数不多不少。这么的，我们四人分成了两组：我和阿雅一组，阿路和晓薇一组。

"市区有旅游车到纳木错，你们为什么不在市里坐车？"在堆龙德庆把我们捎上的面包车的司机大哥眼睛注视着前方，没有回头地对问道。

我和阿路面面相觑，不知道该怎么回答，这时，阿雅说："大哥，我们就是想搭顺风车来着。"

我扯了扯阿雅的衣角，用惊讶的眼神看着她，想告诉她为什么说得这么直截了当，为什么不编一个理由说没赶上客车但今天不得不出发，这样直截了当让人觉得我们在占便宜哩！阿雅回敬了一个鄙视的眼神，似乎在说："难道我们没有在占便宜吗？"

副驾上是大哥的老婆，已经怀孕了，挺着个大肚子看着窗外。九月的太阳烤得路面像火苗一样跳动，公路两边的不大的柳树微微泛黄，不时传来一阵强弱交替的知了的叫声。

"现在才出发，今天怕是到不了纳木错了，估计只能到马乡。"大哥点了一支烟，轻轻地摇下车窗，一股夹杂着动物粪便和枯草气息的热浪随即充满整个车厢。知了的声音显得更大了。

阿雅说："我们中午从布达拉宫走过来的，本来想去检查站等车，那样会好搭一些，可没想到怎么走都走不到。大哥的车要是不停下，我们都打算回拉萨了。"

"嚯！"开车的大哥很惊讶，"你们从拉萨走到这里？这么热的天！这么远的路！市区有公交车到羊达乡的呀！快二十公里路，你们真可以！"

"对哦，对情况不了解。"阿雅委屈地说，"要是事先知道检查站这么远，怎么都不会选择走路过来的。"

"也难怪，你们刚来，还不熟。"大哥接着说，"我到西藏快二十年了，在羊达乡的水泥厂上班。周末回拉萨家里，平时待在工厂。我只能把你们捎到路口了，检查站的车多一些，我把你们放在那儿。如果今天没有车，就不要往前走了，羊达乡有地方住。"

"谢谢大哥！"这是我在车里说的第一句话，也是最后一句。

到检查站后，我们下了车。必要的衣物已经把我骑行时带的二十五升双肩包塞得满满的。拴在腰间的腰包里，放着一些零碎物件和相机。听说纳木错的物价很贵，出发前，我买了足量的零食和泡面，用手提袋提着。看着我脚边四个大小不一的物件，阿雅说："我觉得你到时候肯定会落东西，要么落在车上，要么落在等车的地方。"

我看着他们一人一包的装束，说道："我要是有个六十升的包，也用不着这么'高调'啊！"

"切！阿路不也是骑车的，也是一个小背包，怎么他能一个包搞定，你不能？"

"带多了。"我说。

"早承认嘛。"阿雅说。

在检查站没等几分钟，我们就拦停了一辆枣红色的小轿车。我还在张罗着地上的行李时，他们已经跑到了车前和司机交谈起来。等我走近，司机正走下车开车门。司机中等身材，皮肤黝黑，身穿深蓝色夹克，花条纹衬衣紧紧地扎进米黄色休闲裤里。他一面整理后备箱一面对我们说："现在去纳木错时间有点晚了。我把你们带到马乡，检查站的人我认识，我把你们放在检查站，让检查站的人帮忙拦车，如果顺利，能到当雄，天也应该黑了呢。"

我们一面道谢一面不客气地往不大的车厢里塞着我们的大包小包，晓薇坐前面，阿雅、阿路和我挤在后排，我膝盖上放着一个大背包。小轿车发出一阵低沉的呻吟声，终于平稳地上路了。

"我只到马乡。"司机说，"学生要开学了，今天到市里取教材。"聊天中才知道司机是马乡中心小学的老师，怪不得为人亲切。我们都叫他马老师。

"车空着也是空着。"马老师说，"看到你们招手，我就停了下来。对不住，只能送到马乡。"

"哪里。"我说，"马老师能停车我们已经很感激了，反倒是我们给您添了麻烦。"

"哈哈。"马老师发出清脆的笑声，"举手之劳。一个人跑也是跑，五个人跑也是跑嘛。你们都是什么地方的人？到这里做什么？"

我们作自我介绍时，马老师盯着前方，不时地点点头。

"很羡慕你们自由晃荡的生活。"马老师微笑着说，"年轻的时候像你们这样走走挺好，能遇上一些志同道合的朋友，也能看看不同的风景。"

"我就觉得西藏好，比我去过的任何一个地方都要好。"阿雅说。

"哈哈。"马老师笑了笑，"是你们刚到，觉得什么都新鲜，所以觉得好。西藏条件可艰苦哩。"马老师顿了顿，"就拿我们学校来说，其实不止，拉萨和德庆县的许多小学都是北京对口援建或共建的。师生资源共享，提升硬件条件的同时，也能在一定程度上提高教师的整体素质，我就到北京培训过一段时间。"

"他就是北京来的。"晓薇转过身指着我对马老师说。

"真的吗？"马老师也回过头来。

"哦，在那边上学，工作过几年。"我难为情地说。

"北京好啊，高楼大厦，什么都有。这里的人去过拉萨的都不多，北京更是不敢想，对于他们来说，那里像梦一样。"

"西藏对我们来说，也像梦一样。"我说。

"哈哈，那倒是。"

"马老师很了不起。"阿雅说。

"哈哈，这边教学资源稀缺，像我这样本科学历的更少，而且我在其他地区待过，各方面相对来说要强一点。我们学校一共有 443 名学生，校区合并后，这些孩子来自全乡的各个地方，其中就有牧民的孩子。离家太远，他们从一年级开始就住校，学校上十天课休息四天。这也是为了照顾远处的学生，如果按照五天两休，两天时间还不够一些学生回家。老师也辛苦，这 443 名学生靠学校里仅有的一辆校车接送，每到放假的时候，校车就从早忙到晚，老师一天都不能休息。"

"太不容易啦！"我说。

"现在好多了。现在回家，学生不用带口粮，吃住和教学都是免费的。这是国家的扶持政策。到西藏，有没有遇到很新奇的东西？"马老师突然问。

车内出现了短暂的沉默，紧接着什么佛教、朝拜、寺院、水葬、天葬等词汇充满了整个车厢。

"佛教博大精深，我虽然在西藏长大，但也讲不明白。"马老师说。

"我到西藏前都没听说过佛教。"我说。

"看出来了。"阿雅说。

"这边的人去世后，是不是都是天葬？"阿路问。

"这个嘛，也不完全是。"马老师说，"一般八岁以下的孩子会进行水葬，或埋在庭院里，要么就置于家中。至于大人，病逝的选择火葬，有一种说法，病逝的人如果进行天葬，生病的身体被鹰鹫啄食之后，鹰鹫也会死亡。所以只有健康的人逝去才进行天葬，而且天葬时所选择的天葬台也要根据死者的生辰八字进行计算。"

"这么讲究！"我不禁感叹道。

"嗯，我们很重视这些。净身也需要计算，头的朝向、选择什么生肖的人去净身都是很有讲究的。你们见过天葬台吗？"马老师问。

我们表示没见过。

"对于我们来说，生前会去看一看天葬台。当然，看归看，你是不能上去平躺、打闹的。更不能到两个不同的天葬台上做同样的事儿。"

"为什么不能？"我接着问。

"因为那样做的话，等人死后，两个天葬台会相互打架呀！为了抢夺灵魂而相互打架。"

"这……有点儿神奇了。"我说。

"神奇吧。"马老师用略带神气的口吻说,"还有,我们藏族人死前都要到山南的桑耶寺,去认清寺外的所有白塔。"

"这又是为了什么?"我不解地问。

"因为人死后,灵魂都回桑耶寺呀。如果生前认清寺外的所有白塔,白塔也就能认清你,等你死后,白塔会放你的灵魂进去。生前如果没有认清所有的白塔,死后,白塔会变成藏獒阻止灵魂进入寺内。"

"奇妙。"我说。

"对,对,对。"晓薇看起来很兴奋,"山南的山和湖都很神的,还有桑耶寺。听说去拉姆拉错能看到自己的前世来生,我一定要去。"

"是的,拉姆拉错也是我们藏族人常去的一个神湖,特别是年轻的男孩女孩。不过,听说要让神湖显灵,要把随身携带的最贵重的物品留下。"

听到这里,我看了看挂在胸前的相机。

"我们德庆也有一个神湖,很少有人知道。"马老师接着说,"这个神湖也能看一个人的前世今生。有一次我和我大哥去了。到了湖边,我哥说要静静地坐着,心平气和,气沉丹田,让身体最大限度地放松,然后静观湖面,不要被周围的环境所打扰。后来我哥说他看到了,而且很准。"

"他都看到了什么?"我问。

"这个不能说。说出来就不灵了。"

"那马老师也一定看到了。"

"我……我当时睡着了,什么都没看到,是哥哥叫醒我的。"

闲聊中不知不觉就到了马乡。和川藏线上大多数藏区乡镇一样,马乡是一个沿国道而建的狭长小镇,镇子很小,寥寥几栋建筑分散在缓坡上。田里的青稞已经收割完毕,镇子中央集中的几栋房屋,就是中心小学。马老师说如果走不了可以到学校找他。枣红色小车直接开到了简易的检查站旁,马老师下车后,用藏语和穿着交警服的执勤人员说着话,眼睛不时地瞟向我们,瘦高的执勤人员也不时地往这边张望，我们就在车前站着不动。几分钟后，马老师朝我们走过来，说道："已经说清楚了，你们可以在检查站等车，如果没车，记得到学校来找我。"

告别马老师后，我们分成两组。除了检查站的两名执勤人员和我们四人，路上看不到任何人。阿路和晓薇在检查站，我和阿雅朝前走了一段，想要拉开一段距离，这样能避免司机"误"认为我们是一起的，可能不会停车。

"他们走不了，我们就走不了。他们要是上了车，我们就快了。"阿雅说。

"哦。"我两手提着手提袋和相机包，腰间缠着腰包，背上还有一个肩包，像极了要回娘家，怎么看都不像是一个背包客。"马老师刚才讲的那些，你信吗？"我问阿雅。

"你信不信？"阿雅反问道。

"我，不知道。"

"那我也不知道。"

"你没考虑过他说话的逻辑性？"

"你考虑了？"

"考虑了，没想明白。"

"我没考虑，但我俩一样。"

"什么意思？"

"都不明白呀！"

"什么逻辑。"我坐在地上，不想再往前走。阿雅见我停了下来，也停下脚步，望着检查站的方向。

不多的车从我们眼前驶过，没有车愿意停下。看着太阳一点点西斜，我有点失去耐性，莫名思念起骑车来。骑车虽然慢了点儿，但想出发随时可以出发，我受不住无聊的等待。正当我用脚边的石子在路上画着什么时，阿雅激动地叫起来："他们上车啦！他们上车啦！"

我应声望去，晓薇和阿路上了一辆商务车。我起身向他们招手。车缓缓地驶向我们，并在离我们不远处提了提速度，扬长而去了。

"哇！他们上的是别克商务车！"我看着走远的商务车。

"我喜欢卡车。"阿雅说。

"为什么?"

"卡车视野开阔呀,而且高高的,虽然慢一点。"

"拍照好像也更方便一些。"

"那是当然的。"

后来,我们果真上了一辆中型卡车。开车的小兄弟拉石料到拉萨,现在正好回当雄。

"像你们这样的,我拉过好几次了,就在这条路上。"小兄弟腼腆地说,"你们,都是什么地方的?"

我们作了自我介绍,小兄弟惊讶地说:"嚯!你们从那么远的地方来的呀。我只去过拉萨。"

小兄弟叫单罗,家里有一个哥哥,在羊八井。哥哥23岁,已经结婚有了孩子,他20岁,每天从当雄拉石头到拉萨,一天一趟,早上出发,下午返回。

"我也喜欢旅游。"单罗说,"我也喜欢山南,喜欢林芝和香格里拉,可从来没去过。打算结婚了再去。你们是夫妻吗?"

对单罗突然蹦出的这个问题,我和阿雅吃了一惊,对望了一眼后差点没笑出声来,我急忙说:"不是,不是,她就是在路上捡的拖油瓶。"

"拖,油,瓶?"单罗并不能很好地理解这个词汇。

"就是累赘,累赘的意思。"

"谁拖油瓶啊!"阿雅在一旁说,"明明是你。没有你,本小姐早就到了。"

"哈哈。"单罗乐了,"你们很好玩。我觉得汉族姑娘比我们藏族姑娘好。"

"怎么?兄弟交往过汉族姑娘?"我问。

"嗯。"单罗将双手搭在方向盘上。前方的路笔直,宽阔的马路上几乎见不到车。在这样的路上,就算我这样的新手司机,估计也游刃有余。"以前在这条路上拉了一个女孩,很漂亮,我们聊得挺投机。下车前她给了我电话和联系地址,说有时间可以去找她。"单罗停顿了一下,皱了皱眉,似乎有一股忧伤的思绪爬上了额头,"可是后来,打电话没人接,发短信也不回,不知道怎么回事,我想去找她。"

我和阿雅对望了一下，开始明白其中的缘由。

"可能，电话号码给错了吧。"我说。

"可是能打通呀！如果是错的，应该打不通才对，而且一直没人听，我觉得是她躲着我。"

阿雅斜眼看了看我，似乎在说："你这谎撒得也太没水平了。"

阿雅对单罗说："藏族姑娘贤惠、勤劳、疼老公。"

谈话被一阵电话铃声打断，单罗接起了电话。我吸了一口气，把目光移向窗外。青藏铁路躺在不远处的平缓山谷里。海拔7162米的念青唐古拉峰像两个紧挨着的巨大冰激凌筒突兀地立在山谷边缘。山峰的后面就是纳木错，但从这一侧却到达不了。偶尔遇到火车从雪山和青藏公路之间缓缓驶过，我比亲自坐火车进藏还要兴奋，相机快门"咔咔"响个不停。云离地面很近，看着低低的天空、低低的云，似乎只需深深吸一口气就能将白云吸到跟前。远处的山呈金字塔形状，夕阳将山的影子从一个山坡拖向另一个山坡，在山谷间留下明暗交替的美丽画面。山坡上，白的黑的牦牛，是这片土地上的精灵。刷着白墙的藏式民居零散地分布在溪水边。偶尔遇到从路中间穿过的羊群，单罗小心地踩着刹车，控制着车速，有时甚至需要停下来。约莫一个小时后，单罗终于放下了电话。我和阿雅几乎同时说道："这电话，打得够长的！"

单罗腼腆地笑了，显得有些不好意思，脸上泛起红晕："她是我在拉萨认识的，在一家餐馆，是汉族姑娘。"

"噢！原来是女朋友打过来的呀！难怪要讲这么久。"我说。

"我跟她说今天接了两个人，特别好！她还想和我聊，我说够了，在开车。下车再给她回过去。"

"好幸福哦！"阿雅在一旁附和着说。

没一会儿，单罗的手机又响了起来，他看了看，将手机放回兜里，手搭在方向盘上，眼睛注视着前方。

"怎么不接？"我问。

"还是她。"单罗有点害羞地说。

"那更要接呀。"阿雅说。

"我和她说了，下车给她回，我不接了。"

"万一有急事呢？"我说。

"没有的，我们都是瞎聊。呵呵。"

到了念青唐古拉山口，单罗问要不要停下车拍照，我和阿雅表示没兴趣。单罗又重新将车速提到50码，朝着当雄的方向驶去。

晓薇和阿路搭的商务车速度快，早在半个小时前就到了当雄，我们到当雄时，太阳已经有一半埋入山中了。阿路订了白马宾馆的房间，单罗直接把我们带到宾馆门口。从车上下来，站在当雄的街头，一股深秋的气息在九月里早早来临。我裹紧衣服，身上缠着四个大小不一的物件。

"搭车的感觉如何？"在走进宾馆的路上，阿雅问我。

"喜忧参半。"

"怎么讲？"

"忧的是等车让人很郁闷，不知道什么时候能上车，喜的自然是坐上车以后呀。单罗有一种与生俱来的亲和力，看见他，就有想和他一直交往下去的冲动。"

白马宾馆后面就是青藏铁路，那天夜里，我听火车的声音听了一夜。

纳木错之检票口

　　宾馆没有热水，我们用水龙头里冰冷刺骨的水洗脸刷牙，本已冻得紧绷的脸，洗过后像在脸上罩了一个尺寸略小的面具，面部肌肉竭力地向内收缩，显得不自然了。月亮还留在远处的天边，我们就吐着白气出发了。

　　在县城吃了早饭，又带了几个白馒头。之前在川藏线上骑行一个月，我已经习惯了这样的生活方式。早饭吃包子面条，午饭是白馒头就咸菜。别人看来显得寒酸，我倒没觉得有什么苦楚，相反，只要能吃饱，吃什么都无所谓。阿雅说她没睡好，整夜除了断断续续的火车声，就是我们翻身磨牙、打嗝放屁的声音。我和阿路甚至上演了一出梦中对话，她后悔没用手机录下来，现在想不起来说了些什么。她说她笑了很久。

　　"你真做梦了?"我问阿路。

　　"做了，你呢?"阿路问。

　　"也做了。"

　　"什么梦?"

　　"不记得了，不过，"我说，"不至于相互对话吧?"

　　"匪夷所思啊!不知是我进入了你的梦乡，还是你闯入了我的梦里?"阿路笑得像只小狐狸。

"呃，一身鸡皮疙瘩！"我打了个寒战。

走上公路后，我们分成两组，一前一后。我和阿雅走在前面。除了旅游大巴和私家车，路边最多的就是拉客的面包车。大巴和私家车没有停的迹象，一辆接一辆从眼前驶过，我们朝前越走越远。随着太阳升起，远处的山冈出现了成群的牛羊，牧民开始了一天的放牧。宽大的河谷里，黝黑笔直的烟囱向天空缓慢释放着青烟，远处的雪峰上升起薄薄的云。

一辆拉客的面包车在阿路和晓薇面前徘徊了很久，晓薇给阿雅打来电话（我们之间距离较远），说价格已经被他们砍到 60 块钱一人，可以直接到纳木错景区。阿雅问我的意见，我说听她的。阿雅挂了电话没一会儿，我们的后方就来了一辆银白色的面包车，司机是一个黝黑的藏族小伙子。他坐在车里，摇下车窗说："已经和你们的同伴说好了，你们没意见，他们就没意见，他们觉得 60 块钱没问题。直接到景区。"

"60 块钱太贵了。"阿雅说，"要是 30 我就上。"

"30？"小伙子倒是被这突如其来的回答惊到了，"30 也太少啦，单单门票都要 120 块钱哩，60 块还能帮你们省下门票钱。"

"就 30 了，我们没钱，行，我们就上车。"阿雅认真地说。

"说好 60 的嘛，你们不是一起的吗？"小伙子急了。

"他们是他们，我们是我们。他们和你说好，那就去拉他们吧！"

"告诉你们吧，这里少于 60 块钱，没有人愿意拉你们进去的。我的最便宜，我只拉你们四个，上了就走，不带其他人。"小伙子在做最后的努力，我承认我有点儿动摇了。

"我们搭顺风车，不要钱的。"阿雅说。

"不要钱？你们一定是疯了。"说完，小伙子调头就走，车好像也跟着一起生气了，在地上搅起一阵灰黄的尘土。

搭车的心情与等车的时间和成功率都有关系。在路上站了三个小时，要么是车太少，要么是不愿意搭，不论什么情况都极易让人感到消沉。早早起床，现在太阳升起很高了，我们的搭车大计却没有实质性进展，不免让第一次搭车的我感到很不舒服。这时候，阿雅就会说："相信我，总会有车停下来的。从大理到拉萨，我们没有哪一天是因为搭不上车而留下的。"

我们继续在马路边游荡，看到有车经过就竖起大拇指。旅游大巴和私家车还是一如既往地从身边疾驰而过，信心也在车经过的瞬间被撕裂。我开始怀疑今天能走的可能性。正当我看着路边的一个水泥墩发呆时，阿雅扯着我的衣角说："快看，他们上车了。"我回过头，看到一辆警车。警车缓缓起步，到我们面前又停了下来，穿着警服的大哥示意我们上车。我和阿雅连连道谢，二话没说就把东西一股脑儿塞进车里。

警察大哥到拉根村办事，看到我们搭车，就顺路捎我们一段。不算远的距离，我们之间没有过多的交谈。到拉根村的路口，警察大哥停下车，说只能送到这里，前面的路需要我们重新找车进去。

我们下车的不远处，是纳木错景区的售票处。售票处是一间简陋的平房，怎么看都和纳木错的名声不相符。平房后面是正在建设的景区大门，公路从拱形门下穿过，拱形门两侧的草甸已经被铲去，右侧竖起了高大的铁皮挡板，左侧的土路上留满了车辙印。由于前方就是纳木错自然保护区，公路上设有路障，路上挤满了等待通过的旅游大巴和私家车。旅游大巴上的游客都待在车里，导游举着小红旗，手里攥着票据下车，走到公园管理人员模样的人面前，挥着票据说着什么。这时，会有其他的公园管理人员模样的人上车，是去确定游客身份还是核实人数不得而知。他们都戴着胸牌，但是没有统一的服装。我凑到一辆巴士前，问司机前面在做什么？

"检票呀。"司机冷冷地说。

"这离纳木错还有五十多公里哩，检哪门子票？"我说。

"那你得去问景区的人了。"

我问阿雅怎么办，她说去试试，看能不能混过去。我把相机包给阿路，朝着在建的景区大门口走去。景区门口停着一辆大巴，带着胸牌的公园管理人员随导游走进车里，趁这个空当，我低着头朝前走去。穿过大巴前面的一辆轿车，我开始加速，想走进前面的弯道里，避开视线，这时，听到后边传来一个声音："喂！

背个包的那位！背个包的那位！"我能感觉出那人在叫我，但我没打算回头，只顾朝前走。那个声音再一次传来："喂喂！背个包的那位，站住！"同时传来的，还有人朝我跑来的声音。我心想：完了，被发现了。我扭过头站住，一个黝黑壮实的小伙朝我这边走来，臂章上写着"保安"二字。

"叫你呢，你跑什么？"他用不友好的眼神看着我。

"我没跑啊。"我狡辩道。

"没跑，背一个包，要去哪里？"

"这条路能去哪里？"我试探地问。

"纳木错。"保安说。

"除了纳木错呢？"

"你到底去哪儿？"

"我不去纳木错。"

"去纳木错就得到前面买票，每一个人都得买。"

事已至此，只能放弃，我重新走回景区门口。保安算是盯上我了，每隔几秒就朝我这边张望，面对如此敬业的保安，我们无计可施。太阳不知不觉升高了许多，早上弥漫薄薄水雾和青烟的河谷，现在满是牦牛和马匹。售票处前的道路两侧是以简单货架搭起来的长长的简易售货区，都是当地人向游客销售石头、毛绒玩具、土特产的摊子。没什么生意，小贩都蜷缩在货摊后。不远处的草地上，歪歪扭扭地停着几辆摩托车，旁边有几个年轻人围成一圈，喝着啤酒，不时地朝路边喊着："纳木错！纳木错！便宜进纳木错了！"

游客在车里打着哈欠，他们估计也没料到一大早从拉萨赶过来会在这里堵这么久。我们试图和小贩搭话，问他们能否帮忙，可他们一副心不在焉的样子，让我们很快泄了气。看着绵绵起伏的山，我提议要不就让骑摩托车的几个年轻人带我们进去，虽说要钱，但也比购票便宜。这个方案，大家没接受，虽然太阳升高了许多，但时间尚早，而且成功搭车到了景区门口也让大家多少有些自信，想着只要一直等下去，就会有奇迹发生。

我扫视着过往的车流人流，这时，一位阿妈走到我们面前，指了指布满车辙印的一边，我不懂她的意思，阿妈不会说汉语，我不好意思地挠挠头，求助其他同伴。后来算是弄明白了。阿妈的意思是靠近正在修的景区大门左侧不远处，有一个公共厕所，那里没有人看着，而且去厕所的游客较多，人员混杂，检查人员顾不过来，可以从那里过检票口。我们喜出望外，谢过阿妈，朝着她指的方向走去。

正如阿妈所说，在一个不大的山坡下面，有一个用木板简单搭建的厕所。厕所前人来人往，都是在这里等候放行的游客。我们穿过人流，沿着坡底前进，并不时地往检票口的方向张望。公路过了检票口后拐了一个不算大的弯，我们从坡底略过这个弯道，重新回到公路上时，已经把检票口甩在弯道里了。

检票口外排成长龙的旅游车和私家车，让我们天真地认为现在会很好搭车，可实际情况是一辆接一辆的旅游车从身边驶过，丝毫没有减速的迹象。我们还是两人一组，两组之间拉开很远的距离但又不至于脱离彼此的视线，阿路和晓薇在后，我和阿雅在前。阿路和晓薇招手未停的车，我和阿雅也不抱什么希望，只是等车驶到眼前时，抱着试一试的态度礼貌地伸出大拇指。没想到我们竟然"劫"到了一辆越野车。看到我和阿雅上车，阿路和晓薇的脸估计都绿了。

车上就开车的张姓大哥一人。一上车，张大哥就开始抱怨西藏的限速。张大哥是趁着休假出来玩的，因为不是假期，老婆和孩子都没时间，所以他一个人开着车从西安出发，循川藏线进藏，游完纳木错就从青藏线回家。西藏境内的道路限速得很有地方特色。对于道路限速，最广为人知的是雷达测速，但西藏的是不一样的，忘了说明一点：在西藏，大到拉萨，小到普普通通的乡镇，都会有检查站——一方面是检查过往车辆和人员，另一方面是给车辆开限速单。经过检查站时，驾驶员会领到一张限速单，上面写着检查站的名字与到检查站的时间，此外，还会写明这里距离下一个检查站的距离以及要求到达下一个检查站的时间，驾驶员只能准时到达或是比要求的时间晚到达，一定不能提前，提前的时间以分钟计，并处以数目不小的罚款。如果提前的时间较长，还有被扣车的风险。

在上好的柏油路上，我们的车以每小时 30 公里的速度前进。因为从检票口到下一个检查站纳木错乡，距离是 23 公里，限时 43 分钟。我们一路闲聊着各自的旅行经历，到达那根拉山口时，纳木错的蔚蓝色湖面就远远地出现在眼前。若不是有山峰阻隔，会让人以为那是天空的一部分。纳木错的蓝是只有纯净天空才有的颜色。

　　过了那根拉山口，纳木错慢慢隐藏在山体后方了。在山口耗了一些时间，我们总算是准点到达纳木错检查站，检查员看了一眼手表，又看了一眼车内，点头示意我们快点通过。过了纳木错乡，我们收到阿路和晓薇上了一辆卡车的消息。过了山那边的售票口，在进入纳木错景区前还有一个检票口，我们让张大哥在距离检票口200米的地方放我们下车，大哥答应得很爽快，可事与愿违。或许是一路上限速憋的一肚子火想在剩下的路段一吐为快，张大哥踩足了油门在草原上疾驰，等看到前方的检票口时，我们距离检票口只有区区二三十米远了，我甚至能看清楚检票人员黝黑的脸。张大哥急忙刹车，我们谢过大哥，悄悄下车，等张大哥的车顺利过了检票口，我和阿雅才重新拾起脚边的背包和行李，朝着草场走去。草场和景区内部公路是被从检票口延伸出来的铁丝网隔开的，我们走进草场，沿着铁丝网前进，希望能遇到一处撕开的口子，走到景区内部的公路上。

　　我给阿路发信息确认方位，才知道他们还在那根拉山口的另一边。

纳木错之扎西半岛

从远处看，草场平坦诱人，走起来却并不轻松。地面凹凸不平不说，天然的牧草成簇生长，经过一轮又一轮的放牧，只剩下坚硬的草墩。靠近湖泊就是沼泽，我和阿雅只能绕行，但又不能让铁丝网离视线太远，以免错过可能遇上的窟窿。我和阿雅一面注视着地面，一面看着进入景区的公路方向。

在检票口方向，远远地，一位身穿红色风衣的女孩骑着自行车，沿着景区内侧公路朝我们的方向骑来，没有风，但她骑车的样子像是顶着巨大的风前进。每一次将脚踏往下送的时候，身体都努力地向前倾，借着这股惯性让车前进，车子在她身体往前倾的同时加快少许速度，但很快又慢了下来。

"嗳！快看，你同行耶！快打招呼。"阿雅欢快地说。

我侧过身，面向骑车的女孩挥了挥手，说道："很厉害啊，一个人骑车来纳木错，还是女生。"

阿雅乐呵呵地朝女孩大叫，不停地挥手。骑车女孩见状，也朝我们挥了挥手，并示意我们等一下。于是，我们加快了脚步，朝着铁丝网走过去，想到靠近公路的地方和女孩搭话。

我们走到铁丝网前，女孩骑着自行车下了路基，将车歪在一边，朝我们走了过来。隔着铁丝网，我们六目相望。

"你们买票了吗?"女孩红着脸，双手叉腰，喘着粗气问道。

"咦?"我是丈二和尚摸不着头脑，阿雅则贴到我跟前，扯了扯我的衣角，没等我反应过来，女孩再一次开口问道："我观察你们很久了，从下车的时候就盯着，你们是不是没买票?"

听到这话我算是明白了，该骑车女子不是什么同行，而是景区管理员。没想到别人早就盯上了我们。

"我就看着你们走，"女孩接着说，"以为走一段发现没路了，你们会返回，没想到你们就一直这样走，你们是不是没买票?"女孩说到了重点。

"我们是来旅游的。"我说。

"我知道，买票了吗?"女孩问。

"买了。"阿雅说。

女孩说："现在你们就两个选择：第一，离开草场，原路返回，不要再往前走；第二，和我一起到检票口重新买票，一人交60块钱就可以了。"

"我们选择到草场里走走看看，这里的风景也不错。"阿雅说着，又扯了扯我的衣角，转身朝草场里走去。后面传来女孩的声音："你们不能再往前走! 请原路返回!"

前方有一处积水的洼地，我和阿雅决定在那里歇息一下，快到吃午饭的时间了。我和阿路交代了这边的情况。阿路让我说出我们的位置，我抬头看了看眼前，除了远处连绵的雪山就是宽阔的大草原，什么标志性的东西都没有，唯一的地标就是不远处的检票口。我环顾四周，在纳木错的方向，有一个不高的山丘(后来才知道那就是扎西半岛，其实是因距离太远，山丘也没想象中的那么小)，我告诉阿路，看向湖的方向有一个不算大的山丘，下车之后朝着山丘走，我们约好在山丘下见面。

我和阿雅在水洼边随便吃了点东西，起身朝着小山丘走去。为了避免被可能朝这边投来目光的骑车女孩看见，我们假装朝着来时的公路前进。等检票口被抛在身后远远的只剩下一个小点时，我和阿雅才改变方向，朝着山丘走过去。

存在于雪山和纳木错之间的这片连绵的大草地是优良的天然牧场，九月初，对这里而言，虽然已过了雨季，但纳木错边缘的沼泽蕴含着丰富的水源。野草成簇生长，野草之间的泥土被雨水冲走了，留下一个个草垛。走在草垛上，脚下发出咯吱咯吱的声音，紧接着就有一小股水从草根处流出。一些身单力薄的野草稀疏地长在一起，虽然巩固不了脚下的泥土，但也能用身躯挡住一些碎屑，这样一来，在它们周围形成一些平坦的地面，我们走过去时留下深深的脚印，好在柔软的地面让前进变得容易了一些。

表面上看，偌大的草原似乎可以随意放牧，走进去了才知道，草原被牧民用铁丝网分成大小不一的若干草场，铁丝网上开有门。所有的牛羊和马匹被集中在其中一块草场里，等草场内的草吃尽，通过铁丝网上的小门，牛羊和马匹会被赶到另一块草场，让放牧过的草场恢复生长。以这样一种"轮放"的方式，确保了草场恢复得以良性循环。我和阿雅在这样的草场边缘，沿着铁丝网继续前进。

阿路和晓薇在距离第二个检票口约两公里的地方下了车，阿路说看到了我所说的那个山丘，但从他们所在的位置过去没有路。我说我不知道他们的具体位置，现在谁也看不见谁，唯一不走失的办法，就是我们两组队伍都朝着我们自认为的那个山丘前进，想尽办法靠过去就总会相遇。阿路他们距离检票口较远，没有被别人盯上，所以一路上还算顺利，我和阿雅刚走进草场没多久就被管理员抓了个正着，想必就一直在别人的监视之下，只是我们不知道而已。

本不想太早靠近进入景区的公路，可铁丝网朝着景区的方向延伸而去，我们无法穿过，只能沿着铁丝网走向景区。远远地看过去，从检票口延伸过来的铁丝网已经消失，牧民的铁丝网也在距离景区公路一段距离的地方重新围回草地，如此一来，如果顺利，我和阿雅就能走到景区公路上。不远处，一位中年妇女朝我们走来，她一副牧民的打扮，没有引起我们的注意，我们继续往前走。不一会儿功夫，中年妇女就走到我们面前，手里拿着赶牛的皮鞭，胸前挂着一副双筒军用望远镜。"你们买票了吗?"中年妇女问道。

听到这话，我和阿雅都崩溃了。这时候，公路上又出现了那个气喘吁吁地骑车赶过来的穿着红色风衣的女孩。这一次，女孩直接将车骑进草地，一直骑到我们面前。下车，双手叉腰，低着头大口大口喘着粗气，等稍微平静一些后，她抬起暗红色的脸对我和阿雅说："不是……不是说了吗，让你们原路返回。我是绝对不会放你们进去的。"

我们又一次走回草场。我和阿雅在没有任何遮挡的草原上行走，确实特别显眼。我们回头望去，发现中年妇女用望远镜看着我们的方向，我想，得，这个时候无论如何都逃不过别人的眼睛了，只要往景区内侧公路走，必定会被望远镜看到，那时中年妇女和身边的红衣女孩一说，红衣女孩定会骑车再一次跟过来。想要放弃，可花了两天时间终于到了纳木错湖边，不去看一看会很可惜。我和阿雅这一次决定多走一些路再绕回去。走了快一个钟头，红衣女孩和中年妇女已经被我们抛开了很远，就连她们休息的那个小高地也远远地消失在了我们的视线中。我对阿雅说："她们再有毅力，也不至于观察我们这么久吧，再说，她们所在的地方已经完全看不到了呢。"

阿雅眯着眼睛回望了好一阵，说道："她们应该撤了，我们不能再往外走了，越走越远，别天黑都到不了纳木错。"

距离太远，景区的公路已经完全不知道去向，那个山丘还在，在我们的眼里，山丘成了唯一的目的地。在避开检票员的时间里，烈日晒得人头昏脑胀，水也所剩无几。一个骑着摩托车赶着一群牦牛的藏族汉子在我们即将经过的铁丝网出口处抽着烟，挥着皮鞭。相较前面不小心遇到的中年妇女，这位汉子更像是牧民而不是景区管理员，我和阿雅走向铁丝网上的小门，汉子把摩托车骑到一边，用皮鞭抽打着脚下的地面，把牦牛赶往我们来时的方向。过了小门，我和阿雅都舒了一口气，终于顺利走出了草场，再往前一点点就是公路，上了公路，走到景区就轻松多了。我正这样想着，摩托车发动机的巨大声响打断了思绪，同时感觉到摩托车朝我们驶来，我和阿雅加快了脚步，摩托车从我们身旁驶过，在我们的前方停了下来。汉子下了车，将皮鞭收拢并夹到腰带上，嘴里叼着烟。

"你们要去哪里？"汉子用并不标准的普通话问道。

"去湖边。"阿雅说。我朝检票口的方向看了看，寻找着可能出现的红衣女孩或拿着望远镜的中年妇女的影子，在视线范围内她们并没有出现。

"买票了吗？"汉子问。

"买了。"我说。

"票给我看一下。"

"前面检票口已经看过了。"

"票呢?"

"被管理员收走了。"

"哪个?"

"女孩,穿红衣服的。"我说。

"你们不要骗我,我会打电话和管理员确认的。"

听到这话,我心虚了,一时不知怎么回答。阿雅倒是爽快,说道:"你打吧,你要是不信,就请打电话问一问你的同事吧。"

汉子半信半疑,把手放进藏袍里掏出手机,拨通了电话。不一会儿,景区公路上,远远地出现一个模糊的、像火焰一样跳动的红衣女孩。

我的脸被太阳烤得火辣,为了避免尴尬,在红衣女孩到达前,我们主动迎了过去。

没等红衣女孩开口,阿雅就将准备好的120元钱递到她面前,红衣女孩先是一惊,接着脸上现出笑容,从随身携带的挎兜里扯出两张票递给阿雅,说:"我们也没办法,每年的这个时候是纳木错景区的旅游旺季,每天都有百十号人逃票进来,光靠景区的管理人员根本顾不过来,这么的,就和附近的牧民有交代,看到旅游模样的人就协助检查一下票。"

"所有的牧民都是吗?"我看着远处用皮鞭抽打着地面、正把牦牛赶进草场的汉子问道。

"也不全是,但大部分是。"女孩说。

"我们现在可以光明正大地走公路了吧?"阿雅仰着头问。

"你们想怎么走都行,"女孩笑着说,"不过,你们不是来旅游的吗,要是有兴致,可以从扎西半岛的东面绕过去,那边很少有人去,景色也漂亮。"女孩用手指着前面的山丘说道。

想到和阿路他们的约定,我们决定走向山丘,顺道看看红衣女孩所说的少有人见过的风景。山丘和我们之间是一片戈壁，告别红衣女孩，我和阿雅走进了戈壁，烈日当空，烤得人受不了，连续的走动已经让我们耗尽了大部分体力，好在不必再为检票的事担惊受怕了。

山丘下有一户人家，看着山脚下矮矮的房子，我才意识到这座山丘并没有想象中的那么小。一位怀里抱着一个小孩、身边还跟着一个十二三岁的男孩儿的妇女，朝着我和阿雅走来时，我们正坐在戈壁滩上喝着所剩无几的水。

妇女怀里抱着一个小孩走到我跟前站住，一面摸着小孩的头说着什么，一面低头看着我，我扬了扬脑袋，最后将目光投向远方。高原的天空压得很低，云从头顶飘过，好像深吸一口气就能将它们吸进嘴里。那小男孩儿围着我转圈，不一会儿就走到不远处，拾起一根木棍掏着脚底下的蜥蜴洞，眼睛不时地往我这边张望。

我和阿雅起身，拍去身上的泥土，起身朝着山丘走去，此时，妇女转身跟在我们身后，小男孩丢掉手上的木棍，朝着我跑过来，他扯了一下我的背包，又害羞地跑到远处咧着嘴笑，高原的烈日已经在他的面颊上留下了红红的斑点，加上黑黑的雀斑，就像两颗小草莓。妇女也跟着笑，但一直不说话。趁我不注意时，小男孩又重新跑过来扯背包。

"小朋友，你要干什么？"我开口了。

这时，小男孩跑到妇女的身边，但他依然看着我笑。我停了下来，看了看手上的零食，从里面拿出两个馒头和两根火腿肠，还有几片面包，递到小男孩手上，小男孩接过食物，留下一个馒头，其余的塞到妇女手里，开始吃起来。我对他微微笑，继续朝前走，妇女和小男孩没有再追过来。

因体力透支，我们已经没有足够的力气前进，4700多米的海拔更是让我们走不了几步就不得不停下来休息。在山丘下没有遇到阿路和晓薇。和他们取得联系后，得知他们见草场上实在无路可走，又返回公路，想碰碰运气，搭一辆当地的车进入景区。

在山坡上休息时，刚给过零食的小男孩朝着我们的方向跑来，妇女则抱着小孩进了屋，我心想这个小男孩又要搞什么名堂。小男孩跑到我跟前，又露出傻乎乎的微笑，用不标准的普通话说道："妈妈叫你们到家里喝茶。"

我多少明白了小男孩的来意，并说："不用了，我们还要赶路。"

小男孩没有再说话，而是死死盯着我的食品袋。得，我给了他一颗卤蛋和一盒泡面。我起身要走，小男孩又跑到我面前张开双手不让走，无奈之下，我又给了他一颗卤蛋，他这才放我们过去。

翻过山坡，一弯蔚蓝的湖水出现在眼前，稀疏的云向湖面和远处的山坡投去阴影。近处，一座不大的藏式民居旁停着一辆蓝色的卡车，结合眼前的一弯蓝色，让人产生某种不真实的错觉。这一幕，美得让人说不出话来。秋天的脚步已经临近，山丘上矮小的植物披上了红棕色，整个山坡就像是一只沉睡的花豹。

我们沿着一条碎石路来到湖边，碎石路两边陆续出现石桌和石凳，湖水清澈见底，棱角分明的碎石上没有半点沉积物和青苔，从水里随便捡起一块石头都像是用刷子仔细刷洗过一样干净无瑕。离岸不远的水面上，三五成群的鸳鸯、野鸭随波浪上下起伏，看着眼前的水，我忍不住喝了几口（后来拉肚子了，纳木错是咸水湖，但湖水没有一点咸味，湖水清澈见底，但即便如此，也不能随便喝）。

绕过大半个山丘，终于看到一些游客，此时已是晚上八点。过了刻有"古岩壁画"的石碑，朝着太阳快下山的方向走去，我们不想错过纳木错的日落。

朝着日落方向的，只有我和阿雅。几个手里拿着佛珠、转着转经筒的藏民从我们身边走过，其中一个阿妈说："你们的方向错啦！"我和阿雅这才反应过来，原来不是碰巧的所有人都从对面过来，而是我们的方向和他们转出的方向正好相反。我和阿雅实在没有精力再往回走一圈去看日落（那样也赶不上日落了）。于是，不管什么讲究，也不管什么方向，我们逆向行走在转山的石子路上，不论是喇嘛、藏族同胞还是游客，都投来异样的目光。

走到扎西半岛的最西端，我们终于赶上了夕阳，夕阳将两侧的云彩染得通红，开阔的湖面上刮起了风，掀起半米多高的浪拍打着脚边的碎石滩。这时，念青唐古拉主峰渐渐地染上了黄色。

天黑得很快，太阳刚下山，黑暗就从四面八方赶来重新占领天空。此时，我接到阿路打来的电话，说他们顺利进入景区，现在已经找到地方安顿了下来，问我们现在哪里。我说刚看完日落，这就往住的地方走。

　　可能是逆向行走的缘故，我和阿雅一路上没有碰到一个人，唯一见到和听到的，是一双双发着绿光的眼睛和急促凶猛的犬吠。一大群狗将我们迎进了今晚留宿的地方：重庆宾馆。

纳木错之日出

　　重庆宾馆是一座看似可以随时搬走的简易房屋，不只重庆宾馆，纳木错景区内的绝大多数住宿点是这样的房屋：蓝色的铁皮屋顶，房屋的整体形状看上去像一个巨大的集装箱，薄薄的墙体由填充泡沫的塑料板构成，保暖效果不好，也不隔音。我们的小屋中有四张单人床，沿着四面墙正好围成一圈，房屋中间放着一张陈旧的方桌，方桌可能是所有住过这间屋子的游客唯一的饭桌，许久没有擦拭，桌面上布满了油斑，散发出夹杂着木头霉味的油脂味儿。我和阿雅到达时，晓薇和阿路正在泡面，我和阿雅折腾了一天，早已体力不支。

　　四千多米的海拔，开水的温度不高，泡面泡了很久，用勺背按压时还发出清脆的声音，面饼没有完全软下来。宾馆老板同时兼营着一个饭馆，住宿算是配套设施。我去厨房打热水，本打算打两壶，喝一壶，另一壶好好地洗个热水脸。我拿起水壶刚要从侧门走出去，进后厨的老板娘看到我就急忙说："小兄弟，热水不能一次提两壶，一壶要是不够用，用空水壶再灌一壶回去，这里烧热水不容易，得省着用。"我说无论如何都要两壶水，分开用还是一起用都需要这么多。老板娘还是不愿意，最后，我提着一壶水回到房间。一人倒了一杯水，水壶便空了。我不想再去打什么热水，从床下取出脸盆，到门口的大缸里舀了冷水，匆匆洗了满是灰尘和汗渍的脸，脸腮冻得发紧。

柔弱的灯光在广阔的空间里显得异常单薄，似乎从湖面上吹来的夹杂着雪山气息的风都能将其吹灭。吃过泡面，待在房间里无事可做，我便拿着相机去湖边拍星空。来到湖边，远处的群山显得黑黢黢的，纳木错广阔的湖面远远地与天相接，银河从湖的尽头像一道彩虹跨过半个天空。我已很久没有见到繁星点缀的星空了。仅仅是星光，都能在湖滩上照出淡淡的人影。

我在湖边找了一块开阔地，架起了三脚架。第一次拍星空，不知道要领，星空对于我已经足够亮，但对于相机似乎还不够，我对着天空努力很久也对不上焦，取景框里得不到图像，无奈之下，只好将镜头随意朝向天空，改为自动对焦，按下快门，一分钟后松开快门线，终于得到了第一张星空图，因没对上焦的缘故，照片显得有些模糊，星轨看上去倒有模有样。我重复了几次，调整不同的曝光时间、光圈大小，最后还是未能得到令人满意的照片。也罢，这样的精彩瞬间，静静地藏在心底未尝不是一件让人愉悦的事。

到纳木错当然不能错过日出，虽说到达的时候觉得很疲惫，但还是决定第二天早早起床，看完日出再返回拉萨。

九月初，纳木错就有了初冬的味道。早上六点起床，为了御寒，我穿上了带在身边的所有衣物：长袖衫、抓绒衫、冲锋衣、两条长裤。我用冰冷的水洗漱完毕，就朝着东边的山头冲刺了。

观赏纳木错的日出，从住宿点出来有两个方位可选择。住宿点位于扎西半岛两块凸起中间的洼地里，这块洼地也是两个山头的结合部，所以一东一西的两个山头成了所有人观看纳木错日出的绝佳位置。爬上山头前我担忧地想，如果上了西边的山头，而日出被东边的山头挡住，那岂不是给此行留下一个巨大的遗憾，上了山头后我才意识到自己的想法多幼稚，根本不会有任何影响。

爬上一个看似不高的山丘，这要在低海拔地区，怎么说都算得上是轻而易举的事，但在这里我却气喘吁吁爬了很久，每走一步都大口地喘粗气。等到山顶时，东方已经泛起鱼肚白，没有风，没有阳光，纳木错平静的水面倒映着近处远处的一切，像一面巨大的镜子。一些人陆续赶到，开始在凹凸不平的山顶上找着支点架设三脚架。我则翻过山顶朝下走了一段，在一处不算高的悬崖边上坐定，等着太阳出现的那一刻。

是不是每一个地方的日出和日落都有区别？这个问题我答不上来，说有区别也好，说没区别也罢，都是毫无根据的回答，但对于纳木错，我可以说两者完全不同——如果用心情来形容夕阳和朝阳的不同——夕阳显得恋恋不舍，朝阳则显得迫不及待。

日落是看着太阳一点一点沉下去。它不紧不慢，慢慢躲进天边的云彩里，将云彩由近及远地染成红色。这种红是柔和光线下的红，不刺眼，纹理清晰、浓重。太阳此时像是一个在黏稠的红色大染缸里慢慢下沉的球。朝阳则是突然出现在眼前的，相对于落日的慢慢下沉，日出更像是一个拴在池塘底部的气球突然断线后，带着冲出水面的势头猛地从山头蹦出来，就连汇聚在山头四周的白云都来不及仔细上色。等太阳完全露出来，一分钟前还抱着各种期待神情等着太阳露面的摄影达人们已经开始拍人去了。

山顶上站满了拍照的人，留宿的人算不上多，现在全都集中在山顶，倒是山下的湖边除了几头牦牛，再无其他。

空无一物的高原，太阳直接照在身上，不一会儿工夫，身体从最初冻得哆嗦到热得冒汗，前后不过三十来分钟。和大多数人一样，我们在山顶拍完照，就下山回到宾馆，收拾行李，准备顺时针走一遍转山路，然后搭车离开纳木错，返回拉萨。

清晨时没有一丝云雾遮挡的念青唐古拉主峰，在太阳升起后，由于水汽的迅速汇聚和提升，马上就在山腰形成云带，渐渐地，山顶笼罩进云雾里了。

我把抓绒衫和一条长裤重新收进背包，吃了些饼干和剩下的一桶泡面，开始半天的纳木错之旅。

到纳木错的无论是散客还是旅游团，基本上都会从拉萨出发。清晨的纳木错，游客大军还未赶到，半岛上只有留宿的一小部分人、转山的喇嘛和当地的牧民，整个纳木错沉浸在清晨的宁静中。出了重庆宾馆往西边走，走出大约五十米就来到一条不宽的水泥路，水泥路两边排列着罩在亭子里的转经筒，走到水泥路的尽头朝湖的方向下一个缓坡，就到了纳木错的标志性景观——迎宾石前。两块近十米高的巨石，以前应该是扎西半岛西侧山丘的一部分，由于长时间的风力和水力作用，现在的两块巨石与主体分离，成为两块紧挨着的孤立的石块，矗立在山丘与湖面之间宽阔的平缓陆地上。迎宾石上挂满了五彩的经幡和白色的哈达，两块石头的基座下堆满了大大小小的刻有经文的玛尼石。不远处，一个身穿绛红色藏袍的僧人用凿子凿着脚边的石头，将经文小心翼翼地刻在平整的一面。僧人身旁已经堆了一些刻好六字真言的玛尼石，用颜料涂上了颜色，放在一旁晾晒。年轻的小喇嘛看到我们过去，停下手上的活，问我们要不要买一块石头带走，我们礼貌地回绝，小喇嘛又继续用凿子刻着石头。

从迎宾石下走到湖边，在半月形的湖岸上往左前方看去，是白雪皑皑的念青唐古拉主峰，往西看去是消失在天边的水面，往西北方向看去是扎西半岛的高大山丘。就这样，从南往西，再往北看过去，连绵的山脉从近处向远处的湖面延伸，又消失在远处的湖中，最后从湖水的另一边蔓延开来。山脉像是从湖面上生长出来，湖水也像是从两边的山脉中间流向天边。湖水共长天一色，遇上多云掩映的落日，火烧云更像是直接烧进了湖里，美得让人失声失色。此时，以往人山人海的半月形湖岸暂得一时宁静，走到岸堤上俯下身，循着太阳方向朝湖面望去，微风吹起的细浪反射着太阳的粼光，美不胜收。

沿着湖岸顺时针行走，脚下除了布满碎石的碎石滩，就是坚硬的岩体伸进水中形成的堤岸，风吹浪打，岩体要么被打磨得圆滑，要么被淘蚀出一些碗口大的洞孔。两个在湖边的藏族小孩用捡来的塑料瓶打着水玩乐，我本想来个抓拍，没想被转身的他们发现，个子较小、弟弟模样的那个孩子索性比出"剪刀手"，哥哥模样的那个在红色的腮帮处挤出一个大大的微笑。扎西半岛的最西段借助天然形成的一个狭长的石洞，创造出称为"善恶洞"的景点。山洞本身没什么吸引力，倒是高大岩体上拉起的经幡和哈达，给这座山增添了不少神秘色彩。

绕过扎西半岛最西段，到了暂时还算背阴的一面，这一面的对岸少了雪山，倒是多了白云投到山冈上的阴影，湖面也显得更加平静，没有粼粼波光，湖水蓝得更加透彻分明，浅蓝蔚蓝深蓝之间的界限清晰可辨。石滩上垒起了密密麻麻大大小小的玛尼堆，湖岸上有白色的牦牛出现。出现在湖岸边的白色牦牛都装着配饰和柔软的坐垫，还有藏族图文色彩的绸缎，这些是准备迎接即将到来的"旅游大军"的牦牛。

走到扎西半岛上两座山丘的连接处，绕过一个白塔，就回到了留宿的宾馆，纳木错的转山也算结束了。时间刚过十一点，停车场里就挤满了人，旅游大巴和私家车突然多了起来，从拉萨远道而来的游客这个时候刚到纳木错，他们将随身行李往车里一放，挂着相机就往眼前的半月形湖岸奔去。一些旅游大巴和私家车会在下完游客后返回拉萨市区，这样倒是让我们直接回拉萨的可能性增加了许多。

受来时的启发，我们知道在检票口容易搭上顺风车，于是，我们没有停留，直接朝着检票口的方向走去。等我们走出一公里远，蓝色屋顶的简易房屋变得渺小，再将目光投到纳木错半月形的湖岸边时，岸上已经挤满了游客，车站出口处还有一拨又一拨的游客涌向水边，马路上的旅游车像战时战场上运送人员物资的保障车，源源不断地向并不大的纳木错景区集散地运送着来自四面八方的游客。我们很庆幸在游客蜂拥而至之前安安静静地走完了全程。最美的纳木错，我们已经见到了。

走出去很远，景区集散地渐渐离开视野，可检票口迟迟不露面。正午的太阳晒得人口干舌燥，很难想象就在五个小时前全身穿上若干件衣服和裤子还感到寒气逼人的地方，现在却热得人喘不过气来。阿雅提议不要再走，就在路边等待返回的大巴或私家车，这个时候正好是送客的车辆回城的时候，运气再差，也会有车把我们捎上。

正如阿雅所说，送旅客进入景区的汽车一辆接一辆，由于停车场所有限，返回的车辆也络绎不绝，可搭车并不如我们想象得那么顺利。旅游大巴没有一辆愿意停下来，私家车也从身边疾驰而过。

功夫不负有心人，在经历了无数次的无视和拒绝后，一辆丰田越野车停在了不远处，并主动倒车向我们靠近。我和阿雅欣喜若狂，拾起脚边的背包就迎着车跑去。

车上坐着三个人，五座的越野车内的空间应该绰绰有余，可三位大哥带的随身物品很多，剩下的两个空位堆满了各种物件，除了背包，自然少不了相机。后座的大哥看到我们跟过来，主动跟我们打招呼，并询问我们到哪里。我们说今天想要搭顺风车回拉萨，大哥犹豫了一下，说他们一行今天回西安，所以只能送我们到当雄，如果不介意，可以和他们走一段。我和阿雅还有什么好奢求的呢，搭车就是走一段算一段，哪怕是几公里，不积跬步无以至千里，骑车和搭车都是一样的道理。我们谢过大哥。大哥下了车，把背包放进后备箱里，腾出两个位置，我们就这样上了返程的第一辆车。

我们的车通过检票口时，红衣女孩正站在检票口的窗户旁，看到我们的车经过，她愉快地挥舞着手臂，我礼貌地回以微笑，阿雅则像见到许久未见的姐妹一样，在车里手舞足蹈，乐得眼睛眯成一条线。得，真是"不打不相识"啊！

驾驶员和副驾上的大哥话不多，这一路上我们都是和后面的大哥海阔天空地聊。大哥是美术老师，趁着放假约老朋友一起到西藏玩，自己顺便写生。说着，他从随身携带的公文包里掏出一本速写本，向我们展示他的画作。虽然只是钢笔简单勾勒出的风景人物线条，但附上当时的所思所想，着实是一本十分精致的旅游日志。

告别了三位回西安的大哥，我和阿雅又回到了听了一夜火车的当雄。当雄到拉萨的车很多，除了旅游车和私家车，去拉萨办事的车和长途卡车也不少，就这样，在走出当雄检查站不远的地方，我和阿雅就被去拉萨办事的藏族小伙捡上了车。很小的奇瑞，加上阿雅和我，五个人把不大的车厢挤得满满当当。虽然路况较好，没大的起伏，但一百六十多公里路还是让这台上了年纪的轿车吃不消，半路上还因发动机过热而不得不开到路边的河里降温。最后，藏族小伙把我们放在了布达拉宫广场，除了连声说谢谢，我们已不能再多做什么。

阿路和晓薇在纳木错上了直接回拉萨的车，他们比我们早到拉萨，第一段搭车之行以这样的方式结束了。纳木错之行后，阿路参观完布达拉宫就要回家，而我，经过了纳木错的历练之后，将迎来第二段搭车之行——山南拉姆拉错之旅，我们的山南之行也加入了新的伙伴：菠菜。

啊！山南！

　　拉姆拉错位于山南地区的加查县。西藏也许缺很多东西，但绝不缺神山圣湖。西藏苯教认为万物皆有灵，山川、河流、树木都有生命和灵魂，所以西藏到处是神山圣湖。拉姆拉错的神秘让我们动了心，从拉萨到拉姆拉错，山高路远，去旅游的车不多，这对搭车的我们来说不是一个好消息。

　　晓薇虽说是和阿雅从广东一路搭车到西藏的，但行程都是阿雅在负责，她对于即将去哪儿、怎么去的问题全然不关心也不知道，倒是对有什么值得看的地方了解得十分清楚。菠菜和我都是"半路出家"，我和他虽然都是在八月骑车进藏，但路上从未碰面，只是在然乌遇上了他的队友——独自一人去来古冰川的阿峰。就这样，老人带新人，我和菠菜都是新人，阿雅对路线很熟，她和菠菜一组，晓薇不认路，我是地图迷，我和晓薇一组。我们从拉萨市区坐公交车到拉萨火车站，走上世纪大道，山南搭车之旅就此开始。

　　阿雅还是贯彻雷打不动的搭车原则：不论停下的车到哪里，只要和去的方向一致就绝不放过。没多久，他们就上了去贡嘎机场的轿车，我和晓薇只能惊讶地目送他们先走一步。他们走了，少了竞争对手，我和晓薇不久后也上了去贡嘎机场接人的浙江商人贾先生的车。

　　"看了《北京青年》出来的?"听了我们这些天的旅行经历，贾先生会心地笑了笑，将车窗摇下一半，左手伸出窗外，弹落烟头上的烟灰。

"不是。"晓薇对贾先生的问题感到意外，急忙说道。

"是书还是电影？"我问晓薇。

"最近挺火的一部电视剧。"贾先生说。

"哦，我都在外面一个多月了，一个多月没看电视，没上网，对这段时间发生的身边以外的事全然不知啊。"我感慨地说。

"你还真是一副地球毁灭了与我无关的样子啊，哈哈。"贾先生说完，不由自主地笑了，晓薇也咯咯笑起来。

"嘿嘿。"我已不能说什么，不好意思地和他们一起笑起来。

"我很羡慕你们这样的生活方式。"过了许久，贾先生说道，"趁年轻，无忧无虑，以这种方式到处游走，这对你们以后的人生将是一笔宝贵的精神财富。越往后，这样的机会只会越来越少。"

"我们算是踩着青春的尾巴，再重新过一遍青春吧！"晓薇轻快地说。

"青春的尾巴，说得好啊。像你们这般大的时候，我还在为养家糊口四处打拼呢。"贾先生说，"现在有了钱，有了时间，可和你们比起来，自己就像没活过。"

我和晓薇觉得这样聊天有些不对劲，于是我将话题转到了脚下的土地。"贾大哥，在西藏这么多年，还习惯吗？"我问贾先生。

"哈哈。"贾先生一扫忧伤的神态，表现出前所未有的热情，"刚来那会儿，说不上习惯不习惯，只要能赚钱，到哪里都一样，可能年轻人都是这么想的，我当时也是这么想的。在拉萨十几年，看着这座城市慢慢变成今天的样子。虽然这样的变化和我无关，但和别人谈起拉萨的变化，还是会感到骄傲，就像和别人介绍自己的家乡一样。"

"嗯，很喜欢西藏的天空，蓝得通透。在市区还能看到星空，这在别的城市是不容易碰到的事。"我说。

"拉萨可是全国治安最好的城市哩。"贾先生骄傲地说，紧接着加了一句，"哦，忘记告诉你们，我是做 LED 显示屏生意的，最近市区的治安岗亭需要安装一批显示屏，正在忙着跑活呢。"

"嗯，拉萨市区给我最大的震撼就是治安岗亭出奇得多，大街小巷无处不在。"我说。

"平均五十米就有一个军警合驻的治安亭，"贾先生说，"大小昭寺附近还要密集些。在拉萨什么都可以丢，就是不能丢了身份证，要不然离开都会有麻烦。治安亭的身份检查是完全随机的，所以在拉萨很安全。就拿拉萨河来说，这么偏远寂静的地方也少不了治安亭。以前天黑后几乎没有人到拉萨河边散步，现在，那里倒成了不少人寻欢作乐的首选之地，哈哈。"

过了一段山洞，我们驶上了横跨雅鲁藏布江的公路桥，雅鲁藏布江在宽大的河谷中不受约束地随意流淌，江心布满了大大小小、长满白桦树和杨树的沙洲，离水面较近的杨树已经微微泛黄，很难想象在树叶全黄的秋天，碧绿的江水和土黄的沙丘将构成怎样一幅唯美的画面。

"西藏还有一件奇特的事，"在雅鲁藏布江公路桥上行驶的途中，贾先生说道，"我们现在走的这条从拉萨市区到机场的公路，是西藏唯一的高速公路，而且不限速，不收费。"

"公路是配套贡嘎机场修建的。"贾先生说，"你们别看现在从拉萨去什么地方都是柏油马路，这都是近几年才铺上的。刚建起那会儿，没有隔离网，牛羊马匹都上了公路。作为西藏的第一条双向公路，当时很多人不明白交通规则，觉得只要是路就可以上，于是就看到拖拉机也上了高速，有马车，有逆行的，乱作一团。政府就慢慢开导，告诉他们车辆只能靠右行，马车、拖拉机、牲口不能上高速。后来，公路不得不修上隔离网，这样牲口不上来了。你们看，现在是不是好多了？"

"嗯，大哥说的这些事确实想象不出来啊，听上去跟加西亚·马尔克斯的魔幻故事差不多。"我笑着说。

"呵呵，现在什么都往内地看齐，很多地方已经和内地没什么区别了。"贾先生最后说道。

下了雅鲁藏布江公路桥，沿着宽阔的河谷行驶了一段距离就到了贡嘎县，贾先生到了目的地，我们就此作别，下车和阿雅取得联系，才知道就在我们下车的时候，他们又在不远处坐上了去泽当的警车，不得不佩服阿雅的搭车能力啊！我和晓薇不敢懈怠，从拉萨到加查县三百公里山路，不间断地赶路也要八九个小时，搭车的不确定性让时间更不好把握了。

我们走出贡嘎县城，来到一处临河的树荫下。晓薇想搭警车，因为警车和政府特种车辆在西藏的路上是不限速的，其他车辆一律限速，限速的方式和纳木错的一样，而且速度被限得很低。警车是过了几辆，但都没有停下，最后，我们等来了一辆回泽当的车，开车的大哥在市政协工作，是佛学研究者，正值周末，他回泽当的家。

一百公里路两个小时的车程，大哥是一个健谈的人，而我们正好对佛教感兴趣，这一路上大哥就一直和我们聊佛教的故事。到泽当时，大哥的嗓子已有些沙哑，下车时，他盛情邀请我们到家里做客，但碍于要赶路，我们不得不拒绝，大哥没再坚持。

"你们看过《藏地密码》吗?"上车后不久，大哥问我们。

我和晓薇表示没有读过。

"山南是西藏的文化中心，是藏传佛教的发祥地，所以山南有许多历史悠久的寺庙，全西藏大大小小的寺庙四万多个，山南就有 1455 座。"大哥说。

和内地的很多人一样，我和晓薇都对藏传佛教感兴趣，但了解得不多，我更是在到达西藏前对藏传佛教闻所未闻。大哥是山南人，又是佛学研究者，对向别人展现专长的机会更是不会错过，这一路和我们说了很多藏传佛教的历史，也强调了西藏土生土长的苯教与藏传佛教的不同，这些在我们外人听来有些神话故事的韵味，但对于信仰佛教的人来说，却是他们精神寄托的一部分。

在快到泽当镇的途中，我们看到了雅鲁藏布江边前往桑耶寺的渡口，因为还要返回，我们打算在回程中再去参观，所以没有太留意。大哥一路讲着佛教，看到这座藏传佛教史上第一座佛、法、僧三宝俱全的寺庙，自然不会放过向我们介绍的机会。"你们知道桑耶寺还有另外的称呼叫'三样寺'吗?"大哥问道。

我和晓薇表示没有听过，大哥接着说："桑耶寺之所以叫'三样寺'，是因为它是西藏唯一一座建筑风格包括藏式、汉式、印式的寺庙。它的底座是藏式结构，中间是汉式结构，顶层是印式结构。"

这一路上讲佛教的历史和佛法，大哥的语速很快，加上我们不熟悉藏族人名的发音和一些佛教的专业术语，遇到较长的人名和生僻的术语，听得云里雾里，但只要听到有故事，我们就顿时来了兴致。

大哥讲得很投入，时不时地，双手离开方向盘做着手势，我们也听得相当入迷，两小时车程里，我这个十足的佛盲也对佛教产生了前所未有的求知热情。到扎塘镇时，大哥很高兴地带我们去见敏珠林寺的住持，他说无论如何要带我们过去，自己能力有限，一定要让大师给我们普及佛法，不巧的是，住持到拉萨参加政协会议去了。大哥笑着说："缘分不够！"

我们到泽当时，菠菜和阿雅也到了泽当，而且他们已经走出了城。我和晓薇在城里买了简单的午饭，一面吃一面朝城外走。手上的炒饼还没吃完，阿雅的信息就到了："我们又上车啦！加查见哦！嘻嘻！"我心想：混蛋啊！要不要这么顺利！

我和晓薇的等车时间平均都在 40 分钟以上，这一次足足等了一个小时，带媳妇到泽当做产检的小哥话不多，但一直在笑。三十公里路，用了近一个钟头，最后，我们被放在一个从未考虑过会停留的地点：绒乡。水已喝完，天色已晚，看着手上的地图，顿时觉得今天几乎没有到达加查的可能了。放牛的娃正赶着牛儿回家，我蹲在路边，侧耳听着清脆的牛铃声，抬头看着高高的台地上恰嘎曲德寺的外墙。西藏有很多寺庙，在山南，寺庙更是随处可见，再小的乡镇，甚至是毫不起眼的田间地头，都会有寺庙或白塔。我和晓薇决定太阳落山时就回桑日县住下，看来今天无论如何也到不了加查了。

就在做出这样的决定后不久，来了几辆水泥车，一看就是装满水泥的，车速很慢。我们招手示意，前面的几辆都是两个人，司机摆一摆手没停，车拖着沉重的身体缓慢地从身边驶过。就在我们要放弃时，最后一辆水泥车亮起了转向灯，缓慢地驶向右前方，平稳地停在路基上。我和晓薇见状，抓起脚边的背包往车的方向跑去。打开车门时，司机大哥正将放在座位上的馒头和茶水收到后面的空床上，我站在车下伸长脖子问大哥是否方便带我们一段。大哥倒是笑着说："我不愿意带，还会费这么大劲儿把四十来吨的家伙停下来啊?"我们反倒不好意思起来，抓紧时间上了驾驶室。

我看着仪表盘，车速在三十码上下波动，但听发动机的声音，水泥车似乎已尽了最大的努力。司机大哥说本来不想停车，但见天色已晚，再一看就像外地学生模样的我们，怎么都不放心让我们待在这种地方，人生地不熟，语言也不通。大哥是四川人，哪有工程就往哪里跑，早些年在贵州跑长途，后来到了云南。今年，他所在的单位接了藏木水电站的活，就和几位同事一起到西藏，现如今已经在这条路上跑了三个多月。车大路窄，曲松到加查要翻越的海拔 5088 米的布丹拉山路更是险得吓人。从水泥厂到藏木水电站工地这一百多公里路，从刚开始的三天一个来回到现在的两天一个来回，大哥说他对路况熟悉了很多。

我们问大哥为什么知道我们不是本地人而是旅行的年轻人时，大哥笑着说："哈哈，你们这样的我见得多呀!"大哥说接到来西藏拉水泥的活后，几个同事开着水泥车从滇藏线进藏，当时路上遇到很多一路搭车游玩的年轻人，刚开始很稀奇，后来一路见得多了也就习以为常了，还拉过几个。有一次，他拉了两个男生，车在半路坏了，没有合适的配件，只能在路上等别人送来。大哥让两个男生先走，车什么时候能修好也不知道，可两个男生怎么都不肯走，说一定要陪大哥等车修好再走，因为山高路险，坏车的地方什么都没有，他们决定留下来一起等。后来等了两天两夜，车修好后又一起上路了。大哥说从那以后，只要没什么不方便他都会拉上一些人，这样帮了别人，也能给自己解闷哩。

按照目前的车速，大哥说到藏木水电站的时间大概是凌晨两点，藏木水电站离加查还有一段距离，晚上没有过路车，工棚又不能留宿，并抱歉不能把我们送到加查。我们自是受之不起，对大哥表达了谢意和祝福。他建议我们在曲松县住下，第二天再走。

进入曲松县后，在路边加油站，我们下了车。沿着公路走出一百米远，身后传来了低沉的鸣笛声，我们转过身，大哥向我们挥了挥手，水泥车从我们身旁缓缓驶过，橘黄的车灯照亮了前方的柏油路。

曲松县到加查县有 80 公里，第二天怎么都能到达，晓薇建议不急着赶路，可以先到离曲松县城不远的拉加里王宫看看。菠菜和阿雅已经在晚上九点半到了加查，我们表示除了羡慕嫉妒恨以外，只能委屈他们在加查多待一天，等着我们第二天会合。

第二天吃过早饭，我和晓薇照着县城里的指示牌出了城，走上一条水泥路，沿着水泥路走了大约一公里，上了一段台阶，就到了拉加里王宫的高墙外。曲松县城两边是平行于穿城而过的省道的台地，从台地上往下看，曲松更像是位于一个河谷中，拉加里王宫遗址就在县城南面的高地上。

才走上高地平台，眼前就出现一副苍凉的景象。低矮的围墙，破败不堪的房屋。经过多年的风雨冲刷，夯实的土墙已经崩塌，露出腐朽的梁柱，如果将眼前的景色缩小放在眼前，像极了被浪打过的沙盘。沿着土路前进约五十米，右拐进入一条平整的土路，再往前走便来到了拉加里王宫的院内。院子正前方是拉加里王宫的三层宫殿，和大多数的藏式宫殿一样，白色的墙，梯形窗户，窗户外围被涂成黑色，木质结构的护栏和柱子画满了藏式图案，我自然看不懂其中的意思。宫殿左侧是一个长条形的二层小楼，楼下像是储物间，并且有人在用，屋里堆满了各种农用工具和谷物；宫殿右侧是一个主殿模样但体型略小的建筑，其功用和称呼，我自是不知。院子中央停着一辆"宁"字牌照的升降车，就在我走向升降车的途中，院子里驶进来几辆中巴和皮卡，皮卡上几个当地人模样的大汉下车后，径直朝着主殿右边的储物间走去，中巴上下来的人则带着摄像机。

拉加里王宫里正在拍摄一部电视剧，剧组要在这里取景完成一部分镜头，我们本想观摩，工作人员还是很抱歉地请我们先离开。

在曲松县搭车并不顺利，在烈日下晒了两个小时也没有遇到愿意搭我们的车，好不容易拦下一辆开往朗县的五人座小别克，却看到从里面伸出七个脑袋。最后，一辆长城越野的司机小哥说可以载我们到加查，但说前方的路很险峻，希望我们多少给点油费，眼看着时间一点点过去，我们不想再耗下去，最后以五十元成交。

布丹拉像宗巴拉和业拉的合体，公路弯多路窄，车在盘山路上盘旋而上，走了很久也似乎是在原地打转，海拔在提升，经纬度却丝毫不变。石头路面上，因连续多日的干燥，积起了半尺厚的浮土，车辆驶过，搅起的尘土让我们不得不停下来，让车前的灰尘散去才能继续前进。本以为过了垭口后下山会快一些，但已经面目全非凹凸不平的石头路让越野车无论如何都提不起速度，开车的小哥每开出一段就不停地换手握住方向盘，他说颠得手发麻。路边排水沟里躺着一辆锈迹斑斑的已经变形的卡车，轮子和大梁已经被卸下，车身后的山坡上还清晰地留有车滚落时的擦痕，我倒吸一口凉气，让小哥慢点开，说我们一点都不赶时间。小哥死死盯着路面，说赶时间也只能这么快。

80公里路走了4个钟头，我和晓薇说，还好昨天没有和开水泥车的大哥一起走，要不然这段路，我会被吓尿的。到加查后联系上了阿雅和菠菜，我们终于胜利会师。我和他们说搭车以来第一次花了钱，被阿雅嘲笑说很没用，但不得不承认，过了曲松后，车确实少很多。

当天晚上，四人一起在神湖藏餐馆喝甜茶和酥油茶。渐渐地，我发现自己开始能接受并适应酥油茶的味道了。

拉姆拉错生死劫

　　如果说外地游客愿意在加查县停留，那毫无疑问是冲着拉姆拉错来的。拉姆拉错面积约一平方公里，相当于纳木错的两千分之一。就湖面大小而言，它在西藏数以千计的湖泊当中根本不值一提。然而，它因在藏传佛教中的特殊地位，备受信徒们的敬仰，也慢慢被人们所知，但相对于纳木错、羊卓雍错等西藏著名湖泊，还是稍显冷清。加之从周边到崇山中的拉姆拉错，交通极其不便，游客更是少之又少。

　　从加查县搭车前往拉姆拉错完全没可能。首先，到拉姆拉错的山路就一条，山路的尽头是位于神湖山脚下的简易停车场，沿途只会经过一些村庄。其次，加查县城隔天会有一班车在早上八点开往拉姆拉错，来回票价 120 元，全天就一班车，如果在返程时错过班车，就不得不在山上待到第三天。有时，搭班车也会碰上极其不靠谱的事，就是如果半路上乘客只剩下两三个人，客车司机会选择在崔久乡停车而不再继续往前走，而从崔久乡到拉姆拉错还有十五公里山路，也是最难走的一段。

　　我们计划乘坐班车前往，可计划没有变化快，第二天都睡过头了，等醒来已经过了发车时间。费这么大劲儿来到加查，如果等下一班上山的车，就不得不多留一天，还得再睡两个晚上，白白浪费时间不说，开销也不一定比包车便宜。如此一盘算，我们决定到车站附近碰碰运气，想找到便宜的包车车主。

不出所料，就在车站的门口，数辆国产 SUV 停在路旁，司机站在一旁抽烟聊天，看到背着包的我们，一个留着浓黑络腮胡子、皮肤黝黑的中年男人朝我们打招呼，我们礼貌地挥挥手，询问对方是否愿意带我们到拉姆拉错。中年男子很热情，但价格也吓我们一大跳，800 元钱包一天。我们表示不能接受，但对方毫不退让。"来旅游的不都是有钱人吗？"中年男子说道。

"我们都是穷学生，趁假期出来玩的。"我说，我们一口一个大哥地叫着，软磨硬泡，希望中年男子能少要一点。

"我身后的这些人都是提供包车服务的，"中年男子说，"你问问他们，我的价格算不算贵，看你们是学生，我给你们的已经是最低价了。平时这个价我都不跑的。"

"从这里到拉姆拉错不是才 70 公里吗？怎么这么贵啊？"我埋怨道。

"路不好走。"中年男子往嘴里送了一根烟，没有立刻点上，又用另一只手将香烟取下，"上山要三个小时，下山也要两个小时，来回五个小时，一天只能跑一趟。再说，包车，时间就是你们说了算，你们什么时候下山我就什么时候下山，我的人和车都由你们支配。"

"可我们还是觉得太贵。"阿雅说。

"得，你们去问问身边的这些位，他们谁的价格报得比我低，你们就跟谁走。客车来回都要 120 元哩，可人家拉得多呀！我也就拉你们四个人，你们要是能找到其他愿意拼车的人也可以，反正包车就是这么多钱。"中年男子还是丝毫不愿意在价格上做出让步。

双方僵持不下，我提议再考虑一下，临走时，问中年男子要了联系方式。后来通过电话沟通，我们将费用砍到 600 元。在行车途中，格桑（就是中年男子）说车站周围拉客的都是熟人，在熟人面前压价抢客怎么都说不过去，大家都压价，以后都不好混，因此如果有人问起来，让我们就说花 800 元包的车。我们开玩笑说如果晚上大哥请客吃饭，我们就愿意保守这个秘密。

出了加查县城，从只能容一辆车通过的钢板桥过了雅鲁藏布江，就上了上山的路——一条用石头简单夯实过的土路。翻过布丹拉，原本只有少量低矮灌木丛覆盖的山岭开始有高大树木出现，一路向东，到与林芝地区接壤的加查县，山岭开始有森林覆盖。从山谷中的溪流大小和空气湿度判断，相比于拉萨，这里是一个相对湿润的地方。

山路沿着一条清澈的小溪逆流而上，落叶和常绿阔叶林是山脚处的主要植被，点缀在树林间的草坪是天然的牧场，从树林里偶尔会窜出一群牦牛来。土路的质地软硬不一，加上雨水的冲刷，路面上布满了大大小小的水坑，格桑小心翼翼地躲避着水坑，娴熟地打着方向盘，但还是防不胜防——完全避开水坑是不可能的，只能避大就小，即使这样，车还是颠簸得厉害，像坐过山车一般，稍不留神，人会被整个抛离座位，被甩向车顶或车窗，行程还未过半，整个屁股就已经酥麻起来。

山路只容得下一辆车通过，我们前方是一辆银白色夏利，车顶上绑着篷布，车身已经被溅起的泥水敷得严严实实，甚至看不清车窗玻璃的形状。在泥路上左摇右晃的夏利车看上去显得格外弱不禁风，我们小心地跟在它后面，不能超车，因为无路可超。

跟在夏利车后前进了半个钟头，速度提不起来，车晃得厉害，让人眩晕。格桑建议找一块开阔地把车停下歇一会儿，等前方的车走一段我们再跟上，反正这样跟着也快不起来，我们当然没意见。

我们的车最后停在一片较为开阔的草坪上，上面堆满了从山坡上滚落的碎石，清澈的小溪将草坪和对岸的缓坡隔开，缓坡上稀疏地长满了低矮的灌木。不知不觉中，我们已经将高大的阔叶林甩到了身后，进入了灌木林带，再往上走就该进入高山草甸区了吧。出发前多云的天空，现在只在正中露出一些蔚蓝色穹顶，两边迅速集结的乌云和时不时吹过的裹足了水汽的风，让我们担心天气会不会变得糟糕。如果天公不作美，吹风淋雨是小事，看不到神湖拉姆拉错，此行多少会有些遗憾。

格桑在一旁抽着烟，我和菠菜先找了一处隐秘地方解决了内急，又走到溪水边洗脸，溪水比想象中要凉得多，像是雪刚融化生成的雪水。在溪水的碎石间是密密麻麻的高原特有的小鱼儿，像很多藏民没有离开过他们生活的土地一样，这里的鱼儿也从来没离开过眼前的这条溪流，它们在这里出生，在这里死亡。万物养育着它们，它们养育着万物。别看鱼儿的个头不大，但它们可能生长了很多年。歇了一根烟的功夫，在太阳的照射下，眼前有水滴飘落，我以为是同伴在玩水，但抬头才发现是天空下起了小雨。之所以有阳光，是因为太阳所处的那一小片天空还暂时保持着蔚蓝，其他区域则已经围满了乌云。

格桑让我们赶紧上车，若是下起雨来，路上会耽搁很长时间。高原的天气变幻莫测，眼前下着雨，也许山上不见得差。但越往上走，天气并没有变好，雨越下越大，虽然没有大到能在路上形成积水的程度，也让我们的心凉了一大截。为了一睹神湖的风采，为了应验到神湖能看自己前世今生的传说，我们前后搭了两天的车才到达。

车摇摇晃晃驶出了低矮灌木带，两面的山坡被草地代替，随着海拔升高，风变得大起来，为了通风透气而打开的车窗现在不得不关上，我们蜷缩在车厢内。车在一排平行于山路的平房前停下，格桑说："到售票处了，我们要买票才能继续往前走。"

看到有车停下，屋内正在打牌的几个年轻人放下手上的牌，其中一个穿着军大衣嘴里含着一根烟的年轻人，跨出门来和迎过去的格桑握了握手，他们用藏语简单地聊了几句后，穿军大衣的年轻人朝着车子走来。走到车门旁，年轻人敲了敲车窗，我摇下车窗，一股寒流连同烟草的呛人气味一起灌进车厢，同伴和我不约而同地裹紧了身上不多的衣服。

"掏钱买票咯。"年轻人说。

在路上我们曾和格桑交谈过，想问问他能不能让管理员通融一下，不买票或是便宜些让我们进去，格桑说他试试。

"多少钱一位？"我问。

"五十块。"年轻人说。看来格桑和管理员没有说妥。

"学生票能打折吗？"阿雅问。

年轻人将烟头扔到不远处，说道："不能。"

我们面面相觑，事到如今只能照办，花两百块钱买了四张神湖的门票。年轻人收下钱，从厚厚的门票联上撕下四张票递给我，我接过门票，年轻人心满意足地离开，朝开着的房门走去。房间里传来一阵谈话声，话音刚落，格桑从房子里走了出来，上了车，一个瘦小的男孩给我们打开了前方的铁门。我们的车通过铁门，上了一条更加狭窄的石头路。我翻看着门票的正反面，除了几句拉姆拉错的简介，票面上并没有价格。

沿着泥泞且颠簸的山路前进，除了发动机高负荷运转下传来的最后叹息般的响声，轮胎努力抓紧地面发出的咔嚓声不断。山路崎岖，坡度的变化并不规律，时而缓缓上升，时而像经过磨去棱边的台阶，坡路的迅速抬升让车的底盘擦向地面，整个车匍匐着前进。到达拉姆拉错的山谷时看到此处正在修路，一台挖掘机歪在路基下的水坑里，几个中年男子围着一棵燃烧的枯木取暖。车窗外不知不觉下起了冰雹，不算大的冰雹落在车前盖上高高弹起。车艰难地前进，我们不敢放开扶手。

草甸开始变得不明显，取而代之的是堆满碎石的谷底，爬过一段山坡，在一块较为平整的坡面上出现了一个简陋的停车场，停车场里除了两辆越野车，还有上山路上行驶在我们前面的银白色夏利。停车场边上有一个帐篷，伸出帐篷的烟囱里冒着青烟。直到车平稳地停在帐篷的旁边，我们终于得以认认真真地站在地面上找回重心。

到了停车场时雨不但停了，头顶的天空也明亮起来，有一种雨后放晴的征兆。帐篷的主人应该是在这里长住，帐篷内虽然显得昏暗，但从掀开的门缝里能够清晰地看清摆在帐篷正中间、头尾相接的两张长方形木桌，木桌两边是两条长凳，帐篷入口处是一个搭好的简单灶台，上面烧着开水，灶台边的地上放满了大大小小的水壶，一看便知是盛放酥油茶和甜茶的暖水壶。男主人是一个又黑又瘦、个子不高的藏族人，看到我们往帐篷里偷窥，脸上升起了笑容，憨态可掬。格桑说沿着前面的小路爬上垭口就能看到神湖，观湖结束后，到帐篷里叫他，再一起下山。

因害怕天气变坏，我们没有在停车场多停留，把吃的东西和水统统放在车上，带着相机就沿着上山的石板路朝山顶走去。石板路从帐篷前面经过，我走过时，又黑又瘦的男主人问我要不要抽烟，我笑着说这高度，正常呼吸都觉得氧气不够，再点上一支耗氧的香烟，岂不是给自己找不痛快。

石板路就地取材而建，用的石材都是路两边不远处取的。山脚处的石板路坡度很缓，石板与石板之间几乎是自然过渡，这样的路走起来较为轻松。路两侧平整的地面上堆满了密密麻麻的玛尼堆，一些玛尼堆上拉着经幡或挂满了白色的哈达，俯下身去看，像一座微型版的石林。石阶出现在碎石缓坡与山体的交界处。拉姆拉错附近海拔 5200 多米，周围的山体更高一些，这样的海拔除了夏天，其余的季节都有积雪覆盖，全年冰期很长，以至于山体上除了稀疏的草甸，就是零落的苔藓。山体没有植被覆盖，热胀冷缩，岩基的山体变得支离破碎，高处的碎岩沿着山体下滑，全部堆积在山脚，就像冲出崇山峻岭的河流在山口会形成冲积扇一样，在山体下方形成连在一起的像裙边似的碎石缓坡带，碎石坡的上缘和山脉本体的下缘相连，在这样的位置，坡度会突然增大，岩石也变得不稳定。我们走到碎石坡与山体的接合部时，石板路开始变窄，在乱石堆里开凿出来的石阶取代了下方的石板路，同时出现的还有贴着石阶安装的铁栏杆，上面挂满了五彩的经幡和哈达。

上了石阶，才真正感受到高海拔的威力，平日里一口气上五楼不喘气的劲头在这里被缺氧击得粉碎。拾级而上，即使是放慢脚步也会在二十步开外就喘不过气来，让人不得不停下来休息。

我和菠菜走在前面，阿雅和晓薇跟在不远的后面。随着台阶左转右转，歇了好几回，在接近垭口的过道上，出现了一座烧着香的白塔，白塔里及周围插满了香，依然燃烧着的柏枝和青稞散发出特有的香气，冒出的青烟萦绕在白塔后的经幡里。继续往前走了几米，我们来到一大串经幡前，撩开经幡从其下穿过，走上横搭在垭口处的由经幡组成的栈道，就到了观看神湖的垭口。

拉姆拉错像一块巨大的鞋垫平铺在曲科杰崇山中的一个山谷里，山谷由两条相互平行的山脉围成，两条山脉朝着我们所在的方向相互靠近，最后连为一体，形成了我们此刻所站的垭口。如果从空中往下看，拉姆拉错所在山谷的形状就像用铁锹在平整的地面上铲去一块而留下的带斜面的坑。垭口和拉姆拉错两侧的山峰像用碎石随意堆起来一样，巨大的石块支离破碎地积压在一起，在石缝间残留的泥土里长出一些苔藓和草甸，山脊两侧是近乎六十度的斜坡，让垭口看上去像锋利的刀刃，宽度只有近一米，走在上面让人不禁有种往左或往右偏一点都会滚下山的错觉。

山体上的碎石往山脊的两个方向滑落，在拉姆拉错所在的山谷同样形成了依山脉走向的碎石坡，站在垭口往山下看，让人眩晕。我确定这不是高反，而是恐高，拉姆拉错湖面海拔 4900 米，而观湖处海拔约 5300 米，有近 400 米的相对高差，两侧都是六十度左右的碎石山体，让人不寒而栗，更何况，垭口真的很冷。从神湖方向吹来的风被山谷抬升，再从垭口处滑向天空，让人有种站在风扇前吹风的感觉。

今天的天气很不如意，山口处虽然没有下雨，头顶的天空也有放晴的征兆，但阴沉的天空让拉姆拉错看上去和别的湖泊没什么两样，或者直截了当地说，和普通的水塘一样。远远地看过去，还能清楚地看到水面上被风吹起的水波，很难想象这样的湖面能呈现出自己的前世今生。倒是刚爬上垭口时略微感到的头晕，现在好了很多。

陆续走上来几个游客模样的人，每个人虽然都气喘吁吁，但根本看不到面红耳赤的样子，取而代之的是苍白的脸和无神的眼睛。我们希望的好天气没有出现，反而变得越来越糟。头顶的天空重新被两边升起的乌云覆盖，拉姆拉错所在的山谷下起了雨，从乌云底部延伸出的灰色雨线，覆盖了它们所经过的所有区域，而且雨的方向是朝着我们的位置而来。

盯着湖面看了很久的我们不得不收回呆滞的目光，雨的方向和速度已经不容怀疑，湖面的一端像是有千千万万匹骏马跑过，让整个湖面都躁动起来，远远地能听到雨的沙沙声。

听人说，在晴朗的时候，拉姆拉错倒映着天空的颜色，从山口远远看去，像是镶嵌在山谷里的一面大镜子。对面的雪山，以及从雪山上升起的云雾，这一切都会印在湖面上，观湖就像在看一幅会动的画。但今天的天气，让我们什么都没看到。怀着遗憾，我们做出了离开的决定。看着头顶的乌云和越来越近的雨，想必再等下去也不会有什么收获，倒不如早早地回到宾馆，睡上一觉，至少拉姆拉错我们已经来过，遗憾与否，这都是努力后的结果，我们没有怨言，实在要说一句宽慰自己的话，那就是心不静，缘分未到。正要往山下撤，晓薇叫住了我们，她问道："你们不打算下去看一下吗？这就走？"

我转过身，说："观神湖不是就在这个山口上吗？下去能看什么，而且这么陡的坡，还下雨，不安全。"

"你们是要回去了？"

"先去车里坐会儿，如果雨停了，天气转好就再上来看一看，雨一直下的话，就回加查。"我说。

"你们先回去，我要到湖边看看。"

"你说什么？你要去哪儿？"我很惊讶！阿雅和菠菜也露出不解的神情。

"好不容易来一趟，不能就这么回去，我要到湖边坐坐。"

"这太危险了，而且没有从这里下到湖边的路，也没有人从这里下去过，下雨时岩石也容易松动。"

"我没事，你们不用管我。"晓薇说着，把背包留给了我们，临走前，又突然想起什么似的，把手机给了阿雅。我们嘱咐她不要太晚返回，回去还有两个多小时车程，要留够时间。趁着雨还没到跟前，我们迅速下了山，可还没走到停车场就被雨赶上了。

格桑依然在帐篷里和男主人烤火聊天，我和菠菜、阿雅三人把自己关在车厢里，看外面的雨不停落下。雨势虽然不大，但温度很低，雨滴夹杂着冰晶，落在身上冻得人直哆嗦，在车里并不暖和，但通过深呼吸能让人感觉不到寒冷，车身逐渐被一层水膜包住，不一会儿，雨势大了起来。

看到雨变大，格桑从帐篷里跑了出来，坐上车对我们说："今天的湖看不了呢，雨下这么大，我们得早点下山，天黑了路不好走。"

"我们还少一名同伴，得等一下她。"我说。

"咦？她还在山上？"格桑问。

"下到湖那边去了。"阿雅说。

"什么？她到湖边去了？"格桑不敢相信自己的耳朵。

"对，劝说无用，就让她自己下去了，不过，交代过她一定要在两个小时内返回。"我说。

格桑听我这么一说，脸扭曲得很难看，急促地说了几句藏语，从语气可以听出他很着急或很生气，他说："啧啧，你们太不注意安全了，神湖不让下去的，而且从这边下去根本就没有路，下到湖边再回来至少要五个钟头，你们赶紧去把她找回来，在这里等不到她的。"

听格桑这么一说，我们才意识到犯了一个巨大的错误，暂且不说队员不听劝阻离队，我们让队友在这样的天气和环境里孤身一人行动就已经埋下了重大的安全隐患，要是出什么事，后果不堪设想。想到这里，我们坐不住了，我借了菠菜的冲锋衣，和阿雅一起重新回到山口，想方设法让晓薇赶紧返回。

上山途中，我喘得厉害，但为了赶时间就没怎么休息，一口气上到山口，晓薇已经下山半个多小时，如果赶得及，她应该能听到我们的叫喊声。站在山口，原来还能看清湖面的山谷，现在已经被浓雾掩盖，浓重的水汽随着谷底吹上来的风狠狠地打在脸上，同时，两侧山脊处升起的浓雾又向中间聚拢，能见度不足十米。我和阿雅扯着嗓子喊着晓薇的名字，可除了自己的回声，听不到任何声响。某一瞬间，我的心咯噔一下，不敢想但不得不想：晓薇不会是出什么事了吧？我和阿雅站在山口，不留余力继续将自己的声音抛向此时深不见底、积满浓雾的山谷，可一次又一次，什么有用的反馈都没回来，哪怕是一点点石头滑落的声音都没有。要是晓薇带着手机该多好，即使暂时没有信号也留有一线希望，可她什么都没带。让我不解的是，为什么她宁愿选择带伞也不带手机呢，而当时的我，为什么没有让她带上手机呢？时至今日，我依然想不明白。

我们不停地喊，喊完又将耳朵朝向山谷，期待听到回应。喊到嗓子沙哑疼痛，再大口将眼前的湿润空气吸进肺里，我咳嗽得厉害，每一次扯着嗓子喊到最后，头都会发晕一阵，还伴随着耳鸣。我看了看时间，决定再等两个小时，到19点还没回应就报警。

雨停下一会儿，看见脚底的碎石坡慢慢清晰，山口上除了我和阿雅，再无他人。看着眼前的浓雾有消散的迹象，我和阿雅顿时高兴起来。如果雾散了，即使晓薇听不到我们的叫声，我们也能判断谷底有没有人。看着露出的大半个谷底，我们又朝着下面喊话，依然没有回应，我们边继续喊边等着雾散去。此时，山口爬上来一位六十岁上下的瘦高的老人，一只手端着相机，另一只手拿着登山杖，看着眼前的深谷，摇了摇头说道："今天的湖怕是看不了了呢。"看到站在一旁的我们，老人接着问："你们的同伴还没找到？"

"还没有回应。"我说，"再等等。"

"年轻人啊，太不注意个人安危啦！"

"嗯，我们有问题。"我说完，继续向山谷喊话。

老人在山口站了十几分钟，看雾气还未散去，就下山了，山口只剩下我和阿雅两人。

雾气并没有像我们所希望的那样慢慢散去，而是在我们觉得它就要散去的瞬间，又从山口的另一侧飘过来一大片雾团，并迅速地将山谷笼罩，随之而来的，还有雪。雨夹雪渐渐过渡到雪，且越下越大，不一会儿就在脚下的经幡上堆起薄薄的一层。遇上下雪并没有让我感到兴奋，相反心情却变得更加着急起来。浓雾笼罩，我们不知道山谷里是什么情况，也一样下雪吗？还是下雨，抑或仅仅只有雾呢？喊了一个钟头，我已经无力再喊，在雪地里站了很久，双腿已经不能动弹，整个人冻得瑟瑟发抖。冷的时候，我会通过深呼吸和分散注意力避免自己发抖，可现在两者都不起作用，身体开始不由自主地颤抖起来。

菠菜打来电话问山谷里的情况，我说没有任何信息的反馈，又让菠菜问了格桑，有没有到湖边的路，如果有，我们可不可以开车过去，格桑说路倒是有，但到那边要三四个小时，到时天已经黑了，也找不到人。而且，如果到湖边，晓薇在这段时间里爬上山口返回这里，又会错过，总之让人心急如焚，不知如何是好。我想着要是见到晓薇，一定好好骂她一顿，气得心里堵得慌。我怀疑是不是我们的声音传得距离不够远，谷底的人听不到，我让菠菜和我做一个实验，我在山口叫他，他在山脚处若能听到就大声回应我。我叫了两声，菠菜回应了两声，这表明声音传得距离不算短，难道晓薇真的这么快下到湖边了？菠菜有回应而山谷里没人回应，这让我们心里变得更没底，也越想越害怕，害怕同伴真的出什么意外。

雨夹雪下不停，四周安静得能听到雨滴慢慢渗进地下的声音，雪水浸湿了鞋子，冻得脚背发麻，脚趾头已经感觉不到疼痛。突然，阿雅发出惊喜但又有些不安地叫喊："大宝，你看那块石头背后是什么？"阿雅所指的地方距离我们不远，正好处在我们能在浓雾中看到的最远距离。那块凸起的石头背后是一个粉红色的物体，至于是什么我看不清楚，但就在看到的瞬间，我的心跟着提到了嗓子眼。不会是晓薇吧？晓薇下山时，穿着的风衣正好是粉红色。等人心切的我们对眼前的一切都过度敏感，哪怕是听到一点小小的声响也要大声回应，直到确定声响是由不远处的乌鸦发出的才作罢。阿雅小心地问我那是什么——她与其说不能确定，不如说不敢确定。我把眼镜重新扶上鼻梁，眯着眼睛看了很久，还是不确定眼前的那个粉色物体是什么，我回答看不清楚。阿雅随即取走我的眼镜，自己戴上眯着眼睛反复看了很久，最后如释重负般长舒了一口气，把眼镜还给我，说道："那是一个废弃的氧气瓶，吓死我了，我还以为是晓薇呢。"听到她这么说，我才稍微放松了绷紧的神经。

雪停了，开始下起蒙蒙细雨。格桑催了好几次，让我们赶紧确定同伴的情况，我们也是心急如焚，但除了等待，没有任何办法。距离 19 点只剩下不到二十分钟了。我和阿雅打算做最后的努力，再朝山谷里呼叫几次，如果还没回应就报警。就在我们呼喊了几次后，在山谷的侧前方似乎有一个弱小的声音回应，而且我们都很确定这不是回音。我激动得差点没站稳，又朝着传来声音的地方呼叫了几次，终于隐隐约约听到回应。那是晓薇的声音！我们终于和晓薇取得了联系。我让阿雅赶紧下山，虽然已经联系上了晓薇，但她在浓雾里肯定找不到山口的方向，我打算下去接她，如果有情况会打电话。我揣着手机，朝着声音传来的地方爬去，阿雅则迅速往山下撤。

为了避免迷路，我反复确认了山口每一段经幡的位置和附近的岩石情况，同时，在力所能及的范围内确保经幡不离开视线。

这一面的碎石坡比想象中的要惊险得多，由于从来没有人走过，石头随地势而随意堆积，走在大石头上基本能站稳，石头不怎么发生移动，而走上稍小一些的碎石，则会随着碎石朝下滑去，我不敢伸手去扒身边的石块，害怕被扒掉的某一块石头承受着整个斜坡的重量。我一面下山，一面叫着晓薇的名字，并根据晓薇的回应修正下山路线，因为我看不见她。

等我终于透过浓雾看到晓薇时，她正沿着陡峭的山坡往另一侧的山上爬去，我一边朝她挥手大叫，让她停下来，一边小心地朝她靠过去。她往原来的方向爬了一会儿，等看到我的身影时，终于停了下来，并示意我不要过去，她会朝我的方向爬过来。我顺势坐在身边的一块大石板上，看了看头顶，经幡已经看不到，能看到的是远处突兀在头顶的一块巨石，我的手指被石头划破了。我在心里祈祷，一直没脱落的巨石啊，今天也不要脱落。

看到晓薇跟了过来，我开始返回。我一面找着更加稳固的落脚点，一面朝着来时的方向爬去。在整个上山过程中，我的双手就没有离开过碎石，一方面要确定前方石块的稳固情况，另一方面因为坡度实在太大，只能手脚并用，这样才能更稳健。

我一面往上爬，一面鼓励着晓薇，她已经体力不支了。我问她为什么上了另一侧的山坡。她说离开湖边时知道要往回走的路，可那边是湖水的入口，有一些沼泽，她一面往前走一面避让着沼泽，等终于走出沼泽，湖已经看不见了，周围全是雾，她不知道该往哪儿走，于是就找了一处斜坡往上爬。她说，无论从哪个方向，只要爬上山顶就能回到山口。可没想到山越爬越陡，最后完全上不去，她只能沿着坡面小心地移动，一点办法也没有。我说还好两边的山都是悬崖，要不然她翻到了别处，我们就真找不到她了。我问她有没有听到我们的叫喊声，她说隐隐约约听到有声音，但是当她静下来仔细听时，又什么都听不到，开始还以为是错觉，没想到我们真的在叫她。我说我们连产生错觉的机会都没有，除了那个在斜坡上的氧气瓶。

我摸着石板攀爬，在距离山口大约五十米的长着苔藓的一小块泥土上，遇见了一朵雪莲花，除了听到晓薇的回应，这是我今天遇到的第二个大惊喜了。第一次见到雪莲花，是在骑车进藏的东达山垭口，一个藏家姑娘卖特产的摊位上。我小心翼翼地除去雪莲花周围并不多的泥土，捏住根部，稍一用力，整棵雪莲花就离开了地面，露出黑褐色的根部。我一只手握着雪莲花，另一只扒着眼前的碎石。

等我和晓薇出现在山口时，菠菜和阿雅正朝我们招手和呼喊，我再也没有力气喊话了，就朝他们挥了挥手。

等车启动时，天已经黑了。格桑打开了车灯。

"你下到湖边，都看到什么了？"菠菜问。

"这个不能说。"晓薇说。

"就告诉我们一下呗，又没什么。"我说。

"说了就不灵了。"晓薇说。

"真看到了？"我很好奇。

"反正不能说，你们别问了，我不会说的。"

我们没有再问，我把头转向菠菜，说道："菠菜，你相信拉姆拉错能看到前世今生？"

"反正我没看到。"菠菜笑了。

"唔，你觉得会不会是人产生的错觉呢。"我说，"你看，本来停车场海拔就不低，要看神湖还得再往上爬三四百米，一般人肯定受不了。爬上山顶，脑袋供氧不足，容易产生错觉，如果遇上天气好，拉姆拉错蔚蓝色的湖面又映射出一些景物，如此一来，潜意识里想什么，眼前就会出现什么吧。嗯，相当于做梦，海市蜃楼一样。"

"我也是这么想的。"阿雅说。

听到这里，格桑来了兴致，说道："有人在湖里看到过布达拉宫哩，而且还用相机拍下来了。"

"你见过？"我问。

"我见过，是真的。"格桑说。

"照片你有吗？我们想看看。"阿雅说。

"唔，在别人手机里，我见到过。"格桑的眼睛盯着前方的路。

"不会是 PS 的吧？"我说。

"P 什么？"格桑没明白我说的意思。

"没什么。"我把头转向阿雅，"我们在上面站了那么久，你看到什么了？"

"几头牦牛。"阿雅笑着说。

"我也只看到几头牦牛。"我说。

菠菜说他什么也没看到，晓薇一路上没说话。

走完崎岖的山路，重新驶上横跨雅鲁藏布江的钢板桥时，已经是晚上十点。阿雅埋怨路上遇见狐狸时我们没有叫醒她。远处，有稀疏的灯光出现。

告别拉萨

　　结束六天的山南之旅，我们返回了拉萨。虽然过程和结果不尽如人意，但也算安抚了心中的那份好奇。刚到加查县，菠菜的妈妈就一直打电话催菠菜回家，加上山南之行的各种不顺，菠菜渐渐失去搭车的兴致，决定到拉萨后就回家。

　　到拉萨后的大部分人会这样安排行程：往东，沿川藏线欣赏米拉、林芝、鲁朗、波密、雅鲁藏布江大拐弯，再远一些会到然乌。往南，游览羊卓雍错、山南，再远可通过朗县、米林到达林芝。往北一线是羊八井、纳木错、念青唐古拉、唐古拉。往西有两个方向，一个方向是沿318国道一路往西去往珠峰大本营，或到达樟木口岸，进入尼泊尔，另一个方向是阿里大环线，沿途可以看藏野驴、藏羚羊以及纳木那尼峰、冈仁波齐峰、玛旁雍错、拉昂错、札达土林、古格王国遗址等自然人文景观。对于我来说，北线和南线在看完纳木错和拉姆拉错之后算是告一段落，从成都骑车到拉萨已经沉浸式体验了东线的美丽风光，唯一剩下的，就是未涉足的西线，那是我们的下一个目标。

　　到拉萨已经半个月，除了游览布达拉宫、大昭寺、小昭寺和八廓街，就是纳木错和山南之行了。上了西线后不会再折返，所以从山南回来后我们度过了在拉萨的最后时光。几天下来，背包里攒下一大堆脏衣物，我们不得不挤出半天时间来处理个人卫生。菠菜走之前，我们一起去了西藏博物馆。

省博物馆一直都是整个省的自然历史文化集中展示的场所，对于想要连续、直观且全面地了解一个地方的人来说，博物馆绝对是首选之地。往后的整个旅程，只要时间允许，我都会抽时间去参观当地博物馆，如新疆维吾尔自治区博物馆、吐鲁番博物馆、敦煌博物馆、兰州博物馆、甘肃省博物馆、四川省博物馆等，将这些博物馆的展物连起来看，你会发现整个西域的历史文化与中原的历史文化相互渗透、天衣无缝地衔接在了一起，一段完整的西域历史活灵活现地展现在眼前。

西藏博物馆内大部分展厅的内容都是佛教的发展史和物品展示，虽然只言片语式的介绍看得我们云里雾里，但佛教的博大精深还是让我们赞叹不已。

在拉萨的第三天，菠菜上了回北京的火车，而我，打算把自行车寄回北京。出去玩的这些天，自行车一直寄存在旅馆。刚到的那天，一个年轻人想要以1000元买走，我看着风尘仆仆的它，没有答应。28个日日夜夜、风雨同舟、不离不弃，渐生感情，800元钱买的二手车，没什么大问题，一路上就扎过一次胎。到拉萨火车站找到中铁快运的托运部，拉萨到北京的邮寄费用7.4元/千克，自行车默认25千克，加上保价费（报价1500元，保价费率1%）刚好200块。我不禁苦笑，想当初要是卖了还能有200块钱赚，现在反倒贴了200块。

到拉萨的第四天，我们离开拉萨前往阿里。菠菜走了，我们的队伍变成了三人组合：晓薇、阿雅和我。

三大圣湖之一的羊卓雍错，我们当然不会错过。坐8路再转14路车到火车站附近的世纪大道。三人一起当然不行，还是分成两组，这一次，阿雅单独一人，我和晓薇一组。下车还未站定，阿雅就成功拦下一辆机场方向的车，可惜车里只有一个空位，阿雅说到机场后她再从机场搭到曲水或羊湖的车，我们在曲水会合。我和晓薇继续在路边苦等，不出所料，我们在半小时后才拦下车，而此时，阿雅早已到了机场，并坐上了到曲水的车。

我们拦下的是一辆开往仲巴县的皮卡。仲巴县是日喀则距离阿里地区最近的县，也是日喀则新藏线上最偏远的县。开车的大哥姓宋，内地人，在拉萨政府部门工作。宋大哥是干部下村，入藏后被安排到仲巴县某个游牧村工作一年，接受基层锻炼，了解当地的民俗民风，现在还剩两个月，这一次回仲巴是进行工作交接的，同车的一位藏族大姐就是接班人。大哥一路上高兴得很，说了很多有趣的事，并把车上的所有饰品拿出来给我们欣赏，说是去尼泊尔时带回来的艺术品。对于是不是艺术品，我自是看不明白，但那些小东西确实讨人喜欢。我问宋大哥去日喀则怎么不从堆龙德庆区方向走而是从机场方向走？大哥说堆龙德庆区走的是国道，这边是高速，要好走一些，到了前面的一洞双桥，过了拉萨河就可以回到正道上去。宋大哥说的一洞双桥就是嘎拉山隧道、雅鲁藏布江大桥和拉萨河大桥。

在拉萨河大桥的出口处，不出所料地遇上了搭车的"同僚"，一个男生伸出拇指，露着笑容，宋大哥按了一下喇叭，从他的身边驶过。宋大哥喃喃地说："如果没拉上你们，现在坐上车的就是他了。"说完，车厢里爆发出一阵欢快的笑声。

我们还在去曲水县的路上，阿雅就已经到了达嘎曲水大桥，她本来坐上了去羊湖的旅游车，但因为要等我们，不得不在曲水大桥下了车。宋大哥希望我们和他一起走，路上的费用全包，为的是这一路上能有说话的伴儿。大哥的热情让我们不知所措，最终，我们还是决定在曲水大桥下车，不能留下阿雅一个人。

到曲水大桥，告别了宋大哥，我们和阿雅取得了联系，她在桥的对面，我们没有停留，下车就往桥对面走去。

曲水大桥所处的雅鲁藏布江布满了滩涂，除了两岸整齐的杨树，江中间的滩涂上也长满了杨树，树身靠近江水的部分已经微微泛黄，斜阳照射在水面泛着金光，整个景象就像色彩浓重的中世纪油画。等我们走到桥的对面时，把背包放在一旁的阿雅正坐在石墩上面朝江水啃着玉米。

和阿雅在一起搭车很顺利——对于这一点，菠菜和晓薇也有同感——我问她秘诀是什么？她说脸皮要厚。

带我们去羊湖的是一对小情侣，他们趁周末到羊湖玩耍。车才停下的一刹那，我们还在犹豫要不要上，但看到他们并不介意，我们也就上了车。路上同样是向他们讲述我们一路上的旅行趣事。每上一辆车，我们都会把自己的旅行粗略讲一遍，其中一些细节如果对方问起来，我们会很乐意地深入说下去。如此这般，将旅程讲了无数遍，因此，直到今天，旅途中的一切在脑子里依然清晰。

羊卓雍错距拉萨不到一百公里，是西藏三大圣湖中离拉萨最近的，也是最容易到达的。从拉萨到羊卓雍措，虽然有一座并不轻松的山要翻越，但骑车也能一天往返，所以骑车去羊湖的人不少。

汽车沿着盘旋在甘巴拉上的柏油路行驶，一路上少了颠簸，却被大大小小的弯道晃得人头脑发昏，直到期待着的羊湖出现在眼前时，我们才一下子缓过神来。

刚过甘巴拉垭口，羊湖蔚蓝色的腰身就出现在眼前。虽然乌云密布，局部地区甚至下起了雨，但这一切还是影响不了羊湖的美。有人说羊湖像翡翠，蓝得让人心碎，蓝得科幻，蓝得超乎想象。我想说，世间所有能想象到的蓝，在羊湖都能找到。

羊湖深浅不一，湖水清澈，两面高山上微微泛黄的草地和湖岸上黄绿色的青稞田，还有天空中由于云的闪动而变化着强弱的光线，让羊湖时时刻刻变幻着色彩，像海中美丽的珊瑚。在一些单独凸起的山坡上，有一两座低矮的藏式民居，民居周围的风马旗上缠满了经幡和白色的哈达，湖面上吹来的风随意掀着五彩的经幡，将祝福送往所有它经过的地方。藏在云雾里的海拔 7191 米的宁金岗桑峰偶尔露出洁白的山顶，让人能一睹它的容颜。

甘巴拉垭口停满了私家车，站满了游客，几个远道而来的外国游客和几只身材高大的藏獒站在一起，嘻嘻哈哈地拍照。

我们跟随小情侣来到湖边。羊湖不仅可以远观，近处也绝对耐看，除了水波搅起的泥土让近岸的湖水显得有些浑浊外，超不出三米又恢复了特有的蓝，如果忽略不平静的湖面和脚边的陆地，会让人有种在天空中遨游的错觉，云飘得很低，像擦着头顶飞过。飘向湖心的渡船让我的脑海里突然闪过八仙过海这样的字眼来。想必坐船的人就是距离天堂最近的人吧，或者，他们本来就生活在天堂。

逗留了快一个钟头，天空下起雨夹雪，我不知道是西藏已经进入了下雪的季节，还是这里一开始就只有雨夹雪。小情侣要回拉萨了，回去之前特意过来打招呼，说如果顺路就把我们捎回去。我们还在犹豫着是回曲水还是直接到浪卡子。去浪卡子，第二天走浪卡子—江孜—白朗线路到日喀则，而回曲水，天色已晚，不一定能拦到去日喀则的车。可观察了半天，浪卡子方向几乎见不到车，为了不至于困在羊湖，我们决定和小情侣先回曲水。

在曲水大桥，告别了小情侣，我们无心再走，就在达嘎乡寻找起住的地方来。达嘎乡距离拉萨不远，全乡除了穿城而过的国道和一条与国道相交的不足百米的街道外，再无其他道路，国道两侧是紧紧挨着的修车厂，另一条不足百米的街道上，除了一所学校、一所卫生院和乡政府，就剩下一些简陋的民房，没有宾馆的影子。

我们询问路人，达嘎乡到曲水县城还有多远。对方说有八公里，差不多两小时的步行距离。知道真相的我们，眼泪差点掉下来，往回走要两小时，不如把时间用在搭车上，还能碰碰运气。

今天是周末最后一天，回家的也好，度假的也好，都是回拉萨的车多，而出拉萨的车少得可怜。这一方面让我们对能否到日喀则很没信心，另一方面又让人打起实在不行就拦下一辆车回拉萨的主意。

走出达嘎乡，路上多出很多晒麦场。正是下午起风时，麦场边上站满了扬麦的人，沙尘暴般的麦壳儿、碎屑飞得到处都是，无孔不入，让人睁不开眼睛。我们不想再往前走，就势在马路边坐下，一面捂着鼻子，一面看着来车的方向。

功夫不负有心人，在苦苦等了一个钟头后，一辆灰色的大众轿车终于在开出一段后停了下来。我们迅速拿起脚边的行李跑过去，大众轿车也朝我们这边倒车。我们跑到车前，驾驶员摇下窗户，取下墨镜，伸出一个短发脑袋，问我们："你们要去哪儿？"

我和晓薇站在阿雅身后不作声，这是阿雅安排的。阿雅把背包往肩上一放，弯着腰说："大哥，我们要去日喀则，不知道您方不方便捎我们一程？"

小伙子缩回脑袋，摇上了车窗，正当我想着是不是没戏的时候，后面的车门咔嚓一下开了，接着传来小伙子的声音："上车吧。"

我和晓薇此刻想要做一个击掌的动作，但觉得要低调，就迅速地滑进车里。

开车的小伙子是日喀则的扎什伦布寺的工作人员，以前在安全部门工作，家在拉萨，周末回家，平时就在日喀则上班。

初入西藏的我对藏传佛教知之甚少，对各地区的佛教派别和寺庙更是不知晓，当藏族小伙子问起知不知道扎什伦布寺时，我只能抱歉地摇摇头。

"很多人到西藏旅游，都会到扎什伦布寺参观，你们不知道日喀则最值得一看的就是扎什伦布寺？"藏族小伙子对我们的否定回答感到不可思议。

"来时没做功课，所以不了解。我们的行程很随机，基本上脑袋一拍就出发了，很多时候是到了地方才知道有什么好玩的。"我说。

"呦！你们倒不像一般的旅行团，一些人都是跟团游，还有导游讲解哩。"小伙子乐呵呵地说道。

"我们没钱，只能穷游。"阿雅搭话道。

"旅游的不都是有钱人吗？"小伙子说。

"那倒不见得，我们只是喜欢玩。比起旅游的，我们身上带的钱也只能算零花钱。"我说。

"哈哈哈！"听完我的回答，小伙子乐了。

"要不然，也不会在马路边搭车呀！"阿雅爽快地说道。

"嗯，"小伙子重新把墨镜戴上，说道，"我喜欢和你们这样的人交朋友，说话直接。"

"嗳，你普通话说得不错。"我对小伙子说。

"我在内地上过学。"他说，"成都是个好地方。"

"在成都待过？"阿雅好奇地问。

"嗯，待了三年。雨多。"说完，小伙子又露出笑容，"树多，姑娘好看。"

听到这话，我和阿雅笑出声来。

轿车在雅鲁藏布江岸边的公路上行驶，两侧的山变得紧凑，河谷也变得越来越窄，在江的对岸，高架桥和山洞开始密集地出现，一些泥泞的石头路通往山里的石料厂。我问小伙子，对岸是不是在建高速公路，他说那不是什么高速公路，而是拉日铁路（拉萨到日喀则的铁路）。

天色渐渐暗下来，车窗外除了雅鲁藏布江的咆哮声，没有其他任何声响。小伙子给我们介绍扎什伦布寺，我们洗耳恭听——这是搭车赶路才有的不期而至的意外收获。

我们你一句我一句地问着心中的疑惑，小伙子都乐此不疲地一一解答，到日喀则时，天已黑尽。我们都是第一次到日喀则，小伙子没有急着回寺庙，而是开着车带我们寻找合适的宾馆，等我们安定下来后，他说："如果明天到扎什伦布寺参观，记得来找我。"

奔波一天，肚子里没有粮食，我们仨走上陌生的街头寻找吃的。看着黑暗的街道和路两侧的门缝里透出的光，我在想：作为西藏第二大城市的日喀则，会是什么样子呢？

警枪惊魂

到日喀则的第二天，我们按照既定计划分为两组，我和晓薇一组。没多久，阿雅就上了到仲巴县的车。日喀则到仲巴县有六百多公里，阿雅已经出发，我和晓薇无论怎么乐观估计，都不可能一天赶到仲巴，遂决定逛一逛扎什伦布寺再离开。从日喀则到仲巴，我们的计划是两天。

扎什伦布寺就在我们留宿处附近，我和晓薇沿着寺庙高大的外墙行走，一起行走的，还有数不清的朝圣者和游客。我们走到一扇高大的木门前，从门缝往里面窥探，从木门进去是一处休息场所，两棵白杨是这里唯一的绿色，树下盘坐着两三个喇嘛，拨着佛珠念着经。一条石板路沿着内侧的一道高墙向远处铺开，消失在一座庙堂后，更远的围墙下面是一些远道而来的朝圣者，正用热水壶里的酥油茶冲着糌粑，想必这里是一处生活区。我和晓薇想着过了这道木门应该就进了寺庙。

我们进了木门，还没走几步，就听到白杨树下念经的一个喇嘛朝我们大叫，并挥着衣袖让我们出去。喇嘛说的藏语，我们听不懂，但从他的表情和动作来看，是让我们不要再往前走了。我看他不像寺庙的工作人员，且左看右看也没见到售票窗口，就示意晓薇不用理会。我们继续朝前走，喇嘛的声音变得更大了，挥衣袖的动作明显大起来，周围的人都将目光投向我和晓薇。喇嘛虽说声音大，但并没有起身，依然坐在白杨树下，眼睛盯着我们。我看着他，不知所措。这时，在门口的一位中年妇女走了过来，对我和晓薇说："他的意思是你们走反了，这里是出去的门，从入口要出去还得往前走才是，这里不能进。"我和晓薇听了中年妇女的解释才恍然大悟。

我和晓薇走出木门，重新沿着外面高高的围墙行走。转了几组转经筒，来到一个丁字路口，在丁字路口右拐，对着的正是扎什伦布寺的正门。

我和晓薇走近大门往里看了看，作为与色拉寺齐名的藏传佛教格鲁派四大寺之一，扎什伦布寺的规模尤为可观。仅从外面看，看不清楚里面的大殿和无数的经堂的名字和用途，其实，即使是行走于其中我也不清楚，对于我来说，近观和远观的效果是完全一样的。我没走进去，晓薇对眼前的这一庞大建筑群似乎也兴趣不大，我们甚至没有发扬到此一游之精神拍照留念，而是晃荡一圈之后直接走上国道搭车去了。走的时候，晓薇说："这一路看的寺庙多了，对于我来说，它们都一样，并没有什么不同，唯一能看出来的，就是它们的规模。"我想了想，觉得她说的很有道理，因为我也只能看出这点区别来。

我们离开扎什伦布寺，沿着吉吉朗卡路一直走到318国道旁的加油站。加油站里有很多当地人在等车，但像我们这样背着包旅行的一个也没有。

我坐在铁皮广告牌形成的阴影里，正午的太阳照得人睁不开眼睛。国道上车来车往，但没有一辆车愿意停下来。距我们不远处，停过几辆中巴，已经拉走了一些等车的人，其中一些可能是到这里购置生活物资的居民，身边带着大大小小塞得胀鼓鼓的蛇皮口袋，还有一些可能是到日喀则售卖货物的，拿在手上的是空瘪瘪的袋子。等了许久，仍没有车愿意停下，我和晓薇决定顶着烈日再朝前走两步。

话说这个决定还算明智，走出一段距离，远离了等车的人群，虽然停下的几辆车没让我们上车，但已经是不小的激励，让我们有信心继续坚持下去。最后，我们坐上一辆到吉定镇的皮卡，日喀则到吉定镇有六十公里，和开车的两位大哥说话间不知不觉就到了。

搭车上路是一次充满未知的旅途，你不知道会遇到什么人，不知道会和什么样的人在一起，不知道在哪里过夜。如果说骑车远行是对一个人的意志和耐力的考验，那么搭车就能教会一个人如何面对枯燥乏味的等待时光，如何消除孤单与寂寞，如何和陌生人相处。

到吉定镇没多久，我们上了一辆到拉孜县的轿车，开车的是一位中年大哥，他的话不多，听着我们的故事，时不时露出羡慕的神情。吉定镇到错拉垭口的检查站有六十多公里路，我们领到的限速单给的时间是一个半小时，到错拉垭口时，时间还剩半个多钟头，无奈只能把车停在垭口耗时间。和我们一起在垭口耗时间的，还有两辆丰田越野车。从拉萨一路往西，除了雅鲁藏布江沿岸稀疏的白杨林和光秃的山坡上出现的为数不多的高原植被，周围没有其他植物，雅鲁藏布江两侧的所有山脉都是表面风化的石头山，只在接近河谷的地方分布着稀疏的草甸和沿河带状分布的青稞田。

拉孜县城距离国道约两公里，中年大哥要到县城，问我们要不要一同前往，下午4点未到，时间还早得很，我和晓薇打算继续在国道上等车，如果能往前赶一段，第二天搭车的压力就不会太大。愉快地和大哥告别后，我们并没有停留，而是继续朝前走了一段，离开城镇一段距离会比较容易搭到车。

拉孜县位于一条未知河流的冲积扇区域内，河流发源于拉孜县城以南不远处的海拔6457米的拉轨岗日峰，冰川融水沿着山谷汇集，从拉孜县所在的山口冲出，汇入县城北面不远处的雅鲁藏布江。县城小心翼翼地偎依在小河的东岸，318国道从冲积扇的中央横穿而过，国道以北一直到雅鲁藏布江沿岸的广阔平缓地带中是拉孜县的万亩良田。9月中旬，正是青稞的收获季节，站在国道上放眼望去，远处暗灰色的山体和近处金黄的麦田，构成一幅独特的田园风光图。

我和晓薇坐在国道横跨小河的公路桥上，一面看着不算清澈的河水流向不远处的雅鲁藏布江，一面注意着路过的车辆。自从离开日喀则，路上的车就变得不多，好不容易拦下一些来，也都是往318国道方向的，而不是仲巴县所在的新藏线方向。太阳一点点西斜，县城已经有一大半笼罩在后方高大山体的阴影里，每一辆不容易见到并最终停下来的车辆都是去往定日方向的。晓薇提议不如直接上一辆车，先把珠峰大本营踩一遍再去找阿雅，可问题是办理边防证时，三个人的名字写在了同一张证明上，证明在阿雅身上。没有边防证，我们要去珠峰大本营是不可能的，而且我们已经落后阿雅一天，要是再去珠峰耽搁，阿雅在仲巴等的时间会更久。我们和阿雅说好了在仲巴会合，就不能再有其他安排。

拉孜县是一个偏远的小县城，虽然是318国道和新藏线的必经之地，但过了下午6点，路上基本就看不到车了。我们看着拖拉机从县城的一端驶出，又从县城的另一端驶入，做着位移为零的运动。

太阳下山了，我和晓薇决定收工。今天到得很早，却没有前进半步，从这一刻开始，我们意识到前面的旅途会越来越艰苦。

在拉孜县，我们起得很早，十点钟就上了公路。尝到了前一天搭不到车的滋味，今天上了国道就一直往前走。阿雅已经到了仲巴县，我们不能再耽搁。

出了县城，我们走上一个长长的缓坡，走了快一个钟头，终于远远地驶来一辆皮卡，毫无例外，是去定日的，司机愿意把我们带到查务乡，也就是新藏线与318国道的交会处。我们坐上车后，还没缓过神来，司机就说到了，从上车到下车没超过三分钟。我们取下行李，谢过司机，见路上等着一些车，绝大部分是越野车，都在检查站做登记。我们随大队人马做了登记，以往的经历告诉我们，在检查站搭到车的概率是最高的，但我们在检查站问了个遍，所有的这些车都在前方左拐(定日方向)。

距离检查站几米开外是一个"Y"字形路口，往左是樟木口岸、尼泊尔方向，往右是狮泉河、叶城方向。查务乡小得可怜，除了检查站，就是"Y"字形路口两边的几座房子，不过五十米就走出了镇子。紧挨着镇子的是大片待收割的青稞田，公路的左侧是发源于山谷的一条小河。离开查务乡沿着219国道行走一千多米就到了雅鲁藏布江大桥。

过了查务乡，318国道与新藏线"分道扬镳"之后，车变得相当少，半个小时也见不到一辆。即使是愿意带上我们的车辆，能够前进的距离也是相当短。到昂仁县不过五十公里的路程，我们搭了三辆车。

在昂仁县卡嘎镇，我们等来了愿意搭我们的第四辆车，这辆车到六十公里外的桑桑镇。路程较远，小轿车里算上我和晓薇一共五个人，满员了，所以速度不算快，一路上三位藏族大哥的话很多，我们也乐此不疲地和他们分享一路上的见闻。

"给你们看一张照片，"说着，开车的大哥从怀里掏出手机，打开短信内容并从中翻出一张照片来，"这是有人在阿里拍到的，天上有一条龙。"

坐在副驾的大哥接过手机，一面看一面和开车的大哥讨论起来，讨论的焦点是这条龙是不是真的。我和晓薇表示很感兴趣，副驾上的大哥就把手机递到了后面。从照片上看，如果没有经过处理，拍照的时间应该是傍晚时分，照片的整体布局是地面和天空各占一半。地面正中是一条马路，马路两边是两排杂乱的楼房，楼房前和楼房上方的天空被横七竖八的电线割得支离破碎，且大部分被乌云笼罩，只在头顶露出一片蓝色的天空。所谓的龙就出现在这一片天空，龙头和一部分龙身在空中缠绕，身体的剩余部分隐藏进乌云里。从马路一角卷起的纸屑和其他废品判断，当时应该是起风了，而且风很大。所谓的龙极有可能是某个被风吹起的塑料袋形成的光影，乍一看像极了一条在空中舞动的龙的身影。对于龙的真假，大家争论到最后也没争出个结果。

越往西，我们逐渐改变着对乡镇，甚至县市的认识。乡镇不再是我们想象中的只有两三条街、一个热闹的集市、一两家网吧、几家商店、一间邮局、一家农村信用社。这里除了几家破败的川菜馆，就只剩下甜茶馆了，而且都是单层的平房，除此再无其他建筑。后来经过的萨嘎县和仲巴县，和中西部的村子差不多，从街头可以看到街尾，街道不会超过两条。

我们在桑桑镇里站着发呆，因为没有地方可去，周围除了寸草不生的石头山，什么都没有，没有田，没有人。吸一口气的功夫，我们就走出了小镇，虽然没有车，但我们不想在镇上多做停留。镇上没有宾馆，如果不得已留下来似乎也没有地方借宿，我们只能冒险朝前走。离开"村庄"，从出于人道主义精神方面考虑，搭车想必会容易些。

在路上走了快一个小时，远远地看着一辆车驶来，晓薇跳着跑到路中间，竖起了大拇指，车从我们身边呼啸而过，没有丝毫减速的意思。我和晓薇绝望地看着渐渐远去的黑色越野车，竟意外发现它亮起了刹车灯并靠右缓缓地停了下来，随即倒车朝我们的方向驶来，看到如此情景，我和晓薇都激动坏了，不留余力地朝着越野车跑去。

我们跑到越野车跟前，越野车停稳后，副驾上的中年男子摇下车窗，静静注视着喘着粗气的我们，若有所思地问："你们要去哪里？"

"萨嘎。"我说。

"能不能带我们一段。"晓薇补充道。

此时，问我们话的中年男子扭过头和驾驶员说了句什么后，转过身和后面的某个人交谈了起来，这时候，我们才意识到后座上有人。中年男子和后座上的某人争论了一会儿，驾驶员也掺和进去进行一番谈话后，中年男子终于又将脑袋伸出窗外，示意我们上车。我们高兴得不得了。我迅速拿起脚边的背包去开车门，车门打开的瞬间，我差点叫出声来。后座上的中年男子身材魁梧，三人座被他足足占去两个位置，皮肤黝黑，脸上布满坑坑洼洼的痘痕，看上去像月球表面，挺直腰杆的他头顶距车顶只有一厘米，双手握着一把霰弹枪。这是我平生第一次见到货真价实的枪，而且是握在这样一个人手里，我被吓了一大跳，想要回头和身后的晓薇说有枪，但看着眼睛一直盯着我、手握着霰弹枪的中年男子，到嘴边的话又硬生生咽了回去，喉咙里发出空洞的声响，下咽的气流顶得喉咙生疼。我将背包放到脚边，身体一弯拐进车厢里，中年男子往边上靠了靠，但并没有腾出多少空间来，他把两腿之间的枪换到左手边上，眼睛不再看着我，而是盯着前方。我和晓薇挤在一个座位上，我和中年男子之间虽然有一拳的距离，但我不敢再靠近半分。

车重新启动，路上没有任何人说话，司机默默地开车，我们不敢吱声。我用余光扫了一遍坐在身旁的中年大汉，深蓝色的夹克、深蓝色的裤子、黑色的皮鞋。我看着男子衣服上出现的每一块标志，终于，看到的袖标让我一直收紧的心放松了下来：警察。后来，从简短的谈话中了解到，他们是去萨嘎办案。由于是特种车，一百八十公里的路程只花了一个多小时。我们之前搭过的所有车，不仅限速，到检查站还得接受检查，而这辆车不需要。在距离检查站一百米远的地方，车辆丝毫没有减速的迹象，此时，坐在后排的中年男子只需要将车窗往下一摇，脑袋伸出去，前方检查站的关卡就会迅速打开。后来我和晓薇开玩笑说和我们坐同一排的那个中年男子就像门神，头一伸，门就开了。

到了萨嘎，还未到下午四点。萨嘎到仲巴有近一百七十公里，搭车如此艰难，我和晓薇不打算继续往前赶，而是选择在萨嘎安顿下来。

很久没喝甜茶了，我们到县城里找了一家藏餐馆喝甜茶和酥油茶。渐渐地，我从最初的只接受甜茶不接受酥油茶到现在想要喝酥油茶的欲望胜过甜茶。别人说酥油茶能暖胃，也能养嘴唇，让嘴唇受得住高原的紫外线照射。长时间的奔波，我的嘴唇已经干裂了。

喝完茶，我和晓薇沿着县城唯一的街道游走，想多看看这个不大的县城。萨嘎要比拉孜小得多（拉孜也不大）。它位于雅鲁藏布江边一个小小的山谷里。两面被山夹峙，山腰上是必不可少的寺庙和随风飘扬的经幡，山谷的开口面对着已经不能称之为江的雅鲁藏布江。

我们在一个类似学校的建筑前站定，不远处的校内不时有学生涌出，我问晓薇这里是中学还是小学？晓薇说是中学，我说是小学。为了验证谁说得对，我们走向校门。校门两侧挂着两块门牌，左边的门牌写的是"萨嘎县中心小学"，右边的门牌写的是"萨嘎县中心中学"。

沙　丘

　　阿雅到了仲巴县才发现县城并没有在国道旁，而是在离国道约五公里的一处河口，想到若住在县城，第二天还得走出来，于是她决定往前赶。正好从日喀则搭乘的车要到前方的帕羊镇，阿雅就直接到了帕羊镇。我和晓薇不得已在拉孜县停留的那一天，阿雅已经到帕羊镇了，我们之间的距离是 530 公里。

　　我和晓薇从拉孜县到萨嘎县赶了一天路，阿雅则在一眼就望到头的帕羊镇闲逛了一整天，如果让阿雅在帕羊镇再待上一天，她估计会疯掉，这给我和晓薇前所未有的压力，今天务必得赶到帕羊镇。

　　沿着 219 国道走了一公里，如果忽略山坡上的经幡和寺庙，你很难想象一公里开外的地方是一个县城。山谷两侧的山坡上除了稀疏长出的几近枯黄的野草和几条野狗，再无其他。

　　出发两个钟头，我们只遇见三辆车，其中两辆还是反方向的。就搭车而言，我们已经离乡镇足够远，无论从哪个方向来看，都前不着村后不着店的，可在这里除了走路还能干什么呢？四周安静得可怕，除了呼吸声，再听不到其他声响，有时甚至会让人产生幻觉，觉得路上有车经过，可抬头看向四周，只见除了几条饥肠辘辘的野狗，马路上空无一物。

　　公路在山谷中逐渐抬高，前方想必有盘山公路出现，直到这时，我和晓薇才决定不再往前走。

看到一辆皮卡时，我和晓薇就像被困在孤岛上多日而终于看到有船经过一样，使劲地挥舞着手臂，皮卡见势朝我们靠过来。这是救命的车呀！我心里狂喜。

没等我们说什么，坐在副驾上的年轻人就从车上下来，打开车门，将后座上的行李和油桶放到后面车厢里，腾出两个位置，笑眯眯地对我们说："上车吧。"我和晓薇二话没说，迅速地跳进车里，生怕驾驶员突然反悔，又将我们扔在这里。

开车的小兄弟说看到我们挥手，就知道我们是搭车的，因为一路从拉萨过来，遇到很多这样的人，他们顺便捎过几个，更何况在萨嘎，一天的车流量都不会超过二十辆，他们不忍心让我们继续等下去。

两个小兄弟的年纪都比我小，在前方不远处的如角乡水电站上班。他们抱歉地表示只能把我们带到如角乡，剩下的路程还得靠我们努力，我们当然没有半点嫌弃的意思，即使只能搭乘两公里也是感激不尽的。

早上的阳光并不强烈，天空很蓝，我在颠簸的车里按着快门，晓薇把她相机里的照片拿给副驾上的小兄弟欣赏，开车的小兄弟时不时地把脑袋歪过来，看相机里的照片。有些时候他们会发出惊叹的叫声，询问照片里的景色在哪里。开车的小兄弟看我对着外面拍照，就问要不要把车停下来，我知道他们着急回工地，我说没关系，在车上也能拍。但小兄弟有时还是刻意地放慢速度，让我把照片拍完，把相机收回到胸前才重新提速。开车的小兄弟问我们要去阿里干什么，我们回答说去转神山，他呵呵笑了笑，说萨嘎也有神山。我们问萨嘎的神山在哪里，他说就在路边，一会儿就能看到。

我们的车穿过萨嘎所在的狭小山谷，上了盘山路，翻过山，进入另一个更宽一些的河谷，此时，在车窗的右前方，出现了三座呈"品"字形排列的雪山，开车的小兄弟说，这就是萨嘎的神山。我和晓薇不约而同地发出"哇"的感叹，我掏出相机拍个不停。随着车的行驶，三座雪峰的相对位置不断地变化着，不论从哪个角度看过去都美轮美奂。就在路边，有一片和公路平行的狭长的清澈水域，此时的雪峰倒映在水中，我和晓薇直呼漂亮，开车的小兄弟索性把车停到路边，让我们下车拍个够。我和晓薇对望了一眼，呼啦啦就跳下了车。

这片水域很漂亮，水域里的水是来自远处雪山的融水。雪水顺着山谷流进山下广阔的草地，并沿着草地里长年累月形成的天然水道流向四面八方，其中一部分流到了与公路平行的这片洼地里，形成一个天然的小湖泊，湖水不深，还能在湖中央看到从水中冒出的草尖。长在隆起土包上的青草开始变黄了，土包下面的草还保留着绿色，湖水与神山之间的这片草地黄绿交错，看上去极其诱人。就在我们打算拍照时，一直在湖中央的两只白色大鸟拍着翅膀在水中助跑一段，紧贴着草地飞向了神山的方向。我想用相机记录下这一画面，等举起相机时，两只白色大鸟已经远离了视线。开车的小兄弟在一旁抽着烟，说旅游的人都会在这里停车拍照。我说这里真的很让人震撼。

继续前进，河谷变得宽大了，在绵绵的山脉和公路之间，是丰茂的草场，在这段路上，我们遇上了搬家的牧民，三四名男子骑着马走在庞大的牦牛队伍的前后，中间的几头牦牛身上驮着牧民的所有家当，有帐篷，有木头，还有一些简易的家具。妇女骑着马跟在最后面，怀里抱着孩子。

过了达吉岭，还遇到三个骑新藏线的骑友，我朝他们喊"加油"，他们艰难地举手回礼。

到了如角乡的建筑工地，两位小兄弟热情地邀请我们到工棚里喝茶，我们说路上的车不多，就怕会错过，而且还要急着赶路，不方便久留，所以就此告辞。

我和晓薇重新走上国道，再回望河谷里的建筑工地。河谷两边还是一样荒芜的石头山，只是在有水的河谷地带才显得水草丰茂，几台搅拌机随意地停在河滩上，远处是顶着白雪的海拔 6185 米的格布日，眼前的这条河就发源于格布日和不远处的海拔 7095 米的冷布岗日，河水最终在加加镇汇入雅鲁藏布江。看着雪山上飘过的淡淡的云和头顶上蓝得无边的天空，我突然觉得在这样的地方工作也是一种享受。

离开如角乡后，就开始无休止的走路，看着两侧荒芜的山，我对晓薇说："如果说骑行川藏有部分原因是为了沿途的风景，那么骑行新藏才是百分之百的挑战自我呀!"晓薇头也没回地继续往前走,说道:"再等不到车,我觉得我们都要被刚才遇上的挑战自我的骑友赶上了。"很不幸,我们真的被刚才遇上的骑友赶上了,他们往前骑了三十多公里路,而我们只走了区区两公里不到。说句心里话,此时的我好想找一辆自行车和他们一起骑。三个骑友当中有一个女生,和所有的骑友一样,虽然用魔术头巾和风衣把头遮得严严实实,但还是阻挡不了肌肤向小麦色转变,不注意防护的,比如我,已经是发霉的小麦色了。她从湖南出发,一路骑到了拉萨,和现在约好的伙伴一起骑新藏线,其中一个男生是从广西出发的,另一个男生从滇藏进藏。听了他们的骑行经历,我都感到自愧不如。他们没有继续前进,而是停下来和我们闲聊,他们今天的目的地是不远处的拉藏乡,我说我们今天不得不赶到帕羊镇,同伴已经等了我们两天,不能再耽搁下去了。

闲聊的时间里,我们顺利拦下了一辆去拉藏乡的中国电信工程车,上车的时候,我转身对后面的三个骑友说,如果走不了,我们就在拉藏乡见。

我们虽然做了充分的准备,但拉藏乡小得还是远远超出了我们的预料。整个乡的房屋加起来不到五十栋,都是沿街而建的简易单层藏式风格民房,街道上看不见任何人。在这里没有任何停留的理由,我和晓薇只想快点离开。

上好的柏油路上看不到一辆车,我和晓薇就在公路上玩起了自拍。把相机用石头撑起放在马路中间,我们就骑在马路中间的黄色分割线上拍照,拍人拍腻了就拍远处的雪山、天空和白云。可无论多么漂亮的景色、多么合适的光线,两个小时也会让人拍到崩溃。晓薇说再这样下去,我们和那几位骑友又要见面了。坐车还没骑车快。

许久以后,终于等来了一辆黑色三菱,车上一行三人当天要到塔尔钦,也就是神山冈仁波齐脚下,我们当然非常希望能和他们一同前往,但想着不能落下同伴,不得不在帕羊镇下了车。

帕羊镇虽然也小得很,但是比起拉藏乡要"大"很多,而且可以看到两层小楼。新藏线从城中穿过,房屋分布在公路的两侧。公路一侧是缓缓的山脉,另一侧是宽达十多公里的马泉河,马泉河是雅鲁藏布江的上游,喜马拉雅山脉和冈底斯山脉的冰川融水都流向中间的这一块低地。少了山脉的阻隔，河水在帕羊镇附近形成一块很大的湿地，给延绵数千公里的贫瘠土地带来了生命的气息。

帕羊镇里的房屋密集，镇子的面积也较大，除了随处可见的藏餐馆，还有一些看上去颇具规模的川菜馆，在住宿方面也让我们有了选择的余地，即使选择算不上多。阿雅在一家藏式旅馆住下，我和晓薇因为个人原因，不习惯住藏式旅馆，所以选择了街头的成都宾馆。成都宾馆是一栋两层小洋房，一楼是餐厅，二楼住宿，老板和老板娘都是四川人。我不得不佩服四川人的吃苦耐劳品质，这一路上无论是多么小的乡镇，只要有吃饭的地儿，就必有川菜馆。当天和我们一起住下的，还有另外两个背包客，也是搭车到阿里，比我们晚到几个小时。我们嫌老板家的饭菜太贵，所以没在成都宾馆吃饭，倒是在街上转了一圈后，去了更贵的重庆餐厅吃饭。

阿雅比我们早到一天，算上今天的大半天，已经在帕羊镇待了快两天，自然对不大的帕羊镇了如指掌，她说就在镇子外面不远处有一个很大的沙丘，沙丘后面是宽阔的马泉河，吃完饭可以到那里看日落。反正没事可干，去看一次喜马拉雅山的日落也不赖。

在街上寻找吃饭的地方时，遇见一个推着自行车迎面走来的骑友。瘦高的个子、黝黑的皮肤、黄色和棕色条纹的风衣、藏蓝色牛仔裤和灰色球鞋，车身后面除了两个驮包，还有一个装得满满的蛇皮口袋，蛇皮口袋上捆着防潮垫。我走过去和他打招呼，并询问队友的情况，他从干裂的嘴唇中间挤出一个笑容，说就他一个人。他问我这附近哪里可以搭帐篷，今天想在帕羊镇留宿，已经赶不动路了。作为刚结束川藏骑行如今正搭车旅行的我，自然知道赶不动路是怎样的感受。我和他说我们留宿的宾馆有一个大院子，我和老板说一下，看能不能让他把帐篷搭到院子里，在那之前，可以先和我们一起吃饭。他有些不好意思地说身上的钱不多，伙食会吃得很简单，我们笑着说大家都一样，我们吃得也很简单。他又挤出一个微笑。我们到了前面提到的重庆餐厅，他把自行车斜靠在门口的台阶上，随我们一起进了门。我问他自行车不锁会不会有事，他笑着说就算别人偷走了也骑不远，车上没什么值钱的东西。

我不知道这位骑友在路上遭遇了什么，他的牛仔裤从裆部一直撕裂到膝盖，走路时破布随风飘起，与其说狼狈，倒不如说像一面象征荣耀的旗帜。吃过饭，我们一路闲聊着走回成都宾馆，进门时，老板正在招待一桌自驾的旅行团，我招手示意老板娘有事要说，老板娘一面用围裙擦着手，一面笑嘻嘻地朝我走来。我看了一眼蹲在门口逗野狗的骑友，问老板娘能否让这位兄弟到院子里搭帐篷睡一个晚上，他骑车去拉萨，一路上都是睡帐篷。老板娘是一个爽快人，说后院有的是地方，只要这位兄弟不嫌弃，可以到里面去搭。骑车的兄弟谢过老板娘，我和他一起从后门将自行车推进院子。

时间还早，阿雅就带我们到她留宿的藏家喝酥油茶。藏式民居还是和别的地方一样的布置，房屋中间的几根柱子撑起整个平整的屋顶，不论从外面看怎么简陋，房屋里面都会有装饰着藏式图案花边的方桌和围着方桌的条形靠椅。房屋中间的两根柱子将不大的房间分成两部分——起居室和厨房。厨房除了碗柜，就是一个用土坯砌起来的灶台，灶台上方有一根用铁皮裹成的烟囱伸出屋外，灶台上烧着的十有八九是茶水。阿雅留宿的藏家有两个不大的孩子，父母都不会说汉语，大女儿在上小学，会说一些汉语，小女儿则完全不会。但相对于沉默寡言的大人，小女孩儿表现得异常活泼，不但叽叽哇哇乱叫，还会和你开玩笑。

整个帕羊镇和附近的其他乡镇一样没有电，白天没电，天黑以后全镇统一供电三小时，剩下的时间里，各家会根据实际情况用柴油发电机发电。房间里的光线渐渐暗下来，我们喝完杯中剩下的酥油茶，走到镇子外面的沙丘上看日落。

沙丘在镇子的西北面，距离公路约四百米。纵观镇子的周围，虽说山坡上没有多少植被，但看起来不至于让人想起沙漠，全镇的其他地方，由于靠近马泉河宽大的河床，也显示出一些生机，低洼的水坑旁长满了水草。这座沙丘像是专门从沙漠中搬运到这里一样，突兀地出现在一片低洼的草地上，和周边的环境显得格格不入。

远远地看过去，沙丘的规模不大，但当我们走过稀疏的草地来到它的跟前时，才感觉到这简直是一个庞然大物。沙丘呈月牙状，内侧对着帕羊镇的方向，不知道是人为的还是风的搬运作用，里面堆满了垃圾，虽然没有异味，但看在眼里让人感到不舒服。爬上沙丘，月牙背对着的是宽阔的马泉河谷地，虽看不到河水的流动，但河谷中大大小小的水塘已经让我无比兴奋，水塘之间长满了水草。太阳西沉的方向，飘着几朵重重的云，几座低矮的延绵山脉后面，是更远的喜马拉雅山，从这里只能看到它微微露出的雪峰。雪峰的后面就是尼泊尔，一个令人神往的国度。

我们站在沙丘面向河谷的一侧拍照，这时从后方传来小孩戏耍的声音。我转身爬到沙丘顶部，五六个孩子推着几个车胎正往沙丘上爬，一面爬，一面大声地说着笑着。我收好相机回到河边的沙丘下。晓薇和阿雅也看到了推着轮胎上来的小孩，小孩见到我们高兴得不得了，开始围了过来，我努力保持镇定拍着晚霞，阿雅和小孩拍起照片来。她拍得很开心，小孩儿比她更开心，渐渐地，我被这种气氛吸引，也悄悄地拍他们，没想到被一个小女孩发现，她大叫着朝我跑过来，其他小孩看到了，放下轮胎，也朝我跑过来，我正要跑开，但发现他们并没有恶意，而是一动不动地站在我面前，等着我拍照。我看着一张张黑黑的脸，还有鼻涕从鼻孔里流出的暗红的脸，按下了快门。"咔嚓"声停止的瞬间，刚才还像被点了穴一样站得笔直、一动不动的小孩们突然一窝蜂跑过来，争着抢着看我的相机，等看过相机中的照片后，他们又高兴地打打闹闹着跑到一边去了。看到这一幕，我终于放松了警惕，和他们玩到了一起。

其中两个小孩穿着校服，从校服上的字样可以看出他们是仲巴县小学的学生。不像大多数人照相都是千篇一律地摆出剪刀手，我只用说要照相，他们就会跑到距离我三米远的地方，立正站好，一动不动，或攥着拳头，拇指从中指和食指间伸出指向镜头，拍完后便迅速地朝我围过来，指着照片中的自己或别人笑个不停。几个欢天喜地的小孩还在沙丘上跳起了迎宾舞，嘻嘻哈哈说着我们都听不懂的话语。

太阳慢慢斜下山，回过头来看帕羊镇，它早已淹没在巨大的阴影中，只在远处的山坡上，还留着最后的余晖，天空的云彩已被夕阳染成了红色。

太阳下山后，帕羊镇陆续响起了柴油发电机轰隆隆的声音，我们回到宾馆把手机和相机充上电。阿雅回到她住的藏式宾馆，我和晓薇，还有遇上的那位骑友一起回到成都宾馆。高原的气温全靠太阳撑着,太阳一下山,气温跟着一落千丈。晚上冷得人瑟瑟发抖。

整个小镇除了柴油机的轰隆声,只剩下犬吠。透过窗户,能清楚地看到银河把天空分成两半。睡觉前,我对那位骑友说,如果晚上冷,可以抱一床被子去盖,明天早早地还回来就行。骑友说好,但直到天亮,他也没来抱被子。

第二天早上起来,我见骑友在收防潮垫,帐篷则放在太阳底下晒着,帐篷上堆满了白白的霜。我吐着白气下楼和他打招呼,问他晚上睡得可好,他说什么都好,就是太冷。我看着院子里未被太阳照到的白白的霜,问道:"不好受吧?"他从干裂的嘴唇中间挤出一个微笑,继续收拾着行装。

阿里检查站

　　我们到的当天，阿雅住的藏式旅馆来了几辆皮卡，都是第二天要到阿里检查站的，帕羊镇前方约 150 公里处就是进入阿里的检查站。阿里地区是西藏需要边防证才能通行的少数地区之一。从日喀则地区进入阿里地区，需要在检查站同时登记身份证和边防证，两者缺一不可。

　　因为顺路，阿雅和司机磨了半天嘴皮子，终于磨得一席之地，和他们一起出发了，我和晓薇的车还没着落，便早早地就到马路边等着。我们算着时间，去冈仁波齐的旅行车一般会选择在萨嘎留宿，虽然萨嘎条件艰苦，但在这近 800 公里范围内算是唯一可以让大多数旅客满意的地方，萨嘎到帕羊镇有 230 公里，耗时三到四个小时，假设旅游车八点出发，十一点到十二点之间会经过帕羊镇，我们必须在十一点前走出帕羊镇。除了旅行车，这里几乎找不到第二种类型的车可以指望。

　　在十一点到十二点这段最有希望的时间里，我和晓薇满怀信心地等着路上可能出现的越野车。但我们仅仅遇到一辆从眼前缓缓驶过的拖拉机。拖拉机的货厢上坐着两个藏族妇女，红扑扑的脸上裹着头巾，用不可思议的眼神看着路边的我们。走出帕羊镇，公路的一侧是高山，另一侧是宽阔的马泉河河谷。河谷很宽，除了丰盛的水草，河谷中央依稀分布着一些房屋，房屋的主体用土坯砌成，后墙的两个角上各有一个方形的插孔，上面插着画有图文的彩旗，什么寓意我自是不知。河谷低洼处是一些天然的水坑，一些房屋依水而建，水坑里倒映着房屋的模样。房屋虽然全由木头和土坯构成，但搭配藏族特有的装饰，看上去精致漂亮。我们凑近观看路边的几座房子，似乎没人居住。想必这是牧民在冬春时的居所，夏天正是山上草肥水美的时候，牧民们定不会错过。

马路上几乎没有车经过，我和晓薇时不时跑进草地，来到水塘边，看着清澈的塘水倒映着蓝天白云。我在水里想找出鱼儿，可找了半天也不见鱼的踪影，就连其他水生生物都看不到。西边的喜马拉雅山脉绵延起伏，经过阳光的照射，雪白的山顶被升起的云雾遮掩，云雾再继续往上飘，最终变成天上的云。快接近下午一点时，我们才坐上一辆去霍尔巴乡拉石头的小卡车——我们笑称这就是传说中的起了个大早，赶了个晚集。

我们搭车的原则是：哪怕只是前进一公里，只要当天没有住在同一个乡镇里就不算白忙活。霍尔巴乡距离帕羊镇只有区区 30 公里，对我们来说，已经算是一个很好的开端，就算最终不得不留在霍尔巴，我们的旅途也算是往前推进了。

30 公里的距离并没有让周围的景色有多大的变化，眼前仍然是宽大的马泉河河谷，一侧还是稀疏地散布着草丛的山坡。少了山脉和河流的阻碍，宽大河谷中的公路笔直地从草原上穿过，远远地消失在天边。在新藏线上很容易体验到这样的经历：车匀速前进，但公路像不断从天边生出来一样没有尽头，周围景色不变，车像完全静止，唯有一段时间后从车窗外滑过的里程碑提示着车在行驶中这一事实。我最长的纪录是数了八块里程碑，才远远地看到前方弯道的影子。而拐过那个来之不易的弯道后，又是横亘在天边的另一段笔直无边的公路。

在我们等车的时间里，阿雅早已到达阿里检查站。她无处可去，便和检查站的小战士聊起天来，没一会儿工夫，倒和小战士混熟了。我和晓薇在霍尔巴的路口走来走去，走累了，就在写着"爱我中华 固我边防"的告示牌下休息。霍尔巴是日喀则方向去往阿里的必经之路，陆陆续续地，从拉孜、萨嘎出发的旅游车开始出现，虽然没有私家车愿意停车，但看到车就看到了希望。功夫不负有心人，几经波折，我们终于拦下一辆三排座的商务车。

虽然我和晓薇一路上没看到什么车经过，但在阿里检查站却停着很多车，二十几辆车排成长龙等待通过。我们谢过商务车的车主，到登记窗口登记，顺便联系阿雅。

此处检查站最大的亮点，或者说和其他检查站最不同的一点，就是登记和值班的都是武警战士，而且配有枪支。登记的房间里一共有三名战士，一名战士负责录入，一名战士负责接收证件并核对，另一名战士警戒。

直到我凑近登记窗口，才知道为什么路上停了这么多辆车。小战士录入得相当慢，我甚至怀疑不如写得快。只见小战士的双手放在键盘上，不是十指并用，而是两指，左右手各伸出中指，目测应该是左手的中指负责键盘左边的区域，右手中指负责右边的区域。接过负责核对信息的小战士手中的身份证和边防证之后，负责录入的小战士便像绣花似地用两根手指在键盘上戳来戳去。一些司机是藏族人，汉语名字很长，这时小战士录入得更吃力了。在等待的时间里，有几个瞬间，我差点没忍住请求当义工，进去协助录入。

人们把车停到一边就挤着到窗口登记，我们哪是几个大汉的对手，三下两下就被挤出了登记窗口，也不敢和他们理论，这个时候就会安慰自己：吃亏是福。

看着游客越来越多，小战士录入的速度还是一如既往地慢，一名中尉军衔的军官终于看不下去，决定亲自上阵。那位军官把录入的小战士叫到一边，也叫走了核对信息的小战士，核对和录入都由自己操办。他一只手拿着审核的资料，一只手在键盘上左右移动，虽然速度还是不快，但和之前的小战士相比，总算还多出三根手指帮忙了。

等我们仨终于登记完毕，时间已经过去两个钟头。把我们从霍尔巴带到检查站的商务车已经离开，甚至在我们后面到达的一些车辆也早已离开。我们越过关卡，阿雅和刚认识的兵哥哥道别。终于，我们三个又走到了一起，但自然又分成了两组，这一次我们做了调整：晓薇一组，我和阿雅一组。如此做是因为现在往前往后都只有新藏线一条路，路上的车不多，愿意搭人的车更少，一个人相对于两个人来说要容易些。而且，从日喀则到阿里检查站，阿雅已经领教了我和晓薇的"搭车水平"，两个人一组更需要搭车技巧。

我们说好在前面的霍尔乡碰面。

撞到麻雀的普布

我和阿雅走前面，晓薇在后面并和我们拉开距离。阿雅说，晓薇走了，我们才有希望。

在检查站等待通过的车都是我们考虑的搭车对象，只要检查站有车，我们就不担心拦不下车，我和阿雅信心十足。晓薇和我们保持约一公里的距离，互相能看到彼此的动态。晓薇离检查站最近，也是最早拦截过往车辆的，但看着车一辆一辆从她身边驶过，我和阿雅不禁有点心灰意冷。

半个小时后，晓薇成功拦下一辆黑色丰田，我和阿雅高兴得跳了起来，晓薇成功搭上车，接下来就是我们了。黑色丰田驶过我们身旁时，司机特意减速，伸出脑袋说很抱歉，只有一个空位，我们表示理解，并祝福他们一路顺风，果然，一个人是要容易些啊。

晓薇的离开并没有给我们带来好运气，车一辆接一辆从身边驶过，没有车愿意停下来。周围的风景已经看腻了，再不愿意多看一眼，于是我们索性躺在路边看天上的云。看云从土山后面升起，在天空中变换着模样，同一高度上的云相互融合又分散；不同高度上的云，低层云跑进高层云的阴影中。看云看到感觉不适，于是我在路边玩起了游戏：用石头砸易拉罐儿。无论是川藏线还是新藏线，路基下面最不缺的就是各种易拉罐。现在，就在我眼前，在路基下，随便用眼睛一扫，目所能及，不用仔细去筛选，数十个易拉罐尽收眼底。

我走下路基，左右两侧各走了十米远，就收集到二十几个易拉罐，我还专门做了取舍，有泥的、瘪一点的统统不要，全新的或干净的才收集起来。这一路上数量最多的要数红牛易拉罐，无处不在——红牛几乎成了旅游车和长途卡车司机唯一的必备饮料。我把一个个易拉罐当作士兵，立在距离我五米远的地方，红牛易拉罐最多，所以它们只能当小兵，而其他如可乐、啤酒、花生奶的易拉罐则少得多，无奈之下，虽然很不相称，但物以稀为贵，我给它们按上军衔，比如什么排长、军长、司令，立在红牛易拉罐中间。放好之后，为了增加游戏难度，我会在队伍的前面设置一些障碍物，让我不那么容易击中它们。我撤回到路基上，开始想象眼前是一片兵荒马乱的景象，一排排敌军正在向我靠近，火力之凶猛、人数之众多实属罕见，我的任务就是粉碎它们的进攻。当然，我这么一个能活动的主体去攻击这些完全静止的"敌军"，似乎很不公平，打到最后，作为我，无论如何都能取胜。为了让游戏更加刺激，我给自己分配有限的弹药，比如五十颗或六十颗石头，石头扔完后，如果还有立着的易拉罐，就算我输，反之，自是我大获全胜。这样就让等车变得有意思多了，虽然易拉罐是完全静止的，但当你赋予了它们想象的意义之后，在想象的世界里，一切都那么真实，甚至会让自己情绪激动。有时石子剩太少而易拉罐还剩很多，我就不敢轻举妄动，而是从各个角度、各个位置分析，找出最佳的射击点，然后铆足了劲儿把石头扔出，争取来个"一石多鸟"。这种时候如果石头落空了，自己的心情甚至比搭不上车还要难过。有时石子剩太多而易拉罐没几个，"弹药"充足的我自然是各种嘚瑟，给"敌军"区域来一次铺天盖地的狂轰滥炸。

路上一直没有车经过，看着我玩得起劲儿，阿雅也是闲得无事可干，就来和我一起玩。这么大的两个人在这种地方玩这样的游戏，没有人观望，没有人说我们幼稚，想想那会儿，还真是最不把别人的看法当回事儿的时候。

不知不觉，从四点玩到了六点，陆续通过的十辆车，没有一辆愿意停下来。山的影子已经爬上公路，四周除了我们砸石头摔瓶子的动静，再也听不到别的声响。阿雅想要放弃，说已经六点，不太可能还有去霍尔的车，这个时候去检查站留宿，说不定还有免费晚饭吃。我想想也对，自从离开拉孜，一路上搭车就变得困难很多，到萨嘎之后，更是难上加难，今天能顺利进入阿里地界实属不易。我和阿雅拍拍身上的土，正准备往回走，这时隐隐约约听到有卡车经过的声音，我学着古时候探听敌情的方法，俯下身子用耳朵贴着地面，仔细辨别那若隐若现的声音，还没等我起身，阿雅就踢了我一脚，说道："别听了，赶快起来，车都快要轧着你啦。"我从地上翻起身，见检查站方向来了四辆卡车，从车的速度以及车的声音判断，应该是拉满货物的车辆。阿雅开始招手，我对她说："这是车队，而且拉这么多东西，别人不会停的，这一脚刹车得费多少油啊！"阿雅没有理会我，继续朝车队招手，可没想到的是，车队真的停下了，而且是四辆一起整齐地停在路边，阿雅迎了上去，我才像突然想起什么似的，跟在后面朝第一辆车跑去。

如我所料，这是一个车队，从拉萨运建筑材料到普兰县，看到阿雅在招手，打头的车朝我们停了下来，后面的车以为出了什么事，也一起靠边停了车，没想到是两个捣蛋鬼。

长途卡车都是两个司机倒班开，而卡车只能载三人，所以我和阿雅分别上了两辆车。搭我的那辆车的小兄弟介绍，他们都是藏族人，每一星期去拉萨拉一次货，我问他为什么不到更近的狮泉河去拉，他说只有拉萨才有他们所需的材料。

搭我的小兄弟今年 22 岁，和他一起开车的是刚满 18 岁的亲弟弟——在内地，这个年纪的大多数人还在上大学，他们已经在这条生命线上跑长途多年，驾驶技术自不用多说，吃苦耐劳的精神更不是一般人所能及。我上车时，18 岁的弟弟正在座位后的单人床上睡觉，开车的小兄弟名叫普布，普布说到了巴嘎（去普兰的公路与新藏线的交会处），车就要交给弟弟开，他要去睡觉。

我刚上车时，弟弟显得很害羞，不说话，一个人躲在后面，躲在被子里，从缝儿里看着我，一路上我和普布聊天，聊我们的旅行，聊他们的工作。普布问我这是第几次来西藏，我说是第一次，他问我接下来要去哪里，我说先去转山，然后去新疆，他问我怎么知道自己要去的地方，我笑着拿起放在车窗前的地图，告诉他说我有这个，我指着地图上的路线，告诉他沿着这些线走就能到达自己想去的地方，我在地图上指出我们上车时的大概位置，也给他找到了普兰。普布露出羡慕的表情说道："你们汉族人就是聪明，带上一张纸就能去想去的地方。"我笑着说："这不是聪明，再说，没有你们的帮助，我们也哪里都去不了啊。"他听着开心地笑出声来。

看到我和普布聊得开心，一开始怯生生的弟弟也从床上翻起来听我们聊天，时不时地，也会和我们一起笑出声来。我拿出相机，和弟弟一起翻看之前拍的照片，弟弟很喜欢那些照片，看到觉得不错的，就会拍拍普布的肩膀，让普布一起看。这个时候，普布像是忘记自己在开车，双手离开方向盘，转身和弟弟一起看照片，看得直乐呵。我陪着一起乐的同时也紧张地看着前方对普布说："兄弟，这样开车不要紧吗？"普布转过身，使劲儿地朝左朝右打着方向盘，紧接着，发出沉重哀号的卡车就在路上左右摇摆，普布笑着说："你看，没问题。"这句话我理解成：这么宽的马路，又没有其他车辆，不用手握方向盘也无所谓。我微笑着点点头，此时的普布又双手离开方向盘，和弟弟一起看照片去了，我只能双手掩面，祈祷不要发生什么事才好。

公珠错像是突然跳到眼前的。卡车在公珠错的右岸行驶，我们到达公珠错附近时，正值下午时分，斜斜的太阳将阳光洒向水面，微波粼粼的湖面，加上岸边微微泛黄的草甸，看上去就像一块发光的黄地毯，晃得人睁不开眼。一半湖面掩盖在左侧的山影里，显得幽凉。我们正向西北方行驶，此时的阳光透过车窗扎扎实实地照射在我们身上，烤得左侧的脸发烫。公路两侧的山峰上植被不多，但终于可以看到成群的羊，这是我离开拉萨后，第一次看到如此大规模的羊群在山坡上活动，渐渐地看到一些牧民赶着羊群迁徙。旷野里一直有几只狼狗跟随着我们前进，我们的车速很慢，一直在二十公里上下，狼狗的速度不用太快也完全赶得上我们，即使在平路上被我们甩出了很远，但到了盘山路段，走近道的狼狗总能超过我们。在这么高海拔的地方狂奔，它们显得一点都不累。这一度让我怀疑看到的不是野狗，而是狼。我问普布这里有没有狼，普布说有，我指着车窗外一直跟着我们的黑色狼狗问普布那些是不是，普布再一次双手离开方向盘，趴到副驾驶座上看我所说的野狗，看完后心满意足地说那不是狼，是野狗，狼要晚上才出来。我问既然是野狗，这方圆几十公里没有人家，它们吃什么。普布说它们会在草地上抓老鼠吃。我再次将目光投向车窗外已经跟了我们很久的黑色狼狗，心想它们是要去什么地方呢？

满载的卡车开得很慢。普布的弟弟看完照片，把相机重新放回到我手上，我问他要不要拍照，他笑着说不要，但表示可以给他哥哥拍。我说可以，我给普布拍了张侧脸像，普布说要看，我给他看过后，他笑了笑说可不可以给他拍一张正面照，我说他开车不方便拍。他立刻双手离开方向盘让我拍，我自是一刻不敢耽搁，咔嚓咔嚓拍了几张，他看过后满意地笑了，继续开着车，我把照片给弟弟看，弟弟笑得合不拢嘴。

"那个女孩是不是你媳妇？"闲聊中，普布把话题转移到了我和阿雅身上。我揣着明白装糊涂地说："哪个女孩儿？""就是和你一起上车，在后面车上的那位？"为了弄明白他想问什么，我也假装正经地说道："嗯，对啊。她是我媳妇。"普布听后高兴坏了，我不明白他为什么反应如此激烈，普布兴高采烈地说："你们有孩子没？"我差点笑出声来，没想过普布会问这样的问题，我假装思索地说："考虑过要，但一直要不上。"他吃惊地看着我，说："为什么？"我说："我也不知道，不知道是她的原因，还是我的原因。"说完，我忍着没笑，眼睛里已经沁出泪花。普布惋惜地说："怎么会这样。"说完，嘴里喃喃地念着什么，我没听清。

我看着表盘上速度指着二十，有气无力地对普布说："兄弟，我们什么时候才能到霍尔乡啊？"

普布跷起二郎腿，心不在焉地说："没事，我们这个车上坡不行，下坡快得很。"他好像还在为刚才我说不能生孩子的事而苦恼。果不其然，没过多久，话题又再次跑到我和阿雅身上，普布说："把你媳妇放到另一辆车上，你就不担心？"

"担心什么？"我看着他说。

"担心他们把你媳妇拐走啊！哈哈！"普布说完哈哈大笑起来，床上的弟弟也跟着笑起来。

我故意顿了顿，说道："嗯，我不怕。"

我的反应似乎超出了普布的预料，他急忙问："为什么？"

"因为，你们是好人啊!"我说。

"为什么?"普布露出不解地神情。

"如果你们不是好人的话，不会带上我们啊。"

"哦。"听完我的回答，普布没有再往下接话。爬上一段盘山公路后，卡车迎来超长的下坡路，我看着卡车越来越快，越来越快，最后，速度定格在四十五就不动了，我心想这就是"下坡快得很"?

远处，平缓的山坡上稀疏地覆盖着植被，公路就在这样平缓山脉之间的过渡带上蜿蜒。由于风化和雨水冲刷的影响，山的样子变得参差有致，加上云朵在山坡上投下的阴影，有对比才知道远处的山脉并不小。在没有任何大面积植被的山坡上，你以为它很小，但直到山脚下突然出现的火柴盒般大小的民居，你才会如梦初醒般感受到它们的气势磅礴。我正用相机记录着眼前的这一幕，听到普布说："你知道那山(那些)叫什么吗?"

我看着随云朵的移动而变幻着光影的山脉，心想我第一次到这里，怎么知道那山叫什么名字，我回答道："不知道。"

普布笑了笑，说道："呵呵，你们那里没有?"

"哦，"我收回窗外的相机，说，"我们那里没有这样的山，虽然也有不长树的地方，但草原下面就是森林，河也多。单独这样除了草什么都不生长的，还是到西藏后第一次看到。"

"哦。"普布似乎不太理解我说的话，抓了抓脑袋继续说道，"你们到这边不就是看这些的吗，很多人都知道，你怎么不知道。"

我很惊讶，难道这是一座著名的山峰?竟然很多人都知道，那我肯定听说过。我急忙问："兄弟，这座山叫什么啊?"

"野驴。"他说。

"咦?野驴?"我有点不敢相信自己的耳朵，"野驴山?"

"嗯，野毛驴。"普布说。

这是哪门子山啊!听都没听过，我心里想。

"到处都是，你们最喜欢看了。"普布乐呵呵地说道。

"嗯，特别是有云又不太多的时候，照片拍出来很震撼。"我说。

"这里有狼吃它们，还有狐狸，多得很。"

"咦？它们？狼吃什么？"听普布这么说，我有点不明白他说的意思。

"野毛驴呀！"普布说道。

"呀！"我几乎叫了出来，"你说什么？你刚才说的什么？"

"野毛驴啊，刚才叫你看的。"普布不理解我怎么会有这么大反应。

我突然一下子反应过来，原来普布问我的不是什么山叫什么名字，而是山脚下成群的野驴。由于距离太远，我以为是羊群，所以没在意。

"野驴不是青海、可可西里那边才有的吗？怎么这边也有？"我不解地问，也可能是我记错了藏野驴和藏羚羊的分布地。

"可可西里在哪里？我们这里也有啊！"普布说道。

"兄弟，前面还会遇到吗？"我紧张地问，担心刚才没看清就永远错过了。

"多得很。"普布说。

我不敢有半点松懈，眼睛一直盯着车窗外宽阔的草地，除了明显能辨别出是羊群的部分外，其他辨别不清的我都让普布帮忙看是不是野驴。普布说得对，在公珠错附近的山谷里，终于看到了成群结队的藏野驴，我当时兴奋地欢呼起来，相机不停地拍着，可惜限于焦距，不能将这一切很好地呈现。但能清楚地看到一身光亮皮毛的野驴或吃着草，或躺在草地上，还能看到小藏野驴偎依在母藏野驴的身旁，看到这一切，我激动地半晌说不出话来。普布说这里也有藏羚羊，不多，但仔细看能看见。在公珠错，两只长着长长羚羊角的羚羊还跟着车跑了一段。

这里的动物不怕人，之前听别人说起过，藏野驴不但不怕人，还对越野车情有独钟，会和越野车赛跑。高原上越野车的爆发力根本不及这些土生土长的生物，要是比短距离冲刺，越野车都不是野驴的对手，而且只要和你较上劲儿，野驴便摆出不赢不罢休的架势，一直在车外狂奔，直到跑到越野车的前面，才会咧着嘴活蹦乱跳地离开。这里的麻雀似乎也是这样，看到缓缓接近的车辆，不着急飞走，或是飞走后绕一圈又从车前飞过。在一个下坡的路口，我们的车速并不快，突然从左前方飞过来一群麻雀，普布紧急刹车，可还是撞了过去，车前瞬里啪啦响了一阵，普布停下车，走到车前，我也随即下了车。除了车前的一些血迹，地上还零零散散地躺着几只麻雀，有的还在挣扎。普布看上去很伤感，喃喃地说："我又杀了几只鸟。"之后双手合十，默默地念着什么。我没有再看，转身回到车里。

这一路上，普布没有再说话，我也没有再开口。接近霍尔乡时，视野里出现了一座巨大的雪山，这是出发以来我看到的最大、最壮观的雪山，这就是著名的海拔 7694 米的纳木那尼峰。

过了霍尔乡后再往前行驶一段距离，就是去普兰县的路口，我和阿雅在那里下了车，普布和一位去塔尔钦的同伴打了招呼，让他把我和阿雅带过去。到巴嘎时，已经是晚上八点半，此时的天空正好被晚霞染得通红，站在巴嘎的检查站，能清楚地看到远处金字塔形状的冈仁波齐峰。

冈仁波齐峰，是世界公认的神山，被印度教、藏传佛教、苯教和古耆那教认定为世界的中心。今晚，我们将住在塔尔钦，正式开始我们的转山之旅，阿里之行。

冈仁波齐(上)

在巴嘎告别普布兄弟，我和阿雅到了塔尔钦。塔尔钦是冈仁波齐脚下的一个小村庄，说是村庄，却比一路上看到的一些乡镇大很多。由于每年接待数以万计的朝拜者和观光客，整个村庄就是餐馆和旅馆的杂乱集合体。除了餐馆和旅馆，塔尔钦还有超市、商店、邮局、公安局，虽然价格较贵，但基本的日用品都能在这里买到。相较不远处的巴嘎乡，若不是事先看过地图，会把两者的从属关系搞错，和巴嘎的安静和默默无闻比起来，塔尔钦要热闹和高调得多。村子各处堆满了建筑材料，村庄的规模在慢慢扩大，以应对越来越多的旅客和朝圣者。

我和阿雅到塔尔钦时，天已经完全黑尽，晓薇比我们到得早，和晓薇取得联系后，得知她已经帮我们找到了住所。塔尔钦最热闹、住宿条件较好的要数一家叫神山圣湖青年旅社的旅社，虽然一个床位要五十块钱，但可以洗澡，供电时间也较长(塔尔钦和西藏的大多数乡镇一样，水电都是自给自足，条件较好的宾馆有自己的柴油发电机和锅炉，而一般的宾馆或民宿，只有两三个小时的供电和冰冷的水)。

第一天到塔尔钦住的是这样一家宾馆，宾馆的名字已经想不起来了，唯一记忆犹新的就是用隔热板搭建起来的宾馆主体：进门是一条长长的走廊，走廊两边的房门对开，走廊的尽头是一间厨房，厨房还有另一扇门，通往宾馆的后院，后院里堆满了石头和木板，想必是为将来扩建做准备。厨房里的锅碗瓢盆不多，门口的两个水缸里的凉水是洗漱用水。住宿的房间里拥挤地摆放着三张高低床，下铺尚可住人，上铺则离房顶太近，像我这样的身高住上去，只能弯着腰脱穿衣物。我和阿雅到达时，已经过了晚上十点，住宿区早断电了，考虑到第二天要转山，重新回到塔尔钦是两天以后的事，相机和手机无论如何都得想办法充好电。我出门找到老板，老板的房间是 24 小时供电的，我将所有的备用电池和充电器给了他。

转山全程 52 公里，冈仁波齐峰是冈底斯山脉的第二主峰，海拔 6656 米，终年积雪覆盖。转山途中需要翻越的海拔 5630 米的卓玛拉山口是全程中的难点，也是最容易产生高原反应的路段。骑行川藏时，高反是我特别担心的事，在翻越折多山时着实尝到了轻微高反的滋味，但在新都桥休整一天之后，高反就再也没有光临过。5630 米是一个从未到达过的高度，不同于平时出门的轻装上阵，我们带着此行两天所需的食物和水，而且作为队伍里唯一的男生，"挑山工"的重担自然落在我的身上。

头一天信誓旦旦说要早起转山的我们，最后还是十点才走出宾馆。因为还要返程，我们把一些非必要的东西留在了宾馆，老板开始有些不情愿，说东西丢失没办法负责，我们说东西丢了不怪他，老板才算勉强同意。

出发前，我们走进一家川菜馆吃饭，饿着肚子也走不快，毕竟转山是体力活。随便叫了几个小菜正吃着，走进来两个年纪和我们相仿的男生，不大的登山包上各挂着一个睡袋，穿灰色风衣和灰色冲锋裤、鼻子下方蓄着一弯小胡子的男生个子和我相当，穿黑色风衣和牛仔裤的瘦高男生要比我高一些，但身材显得有些单薄。他们进来后在我们身后的四人桌旁坐下，背包放在脚边，各点了一份炒饭。看着装和装备，想必是和我们一样去转山的。吃饭期间偶然的眼神交会，让我们很快就打开了话匣子。身材较为魁梧、穿灰色风衣的男生是来自西安的小南，瘦高的同伴小郭来自抚顺，两人在拉萨的宾馆里认识，像我们一样一路搭车到了阿里，我们很惊讶怎么路上一直没碰到，他们说两个男生不好搭车，好不容易搭上车基本是日夜兼程。上午搭上车的时候也是有的，但大多还是在下午或太阳快下山时，想必司机觉得这么晚让两个男生留在这种地方也绝对不安全，所以才大发慈悲把他们带上。他们有时会和司机换着开车，夜里赶路的时候很多，昨天也是大半夜才到塔尔钦，所以今天转山才起得这么晚。我们笑称难怪遇不上，因为有"时差"。

同为背包客，我们吃完饭后决定一起转山。出了餐馆，到前方的超市买了两天的口粮，自从结束了川藏骑行，我就再没喝过白酒，这次去转山，我决定买一瓶红星二锅头带上。阿雅问为什么要带酒，我说白酒能驱寒，还能提神、促进血液循环哩。

真正踏上转山的征途是上午十一点，游客也好，朝圣者也好，早已经出发，我们五人应该是最后出发的吧。从一条较宽的水泥路出塔尔钦，走出村子，水泥路戛然而止，眼前出现的是沿着半山腰修的黄土路，与其说是依山而建的黄土路，不如说是千千万万朝圣者和观光客年复一年、日复一日用双脚踩出来的路。越往上走，土路变得越狭窄，从起初的可以容下小轿车行驶到最后的羊肠小道。

在晴好的天气里，站在塔尔钦主路上的某一个位置，能看到冈仁波齐被白雪覆盖的圆形峰顶。走上山腰，出了村子，才能真正看清塔尔钦所处的环境。头一天到塔尔钦是晚上，除了知道塔尔钦在神山山脚下，稀疏的灯光和轰鸣的柴油发电机表明这里也是一个电力自给自足的地方外，我们对它几乎一无所知。塔尔钦所在的位置，是冈底斯山脉与喜马拉雅山脉之间一片宽阔的河谷盆地，冈仁波齐峰及其附近的雪山，以及与冈仁波齐峰遥遥相望的纳木那尼峰，它们的冰川融水一部分汇入盆地中的两个湖泊：玛旁雍错和拉昂错。由于冈仁波齐的世界影响力以及周边美丽的自然风景，玛旁雍错成为朝圣者心中的圣地，与纳木错、羊卓雍错一起，组成西藏的三大圣湖。与其一丘之隔的拉昂错就没有这么好的待遇了，它被称为"鬼湖"。拉昂错虽然被称为鬼湖，但湖泊本身没有名字那么吓人，相反，拉昂错是一个无论从哪方面看都和玛旁雍错一样美丽诱人的湖泊。

西藏最具传奇色彩的四条河流马泉河（雅鲁藏布江上游）、狮泉河（印度河上游）、象泉河（印度河最大支流萨特累季河的上游）、孔雀河（恒河上源支流）都发源于阿里地区，而且四条河流的源头都在冈仁波齐峰附近，所以它们也被称为冈仁波齐的四个子女。虽然其源头都在冈仁波齐附近，但要一睹四条河流的容貌并不那么容易，倒是去它们流经的城镇是一个不错的选择。比如，马泉河在仲巴县、帕羊镇都能看到，狮泉河可以到阿里的首府狮泉河镇去看，象泉河可以到札达县去看，还可以顺路参观札达土林和古格王国遗址，距离塔尔钦不远的普兰县可以看到孔雀河。

塔尔钦外的半山坡，少了房屋对视线的遮挡，高原所具有的磅礴之势重新占领了中枢神经。远远地能看到气势磅礴的纳木那尼峰和雪山脚下狭长的一抹天蓝色，那就是拉昂错的湖面。时值正午前后，雪山上升起的水汽已经集结成云，飘在雪峰顶上的天空。宽大谷地中间是笔直的新藏公路，上面小的像火柴盒一般的车子从侧面反映出眼前这片谷地的宽广。

出发得晚，今天的目标是22公里外的扎热寺，大家走得很快，说是快，倒不如说是保持心律在正常范围内尽可能快地前进。我虽然背着沉重的背包，但在青藏高原已经快两个月，虽负重行走但没有觉得像刚开始那么难熬，身体也没有不良反应，在大家都休息时，我便会拿着相机到处拍照，虽然眼前的景色已经拍过千万遍，但还是忍不住要拍，不拍总觉得会错过什么，总觉得会有遗憾。

在一个挂满经幡的山脊拐弯处，是能够同时看到纳木那尼峰和冈仁波齐峰的绝佳位置。此时往南看，是高耸入云的中国与尼泊尔的界山，往北看是世界中心冈仁波齐。与气势磅礴的纳木那尼峰相比，此时的神山只露出被白雪覆盖的标志性的圆形山顶。我们在经幡下的拐弯处，遇到转山的一家四口，夫妻俩带着两个不大的孩子。若不是这两个孩子，我还以为他们已经年过半百，岁月在他们脸上刻满了沧桑，黝黑的脸上布满了皱纹，男主人鼓鼓的花布挎包里是他们一行的口粮，除了糌粑和酥油茶，还有几瓶塑料瓶包装的酸奶，这想来是给孩子准备的。女主人怀里是年纪稍小一些的女孩儿，橙红色棉袄，扎着两个马尾辫，手里捏着女主人准备好的糌粑。穿大红衣服的小男孩蹲坐在一旁，聚精会神地看着陌生的我们，我对他微笑，男主人回了一个大大的微笑，露出有些发黑的牙。我们歇下没多久，男主人便起身扎紧腰带，挽着小男孩，女主人则把小女孩甩到背上，一家人又启程朝前面走去。

　　过了挂着经幡的山脊，盘在半山腰的山路开始往河谷里延伸，前方不再是宽阔的谷地，而是变窄的河谷。进入河谷，后方是河谷盆地展开的开阔出口，前方是越变越窄的河床。在去河谷的路上，我们又一次遇上了转山的一家四口。从他们身旁经过时，能听到微弱的祈祷的声音。

　　在河谷里朝前走去，前方突然变得开阔起来，我们走向一座白塔，距离白塔不远处的缓坡上有一处由许多经幡组成的巨大经幡群。站在白塔处，冈仁波齐峰终于毫无保留地呈现在眼前，抛开它的神秘色彩和宗教地位不说，眼前的冈仁波齐算不上十分震撼，这可能和我的偏好有关。离开白塔后再往前走，到了一个野花盛开的谷地。河谷中聚集着山里流出的雪水，河滩和河岸边的缓坡上长满了野草，指甲盖大小的黄色红色小花开得满山坡都是，远处成群的黑色牦牛和羊群点缀其间，加上远处的冈仁波齐峰，如果忽略这里是西藏腹地、条件最为艰苦的阿里地区，这番景象绝对是天堂才有的模样。河谷中河水清澈，大大小小的鱼儿从来不受人类的惊扰，漫游在水草间。躺在草地上看着从头顶慢慢飘过的云，侧耳还能听到牦牛咀嚼野草的声音，这种感觉简直妙不可言。我给眼前的这个开满鲜花的河谷起了个名字：花谷。

　　对于转山需不需要门票，我到现在还没弄清楚。有人说需要买，有人说不需要买，有人说只要进了塔尔钦就不需要买，有人说只有买了票才能进塔尔钦。前一天晚上我们坐在卡车里，稀里糊涂就到了塔尔钦，天亮后踏上了转山的征程，一路上没有看到检票口，甚至连类似景区售票处的建筑都没有，难道需要买票的传言是假的？直到看见途中的一面铁丝网，我才开始思考需要买票的可能性。可能是我想得太多，但当我看到铁丝网时，脑子里闪现出来的字眼的确是"检票"来着。

　　离开花谷，进入一个宽约百米的河床。河床中的水集中在地势较低的河道里，而地势较高的河床由拳头大小的鹅卵石组成，路面显得崎岖，负重的我走起来有些吃力。远处的河滩上有几座房子，一条车轮碾压形成的石子路从房子中间穿过，房子背后是一座横跨河流的小桥，过桥后的小路在对面山坡上蜿蜒曲折，最终止于一处半山腰上的寺庙，后来知道那就是转山途中遇到的第一座寺庙：曲古寺。

沿着车轮留下的印记，我们走到了几幢房子跟前，房子的正前方，也就是河谷的方向，出现了一张横跨整个河谷的铁丝网，铁丝网与石头路交会的地方是一道可以开合的铁丝网做成的门，此时上着锁。在河谷里遇上的所有人都走过小桥，朝着曲古寺的方向走去，我们第一次转山，不知道路线怎么走，看到没有一个人从铁丝网里钻过，我们以为人流的方向才是转山的方向。在陌生的地方，跟随人流是一个正确的选择。我们跟随人流过了小桥，走了一段后才发现不对。我们折返到河谷里，房子周边没有人，只看到一群藏族妇女蹲在河边洗脸。根据在纳木错的经历，我在想这里是不是转山的检票口，如果因没票而原路返回岂不是太让人扫兴。我们就在铁丝网旁静静地等，虽然有几处能翻越，但前方看不到任何人，不禁让我们怀疑是不是走错路了。正当无助之时，一辆车从铁丝网内侧的路上驶来，快到铁丝网前时，司机按响了喇叭，此时，从一座房子里走出来一个大妈，一手拿着转经筒，另一手拿着钥匙去开门，我们见状赶紧跟在大妈后面。门开了，我们等着车出来。车走后，大妈没有马上关门，而是示意我们赶紧过去。这时，我们提到嗓子眼的心才放回肚子里，这里不需要检票。

离开铁丝网往河谷里走，河谷的宽度没有太大变化，但由于两边的山脉高高耸起，显得河谷变狭窄了，相较河谷出口附近的开阔地带，这里的河谷显得幽深阴暗，人造的护坡开始多起来，坚实的崖壁上，一条条细小的冰川融水飞流直下，形成壮观的瀑布，由于气温较低，在崖壁的凹槽里还有残冰。在阳光照射下，清澈的飞瀑很惹人喜欢，但当你凑近用手去感知时，会发现这水冻得手指如断裂般生疼。

小南和小郭沿着河床行走，我、阿雅、晓薇三人沿着转山的碎石路行走。碎石路走起来虽然不舒服，但比河床要好一些。一处较宽的河谷里有几顶帐篷，里面整整齐齐摆满了桌子和靠椅，提供给转山的人休息。小郭和小南落后我们很远，虽然出发得较晚，但我们的速度并不算慢，便走进帐篷等他们。帐篷里只有我们三人和帐篷的女主人，还有她的孩子。我们要了酥油茶，现在我已经不喝甜茶了。看到我们脖子上都戴着魔术头巾，女主人和她的孩子很感兴趣，问在哪里能买到。我说这些都是来之前买好的。女主人问贵不贵，我笑着说这是买东西送的，单买的话也就三四块钱。她看上了阿雅的，她孩子看上了我的。女主人坚持想要，说愿意用酥油茶交换，用钱也可以。女主人的孩子话不多，就坐在一旁盯着我脖子上的魔术头巾笑，女主人问他是不是想要，孩子腼腆地点点头。女主人对我说她出十五块钱，让我把魔术头巾卖给她，二十块钱也行。我说："不值那么多钱，您如果喜欢，可以送给您。"女主人听了很高兴，不停地给我们倒茶。临走时，我把魔术头巾给了在一旁的女主人的孩子，阿雅把她的给了女主人。

　　这是最后一个休息点，往前只有到达今天的留宿地扎热寺才能休息。离开休息点的帐篷，我们赶上了之前在河谷里遇上的牦牛队。牦牛背上驮着物资，这是途中遇上的由美国人和加拿大人组成的一个小旅行团的后勤补给。看着他们一身便装，除了手里的相机和登山杖，身上没有任何负重物，再看看我，突然觉得这才叫旅行啊！牦牛队走下了石子路，走到河边，几个藏民卸着牛背上的驮包，没一会儿，一个大帐篷就搭了起来，看得出他们已经不想再往前走，而是选择在这里安营扎寨，好好享受这里的山水美景。

　　陆续地，我们赶上一些早些时候出发的游客，当然，相对于有事没事一天转一次的当地人来说，我们的速度慢得多。我马不停蹄超过一个穿红色羽绒服的女子和一个穿草绿色冲锋衣的男子。扎热寺正对着冈仁波齐峰的一个楔面，从扎热寺下方的旅馆看过去，圆形的冈仁波齐峰像是被用刀齐整地砍去一半一样，一面陡峭的崖壁突兀地出现在两座山脊交会的山谷间，像一把匕首直插苍穹。

　　扎热寺在冈仁波齐峰北坡面正对着的山坡上，除了寺庙四周拉起的经幡，在寺庙的西南面还有五排白塔。山谷里的河流像树杈一样，在扎热寺附近汇集在一起，流向来时的那个河谷。扎热寺所在的山坡往下约五百米，就在河岸边，是两座独立的房屋。一座房屋呈"门"形，有回廊，回廊是全封闭的。坐在回廊里，太阳正好从西边照过来，照在身上暖洋洋的，从窗外可以看到整个冈仁波齐山峰。另一座房屋像是新建的，走廊在中间，房门对开，相较旁边的那间"门"形房屋，这一间的地面铺上了水泥，房间也显得更加宽敞明亮，更重要的是房间里有电灯，走廊的尽头放着几只电瓶。我看完了两座房子，没有碰到任何人，门没有上锁。我走出走廊，来到房前的院子，阿雅已经走到了离院子不远的河边，晓薇一个人去了扎热寺。小郭和小南还不见踪影。

在等人的时间里，院子里来了一条黑狗，我一叫唤，黑狗摇着尾巴走到我面前，我俯下身子摸它的头，它闭上眼睛往我脚上蹭，甚是可爱。这时候，走过来一个背着包、手里拿着登山杖的男子，在我面前的台阶上坐下，眼睛看着前面的雪山。我看了他一眼，打了声招呼，他微微一笑，问道："你也是来转山的？"我说是，他问我是不是一个人，我说有同伴，都还在路上，自己先爬上来了。

"你们几点出发的，一路上没见着啊？"男子把鞋带解开，松了松鞋帮。

我舔了舔干裂的嘴唇，说："早上十一点从塔尔钦出发的。"

"十一点！"男子吃惊地看着我，"你们太快了，我们八点走的，现在才到。"

"我们东西不多。"我笑着说，"大哥你们几个人？"

"我们三个人，他们还在路上，今晚住这儿？"

"嗯，好像没人。"我说完，又回头看了一眼空无一人的走廊。

我和男子静静地在院子里坐了好一阵，直到太阳快要西斜进山里，才来了几个藏族人。他们径直走进屋里，至于谁是老板我辨识不出，过了一会儿，从屋里走出一个瘦小的藏族男子，问我们是不是要住宿。我起身对他说我们有五个人，藏族男子说有地方住，房间有两种，有电的和没电的。他说的有电的就是新建的那间，而没电的正是我所在的这座"门"形老房子。我问这两个房间有什么不同。藏族男子回答新房是每人一百元，老房子是一个人五十元。

看了旧房子里的几个房间后，我们选择了靠近河岸的一间房，房间里一共四张床，多出来的被子给了阿雅和晓薇。小郭和小南在我们安顿下来之后也赶到了，他们看了房间后，选择了和我们一墙之隔的另一间房。

太阳一下山，山上就马上凉了下来，特别是在海拔5200多米的扎热寺，中午暖和的微风此时变成了刺骨的寒风。泡面是我们的晚饭，我们所有吃的、喝的，都是从塔尔钦背上来的。到厨房泡面的时候，在走廊里碰上了同去泡面的、路上遇到的穿红色羽绒服的女子和穿草绿色冲锋衣的矮个子男人，我们说着话一起走进供热水的房间，下午在院子里聊天的男子也在，后来知道他们三人是一起的。三个人都来自深圳，男子叫 Jason，穿红色羽绒服的女子叫香梅，而穿草绿色冲锋衣的矮个子男人叫阿华，是一家公司的高管。三个人休了半个月假，打算来一次阿里大环线的体验之旅，转山自然是旅程中必不可少的部分。不一会儿，小郭和小南也来到厨房。虽说是厨房，但和内地的厨房很不一样，如果不考虑烧水的灶台，整个房间的布置就像一间会客厅，靠墙布置着头尾相接围成一圈的三张床，中间是一张方桌。

阿华哥一行三人和我们一行五人，一共八人，这就是今晚在扎热寺旅馆留宿的所有人。吃完泡面，回房间时间还早，没事可干，小南曾在西安经营一家酒吧，他提议大家一起玩游戏。这方面他的点子多，不一会儿就确定了一个大家都感兴趣的游戏，他称之为"抓小偷"，大概的规则以我们八人为例：其中一人作为判官，在七张纸片上写下两个意思相近的词，比如"女孩"和"女人"，其中六张纸片上写上"女孩"（"女人"当然也可以），剩下的一张纸上写下另一个词。将写好的纸片揉成团，除去判官的七个人从中挑出一张，只有本人知道自己手上的牌。发放完纸片后，判官说开始，按照顺序，每一个人依次用简短的话解释自己手上词语的含义，等所有人都作出解释后，判官会让大家指认"小偷"，"小偷"就是和其他六人不一样的那个人。每一个人都要发言，来说明自己做出选择的理由。如果被指出的那个人并不是"小偷"，则游戏继续，每个人再对自己的词语进行另一番说明，之前被冤枉的"小偷"则出局。最后，如果有三个人被冤枉出局，则"小偷"胜出。

如此这般玩着，时间过得很快。晚上十点刚过，藏族男子催我们睡觉，我们才恋恋不舍地回到各自房间。走过走廊的瞬间，我被窗外的星星吸引，若不是寒气逼人，我倒想跑出去看一看。神山的西面是一弯小小的月亮，在这个没有灯光的夜晚，就连星辰都亮得能照出人影来。

冈仁波齐（下）

虽然早有心理准备，但还是未能抵挡夜里的寒冷。四个床位三个人，晓薇和阿雅分走了被子，剩下的床垫被我压在被子上。房间里的设施，除了四张床和床头简易的桌子，就是两根十厘米的蜡烛和一盒火柴。电子打火机在这里用不上，只有轮式打火机才可能在空气如此稀薄的条件下正常使用。当然，火柴只要没有风，一般条件下都能点着。夜里，我们借着烛光收拾床铺和背包，借着月光洗漱，等蜡烛点完才极不情愿地睡下。

晚上被冻醒两次，在黑暗中隐约看见自己吐出的白气，房间里除了均匀的呼吸声，再没有别的声响，迷迷糊糊之中我又睡着了。

接下来的时间睡得很沉，以至于阿雅吵着说看到了日照金山，才把我从沉睡中惊醒。我顾不上洗漱，穿上了所有的衣服，抓起相机跑到院子里。看到冈仁波齐峰匕首般的身姿时，山顶的三分之一已经披上了金光。太阳刚升起来，雪山上还没有升起水汽，神山干净利落地出现在面前，如此清新且近距离地感受神山还是第一次。早上气温很低，在院子里站了五分钟就再也坚持不住了，我跑回屋里暖身子，直到 Jason 哥、阿华哥到厨房里准备早饭，我才又从床上翻起来。

背包里只剩最后一桶泡面，这意味着剩下的三十公里山路就靠这一桶面支撑，前方有没有补给点，第一次来的我们都不清楚，九月底已经是转山的淡季，除了当地人，基本看不到游客，想必山上旺季才开的商铺也都关门了吧。负责管理客栈的藏族男子用柴火给我们烧热水，小郭和小南还没出现，我们就和Jason哥他们闲聊起来，其间还和藏族男子搭了些话。藏族男子是阿里改则县人，家里没事可干就和哥哥一起到神山打工，旺季的时候哥俩会一起操持旅馆，扎热寺提供住宿和薪水。他说旺季的时候老房子里的床位也要卖到一百块钱以上，而且从来不降价，即便如此，也需要提前预订。我说生意这么好，为什么自己不在这里建旅舍，这样肯定比打工挣得多。藏族男子笑了笑，说神山脚下不准随便盖房子，外地人绝对不行，只有寺庙才可以，这里的房子都是寺庙建的。我问怎么没有见到哥哥？他说哥哥一个月前已经回家了，游客越来越少，没多少事，过一星期左右，他也要回家，第二年的三四月份再返回。讲话的时间里，小南搀扶着小郭来到厨房，小郭的脸色很难看，嘴唇发紫。我们急忙询问小郭怎么了，小南说可能是高反了，早上摇了很久才醒过来，我们给他们留出位置，小郭一到床边就躺下了，我们问他有没有事，小郭说躺一会儿就没事。

小南给小郭泡好了面，香梅姐说他们走得慢，想早点出发，我们就在厨房里告了别。吃饭的时间里小郭状态越来越差，我们提议要不要把他送下山，这样耽搁下去会不会有危险？小郭说自己没事，但已经紫青的脸色不能不让人心焦。我问在一旁烧水的藏族男子这里有没有车能送人？男子说这里的车不准送人了，以前摩托车从这里送到塔尔钦是五百块钱，后来规定不能开车到山里拉人，如果被发现会罚款，所以现在没人愿意送。我说同伴高反了，这种情况也不送吗？男子说这个时候山里没有车。阿雅说她身上带了速效救心丸，不知道能不能用。这个时候管不了这么多，阿雅给了小郭一粒药丸。小郭说想睡会儿，如果还是不行就把药丸吃了。小南决定留下来陪他。我们相互留了联系方式，说如果有需要可以打电话。我们要出发了。

告别了小郭和小南，我们踏上了转山的旅途。离开住所，过了一条小河，就走上了碎石岗，碎石岗上的道路是在石缝中踩出来的羊肠小道。在碎石岗上行走的过程中，冈仁波齐随着视角的变化一直转变着景色，除了圆形的雪峰，雪峰周边大面积的雪山开始出现。看着眼前的雪山，给人一种站在空调下吹冷风的错觉，虽然不停地行走，身上已经有汗水沁出，但面部还是有一股清凉的感觉。碎石岗上陆续出现了简单堆砌起来的玛尼堆，有的还被白色的哈达和五彩的经幡缠绕着。

相对于昨天太过安静的行走，今天路上多了很多人，大多数是当地转山的人。回想起前一天的这个时候我们还在床上睡觉，想不到在距离塔尔钦 22 公里的地方已经是这样一番景象。太阳刚刚超过头顶，神山顶部出现一丝云雾，转山路上是三五成群的转山人。他们的装备都很随意，除了不多的补给，身上几乎没有多余的东西——相较我们，转山于我们是一次极具挑战性的活动——抛开隐藏在后面的宗教因素，他们更像是散步一样，轻松不说，脚步也异常迅速和稳健，身上除了几口糌粑和一瓶矿泉水，再无其他。等等，一些人也会带上转经筒和佛珠。

出发一个小时后，在不远处的半山腰处遇到了阿华哥，阿华哥在他们三人中略微显得发胖，走得也最慢，看到我时，阿华哥竖起了大拇指，费力地笑了笑："大宝，你真棒，提前出发半个钟头，还是被你赶上了。"

我笑着说："刚起床有劲儿，再走一会儿我也会不行的。"

我放慢脚步，和阿华哥一起走，顺便等一等落在后面的阿雅和晓薇。阿华哥拍了拍我后面的背包，说道："你东西背得不少啊，适合到神山做背夫，看你体力这么好。"

"当背夫一天多少钱？"阿华哥这么说，我也想就这个话题聊一会儿。

阿华哥停了下来，喘了几口粗气，说道："在山下问过，一天是 120 块钱。"

"咦？也不多嘛，包吃住吗？"

"对当地人来说，一天能挣 120 块钱已经是不小的数目了。至于包不包括吃住，我就不清楚了，不过以他们的体格，怎么都能应付过去。"

"那倒也是，"我表示赞同，"但我不行，就拿便宜的来说，山里住一晚上至少花 60 元，吃饭还得自己掏钱，一圈下来可剩不下多少钱哩。"

"哈哈哈。"阿华哥勉强地笑了笑，说道："要是他们像你一样会算账，一天的工钱不会这么便宜的。"

听完阿华哥的话，我也笑了起来。阿雅迎上来和阿华哥打招呼，问什么事情这么开心，我说："我在和阿华哥讨论当背夫的事儿，顺便算算回去你该给我多少钱。"阿雅没好气地看了我一眼，朝前走去，我和阿华哥告别，并说："阿华哥加油！不要让我在垭口等太久哟。"阿华哥笑着挥了挥手，他已经没力气说话了。

在转山路上，与当地人相比，我们就是被"秒杀"的对象，眼看着对方还在很远的山脚处，一会儿工夫就走到面前，再怎么仔细听，也听不到他们喘息的声音，相反，自己像是刚结束马拉松比赛，喘得上气不接下气。

在离开出发地三公里远的地方，遇到了在山腰休息的香梅姐，香梅姐连连称赞道："知道你们迟早会赶上来，但没想到这么快就被你们追上，你们的体力真不是一般地棒！"

阿雅在一旁附和道："大宝是骑自行车到拉萨的，体力自然好得很哩。"

"是嘛？"香梅姐眼睛里泛着光，"我还纳闷呢，大宝怎么背这么一个大包，走起路来不带喘的，我的背包都让路上遇到的一个藏族女孩背走了。"

"咦？你不担心你的包丢了吗？"我好奇地问。

香梅姐哈哈笑了起来："怎么会，她就是看我背不动了才好心帮我背上山的，她说到时候放在垭口，我到垭口了自然会有人把背包给我。"

此时，阿雅在旁边说："以为人人都像你这么不靠谱呢。"

香梅姐又被阿雅的这番话逗得咯咯笑。我问香梅姐怎么没看到 Jason 哥？香梅姐说他们三个人当中就属 Jason 的体质最好，现在估计已经走到了卓玛拉山脚下，正在做最后冲刺哩。我说我一定要在垭口前把 Jason 哥拿下，香梅姐笑着说问题应该不大。

告别了香梅姐，我和阿雅继续前进。爬过碎石岗，算是走上了稍微平整一点的人工铺成的石子路，在路两边的碎石滩里，出现很多手里提着蛇皮口袋的当地人，路上放着一些装得鼓鼓的蛇皮口袋，走近了才发现，他们在清理路两边的塑料袋和易拉罐的，转山旺季刚过，路两边堆起了厚厚一层垃圾，都是转山的人留下的。他们手里拿着木棍，将脚边的垃圾挑进蛇皮口袋里。走过清理垃圾的人群，远远地，看见一群人在前方的陡坡上攀爬，而陡坡的顶端，隐隐约约能看见飘扬的经幡，那里就是卓玛拉垭口了吧。这样想着，我加快了脚步，阿雅已经落后我一段距离，我决定到垭口再停下来等她。

在卓玛拉下，几乎所有能看到的石头都被刻上了六字真言，并染成显眼的红色。翻越卓玛拉垭口时最大的考验，除了 5630 米的海拔，还有约六十度的陡坡。九月底，大部分地区的酷暑还未退去，这里就已经迎来了冰天雪地的景色，河水在石缝中流淌，石头上结了一层厚厚的冰，厚得能承受一个成人的重量，人走在上面安然无恙。经过溪水时，我就是在这样的冰河上前进的。

在卓玛拉半山腰遇到的转山人，相对于我气喘吁吁、没走几步就要停下来休息的样子，他们似乎并不觉得眼前的路有多艰难，而是说说笑笑不紧不慢地走着，我有几次超过他们，可最终还是被他们超过，最终落后他们很远。

在能看见经幡的碎石滩上，我赶上了 Jason 哥，Jason 哥似乎有些吃不消，脸色有些难看，走到 Jason 哥面前时，我也不忘调皮地说一句："终于追上来了！"Jason 哥问我阿华和香梅现在走到哪里了？我回答说至少还要两个小时才能走到我们所处的位置。我和 Jason 哥继续艰难地前进，相对于山脚下的"热闹"，这里要安静得多，刚才遇到的一大群转山人已经翻过垭口下山去了，而我还在艰难的上山路上。在塔尔钦听饭店的老板说过，对于当地人，转山只用一天就足够，旅游的人都要用两天或三天。我还一度怀疑怎么可能一天就走下来，现在我终于相信了。

卓玛拉山口的风很大，整个山口对着神山的方向被巨大经幡组成的大旗包围着。我本想用相机记录下这一画面，但温度太低，双手已经冻得失去知觉，连相机快门都按不动，相机似乎也因为低温而罢工了。我找到一处低洼的避风处，把手藏进腿弯里取暖，Jason 哥用风衣和头巾把自己裹得严严实实，一动不动地坐在山口的阳光里。

山口有很多麻雀，而且麻雀不怕人。经过观察我才发现，朝圣者走到山口时，出于祈福或是别的目的，会撒下一些谷物，或者在平整的石头上点燃一堆青稞面，并用柏树枝遮住，虽然没有明火，但青稞面会一直燃下去，直到全部烧成灰烬。有几次，我特意走到这样的火堆前取暖，不知不觉会有麻雀落在身上，它们叽叽喳喳叫个不停。我想，相对于山上的贫瘠，这里似乎更容易获得食物。垭口除了麻雀和乌鸦，还有野狗。此时在垭口有两条狗，黄狗和黑狗，黑狗不停地在垭口的石缝里寻找吃的，而黄狗似乎并不想多动，懒懒地睡在一块石板上，闭着眼睛。

在等阿雅和晓薇的时间里，走上来两位藏族姑娘，算不上眉清目秀，但长得很讨人喜欢。她们走到经幡前一块较为平整的平地上，双手合十做了几个朝拜的动作后跪下磕头，一连做了三组后起身离开，我不懂其中的含义。接着，她们走到垭口上燃烧着的青稞面堆前，从自己的花布挎包里拿出用塑料袋包着的青稞面，大大地抓了两把放到火堆上，接着又向天空中撒了两把。顿时，两边的麻雀和乌鸦全扑腾地飞了，紧接着又像突然想起什么似地落回地面忙碌起来。发现我在看她们，两个女孩都微微一笑，重新裹上围巾，朝山下走去。

看着她们离开的背影，我走到她们磕头的地方，学着她们的样子，磕了三个头。等我走开，Jason 哥也走了过去，学着我的样子，磕了三个头。磕完头，Jason 哥问我饿不饿，我说有点儿。他从包里拿出一个鸭腿递给我，他说太凉，不想吃，我接过鸭腿，谢了 Jason 哥，可十根手指已经冻得不能弯曲，完全扯不开包装袋，我只能蹲下，用膝盖夹住包装袋，然后用嘴把袋子咬开。我给了Jason 哥一条士力架。就这样，在艳阳高照的正午，我们蜷着身子，在卓玛拉垭口上顶着寒冷的风，吃着午饭，我甚至能从鸭肉里嚼出冰碴来。我把骨头丢给躺在石板上的黄狗，才发现黄狗的后肢有毛病，它瘸着腿来到我面前，我抚摸着它，它顺势乖乖地躺在我的脚边。

阿雅上来后，我们一起在垭口等晓薇，等晓薇终于出现在不远处的碎石堆中时，我的脸已经冻木了。

香梅姐和阿华哥还没到，Jason 哥决定继续等下去，因为香梅姐的背包已经让一个藏族姑娘背到了垭口，Jason 哥带着两个包，不方便赶路。阿雅说她可以帮忙背到塔尔钦，到了塔尔钦再把包给香梅姐，Jason 哥还是决定等下去，他要和队友一起下山。我和阿雅在山口告别了 Jason 哥。在后来的日子里，晓薇跟Jason 哥一行到了狮泉河，而我和阿雅又开始了一段计划外的旅程。

　　下垭口要经过碎石滩，碎石滩下方是三个大小不一的堰塞湖，这几个堰塞湖还有一个好听的名字，叫作慈悲湖。从高处往下看，蓝绿色的湖水和雪山一起，形成一幅精美的画面。

　　卓玛拉垭口和附近上下的山路，是这一段路程中唯一走在雪上的路，越往下，特别是走过一段台地上的沼泽后，高山草甸和雪水汇集形成的河流又重新回到视野。卓玛拉垭口的另一侧似乎有流不完的水，在很长的路段中我们几乎是在沼泽里前进。每当遇到形状和大小适中的石头，上面总会刻满或写满各种图案和六字真言。雪山给这里的草原带来了充足的水分，野草茂盛，这里成了旱獭的家园。山坡上布满直径约二十厘米的土洞，这就是旱獭的家。走在旷野里，时不时能听到旱獭"啪啪"拍尾巴的声音。一只只浅棕黑色、毛茸茸、肥嘟嘟的旱獭，在草地上相互追逐，嬉闹，给人祥和之感。

　　下山路上，我们追上了在垭口遇见的两个藏族姑娘，此时的她们，不是一步一步朝前走，而是一步一磕头地，遇到尖石或水坑都不避让，就像磕头进藏的大多数人，我不懂其中的含义，但我钦佩这股力量。

　　早上的一桶泡面和垭口的一个鸭腿自然很难支撑这最艰难的三十公里，还没完全走出山谷，我已经饿得有些发晕，平时不吃糖的我，已经囫囵吞下阿雅给的五颗糖，身上唯一剩下的就是二锅头了。无奈，我只能一面小口地抿着酒，一面艰难地迈着步伐。想要到途中的村庄买些吃的，但就像别人故意和自己作对一样，不是家里没人就是没有吃的，我不禁在想，这里的人出去都不锁门吗？

　　下山路上，反倒是晓薇走得快了，一会儿工夫就把我和阿雅甩下很远。后来看见香梅姐时，更是让我们羡慕得要死——在下山途中，香梅姐实在走不动了，正好一辆在山里作业的挖掘机要回塔尔钦，就把她给捎上了，看着驾驶室里向我们打招呼的香梅姐，当时真想哭啊！

　　当我们拖着像灌满铅的双腿走到塔尔钦时，太阳已经深深地藏进了山里。比我们先到的，还有在卓玛拉垭口看到的黑狗，在刚走出峡谷看到纳木那尼峰的那一刻，黑狗超过了我们，它迈着矫健的步伐朝村里跑去了。没错，是跑去，不是走去！

　　到了塔尔钦，晓薇不顾老板的反对，提前将我们存在旅馆的行李搬了出来。离开拉孜县已经五天了，这五天里，没有洗过一次澡，今天，无论如何要好好清洗一下才行。于是，我们"奢侈"了一把，把住宿点换到了神山圣湖青年旅社。虽说不能洗衣服，但至少有十分钟的洗澡时间（为了防止游客在澡堂里用热水洗衣服，老板娘在澡堂门口守着，每人给十分钟洗澡，十分钟不出来就去敲门，而我，只用了五分钟）。

　　我们到塔尔钦就和小南联系，可怎么都联系不上。到了夜里十点半，终于收到他们的消息，小郭恢复得不错，他们没有原路返回，而是选择继续前进。如此看来，他们仅仅落后我和阿雅一个钟头，速度还是很快的。Jason 哥和阿华哥就没那么快了，他们当晚十二点才回到塔尔钦，而那时的香梅姐，已经享受美好时光好几个钟头了。

纳木那尼峰下的休闲时光

离开塔尔钦，我和阿雅不想错过不远处的玛旁雍错，决定继续北上之前到湖边看日落，顺便在霍尔乡把脏衣服洗了。晓薇则打算赶往札达，我们约定在札达碰面，如果碰不上就到狮泉河。

塔尔钦正中的主路一直延伸到 219 国道，通过一个"Y"字形路口与国道相连。清晨没什么车，我们三人沿着主路一直走到三公里外的国道上。主路笔直，正前方是巍峨的纳木那尼峰。走到一半再往回看，冈仁波齐峰从群山中露出圆形山顶，塔尔钦被建筑材料和建到一半的房屋包围着。

主路与国道相接的路口正在修建神山旅游游客服务中心，已经挂出"售票处"的窗口预示着以后进入塔尔钦要在这里买票，票价是多少不得而知，但转山需要买票已经不再是传说，我们庆幸自己来得正是时候。在"Y"字形路口，晓薇朝狮泉河的方向走去，我和阿雅走向了霍尔的方向。

相对狮泉河的方向，霍尔方向的车少得可怜。朝着相反的方向走，晓薇很快就消失在我们的视野里。塔尔钦到霍尔不远，时间尚早，我和阿雅并不着急，想着运气再不济，就算走也能走到霍尔。

没想到能拦下一辆从我们身旁飞驰而过的皮卡，我和阿雅都感到惊讶。因为快一个小时没看到一辆车，对这辆突然出现的皮卡，我们也没有抱太大希望，

　　我和阿雅算是习惯性地把手一扬，谁知皮卡竟然停了下来。我们见状一改之前的懒散，开始小跑着前进。到了车前，倒是开车的大哥先问我们去哪里？我们说就到前面的霍尔，大哥二话没说，从驾驶室里出来，收拾了车厢里的油桶和一些小型机械，扯下帆布，在车厢里隔出半米见方的空间，让我们把背包放进去，并说："车厢有点脏，你们要是不嫌弃，就把背包放进去吧。"我们哪会嫌弃，能搭上车已经是我们莫大的荣幸了。

　　车上一共三人，开车的是陕西的韩大哥，另外两个是他的工友。韩大哥在西藏做工程已经好多年，现在承建霍尔乡中心小学和玛旁雍错风景区的游客服务中心和转神湖路。两个工友的话不多，但很喜欢笑，在我们和韩大哥的谈话过程中一直挂着笑脸，那笑容与其说是善意的，倒不如说是孩子般天真无邪的，而且一路上非常客气，客气到像我们要去他们家做客一样。

　　在去霍尔乡的路上，韩大哥问我们到霍尔干什么，他不理解为什么我们这么大老远来就是为了到一个乡政府都没有的地方。我们说霍尔只是休息的地方，我们的真正目的是玛旁雍错，想到玛旁雍错看看水、看看山，如有可能，还想看看日落。韩大哥一听，狠狠地拍了一下大腿说道："你们今天算是上对车了，玛旁雍错走路是走不进去的，今天，我开车带你们游一圈。"听到韩大哥的话，我和阿雅差点叫出声来，那种突如其来的幸福感，别提多振奋人心了。

　　韩大哥这么说是因为他在玛旁雍错有工程，下午要过去巡工，顺便把我们带进去。去湖边之前，韩大哥先到了霍尔乡中心小学的建筑工地，也是他的工作地点，除了查看工程进度外，也要来这里吃午饭。

　　到了在建的中心小学，学校的其他建筑还看不出雏形，但是钢筋混凝土结构已经确定无疑，一层已经封顶，撑杆和模板林立，不大的院子里停着三辆皮卡和一辆轿车，还有两台闲置的搅拌机。韩大哥邀请我们一起吃工作餐，我和阿雅热情回绝，说已经在塔尔钦吃过。我们出发前在塔尔钦吃了早饭，虽然已到中午，但并未觉得饿。

　　在中心小学停工吃饭的时间里，我和阿雅没事可干，就在院子里闲逛。我沿着一束钢筋走来走去，阿雅则在凌乱的木板上跳来跳去。韩大哥吃完工作餐，收拾了车厢里的位置，卸下一些零件和箱子，重新放上两只油桶，又在地上捡起两个蛇皮口袋把我们的背包包上，再用帆布盖住，用绳子捆得紧紧的。准备完毕后，韩大哥比画了一个手势，让我们上车。

正当我们以为这就去湖边时，皮卡驶进了一个更大的建筑工地。这一处的建筑外观已经基本成型，虽然楼房的顶层按照藏式风格设计，但整体是货真价实的现代材料，几栋四层楼高的建筑正在贴外墙的瓷砖，其他一些建筑正在做窗户和外墙的装饰。没等我们发问，韩大哥倒是最先开口了，他说："这里是正在建的乡政府，过来看看，能不能揽点儿活干干。"皮卡车在建筑工地上左拐右拐，小心地避让着地上的铁钉和木板，终于在一座建筑前停下，下车时，韩大哥手里拿着一条中华烟。

韩大哥结束在乡政府的"私事"后，我们终于上路了。看到我和阿雅都穿着红色的风衣，韩大哥幽默地说："你们这是情侣装吧？"我们笑着摇摇头否定，说这完全是巧合。行程过半，韩大哥回头对我和阿雅说："前方就要进景区了，你们的红衣服太显眼，过检票口时最好脱掉。"我和阿雅没说二话，赶紧脱掉了红色风衣，脱完后，韩大哥又转过身问："灰色抓绒衫也是巧合？"我和阿雅对看了一眼，异口同声地说道："这也是巧合！"

玛旁雍错的游客服务中心和检票口已经完工，现在正在修建配套设施，像什么停车场啦、公厕啦、超市啦、餐馆啦。韩大哥并没有把车直接开向检票口，而是停在了距离检票口约三十米远的工棚后，下车之前韩大哥交代我们，在车里藏好，无论是谁经过都不要出声，他去门口看一下情况，如果能直接进去就再好不过，如果不能，他再想办法和工作人员交涉。我和阿雅静静地待在车里。韩大哥和两个工友下了车，朝检票口走去。

过了好一阵，韩大哥和几个新面孔走到离车不足五米的地方说着什么，韩大哥时不时地往车的方向观望，这个时候，我和阿雅就下意识地让身体下沉，尽量保持低位让车外的人不容易发现我们。几分钟的交谈过后，几个新面孔走回检票口，韩大哥站在原地抽完一根烟后朝车走来，两个工友此时也从车后走来。上了车，韩大哥说："我们不从正门走，我带你们走侧门。"韩大哥说的侧门其实是游客服务中心的另一侧，由于围墙还没有建好，检票口形同虚设，从哪儿都能进入景区。不过，韩大哥说围墙建好后，玛旁雍错就不能这么顺利地进入了。

过了检票口，没走多远就到了湖边，此后，公路就一直沿着湖岸延伸。玛旁雍错的湖水有着如纳木错那样的清澈，由于湖水深浅不一，湖水的蓝色显出不同的色调，但无论怎么看，都像一块巨大的翡翠镶嵌在盆地中，远处出现纳木那尼峰巨大身躯，这一切美得让人难以置信。我和阿雅嚷着要拍照，韩大哥很乐意地把车停下来让我们拍，他总是乐呵呵地说："让你们拍个够！"

转神湖路的路基是在土层上覆盖了碎石，然后用压路机夯实，土方取自环湖公路两边的山体，碎石取自远离湖边几公里的山坡。韩大哥的车速很快，在这样的道路上车颠簸得厉害，后面的油桶乒乓作响。

我们驱车来到纳木那尼峰脚下，韩大哥说我们可以去湖边走走，半个小时后再回到车边来。在韩大哥巡工的时间里，我和阿雅就走到湖边去近距离感受玛旁雍错之美了。

不像西藏的其他湖泊，玛旁雍错在湖泊和缓坡之间的过渡地带有低洼的水坑，周围是一些高过湖面的草垛，这给在此生活的野生鸟类提供了筑巢的天然场所。我们不仅看到了成群的鸳鸯和野鸭，还有一些不知名的大型鸟类。在湖边的乱石滩上，堆满了无数的刻有经文的玛尼石，还有放置牛头骨的玛尼堆。在距湖边不远的一处废弃房屋旁，有几面用玛尼石堆砌起来的石墙，约莫一米宽，三米长，半人多高。这想必是朝圣者垒起的祈福石。石墙后的远方就是纳木那尼峰，石墙正对湖面的方向，可以看到神山冈仁波齐峰，这是我第一次远距离、隔着玛旁雍错看到完整的冈仁波齐峰，此处看到的神山山顶，圆形面貌更加明显，更容易从众多雪山中区别开来。这不仅仅得益于它的高度，也得益于它的形状。刚到巴嘎检查站的那天，我就看见检查站的对面高高竖着一块广告牌，广告牌上是霞光中的冈仁波齐峰，山峰脚下是宽阔的湖面，刚开始我以为这是为了宣传效果而做的合成照片，因为不论从哪个角度看，神山下都不可能有湖泊出现，直到现在，站在玛旁雍错东岸的我，才意识到那张照片的取景来自此处，而苦于相机焦距的限制，我并不能把神山拉到眼前，只能隔着湖面远观时而笼罩进云层的圆形山顶。从这个角度看，冈仁波齐峰要漂亮很多。

韩大哥结束巡工后，把我和阿雅叫上车，我们的下一个目的地，就是离湖边七公里，位于玛旁雍错东南方向山谷里的一处火山泉。在这里存在火山泉并不稀奇，由于地处喜马拉雅山北麓，欧亚板块和印度板块相互作用，整个青藏高原都是地质活跃区域。两个巨型板块的相互挤压，让青藏高原布满了形形色色、大大小小的温泉。

去温泉的路并不轻松，由于远离湖边，进山的路更显得崎岖和颠簸，可即使如此，韩大哥还是以接近六十码的速度前进。车厢里的众人只要稍不留神，脑袋就会重重地撞向车厢里的任何位置。我一只手紧紧地拽着扶手，另一只手死死地掰着椅子，让自己尽可能保持平衡。我用颤抖的声音说："韩大哥，在您眼里，西藏到处都是高速公路啊！"韩大哥哈哈大笑起来，用颤抖的声音回答道："这样才过瘾嘛！"就算遇到壕沟，韩大哥也丝毫没有减速的意思，继续踩着油门通过，这一上一下，车厢里的油桶终于跟不上节奏，像从打破的玻璃瓶中洒落的玻璃珠一样，稀里哗啦从车厢里蹦出来，重重地摔在地上。我急忙说后面的油桶掉了，这个时候韩大哥才踩住刹车把车停住。韩大哥不是先核实少了几只油桶，而是先检查我们的包还在不在。当确定我们的包安然无恙地躺在车里的时候，韩大哥露出满意的笑容，然后抬起头看了看远处还在地上翻滚的油桶，潇洒地说："待会儿还要返回，就先不管了，上车！"我们被韩大哥逗得直发笑，韩大哥也不好意思似地笑起来。

我们沿着一条注入玛旁雍错的小溪前进，随着臭鸡蛋味和硫黄味越来越浓重，我们知道目的地就要到了。河水呈乳白色，过了一座简易的石桥，韩大哥把车驶上了一处高地，等车停稳，我才看清右下方是一块长形的水塘，水塘里冒着热气，水塘边缘是一圈茂密的野草。韩大哥说："要泡温泉可要抓紧了，这可是绝对天然的，不像城里用的是洗澡水。在它收费前，让我们一起泡个够吧！哈哈！"我问阿雅要不要一起去，阿雅瞪了我一眼，说你们都是男生，她一个女生怎么泡。我没敢再说话，拿出洗发膏和洗面奶，滑到水塘里去了。

韩大哥和两位工友脱个精光跳进水塘里，韩大哥交代不要走得太靠里面，水会比较深。我跟在他的后面，慢慢挪步，走到水塘中间一处滩涂的下沿，那里的水刚好没过膝盖，坐下平躺刚好没过身体，附近有几个泉眼，水温不低，但忍着适应下来就觉得舒服得很。

水底的泥黝黑细腻，闪闪发光，脚踩上去像走在油墨上一般。不断从水里冒出的臭鸡蛋味和硫黄味，脚底黑色的滑腻淤泥，让我想到了黑火药，这简直就是在一个布满了黑火药的水池里泡澡啊！水塘的地势低，水塘两边是山坡，我们背对着的是泉水流入池塘的方向，那里是一个山坡收拢形成的出口。虽然有两边的山坡阻隔，但高原的风还是会从那个出口处吹来，此时，身体就以水面为界，产生两种截然不同的感受：水面以下热血沸腾，水面以上寒风刺骨。但只要把身体整个没入水中，即使是看着远处的雪山，也不觉得冷。

当然，温泉泡着是舒服，但不能一直泡下去。我们匆匆洗过澡，带着一身臭鸡蛋味儿回到岸上。想着火山泉富含多种矿物质，洗过后皮肤会变滑润变好，没想第一次泡火山泉的我，可能受不了硫黄的刺激，好几天来脸上的皮都一直掉。

上岸穿好衣服，韩大哥带我们走到了水塘的最上游，那里是温泉的源头，有一个直径半米的泉眼，清澈的泉水沸腾着从泉眼喷出，从泉眼处遗留的鸡蛋壳判断，曾经有人在这里煮过鸡蛋。

太阳西斜，我们带着臭鸡蛋味儿上了车，返程途中重新装上掉在路边的油桶，韩大哥问我们要去哪里，我们说回霍尔。韩大哥吸了一口气，说："我有事，今天得赶往普兰，你们若没事，可以和我一起到普兰，住宿、饮食都比霍尔好得多。若不想去，我就只能把你们放在前面的路口，你们自己走回去了。"我和阿雅对看了一眼，当然去普兰！霍尔不仅没吃的，睡的地方也不好找，普兰虽然没想过要去，但有这么一个机会摆着面前时，拒绝似乎不是搭车族的作风。

在没有树木、坡度也不大的高原上，只要不驶入冻土地带，皮卡便可随便驰骋。韩大哥到普兰有工程上的事要处理，今天就要赶到普兰，但为了陪我们玩，时间已经不早。当我们翻过玛旁雍错与拉昂错之间的山岗，拉昂错以妖娆的身姿出现在眼前时，阳光由于山脉的阻挡已经完全离开了湖面，平躺在湖盆里的玛旁雍错，像一块镶嵌在纳木那尼峰下的蓝宝石。

去普兰的公路围着纳木那尼峰绕了一个半圆弧形，这样的契机，让我和阿雅有机会从不同角度欣赏纳木那尼峰，就像转山途中游览冈仁波齐一样，心中的喜悦不言而喻。

巴尔漫长的等待

普兰是我们离开拉萨以来见到的最像县城的县。除了装有路灯的街道、商品齐全的商店、24 小时自助服务的银行、小初高都有的学校、像模像样的警局、装饰堂皇的酒店，路两侧还有茂盛的柳树。这是离开拉孜后第一次见到这么多树，相比内地丰富的树种，这里的树木显得单调得多，但经历了一个多星期的荒芜之后，一点点绿色也会让人如获珍宝般兴高采烈。若不是远处的山岗显得贫瘠、绵延的喜马拉雅山脉横亘天边、远处随风起舞的经幡和冒着青烟的白塔，我会以为自己到了一个江南小镇。

普兰县与尼泊尔、印度接壤，方圆百里，不论是城镇规模、还是人口数量，普兰都是一家独大，很多双边贸易在这里进行。除了当地的农副产品，街面上最多的就是印度和尼泊尔特色服饰、首饰。游客是首饰和服饰的主要消费群体，不出国门就能买到货真价实的尼泊尔或印度饰品，不得不说这是一个令人兴奋的地方。当然，这和边境地区的政治稳定是分不开的，对于尼泊尔或印度当地人而言，和中国人做生意要好得多，价格也过得去。

到普兰县时天色已晚。把我们"忽悠"到普兰，韩大哥有些过意不去，他有些不好意思地说："如果不嫌弃，可以到我的工棚去，大宝可以和我住。明天下午我回霍尔，你们如果不赶时间，我带你们回去，明天可以在普兰逛逛，城外有个寺庙，叫科迦寺，可以去看看。"韩大哥的热情让我们不知所措，我和阿雅想在街上多逛一会儿，但因陪我们玩得太疯，韩大哥已经耽误了一些时间，无奈之下，我们只能让韩大哥先回工地。

韩大哥走后，我和阿雅在街上晃荡，顺便找住的地方。除了藏式宾馆我们没有考虑外，其他的宾馆能问的都问了个遍，最后在一条布满各种餐馆的街道上看到一家中意的宾馆，内地人开的，老板热情好客，房子干净利落。老板是重庆人，楼下吃饭楼上住宿。刚走进房门时，负责登记的是老板娘的儿子，年纪二十岁上下，开价一百元，我和阿雅把价格压到八十元，他说这几乎是全县最低价，但我们一直坚持，最后男孩没了主意，让我们先等一下，他去叫妈妈。老板娘是一个身材微胖的妇女，看到我们带着大包小包，就说如果在她那里吃饭，房价八十元也可以。川菜一直是百吃不厌的菜系，我们很爽快地答应了。

房间自是没得说，有桌子、电视、衣帽架，窗户迎着街，正对着一所学校，开阔的大操场让远处的雪山毫无阻挡地展现在眼前。收拾好房间下楼，点了菜，价格和拉萨相差无几，分量却多得多，两个人两个菜有点吃不完，这让我和阿雅大跌眼镜。老板娘对这一切倒是坦然，欢快地说："你们大老远来，做生意嘛，挣多少才算是够。"看老板娘的爽快劲儿，似乎比我觉得占了便宜还高兴。

住在这里的还有另外两个背包客，比我们早到一天，与我们不同的是，他们是找吃的才找到了这里，后来被老板娘的手艺和菜的分量吸引，于是就住了下来。我们到的当天，他们去逛了贸易市场和科迦寺，第二天准备前往狮泉河。他们竭力说服我们一定要去贸易市场看看，那里的商品是内地很少见，都是尼泊尔和印度的手工艺品和首饰，还有服装，很漂亮，做工也很考究，如果背包的空间允许，可以多买一些，到内地小摊上也能卖个好价钱。但我们看了看自己鼓鼓的背包，露出无奈的神情。

普兰是计划外的停留点，说得直接一些，就仅仅是一个睡觉的地方，对逛贸易市场和科迦寺，我和阿雅都提不起兴趣，因为前方的路还很长。天黑以后，韩大哥联系上了我们，问过我们吃住的情况，提出希望我们第二天和他一起回霍尔，说喜欢和我们聊天。阿雅问我怎么办？我说："明天能搭到别的车最好，搭不到车再和韩大哥联系，幸福来得太突然，让人不知所措啊!"我们要赶早离开还有一个原因：晓薇和我们分道扬镳之后，很巧地拦下了香梅姐他们的车，香梅姐一行去了札达，我们到普兰的当天，晓薇已经在札达逛托林寺了。如果顺利，我们还能在札达碰面。

第二天，我们吃了饭便早早出门了。高原特有的天气，艳阳高照，天空蔚蓝，白云从天边飘起，不受任何约束地滑向天空的最中央。当然，阳光并不像它看起来那么惹人喜欢，像一个个燃烧的火柴头，照在身上有种难以忽视的灼烧感，用衣服遮挡也无济于事。一个多月下来，我的皮肤已经从小麦色变成了荞麦色。

出了城就看到从城边缓缓流过的孔雀河，孔雀河是恒河的上源支流，在象雄文化中占有重要地位。象雄是阿里一带曾经繁荣一时的文明古国，随着吐蕃逐渐在西藏高原崛起，到公元 8 世纪时，象雄被征服，象雄王国和文化就突然消失了。象雄文化被称为西藏的根基文化，是佛教传入西藏以前的先期文明。中象雄为藏民族的原始宗教——雍宗苯教的发祥地，并早于吐蕃与唐朝建立关系。据史料记载，早在公元二三世纪时，今阿里地区的札达县、普兰县即为象雄国中心辖区。九月底的孔雀河碧绿清澈，作为流经普兰县城的唯一河流，水量虽不大，但给两侧荒芜的河岸带来了一丝灵气。

在普兰县境内，孔雀河两岸是青藏高原式的土质山体，相较黄土高原，这里的山体像夹层一样含有砾石层，密密麻麻的鹅卵石中间填满了黏土，在河水冲刷下，泥土流失，留下大大小小的石块停留在河床，成为建筑石料的来源。像一座古城模样的建筑群出现在刚出城的孔雀河的一处台地上，土墙围成的建筑已经破败不堪，一块修整过的山体上有很多洞窟。这片被遗弃的村庄看上去更像是一处遗迹，远远看过去，如果忽略映入眼帘的现代建筑和几根电线杆，那里像刚经历过一场战争般凄凉。而你只要一回头，远处成熟的青稞田和低矮的白墙农舍又会把人从悲凉的思绪中拉回现实。

我和阿雅行走在刚铺好的柏油路上，一个拐弯过后，不大的县城完全藏进一座土山后，看向县城方向，一座红屋顶的雷达站被不高的树木包围，远处巨大的雪山散发出不可一世的气息。我看着远处的雪山，想着雪山的那一面会是什么样的景致呢？在印度洋暖湿气流的影响下，那里应该是一派生机盎然、郁郁葱葱的景象吧。

把一辆白色的富康小轿车跌跌撞撞地拦到路边，我和阿雅都有些过意不去。我们跑上前去问开车的小哥能否把我们带到霍尔，不知是未听清楚要凑近听还是同意我们上车，小哥的头稍微点了一下，我和阿雅便迫不及待地打开车门坐了进去。小哥惊讶地看着我们，我们不知道其中的缘由。我心里想：不是您同意了，我们才上的车吗？总之，当时的气氛很尴尬，但即便如此，阿雅也不打算下车，等了近两个小时，怎么说都不能轻易放弃。开车的小哥若有所思地重新发动富康小轿车，重新驶上公路后对我们说："我不去霍尔，我回村里。"对于"回村却遇上两个路人拦下自己的车，二话不说钻进车里"的突发事件，小哥显然在快要进村时还没想明白，而我们也还没来得及思考，就已经到了小哥的目的地——多油村。我们下车后，小哥还是一脸茫然。虽然我和阿雅对刚才经历的一切感到莫名其妙，但身在多油村这个事实还是让我们很快就把其他的念头抛到九霄云外去了。

和西藏的很多村子一样，多油村的村口有一座小型的寺庙，寺庙外墙是一圈转经筒，离寺庙不远处有一座白塔，白塔内燃烧的青稞面和柏枝生成的青烟随风舞动，带着柏枝的香味扑面而来。一位年近八十的老人转着佛珠念着经，围着寺庙外墙行走，不远处的两个陌生面孔并没有引起她过多的注意。到多油村虽然没有前进多少，但对于我们而言，已经是一个不小的进步——离开乡镇，车变得更少，但如果遇上，也容易拦下来。

从离开拉萨时见到青稞渐渐变黄，到这里青稞已经收割完毕，干燥饱满的青稞经过碾压后从麦穗上脱落下来。和在曲水县看到的将青稞放在马路上让过路车碾压的方式不同，这里位置偏远，虽然有上好的柏油路作为"场地"，但是缺少过往车辆。这里的农民有一种常用的方法，不是用毛驴，也不是用牦牛，而是用拖拉机。在院子里铺好需要脱粒的青稞，在拖拉机的机头后拴上一块圆柱形的大石头，启动拖拉机，拴在拖拉机后的石头跟着拖拉机在青稞上滚动。若不下雨，只需要几天，从田里收割来的青稞就会被烈日晒得失去水分，从麦穗上脱落的青稞无须晾晒，扬干净后可直接装袋。剩下的麦秆收拢后，用打糠机粉碎，可作为牲口冬天的草料。

由于天干，青稞在搬运过程中不免会脱落，于是在马路两边的路基上铺有薄薄的一层青稞麦。人们似乎不会去拾起这些洒落的麦子，而是留给这里的麻雀。别看沟壑纵横的台地里，一眼望去，除了收割完毕的麦田，看不到半点植被，却是这些小型鸟类的天堂。和西藏的大多数地方一样，居民习惯和野生动物和睦相处。这里的麻雀群是我见过密度最大的，当它们一起飞上天空时，像一朵低空飞行的云，甚至能在地上映出阴影来。它们叽叽喳喳从头顶飞过，又像被风吹起一样突然掉头飞过来，然后迅速地藏进不远处的柳树从里，过一会儿便会出现在地面上，啄食着眼前的青稞，若不是事先知道它们是麻雀，还误以为是谁家养的小鸡儿呢。

多油村上下忙忙碌碌的，到处是碾压麦子和打糠的声音，有风经过时，扬起的麦屑让人睁不开眼睛。就这样，在多油村村口旁一棵不大的柳树下蹲坐了快一个小时，来了一辆在西藏随处可见的丰田越野车。对于这样的机会，我们怎么都不会放过，而幸运女神又一次关照了我们。这是一辆去狮泉河的旅游车，两位大哥十分热情，二话没说就让我们上车，而且一路说说笑笑、气氛融洽，说实话，若不是要到札达，还真会和他们一起去了狮泉河。

到霍尔检查站时，我们坐在车里，看到了在普兰住同一家旅馆的背包客。和他们打过招呼后，随着越野车的启动，他们的身影消失在眼前，只能从后视镜中看到他们风尘仆仆地走动着。再一次经过霍尔，神山的圆形山顶又一次出现在眼前，从车中远远地看过去，从薄薄的云层中探出头来的神山多出了几分神秘。此时此刻，我脑子里闪现出的是山脚下 52 公里路程中的每一步。

札达不在新藏线沿线，和普兰一样，只能通过省道到达。去札达县的公路在一个叫巴尔检查站的地方与新藏线相交。巴尔检查站附近有一个兵站，除了兵站和作为检查站的一间小房子，以及几间稀疏分布在兵站周围的平房，在目所能及的范围内，再没有其他建筑。在距离检查站约三十米的地方，我们谢过两位大哥，拖着行李向检查站走去。

在如此荒凉的阿里，同一天遇上两对搭车的同道中人还是第一次。在检查站巨大的札达土林宣传画下方，我们遇上了两个同样搭车前往札达的同伴。一男一女，女孩蹲在地上，男孩站在一旁观望着四周，一脸疲倦。问了才知道他们已经在这里等了一个多钟头。听他们这么一说，我和阿雅没了主意。在路口站了一会儿，遇到的车不多，都是去狮泉河的，去札达的车是一辆没有。

我和阿雅想在检查站等车，可是先到的同伴已经占了地利，四个人都在检查站对大家都没好处。我和阿雅一合计，还是决定往札达方向走一段，他们走了，我们的机会就来了。我和阿雅在一处公路桥停下，看着离检查站已经有一段距离，就不打算再往前走了。

难搭车，搭车难，在离开拉孜后我们已经有了深刻体会。因此，就算许久不见一辆车，我们也不像刚开始那样着急了，而是什么都不想，只要太阳还挂在天上，就会有机会。这时候，没有车，什么都无从谈起，做什么都无济于事。唯一能做的，就是看一遍左边的山，看一遍右边的山，再看一遍左边的山，再看一遍右边的山。虽然山上空无一物，但随着太阳的角度变化，云层的大小变换，山坡此时成了巨大的画布，云层在上面投下各种形状的阴影。看着眼前的一切，你大可发挥自己的想象。如果这一切还不足以消磨等车的枯燥时光，那之前提过的砸易拉罐绝对是一项百玩不厌的项目，只要没人干扰，玩上一整天也不会感觉到乏味。可喜的是，阿里虽然人迹罕至，但路两边从来不缺易拉罐，随便一捡就是一堆，我小心地将这些"玩具"安放在河滩上，坐在高高的路基上不停地往下扔着石头。

坐在没有丝毫遮挡的公路边，只能忍受火辣辣的太阳慢慢给自己升温，两个小时后，我们终于看到了"可歌可泣"的一幕，在检查站等车的两位同伴成功上了一辆黑色轿车，属于我们的搭车时段终于来临。

他们的离开并没有给我们带来顺利搭车的好运，不多的车还是一辆接一辆地从身边疾驰而过，丝毫没有停下的打算。高原上被烈日烘烤固然难熬，但是没有了太阳，马上就会被寒气笼罩。太阳才刚刚没进山里，从山上吹来的风就将人拉回深秋的季节，我们裹紧衣服的同时还缩紧身体。

两个小时里，从我们眼前驶过五辆车，眼看着天色渐渐暗下来，我们逐渐失去了能搭上车的信心。阿雅提议返回检查站试试看，如果还是没有车，就到兵营蹭个床位。我们背起行李，朝检查站走去。

除了检查站里的两位工作人员，这里看不到任何人。我和阿雅把行李放在登记窗口的下方，侧着身靠在墙上，看着路边可能出现的车。巴尔地处谷地，视野开阔，新藏公路从谷地的正中绵延向远方。看着公路上的车从一个点慢慢变大，最后完全出现在眼前，我和阿雅都期待有辆车能在检查站停下，可所有的车都无一例外地驶向霍尔，我们连询问的机会都没有。

我是最先决定放弃的，一整天都在等车赶路，而且在太阳下晒了一天，早已疲惫不堪，阿雅是不到最后一分钟绝不放弃的人，她希望我再坚持半小时，半小时内毫无进展就去找住的地方。这让我总算提起了一点儿精神，歪在检查站的窗口前，无所事事地看着远处被夕阳染成红色的山冈。

不知过了多久，远处一辆慢慢歪向检查站的黑色轿车引起了阿雅的注意，她拍拍我的肩膀说有戏，我看着逐渐减速并打着转向灯的轿车，没什么把握。搭车一直都是阿雅的事，我只负责跟着到达目的地。阿雅说如果我去搭车，本来愿意搭的都会找借口推辞，所以搭车的事都是她去做。她问我车上有几个人，其实，我当时也没看清楚，就随口回答"两个"。阿雅一听只有两个人，就信心满满地朝着轿车走去，她说有两个就说明有空位，如果是去札达的车，说什么都不能错过。

黑色轿车在不远处停下，从驾驶室里走出来一个穿黑色休闲装的瘦高男子，手里拿着单据，应该是前面检查站开出的限速单。阿雅没有放过搭话的机会，上去和男子搭起话来，我在远处听不清他们聊些什么，但看到阿雅时不时地指着我和男子交谈，过了一会儿，男子折回车旁，此时，从车里又走下来一个同样穿黑色西服的男子，男子朝我这边看了看，点了点头就朝车尾走去。手里拿着限速单的男子朝我走来，阿雅兴奋地朝我使劲儿挥手，看到这一幕，我知道她成功了。我急忙抓起脚边的行李，肩上一边挂着一个背包朝车跑去，和拿着限速单的黑衣男子擦肩而过时，我连声说谢谢，他边点头回应边从我身边走过。

如我所说，车上就两个人，两位大哥是四川人，在阿里做生意，今天刚好从狮泉河过来，到札达办点事。后来我们开玩笑地问，如果我们不是在检查站，而是在别的地方招手，他们会不会停车？两位大哥说他们不会。听得出他们没有开玩笑的意思。这一路上两位大哥一直在谈他们的事儿，我们就这样静静地听着。

到札达的公路虽然不是国道，但作为西藏旅游的热门地区，公路修得很好，全程都是柏油路。巴尔地处冈底斯山脉中的一个谷盆，而札达则地处喜马拉雅山与冈底斯山之间的谷盆，途中需要翻越高山。当翻过山脉最高点，汽车沿着崎岖的山路下山时，天空被美丽的彩霞笼罩，透过防紫外线的车窗往外望去，不仅阳光不再刺眼，就连天空都显得与平日不同。

太阳下山，天色随之暗下来，在远离象泉河谷的地段，除了少许河流切割出的沟壑，台地还算完整，公路在平整的台地上延伸得很远。整个原野暗淡无光，偶尔能看见远处的白色车灯，在黑暗里，那车灯像是在眼前不停飞舞的萤火虫，感觉近在咫尺，可伸手怎么都触不到，半个小时以后，那白色的车灯出现在眼前，会车的瞬间过后，原野又重新被黑暗笼罩，什么都看不见了。

当我们终于站在札达县的街道上时，已经是夜里十点，如此疲劳地赶路还是第一次。

土林遗迹

札达县城到古格王国遗址有近二十公里，走路前往肯定是不行的，前一天搭车的艰难经历，让我一想到搭车就头疼，几次想打退堂鼓，可已经稀里糊涂到了札达，不去看看又觉得遗憾。札达要比普兰小得多，但相较其他一些县城，能用上电已经不错了。抱着游览完古格王国遗址就离开札达的想法，我们早上起来退了房，行李一样不少地背在身上，开始古格王国遗址之旅。

我们习惯了搭车之前徒步出城，每在一个地方停留，第二天总是以走出城为一天的开始。跟着城里的景区指引牌，我们走上了通往古格王国遗址的柏油路。

我们放弃参观札达土林是因为札达县就被土林包围，县城坐落在象泉河畔一处高高的台地上，离开这个台地就是被象泉河深深切下的河谷，河谷两边是巨大连绵的土山（在地质学上，这样的地貌称为河湖相沉积地层。应该怎样去理解呢？举个例子，一般人都有这样的经历：在沙滩上挖一个小坑，将浑浊的河水灌进坑里，等坑里的河水干涸，会在沙坑表面形成一层薄薄的泥层，泥层失去水分就会向内收缩翘起。据地理学家考证，现在札达所处的位置是一个方圆 500 公里的大湖，由于喜马拉雅造山运动，湖盆抬升，水位递减，留下的便是类似于前面所描述的湖底的软泥。软泥不会像我们想象中的那么少，而且经过了数百万年的沉淀和挤压，数百米厚的泥层形成之后，又经过河流冲刷、风化剥蚀，最终形成了今天所看到的独特景观），看过这里的土林，就没必要专门跑一次札达土林自然保护区。而对于托林寺，我不了解它的历史、它的年代、它存在的意义，对于完全不了解佛教历史的我来说，只能走马观花地浏览，所以打算看完古格王国遗址后就乖乖地离开。

古代王国的都城若不是受地理条件限制，都是依河而建的，古格王国也不例外。走出城不久，在正前方一座土山上看到用泥土夯实而成的房屋建筑，矗立在并不算平缓的山坡上，它周围有一些依着山体凿出的洞窟，一些建筑已经被土山上滑落的泥沙掩埋了一半。看着眼前的这座看似遗迹又不算陈旧的建筑，我在想会是什么样的人出于什么目的修建的呢？

虽说一路走来已经对青藏高原贫瘠的土地有所见闻，但当真切地看到札达所处的环境时，才发现这里是另一番景象。之前看到的山虽然植被稀疏，甚至难以寻觅灌木的踪影，但无论怎么看都不会让人怀疑它们作为山的存在。而札达县的山，让我一度怀疑自己用词的准确性。眼前的这一切与其说是山，不如说是上帝雇佣泥瓦匠开的一个玩笑。这里的山无论多远多近、多大多小，无一例外全由土组成，似乎全世界的土都集中到这里了。除了象泉河沿岸生长着少量的柳树和沙棘外，其他地方没有任何植被，哪怕一点点都没见到。小时候，走过干涸的泥塘，有时我会俯下身子，看泥塘底部被太阳晒得翻起的泥块，这些翻起的泥块让本来平整的泥塘底部看上去凌乱不堪，淤泥较厚的地方会出现很宽很深的裂缝。如果将裂缝两侧翘起的土层踩落到裂缝里，再倒入一些水，泥块遇到水又会相互黏连在一起，但水毕竟有限，仅仅能黏连但无法蓄积，等水被周边的淤泥充分吸收，一个微缩版的带有崩塌形状的"峡谷"就出现了。看着在"峡谷"里慢慢走过的蚂蚁，我会想：在它们眼里，这会是一番怎样的景象呢？周围都是高高垒起的"崖壁"，在里面看不到水，看不到草丛，它们怎么判断这样走下去就能到达远处的草丛呢？当然，以人的视角自然能纵观全貌，泥塘的边缘就是草地，所谓的"峡谷"也不过是裂缝而已。此时走在札达县郊的公路上，我突然觉得自己就是小时候那干涸泥塘里的蚂蚁。两边是高高垒起的土山和土质崖壁，象泉河百万年来的冲刷，已经在这个干涸的湖盆底部切出一个宽大的河谷。河水不能及的地方，雨水的冲刷让崖壁并不平整，而是布满了梳齿一样密密的沟壑，整个山体的边缘看上去像是用挖掘机从头到脚梳理过一遍一样。如此走着，我在想会不会像当初看蚂蚁一样，也有一个我不知道的存在正看着我们行走呢？它会不会也在想：在他们眼里，这会是怎样的一番景象呢？

路上的车少得可怜，之前看到的几辆越野车在我们吃完早饭出来时已没了踪影。如果真决定走过去，可能还来不及观看就要返回，而且返回的车也不见得有着落吧？我如此想着，看着远处的土山，等到终于拦下一辆面包车时，我们已经顶着大太阳走了足足五公里。

开车的司机虽然一脸茫然，但还是把车停到了路边，我和阿雅小跑着迎过去。来到车前，司机大哥问我们有什么事，他看上去比我们还要紧张。我们说了缘由，司机大哥犹豫了一下，转过身和后面的同伴用藏语说了些话后，点头让我们上车，在我们上车的过程中，司机大哥说："到前面的检查站，你们要自己走过去。"

车上一共有三名藏族同胞，他们在古格王国遗址做遗址保护性修复工作，今天从山南赶来。三排座位的面包车上，中间一排堆放着揉成一团的被子，我们上车时，扎着头巾的藏族大哥不好意思地往里面靠了靠，给我们腾出空间，看得出这一路他们都是在车上睡的觉。面包车启动的时候，坐在副驾上的藏族大哥点了一枝香，插进我手边的一个挂在车档把上的易拉罐里。我问大哥为什么要在车里点香，他不好意思地笑着转过头。阿雅掐了我一下，摇下窗户。我依然一副不明所以的表情，阿雅瞅了我一眼，说道："你反应怎么这么慢？"我承认，在下车后阿雅说车里有脚丫子味道之前，一直没想明白在车里点香是怎么回事。

三个大哥都很健谈，一路上除了听我们讲旅行经历，他们也问一些感兴趣的问题，比如西藏怎么样啦、糌粑吃不吃得习惯啦、这样玩家里人担不担心啦、森林长什么样子啦、大城市里有什么啦，等等。他们都是货真价实的藏族风格打扮，长长的头发盘在头顶用毛巾缠住，脖子上戴着长长的一串佛珠，穿着应对温差穿脱便利的长褂，腰间系一条有配饰的布制腰带，古铜色的肌肤，细细的皱纹里爬满沧桑。

　　远远地看到检查站时，司机大哥靠边停车，我们下了车。在靠近检查站的第一个弯道里，我瞅了瞅检查站所在的方向，路障和窗口处都看不到人的身影。检查站所在的公路一侧有一个不大的村子，距离较远，隐隐约约传来机器的轰鸣声，从房间扬起的黄色灰尘可以判断，那是打糠机在工作，麦粒脱干净后，农民正在处理收集的麦秆儿。这个村落叫作札布让村。

　　通过检查站后，公路开始沿着土坡盘旋而上。走过眼前的上坡路段并拐过一个弯，检查站和札布让村被甩到了身后，盘山路的走势和脉络出现在眼前。土坡不算陡，我们就弯路取直，穿过中间的碎石路走到公路的另一端，如此走了两段，柏油路就被土路取代。若不是远远地看到土山上的古格王国遗址，我还真怀疑自己走错了路。土路的尽头是一座锥形土山，遗址尽收眼底，除了山脚和山顶处那红墙的宫殿与寺庙，整个土山布满了断壁残垣和洞窟，若不是宫殿异常显眼，就像一个倒扣在地上的马蜂窝。

　　走近土山，几辆越野车卷着尘土朝我们的方向驶来。在距离遗址大门不远的山坳里有一间工棚，工棚后面停着搭我们到札布让村的面包车。我们到达时车里已经没有人，看来三个藏族大哥已经开始工作了。遗址大门右侧的一个类似四合院的藏式建筑大门外，立着一个指示牌，其上用汉字歪歪扭扭地写着"售票处"和"饮料"。

　　古格王国遗址的遗迹和建筑依照当时的等级制度，明显地分为三个层级。王宫所在的土山山脚和山脚的平缓地带分布着大大小小密密麻麻的洞窟，洞窟的大小刚好能容得下一个成年人弯着身子进入，其用途不得而知。半山腰同样存在大量的洞窟，但除了洞窟，还有泥土夯实起来的建筑和寺庙，这一层级就是普通农民和僧侣的生活区。山腰以上的宫殿建筑和房屋就是国王和贵族的生活区了。

　　我在山脚处较为隐蔽的地方找了一个洞窟，把背包放了进去，阿雅则把背包放到了路边见到的工棚里，工棚里值班的小兄弟答应帮她看着包。我们轻装上阵，多少变得更行动自如了。

　　从远处看，土山显得并不高，可真正站在其脚下时才感受到它的巨大。山顶处的皇宫遗迹从山脚看去显得非常渺小，让我揪心的是：国王出一次城真的不容易啊！因为没电梯。这种坡路，坐轿子可不如走路啊！

走进遗址大门，爬上一段略陡的台阶就到了一座寺庙，至于是红庙、白庙，还是度母殿，我自是不知，寺庙的整个墙体都是暗红色，通过寺庙后墙上的台阶，能到达寺庙的房顶。房顶的四个角上插着四面绘有图案的彩旗，房顶的正中间是一座白塔，四方形的炉口已经被烟熏黑了。和这一座寺庙处在同一水平面上的是不远处的一座通体白色的寺庙，如此看，白庙和红庙是否说的就是这两座建筑物呢？

离开这座寺庙，继续拾级而上，到达上方的一处台地前时，规模更为宏大的一座红色寺庙出现在眼前。和下方的寺庙一样，这一座寺庙的庙门紧锁，刚上过漆的房梁使寺庙看上去变新了不少。此时，寺庙周边开始有一些土墙出现，经历了几百年的风雨，土墙已经变得破败，从断壁残垣中不难看出，这些在当时已经具备土木结构的房屋绝不是普通人能够居住的。这类房屋一般都集中建造在台地的顶端或低洼平整处，台地的崖壁上有一些洞窟，洞窟通过一条细长的小道和主路相连，所谓的主路，也就是稍微宽一些、在土坡上凿成的台阶。从地貌上说，古格王国遗址所处的环境是湖河相沉积地貌，它由古近系和新近系湖相、河流相黏土、沙砾的半固结岩石在干燥气候环境中、在岩层中的构造节理的主导下，受河流侵蚀切割、季节性雨水的淋蚀、冲刷和寒冻风化的剥蚀作用而形成。所以，其本身和黄土一样容易开凿，也不容易崩塌，而且由于西部少雨，禁不住雨水冲刷的沙质土也能长久存在。

这里的洞窟容量比山脚看到的要大很多，除了一人多高的洞顶和直径约一米半的圆形空间，在洞窟的壁上还凿出一些条形空间，用来搁置物品。有的洞窟里不止一处空间，其中还有另一个洞窟，且有类似凳子的土基结构。看似坚硬的崖壁，其实只要用手轻轻一碰就会破碎，变成一把黄土留在手心。

越往上走，上山的台阶越狭窄，土建房屋开始多起来，墙体被雨淋湿后随雨水一起向下滑落，让整面墙体看上去像发育初期的石钟乳。如此一来，也让遗址腾升出一股强烈的悲壮情绪来。

走到一处平台，眼前的所有洞窟和土木建筑戛然不见，就像刚才看到的一切都是幻觉一样，当然，如果从平台上俯下身去看，刚才的一切又会浮现在眼前，只是以眼前的这个台地为界，洞窟和土木建筑都在其下，而此时眼前出现的，是一条通向远处的台阶和一面笔直陡峭的土崖，土崖的顶部就是国王所在的宫殿。

从这里通向宫殿的台阶不再是露天的构造，而是循着山体螺旋上升的隧洞前进，隧洞只在必要的地方开有通风口。上山台阶比下面的任何一段都要陡峭、狭窄，为了不至于把台阶踩塌，台阶的边缘用柳木固定着。沿着隧道前进，通过一道木门，就到了土山的山顶，这里是古格王朝国王的生活区。从山顶往下看，象泉河谷和遗址的其他部分一览无余。山顶上除了两座保存完好的寺庙（不知是不是宫殿）外，其余的房屋都只剩下墙壁，且房屋内积起的泥沙已经将一半的墙壁掩埋。走完整个山顶，看到四面都是绝壁后，我想：这样的宫殿自然易守难攻，可是，如果来犯的敌人异常强大，又攻破了防御，对于被困在山顶的国王，应该怎样逃生呢？

在山顶的一个隐秘处，有一处接近于竖井的陡峭阶梯，从那里下去能到达国王的夏宫。整个夏宫就在山顶下方的山体里，除了接近山体表面的地方因为留有通风口而显得明亮外，剩余的空间都消失在黑暗里，地面上是一层厚厚的泥沙。夏宫是国王及其妃子的夏天避暑之地，从夏宫的位置来看，这里确实是夏天里整个宫殿中最为舒适的场所。

看完整座宫殿，我和阿雅往山下走，在隧洞出口的平台上，我们遇上了小郭和小南，和他们在一起的还有另外三个同伴。他们都是搭车到札达的，其中的两位正是同一天在巴尔等车的男女。我们七人在平台的石桌前坐着聊天。小郭和小南在我们去普兰的那天本想搭车到这里，可是第一天没有顺利搭到车，又在塔尔钦住了一晚，他们是和我们同一天到札达的，当天到得早，一路没休息，最后搭到回札布让村的车，就住在了札布让村。

下山时，三个同伴想要继续爬到山顶，小郭和小南不想再继续，就和我们下了土山。到了山脚，小南问我们对藏尸洞感不感兴趣。谁会对藏尸洞感兴趣呢？但对于从来没见过的我，还是多少被勾起了一点好奇心。我说想去看看。

藏尸洞在一个山沟里，已经有参观的栈道修到藏尸洞洞口，洞口距离路面约三米，有铁窗遮着。到洞口前，小南深吸一口气，走上石阶朝里面窥望，等他下来，我们问他是否恐怖，他说什么都没看见，就是味道有点大。我学着小南的样子，深吸一口气，屏住呼吸，走上石阶，洞口不大，里面的光线加上我的遮挡更加昏暗，除了一堆破旧的衣物，我没有看到别的什么，倒是有一股强烈的腐味从洞中飘出。看到我们这般的表情，阿雅就怎么都不愿意去看了。

在回去的路上，小南说："我和小郭到的那天时间还早，就打算上山，以为进了村就不用买票了，没想到门口还有售票处。这么的，就在山脚下晃悠，打算看看这里的日落。日落自是美得没话说，晚上月亮也大得很，四周亮得和白天一样。可下山被吓得够呛。"我问为什么？他说："因为看到藏尸洞的指示牌后，我们就一直在找藏尸洞，找到天黑也不见踪影，看着夜越来越深，我和小郭打算回住处，第二天再来。可路上就我们两个人，四周除了我们的脚步声什么声音都没有，安静得吓人，就这样轻一脚重一脚走着，可能小郭也和我一样胡思乱想，我们越走越快，最后竟然跑了起来，像有人在后面追一样。"说完，他便笑了。

我们抄近道下山，他们回札布让村取行李，我和阿雅先行一步上路搭车。临别时，小南说："可别我们取行李回来，你们还在路边等车呀！"

呵呵，你知道，他是对的。

象泉河畔的"战争"

札达县的检查站就在离城不远处的象泉河边，过了岗哨就是象泉河大桥。考虑到搭车难，我们出发得很早(在这里我还是要说明一下，我们所谓"出发得很早"，各位看官大可不必想成天微微亮，或刚出太阳，或远处有几缕青烟升起，或牧民正赶着牛羊去牧场，或别的您认为能代表清晨的任何场景，我们的"很早"是相对于中午而言的，中午之前的任何时段都算是很早)。找了一家早餐铺，在"吃早饭太晚、吃午饭太早"的时间里吃过早饭，给水壶灌满水，又买了一些零食应对等车的无聊时光，我们这才背上行李，离开留宿两晚的札达。

在桥头岗哨前，看到等车的小南和小郭，我和阿雅一点都不惊讶。他们已经对"一等就是半天"习以为常并坦然接受，像放在砧板上的鱼不再挣扎。在等了许久也没有车愿意停下的时候，他们总是这样劝慰自己：唔，那个，上次还等了八个多钟头哩，就这样在路边一直等着，最后不也成功搭上车了吗？今天才几个小时啊，四五个小时啊！比八个小时还少三四个小时哩。当然，即使是这样安慰自己，一整天没搭上车的时候也是有的。

检查站在一个缓坡的底部，小南和小郭看到我和阿雅从坡顶走下去，就从护栏上起身朝我们打招呼。经过快一个月的高原日照，两个细皮嫩肉、皮肤白净的北方男人的皮肤已经活脱脱变成了古铜色。

　　我和阿雅把行李放在护栏下，和他们聊起分开这两天的经历。我们说了霍尔、玛旁雍错、野温泉、普兰，他们说了小郭高反后如何坚持走完了转山全程、塔尔钦到札达两天的搭车、古格王国遗址的两次冒险逃票。"每一次搭车时间都这么长，在路上没事可干，你们是怎么熬过来的？"听完小南的搭车经历，我问道。

　　小南捡起一颗石子，朝五米外的电线杆扔过去，说："比赛砸瓶子。"

　　"嚯！你们也玩砸瓶子？"我一直以为这种小儿科的娱乐项目只有我想得出来。

　　"你们也玩？"小南像发现新大陆一样吃惊地看着我。

　　"对啊，没别的娱乐方式，看着路边数不尽的易拉罐，就突发奇想这样玩起来了。"我笑着说。

　　我和小南分享了砸易拉罐的游戏规则，他挠了挠头说："唔，大宝真是想象力丰富啊，哈哈，我们玩得没那么复杂。"说完，小南就说起他们的玩法：他们会在较远的地方用石头垒起一个台子，在台子上放上易拉罐，为了避免易拉罐被风吹倒，会在易拉罐顶部放上一块大一些的石头，然后两人站在较远的地方投掷石子，一人一颗，轮着来，谁最先把瓶子打掉就算赢。

　　我说："你们还引入了竞技元素。"

　　"那你还引入战争元素哩。"小郭笑着说。

　　我们四人欢快地在桥头聊着天。得益于象泉河的河水，札达县的象泉河河畔除了成片的白杨林，还有果园和果蔬大棚，这里不缺阳光，因为有河，也不算缺水，相较札达县周边的其他地方，这里显得物产丰富很多。在远离河岸的街道上，刚栽种的树苗有水车灌溉。初长成的柳树和白杨让这片被黄土包围的区域里的色彩不会过于单调。小南和小郭从札达开始就要搭车前往拉萨，我和阿雅刚好要去反方向的狮泉河，如果没有变故，这将是我们的最后一次相遇。搭车已经异常艰难，四人扎堆的我们更得不到路过司机的待见。搭车的原则我们都知道，检查站是最容易搭到车的地方，没有之一。就像在高速公路收费站兜售农产品的农家人一样，手提一袋或一筐农产品就去敲过站的轿车门，死缠烂打，没耐性的司机甭管喜不喜欢，有时候也会花钱买下一些。在检查站停车过检的司机虽然不会因不耐烦而把你捎上，至少拒绝的可能性不大，而即使是不排斥搭车的司机在行驶途中也会由于不想多踩一脚刹车扫开车的兴而毫不停留地驶过，除非是很想找人聊天的司机。有时司机开车开得手感正好，突然在路边"杀"出几个人说想要搭便车，多少都会有点扫兴。

这样的位置自然让给先到的小南和小郭，我和阿雅决定放弃这一有利位置，走到桥的另一头搭车，我们是这样分析的：在搭车时，搭上车的概率是"男女"组合大过"男男"组合。我们在他们的前面，如果他们顺利上车，对我们自然是好事，如果不能顺利上车，那从他们那里放过来的轿车，我和阿雅也是可以试着拦一拦的，说不定我们有机会。

相互告别后，我和阿雅提上行李过了桥，又朝前走了近四百米，在一个土丘处停下。周围没有树，只有一个高高竖起的广告牌，广告牌正好在路基上投下近一平方米的阴影，对于我们来说，这已经是一块很不错的纳凉区域了。这还得感谢太阳公公不偏不倚，没把阴影投在路中间。我和阿雅把行李放进路边干涸的排水沟里，在真正的枯燥时光来临前，我们先做点略显枯燥的事儿：坐在阴影底下嗑瓜子。

广告牌后面是一条与公路连接的碎石子路，路一直延伸到不远处的一栋瓦房，瓦房前是一个平整的院子，院子远离瓦房的一个角落里堆着几条破旧轮胎，一台卸了前轮的拖拉机歪歪扭扭地停在院子正中，和瓦房相连的是一间简易的草棚，草棚里停着一辆马车但看不到马的踪影，家中似乎没人。草棚的柱子上拴着两条黑狗，在正午太阳的烘烤下，两条黑狗有气无力地趴在地上一动不动。瓦房背后是象泉河宽大的河床，上面栽满了整齐的白杨和柳树。在嗑瓜子的时间里，不论是进城还是出城方向，都没有车经过。小南发短信给我，说看到我们还没走。我抬头朝检查站的方向望去，除了小成白点儿的检查站，看不到任何活动的物体，我回短信问小南怎么可能看得到我们。过了一会儿，他回信息：因为没有一辆车过检查站啊！我这才明白小南的意思，我发了一个痛苦的表情给他。

时间随着广告牌的阴影在路基上缓缓移动而慢慢流逝，最后阴影掉进排水沟里，我们失去了最后的荫凉，之后只能忍受阳光的无情炙烤。出城的车寥寥无儿，没有一辆车愿意停下，嗑瓜子嗑得喉咙发痒，水壶里的水所剩无几，只能省着喝。突然，不远处的一个易拉罐让我眼前一亮，如此等下去也没有车经过，倒不如捡几个易拉罐放在路边玩一会儿。我问阿雅有没有兴趣，如果没什么事可做，我和她就来一场砸罐子比赛。阿雅在脑子里比较着静静地发呆和砸罐子哪一个更能消磨时间，想了一会儿，她觉得发呆比砸罐子靠谱得多。阿雅不参与，我只能再次把易拉罐想象成敌人，所不同的是这一次是我主攻，它们防守。我把排水沟想象成护城河，排水沟一侧的土包想象成敌人的城郭，我在排水沟上搭一块纸板当作进出城郭的吊桥，也是重兵把守的位置，在这里我放了四个易拉罐。土包上依次想象出总统府、军火库、兵营、城楼，并配备相应数量的"士兵"，也就是易拉罐。土包顶部自然是总统府，距离我也最远，为了增加难度，从我投掷石子的地方看，代表最高指挥官的易拉罐藏在土包后只露出一点点。反正土包后面什么都没有，投出去的石块儿不至于伤到人，我如此想。

阿雅坐在广告牌下，我则跑到马路对面，捡一堆石子当弹药。一切准备就绪后，便开始往对面的土包上扔。石头打到土包上，激起一层薄薄的灰，有时力气够大、石块够大，不仅能激起灰尘，还能把土包削下一层，罐子被击中后，有的扭曲着从土包上翻滚下来，有的则飞出好远。我这边发出的噼里啪啦的响声，终于吵醒了下面的两条黑狗，黑狗吠了起来，狗链随着狗的左右跑动发出清脆的金属撞击声。从黑狗的叫声判断，它们似乎对我这个不速之客发出的响声深恶痛绝，巴不得挣脱过来把我撕碎。刚听到狗的叫声时，我犹豫了一下是否继续，可看到它们被拴得十分牢靠，就继续放心大胆地玩起来。

"战争"太过激烈，一局打下来，背包上已经堆满了泥土。看我玩得都忘记把背包挪到一边，阿雅走过来说："大小孩，我们一起来玩。"有了阿雅的参与，战争模式就显得不那么好玩了，因为她会和我抢着打。我们决定来一次竞技比赛。和小南他们的玩法一样，但我稍微改了一下规则，并不是谁先把罐子打倒就算谁赢，而是谁打得最多算谁赢。为了避免打倒的罐子一样多的情况出现，我决定将竖起的罐子个数定为奇数，且为了不让胜负的偶然性太大，罐子的数量不能少于十一个，如果剩下最后一个罐子时两人的成绩一样，那么就通过石头剪刀布来确定这一个罐子由谁先砸。规定好这样的细节后，我负责收集和放置罐子，阿雅负责开火。

游戏没有奖励，我们却玩得很开心很投入，不知不觉，时间已到了傍晚。拴在草棚柱子上的两条黑狗发现自己的叫声无论如何也不能让这噼里啪啦声消失后，又无可奈何地睡过去了。小南发来信息，告知今天可能走不了，不如四个人回县城吃一顿，晚上打打桌球玩玩牌，第二天再走。阿雅觉得这样下去能走的可能性不大，但还是习惯性地给自己定下一个目标：半个小时后如果没有车经过就回县城，有也不搭了。我回复信息说半个小时后就收摊，有生意也不做了。可就是这么巧，正当我和阿雅决定不再等下去，背包已经背上肩后，远远地驶来一辆黑色越野车。我问阿雅要不要拦，因为已经答应小南回县城打牌了。阿雅说："今天都拦了一天了，运气没那么背就在这会儿拦到吧。况且这车都是小南和小郭拦过的，他们都没上，我们的可能性也不大啊。"我又不放心地问："要是真的不小心拦下来了，是上还是不上？"阿雅瞅了我一眼，说道："糊涂了？都拦下来了干吗不上？"我最担心的事还是发生了，这车竟然停了，不仅停了，还愿意搭我们到狮泉河。我正在犹豫要不要上，阿雅已经上了车，并叫我快点儿，这时，小南打来电话，我一只手拿着手机，另一只手拎起地上的行李往车上钻，等我坐好要接电话时，小南已经挂断了。不一会儿，小南发来信息，从字里行间能读出他的生气。他说："不是说好一起回县城的，你们怎么走了呢？你们的车我们遇到过，可我们还是决定放弃，因为答应一起回县城。你们的决定让我们很难过，大家虽说相识不久，但也算是缘分，不过事到如今，也不会再见了吧。一面之缘，路上保重！"阿雅问我怎么回事，我说他们生气了。我给小南回了信息：对不起，一路保重。

车主是大连人，和几个老朋友一起自驾到西藏玩，看到我们傻站在路边于心不忍。我们一路上分享着各自的旅行经历，等翻过山岭重新到达巴尔的检查站时，天已经黑了。

两个小时后，大家都累了，没有再说话。外面漆黑一片，没什么可看，不一会儿就打起盹儿来。等车到昆莎检查站时，我才被说话声吵醒。昆莎有个昆莎机场，昆莎检查站就位于机场路与新藏线的交会处。夜里行车，我们超速了，不得已只能在远离检查口的路边停下。为了不让检查站的人发现，我们关了车灯，停在我们前方的另外几辆车也是这么做的。

　　半个小时后，终于把超出的时间等回来了。顺利过了检查站，一路奔向阿里首府——狮泉河。上一次在地区首府日喀则停留已经是十天前的事了。夜里过了十一点，我们终于到了灯火辉煌的狮泉河，就和当初在川藏线上骑行二十多天后看到了有红绿灯的八一镇一样，此时竟有一种陌生的期待感。几个大哥已经在狮泉河订好了宾馆，我们让大哥随便找个地方把我们放下。

　　我们下车就联系上了已经到狮泉河的晓薇，晓薇说了她留宿宾馆的名字和所在的大街，我和阿雅借着路灯寻找，好在宾馆距离我们下车的地方不远。晓薇还没吃饭，说好到了狮泉河一起吃，可没想到我们来得这么晚。离开拉萨后就没吃过火锅，我们决定去吃一次，解解这段时间的馋，火锅店就在不远处，用现在时髦的话说，就是"高端大气上档次"，我们在吃饭期间也不忘分享这几天的见闻。

　　相较我们，晓薇离开塔尔钦后的旅程要顺利得多。在我们离开塔尔钦前往普兰的同一天，晓薇搭上了在转山途中认识的 Jason 哥一行的车，这样，晓薇就跟随 Jason 哥一行到了札达县，参观了托林寺，第二天一大早看了古格王国遗址的日出，就随他们一起赶往狮泉河。我们还在赶往巴尔的路上时，他们已经离开巴尔去狮泉河了。我们在札达的那天，晓薇一个人悠闲地逛着超市和商场。她比我们早一天到达，如果算上今天的半天时间，那就是两天一夜了。

　　噶尔是西藏到新疆途中最大的城市，也是阿里地区首府，从这里离开西藏前往新疆，在到达新疆境内的库地时，需要检查边防证才能通过。我们的下一站即是新疆，离开前，我们不得不在噶尔办理边防证。在这里办理前往新疆的边防证不需要旅行社代办，以个人身份就能办理，而且是一人一张，办理费用是一人十元。

　　早起逛街？我没有这样的打算，已经逛了一天的晓薇自然也不会，阿雅嘛，我们都不去，她估计也提不起兴趣。就这样，我们睡到大中午才起床，决定吃过午饭就去把边防证办下来，然后离开噶尔。

吃过午饭，到了派出所才知道，位于狮泉河畔的公安局负责处理过境事务的机构要到下午四点半才上班，我们没打算在公安局门口一直等下去，就找了一家高端大气上档次的藏餐馆喝酥油茶打"斗地主"，毕竟离开这里以后，基本上算是和要西藏说再见了。酥油茶在哪里都是一个味儿，当然，这可能和我不会品有关。如此开心玩扑克还是在山南的时候，那时菠菜还在，一起斗地主、画乌龟，没想到离开拉萨后，一路奔波，分分合合，再也没有了那样的时光了。

办证的人如此之多是我们没有想到的，办边防证的、办身份证的，把不大的柜台围得水泄不通。人流里三层外三层的，让我们一度怀疑是不是来错了办证窗口，直到看到几个旅游者模样的中年人，才知道这里确实是办通行证明的地方。好不容易轮到我们才知道，在公安局办理的仅仅是"边境管理区通行证审批表"，我们还得拿着这张审批表到边防签证处办理真正的边防证。出警局后，我们打的去边防签证处，和一位中年男子拼车到目的地，下车前我们还和中年男子相互客气，说打车钱不用对方付，因为就几块钱。可司机却说："你们是拼车走，各付各的钱。"这让我们大跌眼镜，还有这样的规矩？

边防签证处的小战士办事效率明显比进入阿里时霍尔巴的小战士高很多，无论是写字速度、戳章速度，还是电脑录入速度都无可挑剔，字也写得漂亮。

不一会儿工夫，一张崭新的边防证就到了手上，时间虽然过了六点，但对于噶尔来说还早得很。我们正愁没事情打发时间，晓薇就提出建议，在城西后面的一个小山包上有一座凉亭，在那里可以看到噶尔全景，作为在噶尔做最后停留的一点时间，去看一眼噶尔的全景是一个不错的选择。

新藏公路位于噶尔的西侧，沿着中央主路往西，走到主路与新藏公路相交的十字路口，右拐沿着新藏公路行走一段，出城有一条水泥路通向后山，沿着水泥路一直走，就来到通往凉亭的台阶前。拾级而上，石阶一侧是缓坡，另一侧是垂直坡面，坡面上挂满了经幡。亭子的外围用铁栏杆围着，两个亭子共用一边，以至于我不清楚应该用"八角亭"还是"六角亭"来称呼它。亭子入口两侧的柱子上挂着两副金面黑字的对联，左侧柱子上的对联已经不见，右侧柱子上的文字写得太潦草，我看不懂任何一个字，只有头顶牌匾上写的"赏月亭"我能勉强认出。

柱子上的油漆已经斑驳，看来亭子已经许久没有人照料了。

　　噶尔所在的位置是群山环绕的一个盆地边缘，像雨水在荷叶中央聚成一个水滴，整个城区紧凑地分布在北面山脚下一个不大的空间里。除了北面和东北面紧挨着山体外，狮泉河的其他方向都是开阔的草原地带，得益于狮泉河的河水，盆地里水草丰盛，虽然远处和近处的山体还是青藏高原特有的光秃秃的山，但噶尔作为方圆几百公里内唯一的大城市，还是显得朝气蓬勃。穿城而过的狮泉河将城市分成南城和北城，北城要比南城繁华得多，高楼也要多一些。躺在盆地中的城市经不起看，更何况噶尔本身也小得很。不过，不得不说，在这样恶劣的自然条件下，城建还能有模有样的，毕竟不多。

　　太阳下山后气温下降得厉害，这是高原气候的特点。我们在凉亭内顶着风玩了一会儿扑克，太阳下山就再也待不下去了。伴着寒风走回街道，开始找吃饭的地儿时才注意到，就在国道边上出现了几家维吾尔族特色的餐厅，新疆烤羊肉串的招牌开始出现。这是一个多月来，除了藏胞特色的餐厅外，第一次看到别的少数民族特色的餐馆。身处噶尔，我似乎闻到了新疆的味道。

失而复得的班公错

在 219 国道旁的小吃店吃过早饭，我们开始了前往新疆的搭车之旅。时至今日，如果有人问我是不是一开始就有一个明确的出行计划？哦，所谓计划，从未出现在我们的行程单里，一路都是即兴之旅。到什么地方、住哪家宾馆、吃什么饭菜，只有在一天中真正把这些都完成了，我们才知道答案，在此之前，我们不知道会到哪里、住在哪里、吃的什么。在大多数人的印象里，似乎除了逛街以外，其他外出行程或多或少都会有一定的目的性，至少到什么地方、见什么人、做什么、怎么去都会事先明确。而我们就像逛街一样，确定了大体方向就一头扎进未知的商场，只是遇到漂亮的橱窗才会停下来观望。

出了城，在路边的山坡上看到石阵摆出的"毛主席万岁"字样，字很大，几乎是从山顶一直延伸到半山腰，公路下方是一个兵营，办公楼和装甲车清晰可见。我们兵分两路，我和阿雅走在晓薇前面，晓薇特意拉开距离走在我们的后方，这是我们的搭车策略。如果说从拉萨到噶尔这一段的搭车已经很艰辛，那么，离开噶尔后搭车更是难上加难。阿里大环线是西藏热门的旅游线路，环线的南线和北线在噶尔交会，离开噶尔后，希望于阿里大环线上的自驾的想法就终结了。从此，前方就剩下一条孤独的新藏公路。新藏公路从噶尔进入新疆之前，沿路算得上有人聚集的地点只有三个：日松乡、日土县和多玛乡，作为最大聚集地的日土县，也只是一个一千五百多人口的小镇。沿途除了直接到新疆的货运卡车，路上几乎看不到别的车辆。临近十月，就连修路的工程队也在陆续往山下撤，青藏高原长达七个月的寒冬就要来临了。

噶尔的检查站距离城区约四公里，位于群山中一块很大的盆地中央。这是一块贫瘠的盆地，只有稀疏的野草点缀其间，盆地西侧的山峰很有层次，最外侧是雪山，中间是这一路常见的石头山，最内侧的是稍微矮一些的棕色山体，如果见过青藏高原的野毛驴，山体的颜色和野毛驴的颜色简直一模一样，像撒过一层薄薄的铜粉。

检查站是一个简易的集装箱模样的方形房屋，约二十平方米的空间是两个检查员的起居室和生活区。房内简单搭起的灶头上正煮着开水，紧挨着登记窗口是一张不大的桌子，桌子上的影碟机和陈旧的黑白电视占据了大半空间，坐在窗口的检查员身后是一张单人床，另一个检查员左手撑着脑袋侧身躺在床上，看着电视机屏幕，此时电视里播的是《还珠格格》。固定在路基两边的两根钢管各插着一面国旗，一条绳索拴在其中一根钢管上，拖过公路，穿过另一根钢管上的铁圈后被拉进屋里。门口的太阳能警示灯不停地闪着。看到我和阿雅凑到窗前，坐在窗口的小伙子抬起黝黑的脸，笑着问要去哪儿。我们说我们是背包客，只想到这里等车。小伙子笑着说："走路的不用登记。"我看了看四周，没有发现电线杆之类的东西，至少在检查站的小屋周围没有看到类似电线之类的线路接入，我在想小屋里面的电是哪里送来的，我问小伙子，他指了指房顶，我走到公路另一侧的土堆上，才看清房顶上有一块和房屋面积相当的太阳能电池板。

我们把背包放在公路边，和两个检查员没聊多久就开始称兄道弟了。躺在床上的小兄弟说："没关系，待会儿来车了，我帮你们拦，不搭你们就不给过。"我想这有点开玩笑的意思，没想到小兄弟动起真格的来了。从这里检查通过的私家车时，每一辆他都去看有没有多余的座位，负责登记的小伙子一面核对驾驶员信息，一面说："有座位就把我这两个朋友带上。"外地人当然不知道其中的缘由，苦着脸说："同志，我的车真装不下了，真装不下，如果有位子，让他们上车也是可以的。"

　　车本来就不多，如此折腾几次没了下文，我开始在检查站旁的土堆上玩砸易拉罐的游戏，两个小兄弟看我这么玩，露出感兴趣的神情。阿雅走到我身边，说："你天天这么玩，我们今天玩点特别的。"我问她要怎么玩？阿雅说："要不这样吧，我在土堆上放三个瓶子，给你六次机会，如果三个瓶子都被你砸中，那就算了，如果砸不中，我要在你头顶上放一个，我来砸。"我想了一下，觉得哪里不对，便问："为什么我全砸中就算了，没砸中还要受惩罚？"阿雅不紧不慢地说："要对自己有信心嘛。"我心里盘算了一下，觉得还算靠谱就答应了，不过在正式开始前，我申请先练习两次。

　　练习期间表现相当不俗，虽然做不到百发百中，但八成的命中率还是有的。就这样做了近二十分钟的准备活动，我告诉阿雅比赛可以开始。阿雅捡来三个红牛饮料罐子，放在距离公路五米远的土堆上，递给我六块石子，并说："比赛不限时，瞄准了再打，但是石头只能给六个。"经过刚才的练习，我自是信心满满，除了前面两颗石子因为找感觉的缘故没能击中瓶子外，接下来的两颗都弹无虚发，现在手上还有两颗石子，而易拉罐只剩一个了，排除紧张的因素，五成的命中率应该没问题。刚才的连续命中得到检查站的两个小兄弟连连称赞。我收了收心神，集中精力，用手掂量了一下即将扔出的石子。一切准备就绪。我甩出了石子，石子在距离易拉罐偏右约十五厘米的地方激起一股尘土，跳到了远处。没中。阿雅在一旁比出胜利的手势，两个小兄弟则静静地等着我接下来的表现。只剩下最后一颗石子，我自然不敢掉以轻心。我把石子放在地上，拍了拍手上的泥，甩一甩胳膊，重新捡起石子，原地蹦跶了几下，瞄准前方露出半截的易拉罐，使出浑身的劲儿，"嗖"的一声扔了出去。石子旋转着飞向目标，在身后拖出一条淡淡的、土黄色的轨迹。石子在易拉罐前重重地砸下后弹起，从罐子的顶部飞过，激起的黄土盖过了罐子所在的区域。等黄土散去，橘黄色的罐身纹丝不动地立在原地，没打中。阿雅早已抑制不住心中的喜悦，哈哈笑个不停，并叫着让我履行诺言。我自是愿赌服输，接受惩罚。

　　阿雅捡来一个红牛饮料罐，擦干净后稳稳地放在我头顶的帽子上，让我站在路边不要动。我问她需要打几次，她说什么时候击中什么时候结束，无奈之下，我只好让她用小一些的石子。看着我站在马路的一边，头顶着一个易拉罐，阿雅站在马路的另一边不停地往我身上扔石子，检查站的两个小兄弟笑得直不起腰来。最后不得已，我只能配合着去接石子，主动让石子击中瓶子，了结这场"不人道"的游戏。

晓薇和我们一样等了近两个钟头后，上了一辆到日松乡的车，临走前，我们约好在日土会合，可车少得可怜，我和阿雅没有把握今天一定能搭上车。

晓薇走后，我们继续在检查站死守。检查站的小兄弟看我们等了好长时间，就特意给我们一人一瓶牛奶，还说实在走不了，晚上可以睡这里。

两个钟头过后，来了几辆越野车。车队到检查站登记，小兄弟也不忘提搭车的事，司机看着满脸尘土的我，对检查站的小兄弟说车上不方便，小兄弟坚持问车上有空位怎么不方便？司机一直在找机会推辞，信息核查完毕，这辆有空位的越野车就随其他车一起过了检查站。看着车队走远，其中一个小兄弟得意地说道："让你不拉我两个朋友，我让你白跑这一段。"我问这话什么意思？小兄弟得意地拿出刚才拒搭我们的那位司机的驾驶执照。我们很吃惊地看着他，他说："不是我故意留下的，他走得急，没想起来要，我也没想起来给而已。"我问前面最近的检查站有多远，他说："八十多公里。"

车队走了没多久，驶来一辆白色的小轿车。车内就司机一人，是当地的藏族大哥，登记时小兄弟照例提出顺便捎上我们的话，大哥看了我们一眼，招手让我们赶快上车。上车后，我们一面感谢捎上我们的大哥，一面不忘告别两个可爱的检查员。搭我们的大哥是政府官员，今天到日土县参加会议。大哥为人随和，一路上我们有说有笑，下午四点不到就到了日土。下车时，大哥说："今天要是走不了，可以到县政府找我，我们这里的政府招待所条件还不错。"对大哥的这番话，我们自是感激不已，但只是口头上答应，实际上怎么好意思去打扰呢。

我们还在赶往日松的途中，晓薇就发来信息，她搭上了去叶城的卡车。从噶尔到叶城，全程一千一百公里，日夜兼程需要三天的时间。我们希望自己能有晓薇一样的好运气，毕竟从这里开始，我们的行程已经不受边防证的限制，要是许久搭不上车，到新疆的晓薇自然会有新的安排，如果遇上同道中人，开始新的旅程也说不定呢。

到日松检查站时，我们遇到了把驾驶执照遗忘在噶尔检查站的越野车司机。看到我们坐在白色轿车里，他焦急地跑过来问是否在检查站看到过他的驾照。我们说看到过，是他自己忘记取回了。他问我们知不知道检查站的电话，如果知道，他打电话让检查站的小兄弟把驾照给路过的车送过来。我们说不知道。看到我们这最后的救命稻草也帮不了他，他灰溜溜地上车，向反方向驶去。

从地图上看，班公错距离日土县并不远。班公错又叫错木昂拉仁波湖，该湖属于构造湖，而且湖水的含盐量从东到西依次增加，到印度境内已经成为咸水湖，中国境内是淡水湖。湖中的数十个岛屿成为飞临此处的所有鸟类的栖息地，其中数量最多的当属斑头雁和棕头鸥。在离开拉萨开始三大圣湖之旅时，有人说三大圣湖包括班公错。纳木错和羊卓雍错当然无可争议地包括在其中，但很少有人提及的玛旁雍错和班公错却让我实在弄不明白到底哪一处才是圣湖，这两个湖都在西藏最偏远、最狂野的阿里地区，好不容易到此处的人自然愿意把自己所看到的湖泊当作圣湖。刚出发的我为了圣湖之旅有一个圆满结局，认为唯一的办法就是把有争议的这两处湖都看一遍，这样一来，无论说的是哪一处湖，甚至认为西藏有四大圣湖，我也不会错过。如果说对于湖泊有一个较为明确的旅行计划的话，这算是在旅途过程中逐渐清晰起来，并决定无论如何也要完成的行程。在别人看来，这似乎是强迫症患者的表现。唔，怎么说呢，对于这般想法，我也没话可说。

日土虽不大，横竖排除国道就只有两条街，可合适的宾馆并不好找。全县最高的建筑，是两座手机信号塔；最干净整洁的院落，是位于县城边缘的兵营。在街上走着，想着要住什么样的宾馆，就已经走到了街道的尽头，我们只能转身，继续到马路的另一边寻找。找来找去，在一家小吃店找到了较为合适的住所。小吃店所在的楼房有两层，一楼是餐厅，经过一道不宽的楼梯通往二楼，二楼是住宿部。出小吃店左拐走出十米远，是日土县邮政局，离开噶尔时，我在新华书店买了一本地图册，从日土开始，每到一个地方，我都会找当地的邮局戳上邮戳，回到成都时，地图册的整个扉页都盖满了各地的邮戳。

时间还早，我和阿雅一合计，打算去班公错看看，如果今天把班公错游遍了，明天就可以直接赶路了。我们在小吃店灌满水，除了相机和水，没带其他任何东西。打开手机地图，按照导航的指引出城，朝着班公错的方向走去。

出了城，在国道走了一段，爬上一个不高的山坡。从山顶往回望，日土县城被包在一个山弯弯里。这边的自然环境说来也怪，隆起的山脉和稍微高出地表一些的山丘上几乎寸草不生，但是位于山下的山间盆地，或沿河的开阔河谷却长满了高原特有的长草。这里的长草异常坚硬，踩上去像踩在针毡上一样。山坡的正前方是一片开阔的草场，除了零星分布在草场上的羊群和马，最远处的山脚下，隐隐约约能看到深蓝色的湖面，我指着那片湖面对阿雅说："没错，那里就是班公错，我们走过去吧。"

开阔的草场上没有任何参照物，远远的湖面让我们对距离的判断产生了较大偏差。眼看着就两三公里的路程实际却是近七公里。我们越过草场的围栏，钻过铁丝网，径直朝着看到的湖边走去，可在太阳底下毫无遮挡地走了两个小时，不但没有走到心中所期望的湖边，回头看驻足的小山包时才发现，这两个小时我们只走了一半路程，正好走到草场的中央。看时间已经不允许我们再往前走，我们只能往回撤，心想着已经走了这么久，这样半途而废会不会可惜？可惜固然可惜，但太阳落山后，气温剧烈下降，对周围环境不了解，体力透支得厉害，赶夜路肯定不是一个好主意。我们不再原路返回，而是抄近道走到公路上。走过草场途中，遇到一群马，这些马匹长得膘肥体壮。在我对着它们拍照的时间里，一匹头上戴着红布条的白马似乎是这群马的头领，它边看着我边警戒着四周。我在想是不是放野了的家畜都会对人产生警惕？

回到宾馆时，太阳已经落山，我和阿雅累得够呛。等吃过晚饭，已经是十一点多，没看到班公错，阿雅有些懊恼，我也不甘心。我们知道新藏公路经过班公错，但以什么样的方式经过我们不清楚。我们想直接搭车过去，可不知道在车上会不会错过，于是决定第二天早上再从另一侧走走看，如果还是不能到达就放弃，直接去新疆。

第二天一大早，我们把行李寄存在留宿的小宾馆，和老板娘交代说不定晚上还会继续住，听我们这么说，老板娘高兴得很。这一次我们没有走草场，而是沿着前一天登上的小山坡前的一条水泥路前进，想着这条路一定会把我们引到湖边。过了一个养猪场，水泥路就消失不见了。眼前是一条布满车轮印的土路。我心想这搞得什么名堂，费这么大劲儿，竟然没路了。正当发愁的时候，身后驶来一辆白色皮卡，我们拦下车问前方是不是能到达班公错。开车的是中国科学院青藏高原植被研究所的老师，中科院在日土有一个研究所，专门研究阿里地区植被和水土保持。老师说我们走错了方向，班公错只要沿着新藏公路走就可以到达，其他地方都没有合适的路进去。我们谢过老师——一方面谢他告诉我们走错了路，另一方面谢他给我们指明了前进的方向。

我们回到宾馆，和老板娘说这就要搭车前往新疆，老板娘倒是爽快，还祝我们一路顺利。早上出发前看到一队军卡开进日土县城，本来就不大的县城停满了运送煤炭的卡车。看到这么多军车，人生还是头一遭，一问才知道这是部队的运输队在给各分军区运送冬天的燃煤。我们看着军车直流口水，日土县有兵营，肯定就有军车卸货，卸完货的军车肯定会返回，如果坐上了，能直接到新疆也说不定哩。我们鼓起勇气找到一个小战士，问军车能不能拉人，小战士看了背着大包小包的我们，说："军车不带普通人，有规定。"我急忙说我们不是坏人。小战士倒是被我逗乐了，说："那你去问问我们的班长，他说可以，我就没意见。"我问他班长是谁，他指了指不远处弯着腰洗脸的军人。阿雅和我谢过小战士，就跑到洗脸的班长面前，说了搭车的请求。班长把帽子翻过来擦了擦脸上的水珠，说："我们的驾驶室满员是五个人，实在是没有多余的空间，不过，你们要是坐我的车，我可以让他们挤一挤。"我们问班长的车是哪一辆，班长指了指某台卡车，我说："号码我记住了，待会儿在路上我看到了就举手，哈哈。"班长笑着说："我的车今天不卸煤，我的车到噶尔，两天后才回新疆，你们要是能等，可以在这里等我。"我们自然不愿意等，急忙问在日土卸煤的车什么时候走，班长说："在这里卸完煤的车已经在两点前离开了，他们今天到多玛，明天到新疆大红柳滩。"听班长这么一说，我和阿雅心里恨自己恨到不行，这是多好的机会啊！坐一次军车得有多威武！我们对坐军车去新疆已经不抱希望，但还是和班长说，如果我们这两天都没走成，还希望班长把我们捎上。班长笑了笑说："如果有缘，遇上就拉。"说完，就和几个战士走进一家餐馆里去了。

知道班公错就在新藏公路边上，我和阿雅就不再耽搁，决定走到国道上搭便车。看湖的同时，还能往前赶一段路。

等车的时间里，我们无事可做，就坐在路边嗑瓜子、砸罐子。路上的车少得可怜，几乎没有汽车经过，不敢走太远，害怕走不了还得重新返回日土。就这样在路边耗了近两个钟头，终于看到一辆"新"字牌照的水泥车缓缓地驶来，我和阿雅几乎尖叫着站起来，站在路边手舞足蹈，我不停地挥舞着手中的帽子。水泥车见状停了下来，我伸手去开副驾的门，车门打开后，看到一个头戴毡帽、满脸胡须、蓝眼睛的男子，他用不标准的普通话问我们要干什么。一样是不标准的普通话，但明显感觉和藏族同胞的不一样，当我眼睛瞟到印在车门上的汉语和维吾尔语时，我才反应过来眼前的这个男子已经不是之前一直遇到的藏族同胞了，而是维吾尔族同胞。男子瘦长的脸是典型的维吾尔族同胞的脸，除了浓密的头发，就是遮住半张脸的浓密的胡须。我急着问他们的车是不是到叶城，大胡子男人点头说是。我接着问能否搭我们一程，大胡子男人点头说可以。我转过头示意一旁的阿雅，对方同意拉我们到叶城，阿雅别提多高兴了，立刻朝我这边走来，我刚要上车，大胡子男人说："两个人一千块钱。"已经抓住门把手的我挂在半空，半晌儿才说出一句话："这，要钱啊？"大胡子男人好像比我还吃惊，说道："搭车，还不要钱？"我说我们一路都是搭车过来的，没人收钱。大胡子男人露出不可思议的神情，说："没听过不给钱还拉人的事情。"最后，水泥车开走了，我和阿雅继续在路边等待。

错过水泥车，我们等来了一辆到班公错的皮卡，车上就大哥一人，离开日土，一路都是修建新藏公路的工地和工棚。本就是冻土地带，经过车辆多日的碾压加上连日来的干旱，路上和路两侧的山坡上是半米多厚的浮土，别说有其他的车经过，就是我们坐的这辆皮卡，其本身搅起的灰尘都能将车身严严实实盖住，灰尘大得我们不敢把窗户打开一点缝，干燥的浮土像泥点一样，飞起来牢牢地黏在车窗玻璃上，整个车脏得像掉进泥塘里了。

　　在班公错附近，新藏公路改了道，老公路由于距离湖面太近，而且太窄，已经废弃不用，在距离湖岸不远的上方，重新修了一条崭新的道路。新路还在施工阶段，目前所有的车都从老公路上经过，这让我们有机会近距离欣赏班公错的美丽身姿。

　　班公错虽地处阿里的偏远地段，但鸟类和水禽却比其他地方要丰富。皮卡沿着湖边的公路行驶，不远处的湖面上落满了野鸭和一些不知名的鸟类，不得不说，阿里因为有了像班公错这样的高原湖泊，才成了千万野生动物的天堂。车停在景区门口，景区还没成型，自然不用收取门票。来到湖边，走上停在湖边的游艇上，看着眼前不同层次的蓝色湖面，让人有种忍不住跳进去洗个痛快的冲动。西藏的湖有很多，但每一座都各具特色，在见到它们之前，你根本想象不到世间会有如此美丽的湖泊存在。而且，每一座湖泊的美，都不尽相同。

民政宾馆

　　班公错的湖边，除了景区招待所模样的一栋建筑外（看上去更像一栋废弃的建筑），就只有几间零散分布在岸边的工棚。眼前的公路刚做好路基，路面上是膝盖大小的石块和数厘米厚的浮土，人走在上面，只要速度稍微快一点，就能搅起一阵黄土来，由于静电作用，泥点都往身上爬，不一会儿功夫，人就成了泥人。

　　在这里等车，大可不必去看路上有没有车经过，你只用看路上有没有灰尘扬起即可。如果有尘土扬起，十之八九是有车经过（还有可能是人），如果没有尘土扬起，那肯定什么都没有。看到日土方向的车，我和阿雅就跳下路基，钻进涵洞里躲开漫天的尘土，若是重型卡车经过，扬起的尘土重重地拍在身上让人几乎失去平衡，加上炙热、气味浓烈的尾气，在这本就缺氧的高原，令人瞬间窒息。太阳越来越低，预示着我们可能走不了。我问阿雅，要是走不了怎么办，她倒淡定得很，说："随便找个工棚睡一晚。"我看着在尘土中东摇西摆的工棚，觉得这是一句玩笑话。

　　我对皮卡产生特殊的感情，和这段搭车旅行不无关系——不仅因为坐皮卡的次数最多，而且皮卡除了能拉东西、两排座位坐五个人也不嫌挤外，还能在高原上"为所欲为"。时至今日，当有人问我第一辆车打算买什么时，我都会说："什么品牌无所谓，但肯定是辆皮卡。"别人不解地问为什么，如果从头到尾解释定是要花太多时间，关乎语句精简方面的事我都不擅长（各位看官应该深有体会：此人说话不得要领，半天不入主题。有人说我写的东西太啰唆，这个嘛，我也时常头疼，可不这么写总觉得少了些什么。与其说怕别人看不明白，倒不如说用文字叙事的能力有限，百分之百传递情感的能力无论如何都没有。扯远了，回原文）。如果只用只言片语解释一通，会让对方更疑惑，所以我只能解释说："因为皮卡很能拉啊！"

开皮卡的是一位到多玛乡二十公里外建筑工地去的大哥。我和阿雅在班公错岸边做最后的挣扎，终于等来了这一辆已经被黄土包围得看不清模样的皮卡。车内除了大哥，还有两位同是背包客的年轻人，一男一女。副驾上是一个男生，长头发，梳成一个辫子绑在脑后，黑色夹克，牛仔裤。女生坐在后排，看着窗外的我们轻轻一笑，随即皱起的额头挤掉皱纹里的一层尘土，笑容消失后，皱纹里的白皙皮肤在土黄色面部留下几条清晰的白线，像某种图腾。上车之前，大哥问我们去哪儿，他今天只到多玛乡，我们说把我们捎到多玛乡就可以。

如果说车外布满尘土的车体和车窗不能真实反映车子的陈旧情况，那车内的装饰和座椅就最有说服力。我和阿雅提着背包上车，阿雅坐中间，我坐边上，关门的瞬间，从摇晃的车窗上抖下一团黄土，并瞬间在狭小的车内弥散开来，可我们不能开窗，因为窗外比车内还要灰尘多。车内所有人只能先屏住呼吸，待尘埃慢慢下沉后才重新呼吸，在本就缺氧的高原，憋气本来就是一件不靠谱的事儿，没一会儿，每个人的脸庞都变得青紫起来。看着浮尘没那么严重后，大家争先恐后地呼吸起来。后排的座位下塞满了扳手、凿子和电钻，我们只能将背包放在膝盖上。车一启动，除了正前方，车的四周立刻被浓厚的黄土掩盖，车子在搓板路上行进得异常颠簸，空调的换气孔已经被浮尘彻底堵死而不能用了。一路上，我们紧闭窗户，闷在狭小的驾驶室里，忍受着西斜的太阳的炙烤。开车大哥的脸，是一张饱受高原烈日照射的脸，圆圆的脸庞随着车的颠簸上下颤抖，像一个脱水的橙子。

后面聊天才知道，车内是一对情侣，两人年初双双辞职，从东莞一路搭车，经广西、云南，进入西藏，接下来和我们一样，去新疆。

"前面的车不好搭。"听到我们聊新疆的行程，大哥插话道。

"为什么？"我们问。

"季节不合适，"大哥小心地避让着路上的坑道，"十月天气变冷，别说旅游车，就连修路的工程车都陆续往山下撤。工程车一撤，这路上就更没有车了。"

"那工地上还会有人吗？"我问。

"没有。"大哥回答，"所有人都会走，工程车也好、人也好、工棚也好，统统没有。这些地方现在热闹得很，是因为有修路的人，等路修好，所有人都会走，这里就是个无人区。"

"下山这么早，来年什么时候上山呢？"长头发男生问。

"四五月份。"大哥说。

"嚯！这里休工休半年啊！"我惊叹道。

大哥笑着说："哈哈，谁不想多做几天，早完工早收工，还有工钱拿。可到了冬季，降温下雪，除了施工不能顺利进行外，工人吃的用的，还有建筑材料都运不进来。"这是这一路上开车大哥少有的笑容之一。

离开上车地点后，公路依然在湖岸边延伸得好远，这一路上我们的视线虽然不时地被窗外的黄土遮住，但蔚蓝色的湖面还是静静地出现在左边的窗外。从远处看，湖面的颜色层次分明、深浅不一，有墨蓝色、有深蓝色、有蔚蓝色、有浅蓝色。和周围都是土黄色的山脉比起来，湖面显得更加动人。

新藏公路改造工程的不同路段由不同的工程队修建，遇到刚铺好柏油或是刚做完承重面的路段，路过的车会被分流到路基下的临时便道。临时便道就是在荒野上被过往车辆碾出的土路。我们一路几乎在土路上前进，在太阳快要落山前到了多玛乡。

新藏公路从多玛乡中间穿过，前后不过百米的小镇由公路两侧的两排房子组成，街上没有一栋二层建筑。能看到的是几家挂着招牌的餐馆、几家商店，除此之外，再无其他。大哥把我们放在镇中的马路边上，他还有二十公里路要赶。镇中的马路刚打好路基，两侧的排水沟刚盖上水泥板，只要车一过，不大的小镇立刻淹没在滚滚黄尘中。我们四人下车，找了一块还算干净的地方，放下背包，在马路对面，看到三个穿着形如乞丐的男生，脚边各放着一个背包，我拍拍身上的尘土，和他们打招呼。我无意间发现其中有一个人很眼熟，走过去一问才知道他是我和晓薇在如角乡遇到的三个骑行者之一，他说到塔尔钦时自己的车坏了，两位同伴想要继续骑完全程，他就改搭车了，又在路上认识了一位广东的同伴，一路到了这里。我感叹如角一别，没想到会在这里以这种方式见面。他们到得早，打算在路边碰碰运气，能走就走，在这里没有多待一秒的欲望。和我们一同到达的男女也是这么想的。我和阿雅看着路边的五个"竞争对手"，觉得耗下去也没有用，打算先安顿下来，第二天再走。

看到一个挂着四川饭店牌子的小餐馆，我和阿雅背着包走了进去。藏在路基下的餐厅灰暗得很（新藏公路在重修，路基做了加固，高出平房很多，进入餐馆要下台阶），多玛乡不通电，为了节约，在自然光没有完全消失之前，店家是不会点上那只被烟熏黑的白炽灯的。餐馆内坐着几个兵哥哥，从臂章上看，让我们想到了早些时候在日土看到的运煤车队，而且听班长说有两辆车今天已经回到多玛。我和阿雅心中窃喜，没想到会在这里撞见他们，这种时候当然不会放过任何可能搭上车的机会啦！更何况是军车啊！在新藏公路上坐一回军车是多么拉风的事情。我和阿雅看了一圈，发现这里就一个兵哥哥的军衔最大，是上尉，问其他人还得向上尉请示，不如直接问上尉。我们走上前去问上尉是不是今天刚从日土回来。他看着我和阿雅，笑着问："你们怎么知道？"

我说："今天在日土看到你们的车队，听一位班长说你们有两辆车今天回多玛，明天会到红柳滩。"

听完我的话，上尉说："对，他说的就是我们。"

阿雅见状就凑了上去，直奔主题："哥哥，明天能把我俩捎上吗？这一路上都没车，我们是好人。"

围在桌前的其他小战士都乐了，上尉也笑了，说："队里有规定，军车不拉非军籍人员。"

我接过话茬儿说道："我们虽然不是军人，但也是老百姓，是群众，领导会通融的吧？"

上尉还是满脸笑容，继续说："我们知道你们不是坏人，可这事儿我做不了主。"

"你还做不了主？"阿雅歪着脑袋问。

"我做得了什么主？万一把你们捎上了，被军区的领导看见，我不好交差啊。"上尉说道。

"可在日土的时候，那个班长还说哩，只要我们拦的是他的车，他就愿意捎上我们。"我说。

"哦，这样啊。"上尉拖过来一把凳子，坐下继续说，"我们两部车，一共八个人，明天天亮就走，车里没有多余的空间，实在对不住。"

听到这儿，我们意识到没戏，没有再纠缠。吃完饭出来，天色已经暗了很多。五个驴友依然在等，看来他们不会轻易放弃，多玛乡真的那么让人想逃离吗？虽然有车可搭的话，我也不会留下，但不至于到留宿一晚都极不愿意的程度。和他们打过招呼，我们决定先把住的地方定下来。

天黑下来的多玛乡没有一点光亮，借着刚升起来的月亮，能勉强看清脚下的石子路。路两边没有像样的房子，几栋看着"像模像样"的房屋不是商店就是餐馆。无奈之下，我们走进一家商店，问老板哪里有住宿的地方。老板看着我们大包小包，风尘仆仆，于心不忍似地走到屋外，指着不远处的一处白墙小屋说："你们到那里问问，那是个招待所，应该有住的地方。"我们谢过老板，朝着老板所指的白墙小屋走去。

白墙小屋紧挨着一扇铁门，隐隐约约能看到铁门顶部四个锈迹斑斑的汉字：民政宾馆。铁门紧锁着，推不开，可能我们推门时弄出了声响，从白色小屋里走出来一位老人。老人个子不高，宽瘦的肩膀上是一张布满皱纹的黑褐色的脸，头发斑白，胡子蓄得很长，即便如此，他的身体显得十分硬朗，走起路来没有半点蹒跚之态。老人问我们有什么事，我们说想要住宿，老人从上到下细细打量了我们一番，把我们引进白墙小屋。

屋里还算宽敞，除了进屋的那一道门，房屋的另一侧还有一道门，那一道门通往铁门内的院子。房屋正中有一个烧火的炉子，炉子上方的铝制烟囱在屋内盘旋几圈后从房顶穿出。我们进入屋里时，炉子上正烧着开水，旁边放着几个热水瓶，紧挨着房门的地上，整齐地放着约莫二十个热水瓶，热水瓶的旁边是一个大水缸，水缸用木制圆筒盖遮住，从圆筒盖的缺口处露出半截水瓢的把儿。进屋左侧靠墙角处有一张单人床，凌乱的被褥靠墙放着。老人走到炉子前坐下，我从包里拿出香烟（一路无聊，有一天，实在没事可干，我便买了一包烟，学着抽起来，可抽完一根后就没再动过，一直放在背包里），给老人递去一根。老人接过香烟，微微一笑，露出两颗黝黑的门牙。老人用煤球把烟点燃，吧嗒吧嗒抽了两口，满足地抬起头看着我们，问："你们是要住得便宜一点还是贵一点？"

我和阿雅面面相觑，我问："有什么区别吗？"

老人吸一口烟，说道："便宜一点的就在这边院子里，三个房间，每个房间三张床，每个床位四十块。贵一点的在马路对面，一个房间两张床，一个床位六十块。便宜的晚上供电两小时，贵的晚上不断电。"

我和阿雅一听，价格不算贵，决定先看一下房间。老人取来钥匙，穿过木门，我们被引到院子里。木门正对着一排平房，老人打开最东边的房间，让我们进去看看。房间内并排放着三张床，床与床之间相隔约半米，房间靠里有一个盆架，盆架上放着三个塑料盆，中间有一个废弃的火炉，房屋正中间有一张简单的桌子，桌子上放着一台老式电视机。看到电视机时，我心里一惊，心想晚上就供电两个小时，何至于在里面放一台电视机，即便是有电，这里能收到电视信号吗？我问老人电视机可不可以看，老人说电视机是坏的。

我和老人说我们有几个同伴还在路边，如果能便宜，我们很乐意把他们介绍过来。老人问有几个，我说有五个，老人算了算，决定给我们少十块钱，并嘱咐我们这个价格不许和卡车司机提起。卡车司机是这里的常客，价格虽不高，但如果他们知道三十块也能住，以后会把价格压得很低。

收拾完房间，我和阿雅来到老人的住处。看到我们进去，老人把刚吃完饭的碗筷收到一边，我走过去，照例给老人一支烟。

"大爷，这两天去新疆的车多吗？"我把双手放在炉子上烘着。

"这个嘛，这两天已经少很多了。新疆那边开始下雪了，货车都不跑了，私家车不多。"老人说。

"那我们明天是不是走不了了？"我问。

"这个嘛，"老人挠了挠后脑勺，"不好说，但肯定不好找，倒是，今天我也接待了两个人，是自己开车出来玩的，我看他们的车很空，但是不知道愿不愿意捎上你们。"

一听到有自驾的，我和阿雅突然来了劲儿，阿雅说："那他们住在哪里，我们想去问问看？"

老人若有所思，我赶紧递过去一支烟，老人推辞说够了，我坚持着，老人收下烟，把烟卡在耳后，用火钳翻了翻煤渣，炉口蹦出一串火星。老人说道："他们住在马路对面，我把他们的房间号告诉你们，你们去问问看，但别说是我让你们去的。"

我和阿雅谢过老人，来到他所说的一排平房前，摸黑看着门上并不清晰的油漆数字，我们来到老人说的那个房间。房门开着，房间里是一个中年男人和一个中年妇女，停在门口的丰田越野是"京"字牌照，我站在门口朝里面打招呼，男人的视线终于离开笔记本电脑落到我身上，女人正在洗圆白菜，房屋正中的小煤气炉烧得正旺。看样子他们还没吃饭，女人正在准备晚饭，男人有可能在整理照片。我不想直入主题，但又找不到合适的借口，就说道："嗯，这边的房间确实比那边的好很多，还有电。"

"嗯，"中年男子搭话道："你们住哪里？"

"哦，"我朝门口走了几步，但始终站在门外，"和你们一样，老板说有两类房间，问我们想住什么类型的，我们说想都看看再做决定，所以就过来了。大哥从哪里来？"

"哦，从北京过来。"中年男子说。

"嚯！够远啊！"我说。

"嗨！在家待着也是待着，就开车出来了。"

"你们都自己做饭？"看到洗菜的中年妇女，我问。

"对，自己做。买一些不容易坏的放车上，路上都是自己做。"

我好想把话题引到搭车上来，但中年男子一直用怀疑的眼光打量着我，他似乎认为我过来看房大可不必跑到他家门前说这些无关紧要的话，中年妇女时不时用"不用搭理他们，铁定没好事"的眼神和中年男子交流。看到如此情形，我已经断定即使把话题引到搭车上也无济于事，于是告别这对夫妇，回到白墙小屋。老人问结果怎么样，我说没谈成。我接着问那边的房间好像要大很多，很大的院子不像是普通的民宅。老人说："那里原来是一所学校，后来学校撤了，房子就空了下来。房子闲着也是闲着，也需要人照看，我就把这活揽下来了。"

和老人聊了一会儿，我和阿雅重新走到路上看几个驴友的情况，情况自是不乐观。我和阿雅走到一同搭车的两位驴友面前，还未站定，此时从一辆经过的货车里伸出一个脑袋来，大声说道："朋友们，我先走了，有急事回家，不能在这儿耗了。其实只要肯出钱，车还是很多的，从这里到叶城都是五百块，不给钱，没有人愿意拉！"后面的话听得我们直冒冷汗，我后来才反应过来，刚才的那个男孩就是对面马路上三个男孩中的一个。我问长头发男生什么时候收工，他说还想再等等。我不好说什么，就把入住的宾馆指给他看，告诉他要住宿可以上那里，价格也合适。

后来的情景如我们所预料，四个人都回来了。三个房间，中间的住进两个司机（第二天天不亮就走了），没有多余的房间，长头发男生与女友和我们将就了一晚。

第二天，我们起了个大早，算是搭车以来起得最早的一次，到外面洗漱时，地面还有一层白白的霜。早饭都没吃，我和阿雅就直奔公路桥对面的检查站去了。

最后一盒月饼

多玛乡检查站是新藏线上从西藏进入新疆的最后一个检查站，这里的检查要比其他检查站严得多，检查站大厅里是武警官兵，检查站后面是兵营。通过这里前往新疆，要同时检查身份证和边防证。

检查站登记大厅离公路有一段距离，但还是用绳索作为路障，绳索一头的挂钩就挂在检查站门口的一个钩子上，专门由一个小战士负责。等卡车司机完成登记，重新返回车内时，小战士就会取下钩子，放下绳索让车通过，车子通过后再重新挂回去。

我们到检查站等车时，到大红柳滩的两辆军车还没有出发。就像士兵会花时间叠被子一样，运输兵在出发前会把车从上到下擦一遍，经过快半个小时的收拾，两辆军卡终于出发了。毫无疑问，他们经过检查站时不需要接受检查，放行的小战士还要敬礼。

除了对面的山，公路是最早照到太阳的地方，虽然穿上了所有的衣物，可多玛乡的清晨还是冷得人直哆嗦，我和阿雅蹲在路边，一面晒太阳，一面等车。小陆（长头发男生）和女友没到检查站，如角乡遇到的骑友与他的广东搭档和我们一起走到检查站，坐在了路边。

多玛乡和检查站之间隔着一条小河，河上刚建好的公路桥还不能通行，所有的过往车辆都从桥下的便道通过。虽然是单行道，但过往的车辆极少，不存在会车的问题。西藏方向的所有车辆会停在马路上，所有人下车到检查站登记，新疆方向的车辆会停到检查站前的停车场，下车接受检查，检查完毕后，从公路和检查站之间的便道驶出。停车场和便道还没有最后完工，每一次有车经过，都会掀起一阵黄色土尘。

我们起床时，停在乡里的所有卡车水泥车都走了，今天是中秋节，不久前的我们还在幻想今年的中秋节会在哪里度过，现在答案已经越来越明显。在这里除了能看到"新"字牌照的各种车，还能看到维吾尔族同胞，说实话，可能是我的问题（到了新疆后更加确定这是我的问题），刚看到他们时我会感到害怕。他们邋遢的服装（所有长途卡车司机都差不多，我们也一样邋遢得不成样子，可能许久没照镜子的缘故，脑子里还保留着自己"清秀"的模样，此时，其他人看我们，估计也觉得一样邋遢、一样可怕），富有特色的胡须和蓝眼睛，加上不太标准的普通话和特有的说话语气，与其说是害怕，不如说是陌生感带来的恐惧。何以见得？因为到新疆后，这样的恐惧感没有再出现，反而对眼前的一切喜欢起来。要说绅士，维吾尔族男士是我见过最讲究的一群人，他们无论什么工种，无论什么场合，开卡车的也好，卖羊肉串的也好，银行职员也好，小学教师也好，不是穿民族服装，就是西服西裤加一双翘头黑皮鞋。看着越来越多的"新"字牌照车辆出现，长达两个月的进藏出藏之旅似乎就要在某一瞬间结束，开始旅行时的那份对未知世界的向往和好奇又开始在心中躁动。

在检查站足足等了五个小时，不出所料，我们都没走成。这虽然不及我们在札达长达近八个小时的等待，但也给心情带来了负面影响，信心也备受打击。我们决定吃过午饭再继续等，按现在的趋势来看，两个小时里是不会有车经过的。

还是去的那家四川饭店，老板是夫妻两人，看我们又回去，老板娘一面给我们擦桌子，一面问："没走成？"

我把背包往地上一放，脱去帽子和头巾，回答道："都没什么车。"

"哟哟，平时车挺多的，现在时间不合适，正好遇上中秋节，司机都不出车。"老板娘说。

"那明天会不会有很多车?"我问。

"不好得讲。"老板在旁边插话道,"现在新疆在下雪,那边路估计都不通了,跑新藏线的基本上十月初就收工,来年才会跑起来。"

"那我们不就困在多玛乡了呀!"阿雅很懊恼。

"不好得说,在这里等四五天算是常有的事儿。不过不用担心啦,说不定你们运气好,出门就坐上车了呢。"老板说。

我们随便点了两个菜,吃完往回走。回到检查站时,见到检查站登记大厅门口的皮椅上多了一位没见过的女孩子,脚边放着一个登山包,一看就是同道中人,看着她和检查站的小战士聊得火热,我们也走过去凑热闹。

原来这个女孩已经在多玛乡等了四天,今天是她的第五天了。每一天都到检查站,已经和小战士混得很熟,小战士时不时地和她开玩笑说:"再闹,你还走不了。"女孩摆出一副无所谓的样子,说:"哼,我不在乎多这么一天两天的,反正都待这么久了。"遇到这么个"前辈",我们当然要上前取经,女孩说这条路上的车本来就不多,从西藏到新疆的车除了不多的自驾车,就是卡车。这两年看到背包的年轻人越来越多,卡车司机都学聪明了,不给钱就不拉,而且统一价格,从多玛乡到叶城一人五百块。听她这么一说,我才回想起前一天晚上车里的男孩说五百块到叶城,看来是真的。我问她,既然这样,为什么不掏钱走,她说自己又不赶时间,出钱搭车就不叫搭车了,她始终相信有人愿意带她走。

看到如此"坚强"的女孩,我顿时觉得自己的遭遇不算什么。车少,小战士也闲得慌,我问他这些天来车多不多,小战士说今天中秋节肯定没有车,明天可能会有一些,不过坐上去的希望不大。我问为什么,他说天底下没有免费的午餐。

女孩很积极,每一次来车,看到司机来登记,她都跑过去问能不能行个方便。女孩每次过去询问时,我们没好意思抢到她前面,毕竟女孩已经待了五天了,我们多留一天也无所谓。对于拒绝女孩的司机,我们再去纠缠也没什么意义了,随他们去。如此等了很久,没有像样的车经过,在如角乡遇见的骑友坐上了一辆拉草料的拖拉机,他说能走一段算一段,之后我们没有再遇到。和他一起的广东搭档背起了背包，他说在这里等着也是等着，不如朝前走走，能走一段算一段。于是，在这个方圆一平方公里的小镇上，只剩下五个背包客了。

等了五天的女孩终于有了回报，一位卡车司机答应捎上这位姑娘，她一走，我们看到了希望。虽然小陆和女友还在镇子上，但我和阿雅坚信检查站才是决胜点。

女孩走后，路上再没有出现过卡车，陆续经过的几辆皮卡都到前面不远处的工地，这样的车我们都没上，我们的目标只有一个：叶城。再不济，也要到新疆境内。

如此等到了傍晚，连皮卡也没有了，小战士伸着懒腰走出来，告诉我们别再等了，今天不会再有车经过，连队已经放假过中秋去了，今天他们会早些收工。听小战士这么一说，我和阿雅有了放弃的打算，可想归想，我们还是坚持等待。

有时候，坚持不一定有回报，我们今天终究没有顺利离开。天色擦黑，军营已经亮起路灯，我和阿雅决定收工。今天在外面等了十个小时，创造搭车以来的最长时间的纪录，而这仅仅是开始。

回到中午就餐的餐馆，老板看到我和阿雅返回，立刻倒了茶水送过来，他一改中午说话时的口气，安慰我们说明天会有很多车从噶尔过来，肯定走得了。我们谢过老板的好意，但能不能走，我们心里也没谱。

老人看到我们回去有些吃惊，但很快脸上又恢复了平静，在他看来这似乎是预料之中的事。我们把行李放回昨天的房间，来到老人的起居室，我给老人递去一根烟。

"大爷您不是本地人吧？"我用火钳挑着煤渣，火光照射下的人影在墙壁上夸张地变化着轮廓。

"甘肃的。"老人干咳了一声，回答说。

我心想，他怎么到这里来过活，甘肃虽然也有生活艰苦的地方，但这里好像有过之而无不及。当然，这个问题最终没有问出口。"老伴儿在老家？"

"在老家。"老人继续吸着烟。

"唔,那,您逢年过节要回去的吧?"

"小节不回,大节才回。"老人脸上浮现出笑容。

"就是说春节才回去?"

"嗯,春节才回去。"

"一年回一次?"

"一年回一次。"

说到这里,我突然想起自己的大学生活,大学时也是一年回一次家,也是春节,每一次都是坐近四十个小时的火车。寒假放假正值春运,一天两夜,过道上、厕所里、水池旁、车厢连接处,只要是能站人的地方都是人,为了避免上厕所,我连水都很少喝,可坐四十个小时不是一件轻松的事,到家的头两天里,小腿浮肿,脑子里一直是火车的"哐当"声。"这么远,您怎么回呢?"我问老人。

"和你们一样搭便车呀!哈哈,遇上熟悉的司机不用给钱,不熟的,随便给点钱他们也愿意拉。"老人开心地说。

我笑着说:"这一路上就没您不认识的司机吧?"

"也有一些第一次跑路的,不认识。"

"哦,那您从新疆回还是拉萨回?"

"新疆。"

"可这边不是马上就封山,没车了吗?"

"我也差不多要走了,没有车过就没有生意,在这儿待着也没意思,还要烧煤、烧油。"

"您是说,您也快回家了?"

"对,十月初或十月中,我都是十月回家。"

"那什么时候再回来?"

"三四月份有车开始跑的时候。"

"就是说,在家半年,来这里半年?"

"唔,可以这么说。"

"一个人，还习惯？"

"习惯。"

"家里人，来过这里吗？我是说，专门来看您？"我问。

"哈哈，这么远，交通也不方便。"老人笑了。

"他们放心？"

"放心。而且，在这里开旅馆挣得多，回家有钱他们也高兴啊！哈哈！"

"不赖。"我说。

和老人没主题没重点地唠家常，不知不觉时间就过了十点。我和阿雅就此告别，回到房间。老人随即发动了院子里的柴油发电机，屋顶的白炽灯闪了几下，终于稳定下来，橘黄色的灯光瞬间赶走了黑暗。小陆和女友还没回来，我不确定他们走了没。中秋节，宾馆里少了卡车司机，少了两个同伴，好像这方圆几百公里就剩下老人和我们，孤独感顿时爬遍全身。

"唉！中秋节，全世界的人都在吃月饼、赏月亮，就我们没什么事情可做。"阿雅抱怨地说。

"我们也可以赏月啊！"我双手放在脑后，平躺在床上，看着发黄的天花板。

"这么冷，你去？"

"要玩情调就不要怕冷嘛。"

"那也不能一直刷微博呀，这个月都续了好几回流量了，网速还不给力，等刷新都等睡过去了。"

"咱们过个异地中秋吧。"我提议。

"怎么过？"阿雅歪着脑袋问。

"你等着。"我说完起身，穿好衣服出门。

"哎！你去干什么？"阿雅看我要出去，急忙问。

"看他俩走了没。"我没回头地走出了门。

出了宾馆，街上漆黑一片，零零散散的几家商户还亮着灯。除了柴油机的轰隆声和脚下碎石的咔嚓声，四周听不到别的声响。路过的商店我没有进入，而是直接走到了街尾公路桥边上的果蔬专卖店。我想买些水果。店不大，走进去一看，店面的一半已经被月饼占据，满地的月饼包装纸和纸箱。今天是中秋节，对于这里来说，今天是卖月饼的第一天，也是最后一天，此时才想起买月饼的我肯定是买不上什么好货了。看着纸箱里凌乱放着的几个缺边月饼，我顿时没了兴趣。店里的蔬菜都是一些不易腐坏的品种，像什么土豆、胡萝卜、山药、南瓜，水果则是梨、苹果、带着葡萄酒味儿的干瘪葡萄。看了一圈之后，我买了几根胡萝卜离开了水果店。一路上没见到小陆和他女友的影子，检查站外也看不到人影，我想他们是不是已经离开了，这种可能性也不是没有，他们每天都比我们起得早，收工也很晚。他们能离开就和我们没能离开一样，不足为奇。我提着几根胡萝卜朝几家亮灯的商店走去，前面两家没有月饼。我问哪里能买到，一位热心的老乡说往前走，前面那家应该有，他们家没有的话，全乡都不会有。我按照老乡的指示，来到了他所指的那家商店。这家商店宽敞明亮很多，并且有正儿八经的货架，靠着四面墙的货架上是啤酒饮料副食百货，中间的台子上是干果和其他非食品类商品，如鞋袜、帽子、针线等。看到我进来，正在招呼其他客人的老板娘热情地问我买什么，我问有没有月饼。听到我说月饼，老板娘笑嘻嘻地跑到我面前，从前面的货架上取下一个方形盒子，说："最后一盒了，卖了就没有了。"

我看着包装精美的月饼盒，问了价格。"一百块钱，便宜卖了。"老板娘说。不知是之前把价格想得太高，还是这是全乡最后一盒月饼所以显得弥足珍贵，总之，老板娘说这盒月饼一百块钱卖给我时，我有一种占了便宜的快感，二话不说就买下了它。

提着月饼和胡萝卜回到宾馆，阿雅在床上躺着翻看我在噶尔买的地图册，看到我提着月饼回来，她既惊奇又高兴："你不是去看他俩走了没有吗，怎么去买月饼了？"

"对啊，顺便去买月饼嘛！"我说，"看什么呢？"

"哦，"阿雅从床上坐起来，"看看到了新疆之后怎么走。"

我走进房间，把月饼盒和胡萝卜放在木桌上，脱下风衣，说："到了再做打算，这个地图不精确，到叶城了，我买一张新疆旅游图，上面更清楚。"

"哦。"听我这么一说，阿雅又躺了回去。

我把月饼盒打开，八个月饼紧凑地摆放在盒子中央的圆格中。"起来吃月饼。"我对阿雅说。

我们一人一个，吃完没多会儿，小陆和女友就拖着行李回来了。我吃惊地问："你们怎么没走，刚才出去路上没看到人，还以为你们走了呢？"

小陆摇摇头说："你们走后，我们挪到了检查站，可还是一辆车都没有。"

"我刚才也朝检查站看了，没见人儿。"我说。

"光线暗吧！"小陆说。

看到我们放在床上的月饼，小陆笑着说："果然你们才像过节啊！哈哈哈！"

"来一个，咱们一起过中秋。"我笑着说。

"等一下，我去买几瓶啤酒，没酒怎么行。"说着，小陆走了出去，没多会儿回来，手里多了几瓶青稞啤酒。说来惭愧，西藏青稞啤酒作为西藏的特产，除了在拉萨喝过一次外，这是第二次喝，而且是离开西藏的前一天晚上。

不知是很久没喝啤酒的缘故，还是青稞啤酒本身就与众不同，那晚喝的啤酒是我喝过的所有啤酒中印象最深刻、口感最好的一款。

狂欢结束后，我来到老人的房间，给他送去一个月饼，并把剩下的香烟给他。

"想着今天能走，没想到还是留下来了，不知道明天会怎么样。"我看着炉腔内跳动的火苗。

"明天你们一定能走。"老人使劲儿吸了一口烟，橘红色的烟头把老人的脸照得像块橘皮。

"大爷怎么这么肯定？"

"放心，肯定能。"大爷斩钉截铁地说。

我知道大爷在安慰我，笑着说："嗯，没关系啦，反正都多待一天了，再待一天也无所谓，一个女孩不是还等了五天的嘛。"

"我不希望你们再等了，明天走了最好。"

"咦？多待一天大爷不就多收一天房费嘛。"我开玩笑说。

　　"我不想收你们的钱。"老人激动地说。

　　"干吗啦！我们要是真走不了，还上您这儿住。"

　　"你们不要再来了，我希望你们明天就走，越早越好。"

　　今晚的月亮最漂亮，是我们的世界里只剩下月光的缘故，还是别的什么原因呢？

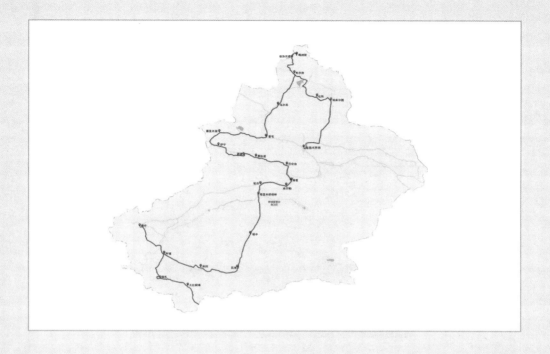

新疆篇

大红柳滩生死劫之遇见麻花

　　按照老人和餐馆老板的说法，节后第一天，会有不少卡车从噶尔回新疆，运气好的话能拦下一些来。

　　天微微亮，我们就起床了。用冰冷的水洗漱完毕后，背上行李出发。经过老人的房间时，老人睡得正酣。

　　小陆和女友决定在镇上等车，我和阿雅依然来到检查站门口。检查站的小战士刚起床，睡眼惺忪地披着军大衣，蜷缩在绳子挂钩旁的皮椅上。我们和他打招呼，他打了个哈欠，有气无力地说："你们怎么还没走。"我说："昨天我们也过节。"

　　从眼前缓缓流过的这条小河有一个响亮的名字：多玛河。多玛河在荒芜的崇山中缓缓流淌，最后注入班公错。这里的自然条件虽然恶劣，但只要有水，就会有坚强地长出一些水草来，整个河谷地带或多或少都会覆盖着一些低矮灌木和长草。河对岸的缓坡上，有一些稀疏的白色矮房和白色帐篷。不论是矮房还是帐篷，距离它们不远处都有一块低洼地带，低洼地带被毛茸茸的白色圆球填满，远远地看上去像一块儿快要丰收的棉花田。太阳还未升起，周围的气温极低，低至多少度不得而知，只感觉被所有衣服紧紧包裹的身体怎么都暖和不起来。没有风，手掌慢慢被冻麻木了，包里只有几副骑行时剩下的脱脂棉手套，从包里搜出来全部戴上也抵御不住寒冷。我把双手伸进腿弯里夹紧，可除了带走腿弯里的热量，双手的寒冷没有得到一点改善。魔术头巾和帽子把脸围得只露出一双眼睛，看着河岸边闪闪发光的冰块，我期待着太阳赶紧出现。对于日出，我从未如此期待过，就连纳木错的日出也没有。

多玛乡地处河谷中，两边都是褶皱的山脉，没有植被的覆盖，没有雨水的冲刷，这里的褶皱异常明显，就像书的页面，亦像层层叠起的豆皮，只是这些褶皱并不平整，而是任意扭曲的模样。阳光最先到达的是远处的山顶，我静静地看着阳光一点一点从山冈上爬下来，有时会默默地数数，心里暗想五分钟之后阳光就会照到跟前，于是开始从一数到三百，数完后，阳光只是作秀似地把远处的半个山头染成橘黄色，我又重新给自己一次机会，从一数到三百。这样在一定程度上分散了注意力，但分散不了寒气对身体的侵蚀，以至于阿雅递给我半块月饼而我的双手颤抖得撕不开包装袋时，我才意识到身体已经冻得不成样子。我把月饼放在一边，打算暖和一点再吃。等阳光爬下山冈，来到山下的缓坡上时，步伐才算快了一点，阳光每一秒都在往前移动，不一会儿就照到了棉花田模样的低洼地带。突然，奇迹出现了，低洼地带中毛茸茸的白色圆球，被太阳照到的地方开始骚动，紧接着，随着四周搅起的黄土，整个低洼地带都蠢蠢欲动起来。等几个圆球离开群体走了出来，我才知道那是一群羊，羊群边上的白色小屋和白色帐篷就是牧民的家。

眼前宽阔的河谷慢慢被阳光笼罩，四五块儿“棉花田”开始动起来，最后变成一片四处散开的羊群，等阳光跨过眼前的多玛河，一缕阳光终于刺进双眼，我眯着眼睛看向东方，太阳露出半个脸庞，它从一座锋利的山峰后升起，像一颗被刀叉穿过的卤蛋。

第一缕阳光没有想象中暖和，双手放在阳光下感觉不到温暖，有了太阳就有了风，河谷里渐渐地吹起了风，手又不得不藏进口袋里不敢伸出来。远处，牧民赶着羊群朝山冈走去，还有一些朝检查站走来，没多久就走到了跟前，牧民骑着马，马吐着白气，羊群带着一身羊膻味从身旁走过，绕过兵营，朝兵营后方的山上走去。羊群走远了，如果想要判断羊群的位置，你无须去找羊，只用看山坡上哪里升起一阵黄色的土尘，哪里就是羊群所在的位置。

早上来了几辆私家车，但我们毫无斩获。两天时间里，我们渐渐和小战士混熟了，他开玩笑说："啧啧，你们别一等就等五天啊！"经过昨天的"失败"，"有可能走不了"这个事实我们开始接受了，有这样的心态后，说实话，心理负担小了很多。

早上还是华丽地废掉了，虽然起了个大早。我和阿雅暂时收工，解决了午饭，买了些零食作为路上的干粮。吃饭还是去了那家川菜馆，老板惊讶地看着我们，但很快恢复了平静。"今天要走了才好啊！"老板笑着说。

午后的太阳晒得人喘不过气，我们把"阵地"从路边转移到了检查站登记大厅门口。小战士把皮椅让给阿雅坐，自己挎着枪站在一旁，我坐在台阶上，台阶比我的裤子还干净。

远处传来的摩托车声将我们的注意力吸引了过去。只见两辆尾箱上插着裹满灰尘的国旗的摩托车从公路桥下的便道上升起，朝着检查站驶来。前面的一辆车上是一个瘦瘦的男子，双腿裹着护膝，护膝上挂满了泥土，后面一辆车上是一男一女，女人紧紧抱着男人的腰，整个脸部用头巾包得严严实实。两辆摩托车在检查站门口停稳，前面的男子取下头盔，用袖子擦了擦脸上的汗，问小战士去哪里登记，小战士指了指空无一人的检查大厅，他随即和身后的两位同伴走进检查大厅。没过多久便从里面传来争论声，原来，他们没有办理去新疆的边防证。男子苦苦哀求说："我们不知道离开西藏去新疆还要办理边防证，如果知道，我们不会故意不办的，大哥就通融一下吧。"里面负责登记的士官说这是规定，自己做不了主。男子问这里能不能补办，士官说不能，只能到噶尔。一听到要回噶尔办理，男子整个人都软了，他说早上刚从噶尔赶过来，路不好走，如果还要回噶尔，今天的路就白赶了。士官倒说："现在赶回噶尔还来得及，快一点说不定还能把证办了，要是再不走，天黑都赶不到。"男子做着最后努力，直到士官说即使是他这边放行了，到新疆的库地同样要出示边防证才予以通过，那时再返回就不是一天两天的事了，男子这才无奈地离开。我和他们聊了几句，他们三人从福建一路骑摩托车过来，到了拉萨才知道来阿里需要边防证，可万万没想到进新疆也需要，而且不是同一张。

陆陆续续地开始出现一些"新"字牌照的卡车，我们渐渐看到了希望。阿雅说："看到卡车过来，你先看有没有空位，有空位我就上。"长途卡车一般都是两位驾驶员，卡车满员是三人，没人愿意免费载我们，就像钓鱼时，看着满池子游来游去的鱼儿却没有鱼上钩一样，我们眼睁睁看着卡车一辆接一辆从眼前驶过却无能为力。阿雅说再这样下去今天还是走不了，下一辆开始，决定来点儿金钱诱惑。

过了一阵，来了一辆卡车，远远看去，除了司机，副驾上没有人影儿，我高兴地对阿雅说："这辆车只有一个人！副驾上没人！"阿雅说："嗯，就它了！"和这辆车同时出现的还有另外两辆一模一样的卡车，其中一辆已经满员，另一辆不是考虑对象。卡车在距离检查站不远处停稳，从车上跳下来一位矮个子男人，三十岁左右，短头发，上身一件陈旧的军用棉袄，下身是牛仔裤和翻毛皮鞋，手里捏着身份证、驾驶证和边防证朝着登记大厅走来。我推了推阿雅，说："上，快上！"阿雅犹豫了一下，还是起了身。阿雅在矮个子男人进大厅时拦住了他，开始和他攀谈起来，距离较远，具体的对话我没有听清，不过阿雅和矮个子男人分开后脸上露出的笑容，让我感觉这事靠谱。果不其然，阿雅走到我面前时说："那男人说出来再说，应该有戏。"我激动地收拾着脚边的行李，心想终于可以离开了。

过了一会儿，矮个子男人出来了，阿雅首先迎了上去，我拖着行李跟在后面，小战士扛着枪站在一旁乐呵呵地说："终于走了呦！"我们随司机走到卡车前，司机说："上车吧。"我和阿雅兴高采烈地爬上了车。等我们坐定，矮个子男人也上了车，他眼睛注视着前方，发动了卡车，说道："到叶城每人五百块。"

"啊！"我和阿雅几乎异口同声地吼道。

"啊什么啊！你们不知道这条路上搭车是要钱的啊！"

"不是，"阿雅有些语无伦次，"刚才你也没说要钱啊！"

"我也没说不要啊！"矮个子司机说，"再说这都是全球统一价，没问你们多要一分钱！"

"可我们身上没那么多钱。"阿雅说。

我想起早些时候阿雅说今天无论如何要走，出钱也要走的打算时，知道阿雅此时已经接受了掏钱这个事实，但在价格上不愿意接受。为了打好这场价格战，我开始旁敲侧击。我说："大哥，我们都是大学生，趁着放假出来玩的，现在赶着回学校，不得不走，可是，身上真没钱。"

矮个子司机眨巴着眼睛在我身上来回扫视，像在看一片被糟蹋的庄稼，缓缓地说："看你们就像学生，不然我还不拉呢。"

阿雅灵机一动，在旁边附和道："对啊，我们都是大学生，这一次出来玩都是花家里的钱，所以能省就省，大哥行行好，能不能不收我们的钱？"

"那怎么行！"矮个子司机并不买账，"我拉人也要烧油的，不说挣多少，油钱得给我吧。"

"和您的卡车比起来，我们的重量可以忽略不计了。"我在一旁小声地说道。

"哎呀呀！我也不能白拉你们呀！多少给点吧。"矮个子司机似乎在价格上愿意妥协。

"那给多少合适呢？"阿雅问。

"知道你们是学生，没钱，你们看着办吧。"矮个子司机把车开出停车场，来到了公路上，沿着路基边缘缓慢向前开着。

我看着阿雅，用眼神问她给多少合适，她用眼神说一人一百块，一共给他两百块。我心里一惊，觉得会不会太少。阿雅示意先试试看，我清了清嗓子，说道："大哥……那个……我们，给您两百块吧。"

"什么？"矮个子司机一脚踩住了刹车，车速虽然不快，但毫无防备的停车还是把我和阿雅向前甩出很远，肘部重重地摔在挡风玻璃前的中控台上。"两百块！你们这也太少了吧！"

"不是……不是您说的我们看着办嘛！这就是我们的答复。"我小声地说。

"不是，"矮个子司机坐不住了，"我是让你们看着办，可不是让你们这么办啊！原价是五百啊！五百一个人啊！你们两人才给我两百，我这一趟不少赚了八百块钱！"

"可我们实在没钱了呀，您赚钱在哪儿都是赚，何必在我们两个穷学生身上赚呢?"阿雅说。

"我也要养家呀，被老板看见了还要问我分红的，这条路上的司机哪个不知道拉人都是五百块一个呀！只要数车上的人头，就知道赚了多少钱。我们也不容易，就这点外快，老板还要来掺和。"

"那我们给多少合适呢?"我低着头问。

"一人三百吧，不能再少了。"矮个子司机说(矮个子司机皮肤黝黑，甘肃人，结合他的穿着，我给他起了个外号：麻花。没别的意思，就是为了称呼方便。为什么叫麻花？因为只要看到他就让我联想到麻花，何至于这样我也说不上来，总之，就是这样了)。

"可我们实在没那么多钱。"我说。

"那下车。"麻花的手握住方向盘，眼睛盯着前方说道。

"大哥，我们已经等了两天了，今天再不走就三天了，您就让我们坐您的车走吧！"阿雅哀求着说。

"我跟你们讲，你们不掏钱，再等十天也没用，没人愿意拉的。"麻花没好气地说，"我算好了，只收你们三百块。"

"大哥您看这样行不行，我们再一人加五十，两人三百块，我们也不能再加了，到新疆还要买火车票回家，身上真没钱了。"我说。

"下车！下车！下车！这活我没法拉！"麻花生气地说。

我和阿雅都没动，可看得出来阿雅打算放弃，眼泪在眼睛里打转。我转过头去问麻花："真不拉?"

"不拉！不拉！下车吧你们，我还赶时间呢！"麻花还是握着方向盘，头也没抬地说。

阿雅突然"哎呀"地叫了一声，说道："我手机好像落在检查站了。"说完，推开车门下了车，朝检查站跑去。阿雅下车后，我把行李全部挪到脚边，先把我的扔了下去，接着跳下车把相机包和腰包放到地面，然后上车拖阿雅的背包，这时，听到麻花说："哎呀！哎呀！上来吧！上来吧！真他妈受不了！今天真是亏大发了！我不拉你们谁还会拉你们啊！一百五一个，说出去都被同行笑话！"

听麻花这么一说，我阴沉的脸上顿时绽开了花，真的是毫无准备地绽放，我已经决定放弃，没想到麻花会同意。我大声对阿雅说："取完手机赶紧上车，我们这就去新疆！"

虽然只是一天多没坐上车，可我的感觉却像很久。之前每一天都是全新的行程，见到的风景都是全新的风景，可它们带来的感触都没有这一次强烈。好久没有坐卡车，卡车的视野要比一般的车好很多，不快的速度给了我们充足的时间看两边的风景。

离开多玛乡，盐湖开始出现，盐碱地上植被稀疏，渐渐地，就连羊群的踪迹也消失了，四周除了荒山，还是荒山。偶尔从不知名的湖泊经过，湖面萎缩留下的螺纹般的痕迹清晰可见。到达龙木错之前，经过一个垭口，那里除了指示牌，什么也没有，没了玛尼石，没了经幡，此时，我才恍惚间意识到，自己即将离开西藏，"垭口"也即将被"达坂"代替。多玛乡到龙木错，我们的车都在搓板路和临时修建的便道上前进，一路颠簸，一路瞌睡。

到了龙木错，终于看到了久违的柏油路，迎面驶来军用运输车队，我们靠边等军车通过。车内虽然闷热得很，但下车后，即使在太阳烘烤下也觉得寒意阵阵，高原上的太阳就要败给一发不可收拾的高原寒风了。麻花用扳手敲打着轮胎，我问他这是干什么，他说出发前检查一下轮胎，前进几百公里就要检查一次，有异物要及时清除，以免爆胎，坐上车后，他说："我可告诉你们啊，前面的路不许再睡觉，要睡也得给我半小时醒一次，不要睡得太沉。"我问为什么，麻花说："前面海拔高啊！很多人过这里都会高反，别说你们，经常跑路的老司机有时候也会。睡太沉会醒不过来，叫不醒可就麻烦啦！"我说有这么严重吗，麻花说有这么严重。他这么一说，我就再也没有打瞌睡，时不时地，还把睡梦中的阿雅拍醒，让她很不高兴。

"过了前面这个达坂，我们就离新疆不远啦！"麻花说。

"您说的是界山达坂吧？"我问。

"咦？你怎么知道？"听到我说界山达坂，麻花感到意外。

　　"骑新藏线的人都知道啊。一个顺口溜不是说嘛，骑行新藏线必做的四件事就是：死人沟里睡个觉，界山达坂撒泡尿，班公湖里泡个澡，冈仁波齐转转山。"

　　"呦喂！不错呀小伙子！骑过？"麻花问。

　　"没有。"我说。

　　"我们今天会过死人沟。"

　　"真的？"

　　"真的，叫她不要睡了。"麻花看了看熟睡中的阿雅。

　　我晃了晃阿雅，阿雅睁开蒙眬的眼睛，问我到哪儿了。

　　"快到界山达坂了，不能睡了。"我说。

　　阿雅强打起精神，伸了个懒腰，眼神飘忽不定，最后定格在挡风玻璃右上角一坨白色的鸟屎上。

　　过了界山达坂，我困得不行，最后没坚持住睡过去了。麻花敲醒了我，他说："不是讲好不睡的吗，怎么又睡了？"我回答说："控制不住。"

　　到大红柳滩时，已经是晚上十点，大红柳滩因地处喀拉喀什河沿岸（喀拉喀什河是和田河的上游，在塔里木盆地中的依斯拉木阿瓦提乡和玉龙喀什河汇合后称为和田河，和田河在阿拉尔市西面和叶尔羌河汇合后，成为塔里木河），岸边长满红柳而得名。大红柳滩有一个兵站，周围聚集着一些商铺，逐渐形成从新疆进入阿里无人区的最后补给地。从多玛乡到大红柳滩，这一路除了见到五只藏羚羊和数不清的乌鸦，没有见到任何活物，就连野狗也突然没了踪影。

　　大红柳滩是一个水电自给自足的地方，晚上，我们住进了卡车司机最常光顾的一家旅馆，它没有名字，但依照这里的常客来看，我觉得称其为"汽车旅馆"也无妨。

大红柳滩生死劫之阿克赛钦的订单

    大红柳滩地处昆仑山脉腹地，除了两侧巨大的山脉，只有一条典型的高山融雪补给型河流——喀拉喀什河——从边上流过。大红柳滩往阿里方向前进八公里，就是阿克赛钦。大红柳滩距离叶城约五百公里，距离西藏噶尔约五百七十公里，从某种意义上说，大红柳滩就是噶尔和叶城这两座城市的中心点，也是新藏公路上必要的停留地。

    汽车旅馆的老板娘是一个矮胖的中年妇女，听口音是四川人，在这里好多年了，和附近的兵哥哥也好、跑路的司机也好、邻舍也好，关系都处得相当不错。汽车旅馆整体分为三部分，进门是一个就餐大厅，摆放着几张简易的桌子椅子，给路人提供就餐，进门的左手边是两个独立的房间，一个房间是厨房，另一个房间是小卖部，虽然空间不大，商品的种类不多，但还是按照一般超市的布置，看上去有模有样。第三部分就是"客房"，这也是占据汽车旅馆建筑面积最大的部分。我对建筑行业的术语不了解，也不知道眼前的这一栋建筑应该怎么去形容，如果是一般性描述，那就相当于三四个集装箱胡乱拼凑在一起组成的（可能这样说也算不上规范，但看官大可这样想象即可）。虽然条件艰苦，但是"客房"也根据需要分成不同的类型。有大通间，不大的房间里床挨着床，密密麻麻全是床，只在主道上留出半米宽的过道，价格不贵，三十块钱一个床位，这是卡车司机的首选，他们不图别的，也没多少讲究，在他们看来，只要有一张床就什么都够了。从他们的房间门口经过时，各种汗味儿、体味儿、狐臭味儿、脚丫子味儿扑面而来，若不是空间狭小、一伸手就能扶到墙面，我定会一头栽倒在地面上眩晕过去。另外还有两类房间，是给路过的旅客准备的，标间的布置，但除了两张床和床头处半米宽的桌子外，再没有其他物件。这两类房间中，一类房间有暖气，另一类没有，价格分别是一百元和一百二十元。

老板娘和麻花很熟，和麻花的另一个同伴（后面会提到，我在这里就先给他安一个名字吧，不过，首先声明，这个名字不是给别人起外号，而是为了叙述方便，也为了看官能清晰地区分人物。麻花的同伴个子不高，但身子骨看着壮实很多，圆圆的脸上有一圈络腮胡子，我称他为：大胡子）也很熟——老板娘可能不止和他们两个很熟，只是除了他俩，我还未发现。麻花和大胡子是新藏线上的老司机，一年跑很多趟，从叶城拉货到阿里，会给汽车旅馆的老板娘顺路捎来一些商品，老板娘给他们钱。有时候麻花或大胡子回叶城，老板娘会把收集好的塑料瓶子让他们带到叶城卖掉，换成商品拉回来。在这里虽然用"互利共生"这个词很不确切，但他们之间的关系确实可以这样形容，这也从侧面反映出这个偏远地区无处不在的人间温暖。

新藏公路的阿里段不仅缺水缺电，还缺油，将近九百公里路没人也没加油站。从叶城到噶尔的卡车司机有一个明显的特点，就是货厢里总竖着四五个大油桶，里面装满柴油，出货时都要带上（一些经验丰富的老司机知道一路耗油多少，会根据实际情况选择带多少油料，并把其中一些放在可靠的中途补给站，路过时加足。麻花就是这样做的，他和汽车旅馆老板娘很熟，就把自己的几桶柴油放在了这里）。刚到大红柳滩时，麻花就把车开到了汽车旅馆的后院，下车折腾起墙角的几个油桶来，我问麻花在干什么，他说要给车加点油，在车里无事可做，我决定下车帮忙。麻花摇晃着脚边的四个油桶，自言自语道："咦？明明走的时候有两桶是满的，现在怎么才剩一桶半了呢？不会有人偷我的油吧？"我走过去问麻花，怎么放心把柴油放在这么一个地方，他说一直都这样。"不会是你记错了吧，一直这样都没丢，怎么可能这一次出问题了，再说，要偷也不会只偷半桶啊，两桶偷了岂不是更实在。"我说。

"明明剩的两桶嘛，我记得很清楚。"麻花还是觉得他的油被人偷了。

"那怎么办？"我问。

"算述，反正是老板买的油，没了再买就是了。"麻花说完，把半桶油挪到油箱旁，走回驾驶舱噼里啪啦翻起来，短暂的安静过后，麻花手里提着一个我没见过的新鲜玩意儿走了过来。这个新玩意儿一头是长长的黑色塑料管，另一头是一米多长的不锈钢吸管，不锈钢吸管上装着一个橘红色的圆形阀门，还有一个手柄，像极了鱼竿上的收线手柄。麻花走到油桶前让我扶稳油桶，他拧开油箱盖，把塑料管的一头插进油箱，不锈钢的一头插进油桶，圆形阀门正好位于油桶出口上方十厘米处，这时，麻花顺时针摇动手柄，柴油就顺着油管流进油箱里。我发出一声感叹，说道："哇哦，这个叫什么，这么高级。"

麻花用戴着白色脱脂棉手套的手擦了擦鼻头，在鼻尖上留下一个小小的黑色污点，说："管它叫什么呢，能干活就行。"

"唔，我之前还在想你们要是在路上没油了，怎么把油桶里面的油装进油箱呢。"

"那你觉得我们会怎么办？"

"用乳胶管？"

"乳胶管？怎么用？"

"一头插进油桶里，另一头用嘴吸，然后插进油箱里。"我胸有成竹地说。

"大学生，读书读傻了吧。"麻花说。

"咦？怎么讲？"我问。

"乳胶管？还用嘴吸？吸到嘴里怎么办！那么小的流量，得装到什么时候去。要不要试试？"麻花把手上的手柄递给我。

"怎么用？"我问。

"像我刚才一样，扶稳了，直接转手柄就行，顺时针，再转五百下油箱就满了。"麻花说。

我接过麻花手上的不锈钢吸管，一只手提着油管，另一只手开始转动手柄，有油通过时，手柄能感觉到阻力，几圈下来，手习惯了那股重重的感觉，就像骑自行车载人时，习惯了身后的重量，自行车就趋于平稳了一样。我一面摇着手柄一面数数，数到一百又从一开始数，如此反复数了五遍，我停了下来，告诉麻花已经转了五百圈了，麻花把塑料管从油箱里抽出看了看，说道："你忽悠我的吧，数了五百怎么还没满？"

我一脸委屈，说道："明明就转了五百圈嘛，它没满怎么成我的错了？"

麻花把塑料管重新放回油箱里，让我继续摇，他看着。我没再数数，就这样一直摇着。后来啊，半桶油摇完了，麻花又将一旁的油桶打开，让我接着摇。感觉摇了很久，麻花才满意地说："好了，可以了。我就说你忽悠我吧，你是不是没使劲儿？"

我一脸苦相，心想，没使劲儿，这些油自己长脚跑进去的吗！麻花拧紧油箱盖，让我把抽油枪拿到不远处的墙角晾干。

汽车旅馆的饭菜很贵，方便面也是十元一桶，还好我和阿雅早有准备，在多玛乡买了一些零食，还有几桶泡面。到的当晚我和阿雅各自泡了一桶面，麻花让老板娘做了一碗炒饭。吃完饭，麻花说："明天天亮就走，要早些起来。"我和阿雅巴不得现在就到叶城，自然是满口答应。

房间没有窗帘，自从西斜的月亮把月光照进房间后，我就再也没睡着。一方面是月光太刺眼，另一方面是太冷。大红柳滩所在的位置海拔 4200 米，8 月份骑车翻越海拔 4298 米的折多山时都能感觉到寒意，现如今已经 10 月初，若是有云，那该是下雪的季节了。

看着西边的天空发白，月亮西沉，直到太阳的第一缕阳光照亮了西边的山顶，我才起身。走进厨房，老板娘已经用大铁锅烧好了热水，热水兑冷水，洗漱完毕，我来到后院麻花的卡车旁，昨天晚上麻花说他会睡在车里，如果我们起得早，可以敲驾驶室的门。我敲了敲卡车的门，没反应，又加大力度敲了敲，还是没反应，心想麻花不至于睡这么死吧。我回到就餐大厅，阿雅已经准备完毕。我和阿雅一人一桶泡面，想着今晚就能到叶城，到了叶城再胡吃海喝也不迟。在吃饭的时间里，我看到了小陆和他的女友，这让我大吃一惊，没想到会在这里碰到。我激动地问他们什么时候到的，什么时候去叶城？小陆说昨天夜里到的，去叶城的车还要再找。我对他说："我们的车直接到叶城，今天就走，如果顺利，天黑之前就能赶到。"他说真羡慕我们，我本想说我们是花钱才坐上的，可想了想，话没说出口。这当口，麻花拿着漱口缸，沾满柴油的军用棉袄上搭着一条围巾出现在厨房门口，我吃惊地看着他，问："你不是睡在车里的吗，刚才敲了半天车窗没听到你有反应。"麻花眯着眼睛，搓着脖子说："昨天睡到半夜冷醒了，扛不住，就跑到房间里来了。对了，老板要我今天去拉盐，你们要不要和我一起去？"

"咦？"阿雅说，"你不是拉过货了吗，怎么还要让你去？"

麻花把漱口缸放在旁边的桌子上，走到我们面前坐下，说："本来是把货拉到噶尔，空车回叶城的，不过，有时候老板也会接活。如果有返回的货，正巧又有自己的空车在路上，就会让空车去拉。我也是刚刚接到的电话，我去！要是昨天稍微忍一忍，或者加完油再朝前走一段，就和我没啥关系了。"

我在一旁不解地说："有货拉还不好吗，这样不就有得赚，总比放空车回去好吧。"

"你懂个屁啊！"麻花说，"我们出一次长途，差旅费和工钱都是算好的，不管回来是不是空车都是那么多钱。差旅费还包括沿途的燃油费，拉货回去，柴油烧得多，不都是自己掏钱。这货，就算是白白给老板拉的了。"

"那下次回去，报差旅费的时候和老板多报一点不就行啦，就说报的油钱。"阿雅说。

"你想的美呢你，你觉得你精，老板比你更精，他知道这一趟下来需要烧多少油，甚至精确到升。这一趟，他就给你备这么多油，省下来算你的，不够自己补上。"麻花说。

"那你省下来没有？"阿雅问。

麻花翻了翻白眼，说："我去！没倒贴就烧高香了。"

"你们到底去不去，去的话，我待会儿来叫你们。若不去，先把钱给我，你们就在这儿等着，我晚上就回来。"麻花要离开时，转身对我们说。

　　我心想在这里待着也是待着，没什么可看，也没什么可玩，于是决定和麻花一起去。我问阿雅要不要跟着，阿雅觉得待在这里也无趣，决定一同前往。我们告别了小陆和他女友，回屋子收拾行李，带了水和相机，跑到路边等麻花把车开出。

　　太阳已经升起一段时间了，但四周还是寒冷无比，烟囱里冒着白气，口中呼着白气，像极了北方的冬天。远处，两台军车停在马路上，士兵正在用煤油喷灯烤着油箱和汽车轮胎，我不知道他们在干什么，心想用煤油灯烤油箱，不怕把油箱烤爆吗，而且里面装的是柴油呢！看士兵用喷灯烤油箱烤了一会儿，我猛然回头，看到麻花在做同样的事儿，所不同的是，麻花的工具没那么先进。麻花在一根钢筋上缠上布条，在布条上蘸了些汽油，点着了抬着火苗子在油箱上乱窜，烤完油箱烤油管，烤完油管烤轮胎。我跑过去问麻花，他这是做什么，麻花抬起头，说："大学生，柴油冻住了，烤一下才能走。"我说为什么不加防冻剂，麻花说："防冻剂能耐多少低温啊！再说了，不把油管烤通畅了，柴油也吸不上来啊！没有油，车发动不起来的嘛。要不然就是老熄火。"我看着麻花又把火把挪到油箱上，油箱口甚至蹿起了小小的火苗，我看到如此情景，连忙后退了几步。麻花倒不慌不忙，用衣袖把火苗扇下去了，继续用火烤着油箱。我吞吞吐吐地说："大哥，你这样不怕把油箱点了？"麻花再次抬起头，用不屑的眼神看着我，说："你以为是汽油呢。"为了不再秀智商下限，我决定闭嘴。

　　东忙活西忙活，终于在上午十点，我们驶出了汽车宾馆，朝着我们三个都不知道的目的地出发了。

　　是的，我们三个都不知道的目的地。

大红柳滩生死劫之大胡子的侠义情结

离开大红柳滩，沿着国道朝阿里方向开出近三十公里，看到一处柏油路，我们驶上柏油路，前进了大约五十米，到一个方方正正的水泥台子上，柏油路到这里就消失了。水泥台子建在远离公路的戈壁滩上，台子下方有一条布满车轮印的土路。麻花小心地调整着车的姿势，驶下水泥台子，拐上土路，继续前进。前进途中，麻花问我："大学生，你知道我们经过的那个水泥台子是干吗用的吗？"我回忆了一下水泥台子的位置和大小，实在想不明白何至于在这种地方建一个毫无用处的水泥台子，难道是建房子前打的地坪？可这种地方什么人会来建房子呢？如果是检查站，距离公路太远，还要通过一段五十米的柏油路连接，实在大可不必，可不是检查站，又能是什么。"地基。"我回答说。

麻花眯着眼睛看着我，卡车在土路上颠簸得厉害，我坐在驾座与副驾座之间的台子上，屁股很疼。"什么地基？"麻花问。

"建房子的地基咯，要不然是什么？"我说。

"要不然是什么。"麻花用阴阳怪气的声音重复我的话，"那是直升机停机坪啊，大学生！你看看你们这些念书的。"麻花似乎能从我的无知中找到快感，特别是知道车上的两位是大学生之后。每一次回答他的问题，只要我答错或说不知道，他都会满足地点点头，然后说出他觉得对的答案，当然，回答之前，都不忘在前面加上"大学生"三个字，脸上总露出骄傲的神情。

前进的路上，我们没有看到一辆车，更没有碰到任何人，我们的车行驶在戈壁滩上，前进的路与其说是路，不如说是两条平行的轮印，除了两条轮印，路两边少有行车的痕迹出现，即便出现了，也在不远处重新回到路上来。

看着一马平川的戈壁滩，我问麻花："哎，前面这么宽阔，为什么不弯道取直呢，只要不离开路边太远就不会迷路呀。"

"白痴啊！开到冻土上怎么办，嗯？你以为前面这条路是随随便便走出来的啊，这是前面的车一步一步探出来的。新疆戈壁滩还有流沙呢。"麻花大叫道。

我扬了扬脖子，一直注视着前方，脖子有些酸。"开上冻土会怎么样？"即使知道麻花会咆哮，我还是想弄明白其中的道理，在我的知识储备中，冻土在冬天异常坚硬，就像松花江上的巨厚冰块，甚至能通行大车，这里的冻土应该也可以吧。现在是夏转冬，冻土层会很脆弱，难道卡车会陷进去？

麻花朝我翻了翻白眼，指着离路边不远的一处黄土，说："你觉得车能开上去吗？"

我看了看麻花所指的区域，那片区域和周围的任何一块区域比起来毫无特别之处，甚至和现在卡车行驶的土路一样，像盐碱地，什么都不长，但足够干燥，没有一点水汽，如果在沙漠边缘出现，那绝对没人怀疑它的干燥程度。如此想来，这怎么都不可能是一个泥塘。"能吧。"我说。

"能个屁！"麻花的话像一阵风从我的面部吹过，"别说满载，就是我的车现在开进去也别想出来！"

"为什么？"我问。

"你知道这些地方都几年没下过像样的雨了吗？就没下过像样的雨！每一年都是暴晒！爆冷！再暴晒！再爆冷！蜂窝煤见过没？我跟你讲，那些地方的土质就是蜂窝状，你别看是地面，其实脆弱得很，车一开上去，半个车轮就下去了，而且土层一压就是眼前的这种浮土，车轮在浮土上根本使不上劲儿，就像行驶在面粉上一样，你别想靠自己的力量从里面出来。可这地方，你不靠自己还能靠谁！叫天天不应叫地地不灵，想闻一闻别人放的屁都闻不到！"

听到这儿，我和阿雅"噗嗤"就笑了。

继续往前开，还是看不到任何人和车，就连湖也看不到，麻花心里有些着急了。他喃喃地说："这到底对不对啊，怎么什么都没有。按理说不止我一个人来拉才对，可路上怎么什么人都见不着呢。大学生，应该怎么走？"

我看了一眼阿雅，笑了出来，回答道："大哥，我们第一次来啊，你问我们，我们问谁去。你不会也是第一次来吧？"

"我也是第一次来呀！"麻花信心十足地说。

"哇哦！你老板没告诉你地址在哪里吗？"听到麻花的回答，我感到不可思议。

"老板说就在附近，肯定有别的车，到时候跟着别人的车就行啦！"麻花说。

"那别的车呢？"我问。

"我哪知道，这不，前面什么都没有嘛。"麻花倒觉得自己很委屈。

"那现在怎么办？"阿雅问。

"都出来了，也不能空着车回去呀！我们再向前走走看。"麻花说。

我和阿雅有些不淡定了，跟这么个司机出来，别最后困在山里就麻烦了。

"大学生，真的，真的告诉我怎么走，我真的不知道路了。"麻花变得焦急起来。我们比他更焦急。前面出现了两条路，一条通向前面的山冈，至于到山脚后怎么走不得而知，另一条通往前面开阔的山谷，山谷里有什么，距离太远无法判断，但依据盐湖肯定在山谷而不可能在山腰可以断定，去往山谷的这条路准确性较大，我对麻花说："左边这条。"

"你怎么知道？"麻花说。

"看灰尘的摆相。"我说。所谓灰尘的摆相，其实我是想说明以下事实：我们都知道，车辆经过泥塘时，稀泥会往轮子两侧分开，至于两边哪一边分得多一些，哪一边分得少一些，则完全没有规律，至少我是这样认为的。还有是车的内侧多一些还是外侧多一些，我也全然不知。总之一句话，从稀泥的摆相来判断车辆的行驶方向我不会，可能也没有科学依据。当然，可能由于惯性，稀泥在分开时会朝着车前进的方向弯曲，从这点上看，还是可以判断出车辆的行驶方向的。这里没有稀泥，只有浮尘，浮尘和稀泥一样，受到挤压时，会分散到两边，至于分开的规律和前面说的稀泥的规律一样，就是全然没有规律。灰尘本身不黏连，车的惯性早就让灰尘飞起来了，等它们降落根本看不出弯曲的方向和程度，不可能靠这个判断车辆的行驶方向。但为了给"大学生"这个称呼扳回一局，我还是想故弄玄虚一番。这里提醒一句哈，玩笑归玩笑，我是依据盐湖肯定在山谷里才得出"左边这条路是正确的方向"的结论的，而不是根据什么灰尘的摆相，这是逗麻花玩而随机想出来的花招。

"灰尘的摆相？"麻花露出困惑的表情，同样困惑的还有阿雅，不过我来不及和阿雅解释了，我一本正经地说："你们看前面的路，轮印两边是不是有车经过时散往两边的尘土？"麻花和阿雅点点头，没有说话，眼睛死死盯着车前轮印两边的尘土，我继续说道："你们看那个灰尘的摆相，发现没有，外侧的灰尘比内侧的要多。"麻花和阿雅点点头，看到如此情景，我心满意足地说："这就对了嘛，你们看，我们现在前进的方向，是不是车轮外侧就是尘土多的方向？"麻花和阿雅点点头，我继续说："说明我们的方向和先前出发的车的方向一致，我们的方向是对的。"麻花听到后，又问道："你怎么知道我们前面有车经过，万一是几天前留下的呢？"这个问题我没想过，不过看到还未升高的太阳在浮土堆下留下的阴影，让土堆看上去有种潮湿的错觉时，我对麻花说："你看，那个土堆是新鲜的，上面还潮着呢，说明是车刚压过去形成的，早些时候肯定有车经过。"麻花眯着眼睛看着我，半信半疑，我朝他点点头，他终于没有再问，把车开上了左边的车道。正当我得意自己扳回一局时，阿雅说话了："咦，我觉得不对。"我问哪里不对。她说："我们的车无论朝哪个方向开，灰尘多的都在外侧呀！""呃，这个嘛。"我开始吞吞吐吐，没想到这个要命的把柄会让阿雅抓住，这时，麻花也来劲儿了，说道："对啊！对啊！我一直在想，你怎么这么厉害，看看灰尘的摆相就知道车是往哪个方向开的，而且这什么摆相，我也第一次听说呀！"我看解释下去只会越来越乱，不想再做过多解释，说多了，搞不好把自己也绕进去了，便说道："哎呀！这个理论虽然还不成熟，但是十次有九次是可信的嘛。没错啦！"麻花在一旁说："错了就把你赶下车。"阿雅在一旁附和道："就是，就是。"

我们沿着轮印形成的土路继续前进，不出我的所料，前方隐隐约约能看到浅蓝色的湖面，湖面周边的白色物体就是盐。卡车还未到达湖边就已经驶进了"螺纹地段"。所谓的"螺纹地段"，就是湖面水位均匀下降在湖岸上留下的湖面轮廓，像树的年轮，一圈一圈，最上面的轮廓标志着萎缩前湖泊的大小。此时，土质变得异常疏松，前进一段距离后，土路终于拐上了湖岸边的山腰。山腰上的公路只能容一辆卡车经过，两边全是浮土层。麻花一面前进，一面念叨："怎么还没看到人，怎么还没看到人……"

在山腰上前进了几公里，卡车沿着一段下坡路到了湖岸内侧，山脚下的湖泊蔚蓝，和之前见到的湖泊不同，此湖泊的岸边被析出的盐块围住，就连湖心处水较浅的地方，也能看到水面下洁白如雪的盐块。这是一个即将消失的咸水湖。不远处看到一个帐篷，帐篷上已经堆满了尘土，帐篷外是一个路障，横搭在土路上。麻花在路障前停下车，按了几声喇叭，没人应，于是自己走下车，掀开帐篷，里面空无一物，也没有人。麻花吐了一口唾沫，自己把路障抬开，把车开了过去。

麻花越来越心虚，琢磨着开了这么远了，怎么还是什么都看不到。湖面变得更开阔了，车前方是一个半岛模样伸进盐湖的山脉，麻花打算开到半岛上，如果还见不到人就返回，即使是要扣薪水，这趟货也不拉了。公路最终没有通向半岛，而是在半岛与山脉的交界处拐上了半岛，卡车开上半岛，眼前突然变得异常开阔。半岛的一边是我们来时的路，还有快要枯竭的湖泊，另一边是巨大的椭圆形盐盆，看不见一滴水，白茫茫一片，在距离半岛不远处，有几辆卡车，毫无疑问，那就是拉盐的车。看到这一切，我们都长舒了一口气——终于找对了方向。

卡车沿着土路驶下半岛，来到盐湖上，本以为由盐块组成的湖面会是疏松的盐面，没想到盐面异常坚硬，毫不费力地托起从上面驶过的卡车。我们沿着轮印驶进盐湖数公里远，终于来到了装盐地点。装盐地点停着五辆卡车，还有一辆装盐的铲车。我们到时已经是中午，装盐的人不知跑到哪里去了，偌大一个盐湖上看不到一个人影，卡车周围堆满了地板砖一样成块的盐矿。麻花让我们待在车里别动，他下车看看情况，我和阿雅自然没有那个游盐湖的雅兴，车窗玻璃透进阳光的同时挡住了寒风，这样的环境就适合大睡特睡一番。

麻花走到远处的一辆卡车前使劲儿敲门，敲了好一阵，车门开了，从车里探出一个长满络腮胡子的圆脸来，这就是前面提到的大胡子，这是我们第一次见到大胡子。麻花和大胡子嘻嘻哈哈闹了一阵，大胡子下了车，跟随麻花朝他的车走来。快到车前时，我打开车门，和大胡子打招呼，大胡子看到我先是一惊，接着拍着麻花的肩膀说："小子，还带帮手来啦！怎么还有女人啊！哈哈哈！"麻花想挣脱大胡子搭在肩上的手，可努力了几次还是挣脱不掉，于是放弃了抵抗，说："什么帮手，他们是在多玛上车的，说是去什么叶城，我就给捎上了。"大胡子听麻花这么一说，把麻花推到一边，走到我面前，问："他问你们要钱没有？"我说："没有。"大胡子诡异地笑了笑，说："他会没要钱？这狗日的嗜钱如命，他会不要钱，你们别被他骗了，他收了你们多少钱？"我看了一眼阿雅，对大胡子说："真没给钱，不信你问他去。"大胡子发出"切"的一声，转身蹑手蹑脚朝蹲在水坑边的麻花走去，走到麻花身后时，他大叫一声，麻花被吓得跳了起来，大胡子借机抱住麻花的腰，把麻花摔在地上，然后抓着麻花的脚转圈，盐湖的表面布满棱角，而且棱角很硬，麻花被撞得"嗷嗷"直叫。大胡子一面转圈，一面对麻花说："告诉我，你收了他们多少钱？""我没要他们钱！"麻花双手抱着头，哭丧着脸说。大胡子使足了劲儿，加快旋转速度："你信不信我今天让你把这块磨平了！"和大胡子比起来，麻花的身子骨显得很瘦小，在力量对比上，麻花明显不如大胡子，现在麻花躺在地上，只要大胡子不松手，根本没有机会翻身。大胡子拖了一阵，看到麻花不反抗就失去了兴趣，把麻花扔在一边后，大胡子朝自己的车走了过去。麻花看到大胡子离开，便从地上翻起来，拍拍身上的碎屑，嘴里骂着脏话，捡起地上的铁棒开始"咚咚咚"地敲轮胎。他又开始检查车况了。

车停在盐湖上不动，车头向着阳面，一会儿就热了起来，我和阿雅实在坐不住就下了车。如我所料，和车内比起来，车外的温度要低很多，若仔细体会，甚至能感到一丝寒意。第一次站在盐湖上看着一望无际的盐层，说不出的惊叹。蹲下身子用手掰一小块放进嘴里，除了淡淡的咸味儿，只剩下苦涩。苦涩味来自硝酸盐和硫酸盐，还有氯化钾等。这是一个融雪补给型高原湖泊，四周的山都是石头山，没有任何植被。气候变暖的缘故，原本还是雪峰的山峰现在什么都没有了，没有了水源的补给，湖水越来越少，最后全部干涸。

我们不知道脚下的盐层有多厚，但是在一公里远的湖中心，有一面盐墙，盐墙顶部一直到远处的山脚形成了一个平面，我们所站的位置是盐墙底部所在的平面（也就是卡车所在的平面），两个平面之间的高差超过两米。就是说忽略我们脚下的盐层厚度，湖心到山脚的盐层厚达两米。我爬上盐墙，墙顶部的盐层和底部的盐层结晶方式不同，顶部盐层的表面显得十分疏松，走上去，细沙一样的硝酸盐没过脚背，这些硝石要是能运回去，能做多少黑火药啊。风吹过，硝石的碎末随风飘起钻进眼睛里，弄得眼睛很不舒服。我们本想走到山脚下看一眼盐湖的全景，可走了很久也走不到头，回头看停在盐湖上的卡车，已经小得像火柴盒。我和阿雅决定不再往前走。

我们回到麻花的卡车前，麻花没在，我们再朝大胡子的车看去，看见麻花和大胡子在一起，这时，从远处驶来一辆卡车。卡车驶到跟前时，我们才看清车上坐着四个大汉，还有一个长胡子的维吾尔族老人。卡车开进了装盐的区域，停稳后，所有人都下了车。这时，麻花和大胡子也下了车，走过去和刚来的这些人说着什么，远远的，能听见他们说的不是汉语而是维吾尔语。七嘴八舌说完之后，麻花朝我们走来，但脸色并不好看。果不其然，走到我们面前，麻花就开始说脏话。各种粗话说了个遍之后，他喘着粗气说："老板骗我。说上货的是大铲车，几铲子就够了，一天能装二十车，上午再慢也能装七八车。现在就那破车（麻花指的就是停在装货区的那一辆小铲车），三小时都装不满一车吧！现在前面还排着六辆车，今天上哪儿装去！天黑都排不到我！"麻花很生气，但是生气没有用，这个时候只能认命了。

那位维吾尔族老人应该是这里的负责人，铲车给哪一辆卡车装盐，他就爬上哪一辆卡车，在上面指挥着铲车的移动。盐块像砖头一样硬，为了充分利用卡车的空间，铲车每倒进一铲子盐，卡车司机和帮工就会将盐块搬起来垒在车厢两边，中间用来装粉碎的盐块或较小的盐块。等盐装的和车厢一样高时，较大的盐块开始沿着车厢的边缘垒砌，像砌墙一样。这一部分是最考验司机垒砌水平的，垒砌得越平整、越稳固，盐墙就会越高。盐墙越高，由盐墙围成的空间就会越大。空间越大，装的盐就会越多，对于长途车而言，在运载量允许的条件下，当然是装得越多越好。等盐墙高出车厢一米多高，考虑到行车安全，一般都不会再往上垒砌了。这个时候，司机会让铲车司机铲一些较小的或粉碎的盐块上来，填补中间的空隙，等空隙填充完毕，再平整好表面，一车盐就装好了。装好盐的车辆会开到一边，司机取下车头顶部的绳子和篷布，扯上篷布，将盐矿严严实实盖住，然后用绑扎绳扎紧。为了方便途中加油，油桶被转移到卡车的尾部，此时，油桶也能起到支撑作用。

七辆车，大胡子和麻花的车排在了最后，麻花一面看着铲车装货，一面计算着时间，他想知道按照这个速度，今天能不能装到他，如果装不上，还得在大红柳滩住一晚，如果是平时，耽搁一天两天没事，可现在天气变化快，马上就要进入冬季，封不封路也就一两天的事儿，在今年收工前，他还想跑一趟阿里。大胡子在自己车上睡了一觉，觉得没事可干，就朝麻花的车走来，麻花趴在方向盘上，好像睡着了，阿雅在看书，我看着不远处的铲车装盐。

"带相机没？"大胡子走到车前，仰着头看着驾驶室里的我，并不友好地问。

"干什么？"我不知道大胡子这话什么意思。

"什么牌子的？"大胡子还是目不转睛地看着我，感觉随时都有可能把我拖下车。

"他说今天来拉盐，我就什么都没带。"我看着麻花撒谎道。

"我告诉你，"大胡子用手指着我说，"我不管你带没带，总之不要让我看见，如果被我发现是日本货，我把它砸了！"

我感到莫名其妙，我不知道大胡子哪根筋搭错了，跑到我面前这样咆哮，我心里也冒出一团火来，但没有吭声。大胡子看我没吭声，又大声说道："你信不信我敢把你们的相机砸了？"

"干吗啦？"我努力压着心里的怒火。

"我他妈最看不起你们这些旅游的，拿着日本相机咔嚓、咔嚓，咔嚓个屁啊！我也在多玛拉了两个人，和你们一样。我只是看着他们可怜，拖着大行李可怜巴巴站在路边，我想着能拉就拉吧。我让他们上了车，收拾好床给他们放行李，我还说了，不要钱把他们带到叶城。不要钱哦！比拉你们的这个狗日的有良心吧！好了，上车坐得好好的，可没开多远，一个男生就掏出相机到处拍。对的，你们来旅游的，不拍照片说不过去，我也不是反感有人在我车上拍照，可是，可是那个杂种拿的是日本相机！日本相机！"大胡子拉高了声调，嘴唇颤抖着，看得出他的情绪很激动，"我把车停下，对那个男生说：'要坐我的车可以，但请把相机砸了，我看不惯日本人的东西。'可那小子怎么着，他无动于衷，我去抢他相机，他不给我。我又对他说：'不给也行，下车！'可他俩呢，还是纹丝不动，我能怎么着，嗯？你告诉我，我能怎么着？"

我脑子里还在纳闷这话题什么时候转我身上来了，可看着眼前凶神恶煞的大胡子，我想他可能什么事情都干得出来。与其说是心中的怒火消了很多，倒不如说是心里害怕起的作用，我说："我信。"

"可坐上我的车，我就得负责，你要是下了我的车，就是死在我眼前，我都不会多看一眼。"大胡子继续说道，"我对那个男生说坐我车可以，但是不能送他们到叶城了，而且，不要再让我看到手里的相机，我发誓我会砸了它！后来一直到大红柳滩，男孩没有再掏出相机。到大红柳滩，我把他们赶下车，告诉他们自己找别的车去叶城，我就是空着，也不会再让他们上车。可大红柳滩人多车少，我怎么可能空呢，三百块一个，拉都拉不完，我不如赚点外快，拉几个好人哩。"

我这才想起早上出现在汽车旅馆里的小陆和他女友，莫非他们坐的就是大胡子的车？我问大胡子："您车上的那个男生是不是长头发，扎个小辫？"

大胡子听我这么一说，眼睛里闪着光，问："你们和他们是一伙的？"

"在路上遇到过，这里本来车也不多，人也不多，每天见到的陌生人都不超过一百个，见过很正常的嘛。"我说。

"看到那小子就想揍他！"大胡子嘀咕着说完，背着手朝他的卡车走去。看着大胡子走远，我赶紧把身后的相机藏进包里，一旁的麻花翻了下身，一直没醒过。

大红柳滩生死劫之漫长的夜

　　太阳西斜，酷热难耐的湖盆开始快速降温，不一会儿便刮起了大风。我们关紧车窗，静静地待在车里，看着窗外漫天飞舞的盐粒，一天下来，用舌头去湿润嘴唇都能尝出咸味儿。装盐比预期要快一些，但装好的只有一辆车，已经开走了。现在，铲车在同时给四辆车上盐，每一辆车上的盐都还没有超出车厢。四辆车同时装，维吾尔族老人也不可能同时指挥四辆车，于是交由司机指挥后，他来到麻花的卡车前，麻花和老人用维吾尔语交谈起来。在大学外听别人讲维吾尔语还是第一次，而且是在新疆的一个鸟不拉屎、无人知晓的地方。从到了盐湖开始，除了一只在头顶徘徊一阵的鹰、卡车前的这些人，再没有看到别的活物。聊天的气氛似乎有些不对，麻花和老人激烈地争吵起来，接着老人离开，麻花跳下车跟了过去，大胡子也从自己的卡车上跳了下来，朝这边走来，我听不懂他们的谈话，更不知道他们在争辩什么，不一会儿，大胡子也搅进了这场争论。这一场景持续的时间不长，接着铲车停止了工作，四辆卡车上的人都从车上跳了下来，十几个人马上围了上来，围住麻花和大胡子的所有人，除了一个个子较高、剪短胡须的中年男子不停地用汉语说"我们的价格也不高"外，其他人都没说话，只是静静地看着他们。他们手上来不及放下的铁棍和铁锹（就理解成来不及放下或是忘了放下吧）让周围的气氛顿时紧张起来。我让阿雅待在车里别动，我下去看看发生了什么。下车时，我带上了麻花一直敲轮胎的那根半米长的铁棍。

在这堆人中，我的出现显得微不足道，本想壮壮我方的胆儿，没想到自己马上就怂了。我在一旁揪着麻花的衣角问："怎么回事？怎么回事？"麻花像在回答我的问题，又像是说给其他人听一样，扯着嗓子喊："这活没法干了，不是说好200块钱一吨的吗，怎么现在变成180块钱一吨了呢。苦力不说，油钱也赚不回来呀！你们要是早早告诉我180块钱一吨，我都不愿意来，直接回叶城不好吗？还在这里等一天，天黑了都装不上！"高个子中年男子在一旁附和道："我们的价格也和刚开始不一样啊，价格大家都调了。"听到这里，我终于明白这场纠纷起源于价格的变动。麻花之所以返程到这边拉盐，是因为可以赚200块钱一吨的运费，如果拉40吨，这一趟就有8000块，我不相信麻花之前说的返程拉货没有提成，若是没有，麻花何必在价格上如此计较。

麻花威胁老人，如果不维持之前的价格就空车回家。老人说价格只能这样，拉不拉随便。麻花得不到可以妥协的方案，就跑去和大胡子商量，让大胡子和他一起空车回去，和老板说没人上货。大胡子想了想，觉得自己挣多少无所谓，只要给钱就行，价格高了低了，利润的大头都在老板手上，没必要为了老板的利益和这些人赌气。大胡子决定等车装满再回叶城，这让麻花很不高兴，但是如果麻花开着空车回去，大胡子拉着货物回去，没人上货的说法就说不通，这样不仅没挣到钱，老板也会说麻花的不是，无奈之下，麻花只能接受眼前的现实，等着前面的四辆车装满。

本以为今天能顺利装上盐，所以除了几瓶水，大家都没带吃的，太阳一下山，盐湖马上就冷起来，我和阿雅没有再下车，麻花依然在车厢里跳上跳下，不知在忙些什么。排在前面的四辆车，终于在暮色中开走了一辆，还剩三辆在做最后的装填。到了这个点，我们已不抱希望，看来今天在盐湖白白浪费一天已成事实。大胡子走过来抱怨说："他妈的，今天早早地就过来，最后还是没装上。"麻花在车后说："你和我这个十点出门的一样，你说你早起有个鸟用。"听到这话，大胡子弯腰捡起一块盐，朝麻花扔了过去，嘴里说道："狗日的，信不信老子砸死你！"身后传来一声闷响，紧接着麻花发出一声尖叫，不知道盐块是砸中了麻花，还是砸中车身吓到了他。过了一阵，维吾尔族老人走了过来，告诉麻花和大胡子，今天就装到这里，这就跟拉盐的车回大红柳滩。麻花问他们的盐怎么办，老人说接受之前的价格，明天就过来装盐，不接受，明天他就不来了。麻花的气不打一处来，可这能有什么办法呢。麻花说："我同意一百八的价格，但明天要早早地过来装，如果有别的车，也要先装我们的。"老人说："再议。"当然，这些对话都是后来麻花翻译给我听的，他们交谈时，用的是维吾尔语。

今天已经装不了货，麻花和大胡子商量着怎么办。大胡子建议不回大红柳滩，反正明天还要早早赶过来，不如就在这里住下，再说，老人说话能算话吗？万一明天又来几辆车，不敢保证老人会像今天约定这样给他们先装盐。如果还是排在最后，明天都可能走不了。麻花实在不想在盐湖待着，加之早上吃了早饭就出来（我和阿雅一人吃了一桶面，麻花吃了一碗炒饭），现在早就饿了，麻花想回大红柳滩，发誓第二天一定早早赶到，他还用调侃的口吻对大胡子说："有你占坑，我就不怕明天他们给你装不给我装。"大胡子一听麻花要回大红柳滩，只有自己在这里，立刻就翻脸了，说道："你个狗日的，让老子一个人在这里，晚上不被冷死也会被吓死！要么一起留下来，要么一起回去，留我一个我不干，你自己选吧！"麻花还是想回去，说自己饿得不行，他看看车里的我和阿雅，说："要是在这里留宿，他们两个怎么办？"大胡子手一甩，说："该怎么办怎么办！谁让他们跟着来！以为这是来玩呢，这是来干活的嘛！"对于大胡子的无理，我没有说一句话。

"要不这样，"过了一会儿，麻花说，"你把你的车停在这里，你和我们回去，有车在这里占着，就不怕第二天他们不给我们装，也不怕他们不来。"

大胡子一听，这个主意不错，反正他也不想开车回去，还能省点油料。大胡子说没问题，不过要等到他们全走了再走。我问为什么，他说："他们会偷油。"我说不至于吧，听我这么说，大胡子以咄咄逼人的态度说："不至于！你知道油在这里意味着什么吗？命！知道吗？命！没有油一步你都别想走。这里一年才来几个人，来这么几个人也都集中在这两天，找人来救你？狗屁！这里晚上零下二三十度，我看你能熬多久！"又被一阵莫名其妙的乱喷，我决定不再和大胡子搭话。

到了天黑时分，一辆满载的卡车开走了，剩下三辆车的司机打着手电筒在做最后的捆绑。说好了和我们一起回去，大胡子二话没说，穿上鞋子锁了车门就上了麻花的车，他把翻毛皮鞋放在门口，钻进了座位后的窄床上，阿雅本来弯着身子坐床上，看到大胡子上来，就起身穿上鞋子，我把座位让给阿雅，自己坐回到座位中间的台子上。没一会儿，维吾尔族老人走了过来，打开车门上了车，说和我们挤一辆车，其他车都满了。麻花即使不愿意也没有赶老人下车，毕竟明天的货还得老人来装。我朝里面挪了挪，阿雅腾出半个座位，和老人坐在一起。麻花看到剩下的三辆卡车已经启动，想来这时候也不可能去偷什么油。满载的卡车开得慢，麻花打算在他们出发前走到前面。

麻花打开车灯，把车开上了盐湖的路，从后视镜看到三辆车都跟了过来，才放心地上了路。卡车摇摇晃晃上了湖中半岛，翻过半岛来到了湖的另一面，这一面湖还没有完全干涸，但命运已经注定，这一面湖的面积要比盐湖大很多，如果完全干涸，盐矿的产量也会多出很多。在只有一车多宽的土路上前进，拥挤的车厢让屁股很不舒服。

前方是先于我们出发的满载卡车，我们的车速并不快，没想到刚过路边的那个帐篷就追上了。正当我们做好跟在其后慢慢前进的打算时，发现前面的车陷进了土坑里。这一辆满载卡车不偏不倚、扎扎实实地驶进了前面的土坑中，卡车在坑里挣扎着，但除了越陷越深，并没有朝前驶出半米。麻花停下车，看着前车从一侧冒出的黑烟，说："我去！我说怎么出发这么早的车我还能追上，原来他妈的陷在这里了。"维吾尔族老人见到这般情景，赶紧下了车，朝前面的卡车跑去。我们则静静地在后面等候结果。

过了一会儿，后面的三辆满载卡车也到了，不知道前面出了什么事，他们将车停在后面，纷纷走向前查看情况。前面的卡车在发动机的轰鸣声中挣扎了一段时间，像一只喝醉的大象，卡车在坑里左右摇晃着前进了数米，最终死死地停在了土坑的最深处，怎么使劲儿都无济于事了，在车身后留下一串凌乱的约二十厘米深的轮印。由于土路的质地不均匀，卡车歪在土坑中，车身下是被车轮刨开的几十厘米厚的浮土。

后面的卡车司机看到此情景，怀着远水救不了近火、事不关己高高挂起的心态从我们的车前走过，这时，一个稍微有些胖的维吾尔族中年男子和维吾尔族老人一起朝着我们的车走来，维吾尔族老人打开车门，中年男子问能不能帮帮忙，让我们的车开到前面去，把他们的车拖出来。麻花看了看路两边的宽度，表示这样的宽度过不去，搞不好还会歪到湖里去，那样就更麻烦了。中年男子建议从山坡一侧过去，麻花看了看那一侧的土坡，试着发动了卡车，卡车启动后，麻花朝左边打着方向盘，速度压得很慢。麻花试探着前进，当车刚开下路基时，车身剧烈摇晃，我们都捏了一把汗。麻花稳了稳，继续开着车朝前，这时，一直睡在床上的大胡子开口了，说道："你他妈的在干吗？你没觉得车两边不一样高了吗？歪得这么厉害，左边至少比右边矮三十厘米！你要是陷进去出不来，今天我们谁也别想回去！"麻花不相信，熄了火，走下车去看，他走上前面的土坡，在身后留下一串深深的脚印。他双手叉腰反复确认车的位置和方位，然后拍拍手朝车走来。上车后，麻花说："不能再往前开了，那土坡，人走上去都会往下陷，更别说车了。这肯定过不去。"麻花没有再往前开，而是开始倒车，左右调整着方向盘，又把车开回到土路上。维吾尔族老人看到麻花把车开回去了，跑过来和他理论。麻花用汉语大声说："过不去！我的车上去也会陷进去的！"老人表示如果前面的车出不去，今天大家都要困在山里。大胡子一听，又躺回到床上。后面的车已经做好了等待的准备，早早地熄了大灯。维吾尔族老人看我们已经没办法再帮忙，叹了口气回到了前面的卡车上。

过了一会儿，老人手里拿着两张饼，也就是新疆的馕，这是我第一次见到馕，他推开我们的车门，坐了上来，阿雅给他挪了一点儿位置。他和麻花用维吾尔语交流了半天，麻花表示自己也没有办法，老人没有再坚持，下车前，他给我们一人掰了一块巴掌大的馕。看到我们有吃的，大胡子从床上翻了起来，麻花躲闪不及，手上的馕被大胡子抢走，就在指尖儿上留下一小口。麻花不敢从大胡子手上夺回自己的馕，只在一旁用语言攻击大胡子，大胡子才不管这些，只要身上不疼，一副管你骂不骂的架势。我们刚吃完手上不多的馕，维吾尔族老人就从后面的车上叫来几名维吾尔族男子，他们手里拿着铁锹和锄头，还有木板，走到前面的车身下，用铁锹铲走车下的浮土，同时在车前放上木板，希望卡车能驶上木板，从土坑里出来。麻花看到如此情景，说："就让他们慢慢折腾吧，等他们折腾完了，出去了，我们跟在后面就行。"

麻花的床被大胡子占了，他想睡觉，但是听到大胡子那此起彼伏的呼噜声又不敢去打扰，前面的车还没有出去，几个人打着手电，几个人用铁锹铲着车底下的浮土。眼看着今天回去已经无望，坐在车里无事可做，我就和麻花聊起来。

"哎，你，叶城人？"

麻花看了我一眼，说道："我像吗？"

"叶城也有汉人吧？"我说。

"有是有，都是外地人。到了新疆你会发现，汉族才是少数民族啊！"麻花感叹道。

"从小这里长大？"

"没来几年。"

"那你怎么会说维吾尔语？"

麻花白了我一眼，说："你待上几年你也会说了吧。什么买菜，买衣服，除了汉人开的店，其他店都讲维吾尔语啊！去什么大巴扎也是啊，听着听着不就会一些了。"

"什么是大巴扎？"

"就是农贸市场。"

"哦，那维吾尔语你都会些什么？"

"日常交流没问题啊！"麻花骄傲地说。

"唔，我只会一句。"我说。

"哪句？"麻花问。

"扎西德勒！"我刻意拉长了音调。

"你白痴啊！那是藏语！"阿雅狠狠地给了我一巴掌。当然，没打在我的脸上，拍在肩上。麻花在一旁笑得前仰后合。

"对对对，让我再想想。"在西藏听到最多的就是"扎西德勒"，无论是骑车还是搭车，我们给对方的加油或鼓励时都是说这句本来表示祝福的话语，一路上历经艰辛，我们能从别人说的这几个字里面实实在在地感受到鼓励。自己自作多情也好，别人的真情实意、客套话也罢，"扎西德勒"确实有某种魔力，让自己相信好运会到来，从某种程度上来说，它成了我们的信仰。这一刻我才意识到，就和某一时刻起山口不再叫"垭口"，山口也不再有经幡一样，"扎西德勒"也跟随这些看得见的符号离我而去。离开了藏区，似乎进入另一个时空，突然间熟悉的一切渐行渐远，陌生的事物接踵而至。语言、相貌、信仰、生活方式，没有哪一样是我熟悉或是了解的。我想了想，说："好像是扎……扎西……不对，勒，勒，德勒，扎……德勒，咦？脑子里明明就是那几个字，怎么老说不出来呢。扎，喀，西，巴扎嘿？对！巴扎嘿！"

"受不了你了，那还是藏语好不好！你到底会不会，不会我说我会的。"阿雅看来早就想鄙视我了，今天算是逮着绝佳的机会。麻花已经笑得没了形儿，扭得更像麻花了。

"那你说说看，是不是和我想的一样。我真知道，就是一下子说不出来，那个词现在就在我脑子里的。"我对阿雅说。

阿雅和麻花一样，白了我一眼，说："亚克西。"

"对对对，我想说的就是这个。"我激动地说。

"那你干吗不说出来？"阿雅问。

"不是和你说了嘛，这几个字就卡在脑子里出不来，你这么一说，脑子一下子通了，对，就是'亚克西'。"

麻花说话了："你们知道这是什么意思吗？"

"不就是'你好'的意思吗？"阿雅反问道。我支持阿雅。

"维吾尔语的'你好'不是这么说的，"麻花漫不经心地说，"你们只说了一部分。"

"那完整的应该怎么说？"我问。

麻花说："亚克西木斯子。"

阿雅表达困惑的招牌动作就是歪脑袋，这回她又歪着脑袋重复道："亚克西木啥子？"

"不是亚克西木啥子，是亚克西木斯子。"麻花绝望地说道。

"亚克西木私自。"我学着说了一遍。

"不是'私自'，是'斯子'，最后一个字第一声。"麻花纠正道。

"哦，亚克西木斯子。"我又说了一遍。

"'这个多少钱'怎么说？到叶城了我想去买葡萄。"阿雅对麻花说。

"不扎起普。"麻花说。

"没听懂。"阿雅歪着脑袋。

"就是问你要不要扎起。"我在一旁附和道。

"啊！"

"你让他再说一遍，就是这个味道啊。"看到阿雅有些不解，我说道。

"不扎起普。你要是记不住，汉语发音可以按照他说的那个来，但是别那么说。哈哈哈！"麻花笑着说。

后来阿雅又向麻花讨教了 1 到 10 怎么发音，说留着砍价用。麻花教了好多遍，阿雅总是把"2"和"5"的发音弄混。我在一旁说："你甭学了，实在不行就找懂汉语的人买去。你这还砍价哩，把两块一斤砍成五块一斤？"

麻花听我这么一说，笑得差点背过气去，阿雅决定放弃，维吾尔语发音很快，在我这个门外汉听起来就是轻音太多，如果按照汉语的发音全部说出来，估计说名字都要说很久。后来买了新疆旅游图，发现地图上地名的汉语标注一般都是七八个汉字，超过十个字的也不少见，对于当地人来说肯定不在话下，可对于我们，记住或者说出这样的地名，显得有点力不从心了。

折腾到凌晨，月亮已经从盐湖对面的山上升起，前面的车还是未能成功脱险，最后所有人都放弃，决定天亮再说。我们被困在了这里。我让麻花把空调打开，车内冷得很。麻花说打开暖气还要发动汽车，白白浪费油，他要省油。今天虽然没干什么事，但出门时就吃了一桶泡面，肚子早就饿得咕咕叫，加上之前吃的一小块馕，更是让胃躁动起来，我们听着彼此胃部发出的"咕噜"声。大胡子依然睡在座位后的窄床上，阿雅在副驾上，麻花趴在方向盘上，但明显没睡着，看着他眨巴着眼睛，我问他是不是饿了。他气愤地说："你哪壶不开提哪壶，要是平时，我他妈早就睡了，现在就是饿得睡不着。好不容易把吃这件事忘了吧，你又提起来！"说完，麻花哭丧着脸一个劲儿地默念着好饿、好饿。"现在想想都后悔。"过了一会儿，麻花抬起头，看着前方说，"中秋节那天，在噶尔的几个同事一起去吃了一顿，大盘鸡、胡辣羊蹄、红烧牛肉、啤酒，哇！一桌子好菜啊，吃到最后都没吃完。一个都没打包，现在要是那堆东西就在我面前该多好啊！"我虽然不知道胡辣羊蹄是什么东西，但麻花说得我直咽口水。我想起了中秋节那天，我和阿雅在多玛整整等了一天，一辆卡车都没见到，原来餐厅老板和老人说得对，中秋节他们都不出车。"我们在多玛看到你那天就是从噶尔来的？"我问麻花。

"对啊，一大早就出发了。想着第二天能到叶城，现在倒好，也不知道什么时候才能走。"麻花埋怨地说。

"你平时在多玛拉过人吧？"

"像你们这样的？"

"像我们这样的。"

"拉过。"麻花说。

"也是要价五百？"

"你们不是才一百五吗？"

"那倒也是。"我笑了笑，"我听说这条路上的卡车司机都商量好了，到叶城每个人五百，若真是这样，那干吗不坐客车？"

麻花笑了笑，说："有客车，他们的生意也不如我们，更何况从西藏到新疆根本就没有客车。"

"咦？"听麻花这么说，我感到很惊讶，"怎么会这样。"

"新藏公路大修之前是有的，"麻花在椅子上坐直了身子，"10年还是11年忘记了，新藏线上出了一次很大的交通事故，一辆客车翻进了山谷，死了很多人。"

"修路的时候？"

"嗯，修路的时候。所以，出于安全考虑，就撤销了西藏到新疆的客运。"

"哦，那这样的话，新藏公路修好以后，客车又会重新上路了吧？"

"这个不好说，距离太远，没人愿意跑。"

"我还看到过香格里拉到拉萨的客车呢，那不也很远。"

"那条路跑着能挣钱，这条路能吗？"

"那想要从西藏进新疆的人怎么办？"

"自驾，或者搭便车呀，像你们一样！"

"所以，你们就充当了客车的功能，顺便把客车的收费也继承了？"

"那你还想怎样，白白烧油？"麻花反问道。

"那你的这位同伴就不收钱啊！"我看着大胡子对麻花说。

"你看他在大红柳滩拉人时收不收。"

带的一瓶水喝完了，我甚至思念起早上吃泡面剩下的汤来。"这盐拉回去还要加工才能吃吧？"我自言自语道，并不指望有谁会向我搭话。

"加工什么，他们直接吃。"麻花还是半睁着眼睛，开了口。

"我今天尝了，这盐又苦又涩，怎么吃？还不干净。"我说。

"羊肉串上撒上孜然辣椒你还能吃出来，再说，他们就是这样吃的。"

"不加碘？"

"什么碘？"

"没什么。"我看看一旁的阿雅，她不知在何时睡了过去。麻花撑了几分钟，实在撑不住，也不管三七二十一，就往他的床上爬去，他想睡觉。

这一折腾，把熟睡中的大胡子折腾醒了，大胡子哪是一个讲理的人，噼里啪啦就给麻花一顿打。麻花嘴里说着："这是我的床！这是我的床！"大胡子则一一回应："你的床怎么了？你的床怎么了？"他把麻花按在床上，用脚往外蹬，麻花的身体整个夹在床与座位之间的缝隙里动弹不得，阿雅在混乱中醒了过来，问道："他们在干什么？"。

"他们闹着玩儿呢。"我说。我看着坐垫后麻花扭曲的脸，心想这哪是闹着玩，除了不要人命，什么都要了。麻花拗了一阵，发现拗不过大胡子，但是又困得不行，就和大胡子商量，能不能一起睡。大胡子揉揉鼻子，说："这么小的床，哪够两个人睡啊！你看看够吗？"睡过火车硬卧的朋友，应该对火车上的床印象深刻。半米来宽的床位只够不胖的人平躺着，就连弯着身子或翻身都不太容易，卡车上的床和火车上的几乎一样，可能比火车上还要短小一些。这样的床一个人睡尚且勉强，两个人的话怎么都不舒服的。

"我明天还要装盐，还要开车，不休息好没精神。"麻花还在苦苦哀求，就像这辆车不是他的。最后，大胡子做了一点点让步，允许麻花躺下，但是不准挤到他。对于麻花来说，能躺下就已经足够，不敢再要求什么。他把穿着的沾满柴油污点的棉袄脱下挂在座位上，钻进了被窝，他看了看我，说："如果觉得冷，可以把我的衣服穿上。"说完闭上眼睛睡了过去。

阿雅从混乱中苏醒后没有再睡，我问她是不是不困，她说冷得睡不着。我看麻花已经闭上眼睛，就把他的棉袄从座位上取下，递给阿雅，让她披着。阿雅看着沾满污渍的棉袄，说："其实上身不冷，就是脚冻得受不了。"我让她用棉袄把脚裹住，她说这样会不会不好，毕竟是人家穿在身上的衣服。我让阿雅先这么做，第二天我再向麻花解释。阿雅就用麻花的棉袄裹住了双脚。

四周安静得没有一点儿声音，没有蛙声，没有虫鸣，甚至此刻期盼着能听到蚊虫的声音都听不到，满月刚过的月亮静静地悬挂在湖对面的山岗上方，湖心的盐矿反射着月光，蔚蓝色的湖水在微风里泛着波纹，两侧的山峰是幽暗的，唯有两山之间零星点缀着盐矿的即将消失的盐湖，在月光的照射下明亮得像面镜子。月光将前方陷在土坑里的卡车的影子甩向西侧的山坡，卡车的影子拖得很长，甚至盖过了半个山冈。阿雅裹上棉袄，没一会儿就睡着了。

我依然坐在两个座位之间的台子上，看着前方。细细听着车厢里此起彼伏的呼吸声。我很饿，但除了忍耐没有别的办法。这里的海拔超过 5000 米，晚上极冷，车厢就像一个大铁盒，温度下降得厉害，我戴上了身边所有的手套，可指尖还是冻得生疼。风衣的拉锁已经顶到头，不能再往上哪怕一毫米，冲锋裤是身边最保暖的裤子，此时也抵不住低温。车厢内的低温不像寒风带走体表温度让人感觉到寒冷，而是整体降温，没有丝毫的风吹过，但就像把人整个放进冰柜里一样，体表温度是整体均匀丧失的，衣服根本裹不住。随着夜的深入，原本均匀的呼吸声开始出现一丝躁动，熟睡的麻花和大胡子相继翻身，他们相互撕扯抢着被褥，可眼睛从未睁开过。直到被子全部裹在了大胡子身上，麻花只有握在手心里的一点儿，麻花才极不情愿地睁开眼，辱骂着大胡子，大胡子翻了个身，喃喃地说："只要不骂娘，随你怎么骂。"麻花举起手做出打人的动作，说："不骂娘还能骂什么，你个狗日的！"麻花问我怎么还没睡，我说冷得睡不着。他刚要提议把他的棉袄披上，可一看棉袄没了，我指了指阿雅，他点点头，侧着身躺了下去。我侧过身看着阿雅，她双手抱着紧紧贴在胸前的背包，戴着帽子斜靠在车窗上，棉袄紧紧地裹在腿上。我用手摸了摸自己的裤腿，像是被人用水泼过，凉凉的、硬硬的。随着月亮渐渐升高，前面卡车的影子已经从山坡上撤下一些来，这一侧的山体在月光照射下，勉强能分辨出石头和土壤。我目不转睛地看着卡车在山坡上的影子，似乎全世界只有它在移动。

凌晨两点，我的脚开始发麻，不是蹲坐太久引起的血流不畅，而是冻得发麻，我把手伸进鞋帮，脚踝没有半点热度。我把手往上移，握住小腿，小腿冰凉得像冬日里的钢管，就连弹性都变得若有若无。麻花一直抢不到被子，现在倒是立起身子，斜靠在座位上歪着脑袋。从开始的饥饿到现在的寒冷，寒冷对身体的影响已经逐渐取代饥饿感，并不是忘记了饥饿，也不是饥饿在慢慢消退，而是大脑已经迟钝，没有足够的能力来反馈这两者给身体带来的不适，现在除了缩紧身体抵御寒冷，除了呼吸，已经没有力气再做别的什么了。不出所料，阿雅也被冻醒了，整个车厢，除了大胡子打着呼噜，剩下的三个人都睁着眼睛。我问阿雅是不是冷得厉害，她点点头，麻花看到了，对阿雅说："你那边有空间，你可以坐到床上来，把脚包进去，这样会好一些。"阿雅一再推辞，麻花有些不耐烦了，说道："都他妈什么时候了，你到被窝里我会怎么着你！还能怎么着你！这里冻感冒了就是一个死！你们上车时检查站的小战士可看见了啊！到时候你们出个什么事，我可不想惹麻烦。"我示意阿雅没事，到被窝里去要暖和一些。阿雅没有再顾忌，脱了鞋，从我身后爬上床，坐在椅子后面，我扯了扯被子，大胡子翻了一下身，我趁机把脚边的被子撩起，让阿雅把脚放进去。阿雅走后，她把棉袄给了我，我又递给麻花，麻花摆摆手，示意我留着。我从台子上下来，坐到阿雅的位置上，用棉袄把腿裹上，扣上扣子，脑袋歪在车窗上，困意瞬时流遍全身，我闭上了眼睛。

等我再次睁开眼，前方卡车的影子还在左边，我回头看了看阿雅，阿雅歪着脑袋，均匀地呼吸着，麻花不知在何时又重新钻回到被子里，此刻也睡着了。我掏出手机看时间，三点未到，之前沉睡了还不到一个小时。指尖儿冻得生疼，本想揉搓手指取暖，可全身上下找不到半点多余的力气。这种疼痛感让我回想起小时候的经历。家乡很少下雪，盼望下雪就像盼望过年一样。由于雪下得不多，每一次下雪时，小伙伴都会抓住这难得的机会到雪地里大玩特玩一番，雪虽然积得不多，但足够打雪仗、堆雪人。穿着拖鞋出门，在雪地里踩来踩去，几个小伙伴相互之间掷着雪球，不戴手套，没有什么防护措施，手马上就冻得通红，冻得手指伸不开时就跑回家，把手放在火上烤，手掌表面温度迅速升高，可内部的血管还来不及舒展，血液在依然收缩的毛细血管里横冲直撞，指尖疼得让人直跺脚、直咬牙，像断了一般。此时坐在车里，我的指尖儿就是那样的感觉，疼的我直咬牙、直跺脚。

随着车内的温度进一步降低，双脚也渐渐失去了知觉，我用手指掐了掐小腿，小腿没有任何反应，像两根冰棍。时间刚过三点，距离天亮还有四个小时、出太阳还有六个多钟头，在此期间不仅没有任何的热量补给，温度还会进一步下降。我看着从自己口中呼出的白气慢慢在车窗上汇聚、凝固，看着它们在车窗上结出窗花。

不知从何时起，我开始出现幻觉，我清醒地记得自己没有睡着，我一直睁着眼睛，看着前面那辆卡车的影子随着月亮的升高，从山坡上慢慢退下来，最后完完全全甩到了车的正前方，此时，我也能看到我们的车的影子了。可我却丝毫感觉不到现实中的自己是什么状态，我蜷缩在椅子上，双手紧紧抱在胸前，我能感觉到自己微微颤抖，控制不住地颤抖。我舔了舔嘴唇，没有任何感觉，甚至怀疑舌头是否从嘴唇上扫过。间歇性地，似乎有人在身后掰我的肩膀，每隔一段时间，这样的动作重复出现，我想转过头去看看那是什么，可是脑袋丝毫没有要转动的意思。肢体完全不受思想控制，我闭上眼睛，困意像涌上沙滩的潮水，可无论如何都无法摆脱现实中的低温，双脚像是假肢，鞋子，裤子，腿部以下全然像是身外之物，用手去触碰它们，就像触摸的不是自己的身体，除了手心能感觉到冰凉，其他的部位，包括小腿，没有任何知觉。就在这一瞬间，我想到了死。我突然无比地害怕起来。

记得在拉姆拉错，在山口等着下山的晓薇回来，我和阿雅在雨夹雪中静静地站了两个多小时，那时全身湿透，但能在山口走动，加上对同伴的担心，并不觉得有多冷。阿雅冷得有些支撑不住，我对她说："如果你觉得冷，最好的办法就是忘记它，深呼吸，全身放松，只要不倒，能放松多少就放松多少，尽量不要太早地让身体颤抖，只要开了这个头，接下来你不颤抖都难。只要不颤抖，就感觉不到寒冷。"此刻坐在车里，想起当时对阿雅说的话。其实，我一直都在做，从凌晨两点开始，我就下意识地不让自己颤抖，尽量放松身体、深呼吸，这样能保持身体不动，也暂时忘记了寒冷，只是饥饿难耐，确实让人有些坐不住也站不住。如此坚持到现在，身体不是你想不颤抖就不颤抖的，像是一部失去控制的机器，全身上下抖得厉害，我想让它们停，可怎么都停不下来，我把身体缩到了极限，把自己夹得紧紧的，可还是整个人都颤抖起来。两排牙齿开始打架，偶尔，我试着从喉咙里挤出一两个音符，确认自己还活着。早上四点了，如果从凌晨十二点开始计算，我已经和寒冷相伴了四个小时，而距离天亮还有三小时、出太阳还有五小时。想到这里，我有种想哭的冲动，我害怕自己坚持不到天亮，这不是对自己失去信心的表现，相反，这是我对自己最有信心的时刻，我从未对自己如此相信过，可正因为如此，我才害怕得要死。我可能会死，这是闯入我脑海里的第一个想法。如果忽略前面的坚持和忍耐，我可能不会感到接下来的五个钟头有多可怕，可正因为前面的四个小时让我从只感觉饥饿到几乎整个下半身都失去知觉，身体也由之前的可以控制到现在几乎不听使唤，这一切的发生，仅仅用了四个小时，而这四个小时，还不是最冷的时候。

我靠在椅子上，身体不停地颤抖。我依然能清晰地感觉到有人时不时地拍我的肩膀，可我还是无法回头确认。我的眼睛直视前方，看着卡车的影子。我从未期盼过月亮早点落下，那是第一次，我第一次祈求月亮能早一些下山，它一下山就意味着太阳要出来了。我看着卡车的影子从山腰摆到车前，又从车前摆向车身的右侧，然后慢慢地滑下路基。四个人呼出的水汽渐渐在车窗上结出窗花，最后竟把两侧的车窗铺满，然后在车的前挡风玻璃上，从四周向中间靠拢。我不敢看时间，我怕我感觉长似万年的坚持在现实中只有区区几分钟，我把希望完全寄托在了前面卡车的影子上，只有影子才让我觉得真实。

我不知道在外人看来，我当时的状态是什么样，就我自己而言，是肉体和思维完全分开的状态，我想没有多少人有过这样的经历：自己的身体完全不受控制，而是极其本能地对自然环境做出应激反应，它自己颤抖，它自己蜷缩，就像它自己慢慢失去知觉一样，而思想这一没有形状、没有温度的东西，只要产生它的装置——大脑，没有停止动作，就会像电波一样不受阻挡地到处乱窜。当时就是这样，我回忆我的小时候，想起我的家人，我通过眼睛看着前面车影的模样，而身体却一副"事不关己高高挂起"的模样在角落里颤抖个不停，像极了一对闹翻了的夫妻。

我放弃了我的身体，是的，到最后就连手套里的手指也不能很好地反馈触觉了。我低着头，咬着嘴唇（有没有咬我也不确定，只是意识里咬着嘴唇，那就理解成当时确确实实咬着嘴唇吧），鼓励自己一定要坚持到天亮，至少，做自己能做的，而现在能做的，不是去管什么身体抖不抖、脚有没有知觉，而是告诉自己不要停止呼吸，任何时候都不可以。可以忘记身体，可以忘记一切，但是不能忘记呼吸。我坚持着，就像当初坚持骑到相克宗一样。

我曾经想过，一个人在接近死亡时会想些什么。是他的亲人、朋友？还是记事以来的所有瞬间？他有没有试着去反抗，还是把自己完全交给了死神？他，知道死的感觉吗？有美国心理学家做过这样的实验，通过观察死者临死前的脑电波图像，来分析死者在自己的最后时间里都想些什么，越接近死亡时刻越好，这就相当于天文物理学家想方设法去确定宇宙的起源一样，越接近宇宙大爆炸时刻越好。他们得出的结论是：死者的脑电波各不相同，一些和正常人没什么两样，直到消失；一些则出现异于常人的波动。这究竟意味着什么，现在没有明确的结论，但有一点可以肯定，人们在死亡前，至少在意识层面上做了某些反应。时至今日，我清晰地记得我怎么熬到天亮的。

自从关闭手机，我没有再看时间一眼，而是目不转睛盯着前方的车影，看车影看得入神，我甚至忘记了天空渐渐变蓝这个事实，直到车影从眼前消失。人的判断力就是这样，当你把一切都聚焦在一个显而易见且唯一的标志物上，而标志物突然消失时，第一时间占据脑海的不是去思考标志物为什么消失，而是惊恐，惊恐没了它接下来该怎么办，好好的怎么会突然不见。我像坐进了 3D-IMAX 影院，眼睁睁看着情节向自己不愿意看到的结局推进却无能为力。我嘴角开始抽动，我想哭，可是发不出声，我干眨了几下眼睛，依然在地上找着车影，可车影没有再出现，心里的委屈和无助像极了小孩子。当一个人的注意力集中在一点上时，他是意识不到自己所处的真实环境的（我说的是真正地强烈集中，而不是像浅睡眠一样会无意中醒过来），他脑海里的真实环境，完全由自己筛选和鉴定。就像看电影看得入迷的人一样，他可能完全进入剧情，把它们当作现实，而完全忽略了自己在电影院这个事实。我当时就是这样，过度地将注意力集中在车影上而忽略了自己就坐在车厢里这个事实，车厢里的我是不是一直在颤抖我不知道，车厢里有没有人醒过，有没有人打嗝，有没有人放屁，我一概不知。我唯一确定并一直追随的，就是车厢外随月光移动的车影。

我依然在地上找着车影，可车影再也没有出现，我心急如焚但无能为力。我不知道自己距离神志不清或说死亡还有多远，但如今想起那段及其"忘我"的经历，我还是替自己捏了把汗。我像一个失忆的老人寻找着地上的车影，直到眼前出现一位花胡子的维吾尔族老人。老人穿着长袍，戴着紧扣在头上的圆帽，呼着白气，朝我前面的卡车走去。我感觉这老人在哪儿见过，可想不起来究竟在哪里，我挠了挠后脑勺（意识里），依然想不起来，我继续盯视着前方。老人走过去不久，传来一个声音，像来自遥远的远古时代，紧接着卡车前出现一个中年男人，黝黑的皮肤浓密的胡须蓬乱的头发，手里拿着一大张馕。吃的！我此刻像被电击一样，眼前的这一切光景被藏在某处的强有力的东西强行吸走，硬生生从我的瞳孔上像撕胶带一样撕下，眼前出现短暂的漆黑，等眼前重新出现光明时，除了眼前的卡车重新出现，我才意识到自己坐在一辆卡车里。两侧的车窗和前挡风玻璃上结了一层冰，呼出的白气把我的注意力拉回到了身边，我试着动了动脚，还能动，但像两个铅坨，用手去触摸，触觉也和铅坨一模一样。双手已经足够冰凉，但在双脚上还能找到更进一步的冰冷，像铅球感受不到手的触摸一样，双脚对手的触摸也没有任何反馈，感受不到温度，感受不到触碰。我把意志力集中到脚上，把双脚并拢，然后用手撑起身子，站起的瞬间，膝盖往上像是被人涂上了麻油，整条大腿酥麻起来，而膝盖以下依然没反应。我重新坐回座位，追着车影的影像在脑海里挥之不去，我对自己说：何至于做这么一个梦。可现在我知道，那不是梦，那是介于睡与不睡之间一种混沌状态下、我的双眼记录下的真实影像，那时的我只有意识还存活着，大脑连最基本的思考也没有了。

身后的一阵骚动，让我想起车上还有其他人。这时我才想到阿雅，我左看右看，终于在身后发现了蜷缩在角落里的她，下半身埋进被子里，虽然呼着白气，但看上去睡得很香。麻花半边脑袋掉进椅子与床之间的缝隙里，双手抱在胸前，紧紧地夹着来之不易的一角被褥，大胡子的庞大身躯依然严严实实地裹在被子里，昨夜估计只有大胡子睡得踏实吧。在如此环境下睡得如此踏实，不得不说也是一种本事。

意识到车影的消失是因为天亮的缘故，是看到了卡车前有人走动。这才让昨夜睡觉前发生的一幕幕重新浮现在眼前，我才知道自己被困住这个事实，而且已经被困了一个晚上。我不爱吃零食，但进食还算规律，这让一天没吃东西的胃在未到达饭点时，即使是空无一物也不会无理取闹。现在我用手拍了拍肚子，发出空洞的声响，像用一根木棍敲击一只空桶。已经天亮了，但太阳未升起来前还是很冷。我想哈气暖暖手，可气流还未到手心就变成冰晶落下，我将双脚缠在一起相互摩擦，希望能起一点作用。

不知是我惊扰了大胡子，还是他已经睡醒。大胡子起床揉了揉眼睛，看了我一眼，又看了一眼车窗上的冰，问我："你醒了？"我说："我没睡！"大胡子用看史前生物的眼神看着我，再次揉了揉眼睛，说："你牛！"大胡子起床，吵醒了麻花，麻花见大胡子从自己身上跨过，下了床，高兴地一轱辘滚进最里面，撩起被子钻了进去，阿雅此时也醒了，把腿收到胸前。大胡子提着自己的鞋子下了车，唱着山歌就走了，他是一路走回盐湖的。

双脚还是没有知觉，但好在感觉不到酥麻了，双手也在相互摩擦中渐渐暖和起来，即使还不能完全伸展开。天亮后，昨天晚上提着铁锹的人重新出现，他们吐着白气，用铁锹铲走车下的泥土。同时，卡车的车主用火烤车轮和油箱，这几乎是这个季节新藏公路上的卡车司机每天出发前必做的工作。我脱下手套，揉搓着手指，麻花翻了几下身，外面动静越来越大，他也不再睡觉了。见他起身，我把棉袄递给他，他问我昨天晚上睡了没，我说冷得睡不着。麻花穿上棉袄，下了床，走到座位前坐下揉了揉眼睛，此时，左侧山顶上出现一丝阳光，没一会儿整个山顶就被照得通红，看到阳光，我激动得要命，对阳光的期待，甚至超过了在多玛乡的时候。麻花看到车窗上的冰花，转过身扯出挂在床头的煤油温度计，这时我才知道车厢内有温度计，我问他温度多少，他说零下十五度。我说在北京这么多年，从来没碰到过这么低的温度。他说现在才十月，不算冷，到了十一二月，这里就不是人待的地方。

"昨天真没睡？"麻花半信半疑。

"没睡。"我确定、一定以及肯定地说。

大红柳滩生死劫之满载而归

　　没等太阳照到车身我就下了车，活动筋骨的同时想解小便。我带着相机朝湖边走去。湖面结了一层薄薄的冰，看着结冰的饱和盐水，让人禁不住想这里的夜晚多么可怕。我看车外的人都忙于其他事务，便想着在湖边解决小便，可双手冻得使不上劲儿，裤子怎么脱都脱不下来。我攥紧拳头，想用拳头把裤子褪下，可裤子还是顽强地缠在腰上纹丝不动。努力了几次无果，我只好把尿憋回去。我走回公路，看着依然清晰可见的月亮，感叹道："你可知道，我看了你一个晚上啊！"

　　我坐回车里，关紧车门，把手夹在双腿之间，小腿依然冰凉刺骨，但好在恢复了些许知觉。没过多会儿，太阳就跳出了山峰，阳光洒进车里。看到太阳，不仅仅预示着一天的开始，还预示着我们终于熬过了寒夜，再想把我们折磨到死，就没那么容易了。

　　前面的车经过一个小时的烘烤，油箱和油管都已经到位，发动机使出全身力气轰隆隆转起来，排气管中迅速冒出一股浓黑的烟雾。浓黑的烟雾混合着吹起的尘土，飞向刚刚苏醒的天空。一天的忙碌就这样开始了。

　　车窗上的窗花在太阳的照射下慢慢融化，水珠在玻璃上汇聚，最后形成小小的水流。这是我第一次看到树状的冰晶慢慢生成，又一点一点消失在阳光里。

前后的车都在发动或准备发动，麻花开始忙起来。他穿好棉袄和鞋子，拿着一根半米长的撬棍，从车座下的工具箱里取出矿泉水瓶装着的汽油和两副沾满机油柴油各种油的旧手套匆匆下了车，太阳下车里的温度上升得很快，我到床边看了一眼温度计，气温已经升到零下五度，我让阿雅坐到窗边暖身子，我下车看看麻花有什么需要帮忙的，今天还要装盐，早早出发，就能早早回去。

我下了车，刚踩到地面，双脚就被黄土围住。我们前后的车已经打上火，司机正在暖发动机。麻花把旧手套缠在撬棍上，用打火机点燃，像一支火把。麻花抬着火把在油箱和油管周围来回移动。火自然比此时的太阳要热得多，我走过去，借着火烤手。等手套烧完，麻花捏了捏油箱上方的油管，然后把撬棍扔给我，他上车发动汽车。随着车钥匙的插入和转动，卡车发出几声哀号，但没点着火。麻花跳下车，接过我手上的撬棍，把剩下的一副旧手套缠在撬棍上，把汽油递给我，让我浇汽油。我拧开瓶盖，用汽油把手套淋湿，麻花掏出打火机点燃，继续用火烤着油管。我手上沾了汽油，没地方擦，只能抱着"安全第一，远离火种"的原则，远远地站在一边。手套烧完了，麻花又把撬棍扔给我，跳上车，这一次终于点上火了，可卡车就像抖一抖身上的尘土，震动几下又熄火了。麻花试了几次，几次都一样。他跳下车，走到油箱的位置，探进半个身子左看右看，看完后又从我手中抢走撬棍，从阿雅的一侧打开车门，取出两副不算新但可以使用的脱脂棉手套。一副手套装进裤兜，另一副手套缠在撬棍上，把瓶中的汽油全部浇了上去，用火机点燃，重新烤起油管来。

看着手上的汽油已经挥发完了，我用木棍把麻花丢在地上依然燃着的旧手套聚在一起，蹲在地上烘手。过了一会儿，麻花把燃烧着的撬棍重新扔给我，我接过撬棍，把撬棍上的手套扒了和地上的放在一起。卡车的状况没有半点改变，依然点不着，点着也是瞬间就熄火。麻花窜上窜下，一面说着脏话一面埋怨到底哪儿出了问题。最后，他把油管与发动机之间的过滤器（应该是这个东西）拆下，用纸擦干净后用火烧，汽油用尽，麻花卷起了袖子，拧开油箱，把矿泉水瓶伸进油箱里，我简直不敢相信这一幕，把手伸进柴油里会是什么感觉，肯定不会舒服吧，而且对皮肤也不是什么好事。麻花取了柴油浇在手套上，点燃后烘烤过滤器，然后再装回去，但效果还是不如预期（虽然已经好很多）。麻花将装上不久的过滤器取下，找来一件破衣服，倒上柴油点燃，把过滤器直接放在火上烧起来，我问这样会不会坏，麻花说车上还有个新的，我的脸马上就绿了，我问麻花为什么不用新的，如果真是过滤器的问题，带回去修一修也能用。麻花倒理直气壮，说："旧的还没坏，干吗用新的！"听麻花这么一说，我已无力吐槽。不出所料，这一次还是不行，麻花生气了，把阿雅叫下车，他升起车头，自己钻到轮子底下开始各种敲敲打打，我不清楚他具体在干什么，竟然抬着燃烧的火把在管线密集的部位来回烘烤，最后，把水箱的水管烧断了。麻花气不打一处来，急躁地暴跳如雷。可急躁归急躁，骂街归骂街，卡车还是要自己修，咆哮过后，该干吗还干吗。麻花去关水管的开关时又发现水箱被冻裂了，这让本来就坏的心情的更是雪上加霜。麻花把矿泉水瓶递给我，让我去灌一些柴油来，我问上哪儿灌，他说油箱。得！麻花在气头上，我不想莫名其妙地成为出气筒，想来柴油抹到身上，除了味儿大，应该没什么。我走到油箱前，拧开盖子，看着油箱内清澈的柴油，眼睛一闭，把手伸了进去。一股滑润的、带有些许阻力的液体迅速没过手腕，把手掌整个撑起。矿泉水瓶"嘟嘟嘟"冒着泡，等矿泉水瓶不再冒泡，我迅速收回手臂，把灌满柴油的瓶子递给麻花，我赶紧捡起麻花用过的纸巾把手上的柴油擦掉，一天没吃东西，这股气味催得我只想吐。

前后车暖发动机的工作已经结束，唯有我们还在折腾个不停。不过功夫不负有心人，这车硬生生被麻花修好了。修好车后，麻花走下车跟后面的司机商量，看能不能挪出一点位置来，好让他倒车。我们身后三辆满载的卡车就在有限宽度的公路上前后左右移动，最后算是挪出一条勉强让麻花通过的道来。别看麻花行为粗鲁，说话不分轻重，但车技那是没得说。在车身贴着车身的狭窄路面上，麻花没出半点差错成功离开了被困地，不仅如此，还倒车行驶了五公里，让我们重新回到盐湖。到盐湖时，已经下午一点，大胡子回到自己车里舒舒服服地又睡了一觉。

维吾尔族老人坐我们的车一起回到盐湖，他的两个帮手已经在给大胡子上盐。大胡子站在车厢里，一面指挥着铲车，一面将倒进车厢的盐夯实、垒边。维吾尔族老人下了车，麻花叫上我去布置车厢，为了能早点离开，我决定和他一起干。麻花拿来直径一厘米左右的钢丝绳，我们用钢丝绳把车厢分成大小相等的三个空间，我摆好绳索的位置，麻花就在车下用绞棒把绳索绞紧。绳索绷得很紧，用手没办法拉动半寸。分隔好了车厢，麻花对老人说可以上货了。维吾尔族老人招呼开铲车的两个年轻人，在大胡子收拾盐矿的时候往这边上盐。

大胡子来得早，装的也早，我们开始装的时候，大胡子的车厢已经装满了，他正沿着车厢的边缘垒盐墙。我和麻花一起到车厢里，阿雅一个人留在驾驶室中，昨天没睡好，我让她再睡会儿，我们装盐预计要三个小时。铲车把盐矿倒进车厢，发出震耳欲聋的声音，声响过后，一层白白的盐矿碎屑从车厢底部升起，舌头不管舔向什么位置都是苦涩味。盐还不够多，麻花教我把盐块沿着车厢的边缘立起来，小的不用管，要大的，每一块都在三十斤上下，更重的我们两人一起搬。我和麻花各负责一边，在铲车倒进下一铲之前，我们需要把大块的盐块都搬到车厢边缘立起来，在车厢中部留下多余的空间接纳更多的盐矿。

刚开始，我的速度还能和麻花保持一致，一铲子盐下来，他处理他的那一边，我能在下一铲子倒进来之前处理完我的这一边，铲车给大胡子上盐的时候，我们把较大的盐矿敲碎，用来填充大盐块之间的缝隙，这样做让空间能得到充分利用，装得也更扎实，盐在路上的颠簸中不会松散下沉。一会儿工夫，我们的车厢也装满了，我和麻花沿着车厢的边缘垒盐墙，到这时，我感觉体力有些不支，头发昏，双手开始不听使唤，使不上劲儿，速度也跟不上了，麻花见状，问我要不要紧，我说还行。远处，大胡子抢着大锤敲盐块，把盐块敲进盐缝里。

装盐还没正经装多久，维吾尔族老人提着一个二十五升的白色氟化桶朝我们的车走来，走到车下，他开始朝我们喊话，麻花伸出脑袋，也朝他喊了两句，喊到最后，麻花跳下车，我不知道他们说些什么，不过看麻花的表情，应该不是什么好事。他们在油箱的位置倒腾了一会儿，老人提着满满的一桶油离开，麻花爬上车顶。

"他来向你借油啊？"我问麻花。

麻花脱掉手套，擤了一把鼻涕，说："借个屁！他来要油！"

"要油?"

"他们都把自己当爷了,不给油就不给上盐。"

远远的,老人把麻花给他的油全部加进铲车里,铲车吐着黑烟又开始工作了。从上车到现在,我和麻花就没停过,麻花的脸庞发紫,嘴唇更是紫得好像轻轻一碰就会滴血,我看不到自己的状态,不过和麻花相比应该没什么两样,甚至更糟也说不定。

铲车往车厢里倒盐,车厢被砸得巨响,我就在车头的部位忙碌,可直到现在也没听到阿雅的动静,我想起麻花说的不要在高海拔地区睡得太沉的警告,而装盐前阿雅好像躺在床上。想到这里,我被吓了一跳。我顾不上车高,走到车厢边缘纵身跳了下去,双脚刚触地就软作一摊稀泥,侧身倒下的同时,嘴唇重重地磕在膝盖上,我甚至听到了牙齿断裂的声音。麻花见状,站在车上大声问我怎么回事,我从地上坐起,抬起头告诉他没事,就是想休息一下。我起身,把带有血丝的唾沫吐在脚边,顾不上膝盖的疼痛,一瘸一拐地朝车头走去。我举起手抓住车门上的手柄,使足了劲儿往外拽,可门丝毫没动,我用力敲了两下门,即将第二次跳上去抓手柄时,车门开了,阿雅一只手拿着车里唯一的一本《知音》,另一只手握着手柄,看到我的样子(什么样子我自是不知,但从阿雅的表情上看,估计很吓人),她担心地问:"你没事吧,嘴怎么肿了?"

我用舌头舔了舔发咸的嘴唇,笑着说:"没事,你,外面这么吵的声音你没听到?"

"我听到了呀!"

"那你怎么一点反应都没有,我还以为你出事了呢。"

"我能出什么事啊?"

"司机不是说了吗,在这里睡觉只能睡半小时,你都这么久没出声儿啦,我以为你睡过去了。"

"我没有,声音是把我吵醒了,我本来想下车来着,可是外面有点儿凉,我就待着这里看书啦。"

看到阿雅没事,我又回到车上帮麻花装盐。麻花看到我肿大的嘴唇,马上就笑喷了。"怎么?"我问麻花。

麻花斜着眼睛看着我,猥琐地说:"偷吃禁果被打了吧? 哈哈哈。"

"你是渴了吧。"

"你怎么知道。"

"无聊。"对麻花的无理取闹,唯一的办法就是转移话题,你要是和他一股脑儿地接下去,没事儿都能说出事儿来。

不仅我的速度慢了下来,麻花也渐渐体力不支,我们同一天出发,除了早上的泡面就再没吃过别的东西。昨天被困,今天又进行高海拔作业,身体早就吃不消了。刚开始,三十斤上下的盐块我还能一个人应付,到最后完全挪不动了,盐块像是完全黏在一起一样。我走到车尾,抱起一块搭在钢丝绳上的盐块,只是想把它移开,没想到起身的途中眼前突然一黑、脚下失稳,我下意识地扔掉盐块,用手去支撑身子,好在没有摔倒,我等着视觉慢慢恢复。视觉恢复后,我试着起身,可刚直起一半身体,眼前又漆黑一片、天旋地转。各位看官是否有过这样的经历:在一个地方坐久了或是蹲久了,突然起身会眼前一黑,也就是发黑晕,如果及时蹲下,让视觉恢复,接下来无论起身多快,起身多少次都不会再出现眼前一黑的情况。我也是这么想的,可恢复视觉后,起身还是出现了眼前发黑状况。我蹲在盐块上没有走动,像等待网页缓冲,让眼前的一切慢慢在脑海里清晰,等一切都变得清晰起来,声音也能清楚地听到时,我慢慢直起身子。就在我认为这一次可行时,刚迈开步子就狠狠地摔倒了,麻花看到这一幕,转身过来扶我,问我怎么了,我说头晕。麻花让我到边上休息。我像摸着石头过河一样用手摸着脚下的"路况"慢慢朝着车头的方向移动,此时,车厢里盐的表面应该是中间高两边低的布置,可在我眼里却是白茫茫一片,表面没有任何坑洼,只有我迈出步子才真正意识到这表面根本就不平整,相反,还有一些大坑。我挪到车前,闭着眼睛静静地呼吸。

大胡子的进度比我们快很多,他有大锤,盐不仅装得多,还装得结实,每一次抢起大锤向下砸去的时候,大胡子都会发出长长的吼声,和网球运动员接球时发出的吼声一样。看到我们的盐慢慢装起来,大胡子喘着粗气,断断续续地说:

"我说，你们，眼前，有，没有，冒，金星啊——！我的，眼前，全是，金星啊——！"我本来想答复大胡子，可身上挤不出半点力气，只能作罢，我没有再移动，而是站着帮麻花垒着盐块。我不敢迈开步子，害怕再一次晕倒，摔在车上还好，如果摔下车，后果不堪设想。

没过多久，维吾尔族老人又提着油桶过来了，他问麻花要油，麻花这次真生气了，死活不肯给。可麻花不给油，老人也有办法，他不给麻花上盐。大胡子的盐已经装满，正在平整表面，扯篷布，而麻花的车，车帮是垒了起来，可车厢中间还有两个巨大的窟窿。大胡子可以不给老人油，因为他的货已经装好。麻花跳下车和老人理论，具体的聊天过程我没听懂，大意是麻花认为前一天老人答应给他装货，现在却半途而废，这样子根本没办法拉到叶城，如果现在把盐卸了，两天的时间就白白浪费。维吾尔族老人才不管这些，一口咬定要么给油，要么回家。麻花跳到铲车的铲斗里，不让他们离开，后来老人改变了策略，说不给油也行，发动机太烫，要麻花给他们一些水，麻花说他的水箱坏了，水闸已经完全关闭，放不出水来。最后两边都做了妥协，麻花说再要三斗就不再要，老人站在铲车上大声说着什么，看样子很生气，可还是同意给麻花再装三斗。麻花爬上车，指挥着铲车把盐倒进车厢，加完三斗盐，老人走到麻花的车前，让麻花无论如何给他一些油，不给的话，铲车开不回去。麻花现在是完全不理会，无论老人在下面如何暴跳如雷，他都充耳不闻。老人急了，爬上车来。别看老人头发斑白，可爬上装满盐的卡车是一点都不费劲儿，踩着轮子，掰着盐块就上了车，和麻花争吵起来，我想上前拉一拉，可听不懂他们说什么，麻花一句汉语一句维吾尔语地朝老人乱吼，老人挥舞着手里的木棍，唾沫横飞。我看向远处的大胡子，大胡子依然哼着小曲儿，扯着自己的篷布。

后来听出来，麻花的意思是：虽然给了三斗盐，但是并不够，篷布根本扎不紧，老人还是想要一些油，没有油回不去。扯到最后，麻花答应给二十升油，但是要求铲车再加些盐，加多少他说了算，但保证不加高，只是为了填平空隙。老人同意了，但要求麻花先给油。在这点上两人意见又不统一，吵了起来，吵到最后，又各让一步，麻花先给十升油，铲车把盐上好后，麻花再给剩下的十升。老人下了车，指挥着铲车装盐，麻花在车上指挥铲车倒盐。戏剧性地是，铲车草草上了两铲子盐就冒着黑烟跑了。等麻花回过神来，维吾尔族老人站在铲斗里朝我们挥手。铲车开走了，麻花在车上又蹦又跳，各种脏话骂了一遍。我在一旁看了整个过程，觉得这里的人很有趣。

我帮麻花把盐整平后，麻花从车顶取下篷布和几捆绳子，他先跳下车，把绳子的一头固定，将绳子甩上车后又爬上车顶，在车顶告诉我怎么收绳子，怎么分绳子，之后又跳下车绞绳，我按照麻花交给的方法，给他送绳子，等篷布完全扎紧收工，天已经擦黑。这整个过程，大胡子都是一个人完成。不得不佩服这些人，真的比我强多了。

在返回的路上，我们的车在前，大胡子的车在后，大胡子拉得多，车速慢，我们拉得少，车速快，一会儿工夫就把大胡子甩出很远。一路上，麻花一直在埋怨等了两天就拉这么点儿货，心里很不爽。

"回到大红柳滩，我请你们吃饭，你们想吃什么？"麻花的双手紧紧地握着方向盘，目不转睛地盯着前方。

"管饱就行。"我看着前方，看着车灯把黑夜慢慢撕开。

大红柳滩生死劫之出昆仑记

两个小时后，我们终于回到离开两天的汽车旅馆，老板娘看见麻花，马上迎过来，拍着麻花的衣角说："哎呀！你们怎么才回来，不是说一天就装好吗？怎么今天才回来呀？"

"回头再跟你说，先给我一个面包垫一下，饿了两天了。"麻花还没等老板娘开口，就自己走进了小卖部。

汽车旅馆来了一些新人，清一色的户外装备，说着一口广东话，应该是今天刚到的游客，七八个人围坐在餐厅内最大的一张圆桌前。我不知道是广东较全国其他地方更发达，还是广东人骨子里就有到处跑的基因，这一路，就像川菜馆无处不在一样，广东籍的游客也无处不在，不论是自驾、搭车、徒步，还是骑行。一个戴眼镜的男子不时地抬头看我，当我看向他时，他又假装看向别处。不一会儿，所有的人都开始往这边张望了。他们的眼神与其说是含有某种关切，不如说是抱着一种看重大新闻进展的神态，想在我脸上看出些什么。我舔了舔嘴唇，下午被撞的嘴唇已经消肿很多，可干裂的嘴唇还是让舌头有种舔在坚硬盐矿上的感觉，干干的、咸咸的、糙糙的。麻花走过来说，等大胡子一到就吃饭，饭菜已经让老板娘准备了。若不是麻花说请吃饭，我早就泡一盒面坐在一旁狼吞虎咽了，可现在这么做，似乎不太地道。饿了两天，也不在乎多等那么几分钟，再说，喝一点茶水，能舒展前壁黏后壁的胃，让胃口好一些。

老板娘看着坐在一旁的我和阿雅，忍不住关心起来，第一次上高原就两天没吃没喝。老板娘送过来一个装有瓜子和花生的盘子，笑嘻嘻地说："先吃点东西垫垫吧。"看到老板娘的招待，围在圆桌前的广东游客似乎对我们的身世感兴趣起来，可最终还是没人前来搭话，我也没做好和他们交谈的准备。他们队伍中没有年轻人，都是四五十岁的中年男女，这可能是他们保持好奇心却不主动的原因，要是年轻人，我们早就混在一起了。说实话，和陌生的中年人打交道，我有一种排斥感，不是很喜欢。这可能不仅仅是年龄的关系，思维方式和观点有时候也会大相径庭。等最后一个人剔完牙，他们终于散席，回到各自的房间了。老板娘见客人散席，就去收拾桌子，一面收拾桌子，一面叫着一个女孩儿的名字。没多会儿，从圆桌正对着的房门里走出来一个女孩儿。女孩个子很高，身材也绝非等闲之辈。一米七的大高个儿（目测，就比我矮一点），笔直的黑发一直甩到肩部，胸部在大红色的毛衣下画出圆润曲线，坚挺地立着，紧身牛仔裤让双腿显得纤瘦修长，迈开步子，臀部像精准的钟摆丝毫不差地左右摆动出恰到好处的幅度。这地方竟有如此漂亮的女子是我没有想到的。女孩每一次端着空盘从眼前走过，我都目不转睛盯着看，连饥饿都忘得一干二净。每一次她都轻哼着小曲儿从我们身旁飞快走过，似乎没有注意到两双眼睛在她身上上下扫荡，或是对这样的事已经司空见惯、习以为常了。对了，忘记说明，两双眼睛中有一双是麻花的，若仔细听，还能听到麻花咽口水的声音。

四十分钟后，大胡子到了，大胡子一到，老板娘就把做好的饭菜端上桌。回锅肉、大盘鸡、西红柿鸡蛋汤、清炒圆白菜。每一个菜我都记得清楚，甚至还能回想起每一口菜的味道。我吃得很疯狂，大家都吃得很疯狂。我吃得很忘我，大家都吃得很忘我。那一晚，我吃撑了，离开拉萨以来第一次吃撑了。我吃了三大碗米饭，喝了两碗西红柿鸡蛋汤，下饭菜吃下去不少，鸡肉甚至都来不及吐骨头就囫囵吞了下去。吃完饭，麻花叫老板娘结账，老板娘死活不要钱，说你们这么辛苦，就算她请客，而且平时也很照顾她家的商店。麻花怎么肯，说这事一码归一码，照顾归照顾，可吃饭就得给钱，要不然以后就不帮老板娘拉货。老板娘拗不过麻花，就让麻花给个成本钱，一百六十块钱。大胡子用袖口抹抹嘴，抬起通红的脸，用通红的眼睛看着黝黑的麻花，说道："今晚，我们吃了一个人。"麻花抬头看了看我和阿雅，又低下头喝茶，没有说话。我吃得挪不动步，便靠在椅子上喝茶。身体在慢慢地恢复能量，甚至能感觉到装满营养的组织液慢慢注射进干瘪的细胞，就像眼前干瘪的海绵吸进桌子上的水渍。我歪在椅子上问同样歪在椅子上的麻花，今天还走不走。麻花咬着牙签，看了一眼窗外，说："休息一下就走。"我差点从椅子上摔下去。

餐厅里来了一个小上尉，小麦色的皮肤，一身军装，穿着黑头皮鞋，进门就坐到餐厅中央的炉子旁，老板娘看到小上尉，笑着递过去一杯茶，又走到女孩儿房间敲了几下门，女孩儿应门后看到了炉子旁的小上尉，笑得合不拢嘴。关门片刻，她妖媚的身姿又出现了，走到小上尉面前，依偎着坐下。唉！这他妈的才叫幸福啊！哪怕是在这鸟不拉屎的地方！刚开始我还在想，这么漂亮的女子何至于在这种地方白白浪费青春，和我们这些满身油污、半年洗不上一次澡的粗人打交道，仅仅是留下来和老妈一起照看店铺不是一个很好的理由，而现在看到这一幕我才知道，看店不是目的，爱情才是关键啊。我只想麻花赶紧带我离开，吃太多，胃顶得心里难受。

不知何时，我们身后的桌子旁，多出来四个年轻人，年纪二十岁上下，面前是刚买的副食品和饮料。老板娘走到麻花跟前，低声对麻花说："旁边的四个年轻人找车去叶城，托我帮忙，你看你们能不能顺路带走？"麻花看了看我和阿雅，对老板娘说："我的车满了，只能上一个。""那他呢？"老板娘指着大胡子问麻花。麻花看了一眼钻在被窝里的大胡子（餐厅进门的位置有一张床，应该是老板娘睡觉的地方，屋里有炉子，晚上并不冷。大胡子吃完饭走到床边，脱了鞋就往床上躺去），说："那得问问他，他不一定会拉。""哦，那你们是今天走？""对，马上就走。"老板娘走到床前，叫醒了大胡子，和大胡子谈拉人的事儿，大胡子揉揉眼睛，朝这边看了看，应该是答应了，老板娘露着笑容走过来，和身后的四个年轻人说："待会儿，你们就和这两位一起走。"

晚上十一点刚过，我们重新上路了。我们收拾好行李，买了水和瓜子，和我们一起上车的是一个男生，身上除了副食品和饮料，没有任何东西。我让阿雅到床上去，我依然坐在台子上，上车的男生坐副驾。

没有村庄，没有过往的车辆，漆黑世界里，只有两盏灯在前进，我坐上车没几分钟就睡着了，全身乏得不行，不知睡了多久，阿雅把我拍醒，我眯着眼睛看着她，问她做什么。阿雅倒理直气壮："不是你说的吗，这条路上睡觉不能超过半个小时！"

"可我，睡得正香啊！"

"就是因为正香才要把你拍醒啊，昨天晚上我也怕你睡过去，所以一直在拍你来着，你不知道？"

"昨天晚上？"

"对啊，在车里的时候。"

我这才回想起昨天晚上一直在拍我的那个东西，想回头确认，却怎么都回不了头，现在终于知道怎么回事了。"原来是你。"我说。

阿雅一副无所谓的样子，回应道："要不然是谁，还能是他？"阿雅用眼神瞟了瞟专心开车的麻花，之后，我俩忍不住笑出声来。麻花一脸疲倦，问我们笑什么，我说无聊，活动一下面部肌肉，阿雅和我换了位置，她让我躺一会儿。我躺下后，麻花倒是来了劲儿，和阿雅天南地北聊起来，我心里就纳闷，为什么我坐在那个位置的时候，麻花一句话都不说。

躺着比坐着舒服多了，我以沾床就着的速度睡了过去，后来被一声巨响惊醒。我从床上坐起，问麻花怎么回事，麻花也弄不清楚，车厢里迎来了短暂的沉默，我们都没有出声，麻花看着后视镜，看不出什么名堂，可还是不放心，他决定停下车看看。

麻花把车停到路边，找出手电和一直敲轮胎的铁棒下了车。没等来麻花的身影，却先等来了麻花的一声尖叫："我去！"我们不知道发生了什么，但从麻花的反应来看，应该不是好事。麻花走到车前打开车门，对我说："大学生，赶紧下车。车胎爆了，来帮忙！""啊！车胎爆了呀！"我们惊讶地看着麻花。"啊什么啊！快点呀！还有你。"麻花指着刚上车的那个男孩说。

　　我和男孩下了车，阿雅待在车上。麻花从车帮上抽出一根两米多长、直径五厘米左右的撬棍，还有带螺孔的扳手，撬棍的一端是一段空心的接头，方便扳手插进去以增加扳手的臂长来拧动螺丝。扳手在螺丝上固定，撬棍套进扳手尾部后高高翘起，甚至高过了麻花的身高，麻花站在撬棍下跃起，抓住撬棍使劲儿往下压，这样，车轮上的螺帽才开始松动。如此卸螺丝的过程中，麻花让我把车尾的备胎放下来。我戴上骑行时用的头灯，钻到汽车底下，看着沾满尘土的备胎不知道如何下手。备胎用铁链死死地拴在底盘上，应该有某种卡扣才对，不然用铁链根本拴不住。我这样想着，又从车底下钻出来，问麻花铁链怎么卸，正如我所料，在备胎和底盘的结合处有一个按钮，只要按下按钮，备胎就会自己掉下来。我重新钻进车底，寻找麻花说的按钮。说是按钮，其实是一个螺扣，我拆下螺扣，但低估了轮胎的重量，在扣子打开的瞬间，备胎从铁链上脱落，重重地砸在地上，激起的黄土把我整个人都遮住了。我去挪轮胎，发现一个人有些吃力，又试着把轮胎竖起来，可轮胎不听话地往前滑，折腾半天，只能靠腰部的力量把轮胎推到麻花的面前。麻花卸下被扎的轮胎，看着外胎正中一厘米见方的洞，百思不得其解。

　　看到我取来了备胎，他把换下的轮胎推到车尾。由于换轮胎的部位被千斤顶顶离地面约十厘米左右，换胎时需要将轮胎抬高十厘米套进车轴里。轮胎太重，要准确无误地送进车轴里绝非易事，我和麻花一起动手，男孩在一旁打手电。不是我太使劲儿，就是麻花太使劲儿，可能是我第一次参与换胎的工作，不但生疏还没技巧的缘故，轮胎怎么都对不上眼儿。两个人在寒冷的夜里弄得满头大汗，好在最终把轮胎挂上去了。上螺帽的时候，麻花把撬棍扔给我，说："来，大学生，我扶着，你拧，我要看看大学生拧的螺丝怎么样。"我说："我没劲儿，拧不紧，半路轮胎掉了怎么办？"麻花说不会，我就拧起来。我先用扳手把上下左右四个螺帽拧好，再顺时针拧其他的螺帽，麻花看到这个细节，笑嘻嘻地问："你怎么知道拧螺丝的顺序是这样的？"我推了推眼镜，仰起头说："这样拧，轮子不会歪，能保证各处受力是均匀的。""不错啊，大学生。""过奖过奖。"我把所有的螺丝拧好，又用撬棒加长重新拧了一遍。我擦着汗问麻花行不行，麻花似乎不太放心，又拧了一遍，这才把撬棍重新放回到车帮下方，我和他又把坏了的备胎重新挂到底盘上。

上车的时候阿雅问怎么回事，我说车胎爆了，换了个新的。换好轮胎重新出发后，麻花一直对扎胎耿耿于怀，他说要是钉子扎的应该留在轮胎上才对，可轮胎上除了窟窿什么也没有，而且是圆形的窟窿，如果是钉子不至于如此。我说会不会是满载的缘故，气压太大，直接把刺穿物射出去了。麻花看着我，不说话。到这份儿上，我也无话可说，爬上床，倒头便睡了起来。可没睡多久，又被麻花吵醒了。我起身一看，在我们的前方横七竖八停满了挖掘机和推土机，这是修路的工程队留下的。路面正在做铺设柏油的最后准备，天黑了，工程队应该是收工进了附近的工棚，只是没有光亮，看不清楚周围的一切，这样的路是不能上车的，可不知道麻花怎么开的，竟然开上了这样的车道。

"这样的路面不是有便道的嘛，在上便道之前应该有指示牌的，你没看到吗?"我问麻花。

"我要是看到指示牌还会开上来吗？明显是没看到哪门子指示牌的嘛。"麻花委屈地说。

"那能不能试着开过去，看样子距离蛮合适的。"我对麻花说，见识了麻花在盐湖上的五公里倒车，我对他的车技佩服得五体投地。

"现在看着还行，就是不知道再往前是什么情况了，要是过不去还得倒回来，岂不是更麻烦。你看到指示牌了吗?"麻花问阿雅。

"没看到。"阿雅说。

"大学生，你下去给我打灯，我把车倒回去。"麻花说。

"咦？你不是有尾灯的嘛!"我不情愿地说。

"我尾灯全坏了，只有转向灯能用。"麻花说。

"这样的车你也敢开出来!"

"哎呀! 都这时候了，快点下去，帮帮忙。"

我穿上鞋，穿上衣服，跳下车，跑到车尾，用我的手电给麻花打灯，指挥着他往后退。第一次干这样的活计，我不知道这灯应该怎么打，我想象如果有尾灯会是什么样，然后手电就照在了车屁股上。发动机的声音很大，麻花好像在朝我喊着什么，可我什么都听不清楚，继续打着灯后退，麻花按了几下喇叭，看我没反应，就把车停下了，他下车朝我走来，生气地说："你打的什么灯啊，我都看不见你！"

我用手电照了照车屁股，对麻花说："喏，我是这样打的呀！"

麻花从我手中抢下手电，照着前面的路基晃了晃，说："我叫你打灯是让你给我照着路基，我没尾灯根本看不清路基在哪里，开到沟里去了怎么办。"我这才知道打灯的意思不是充当尾灯，而是照亮路基。我照着麻花给的指导，把手电的光打在路基与车之间。就这样倒着走了快一公里，终于看到了路边的路障和指示牌，指示牌有字的一面不知被谁转了个方向，有字的一面背对着我们来时的方向，难怪麻花会看走眼。

路障的前方十米处是一个斜坡，斜坡下方就是便道，我和车上的男生把指示牌掉了方向，让后面的大胡子不要走错路。走上便道，卡车开始颠簸起来。在外面走了一段，眼睛适应了黑暗，看到了月光和漫天的星星，向窗外望去，外面是一片结了冰的溪流，河岸边分布着零零散散的工棚。工棚里自然是熟睡的工人，如果有条件，这里应该是拍摄星空的最好的地方之一，没有任何的人造光污染，就像刚从山上流下的冰川融水一样，这里的光也是极其纯净天然的。

经历了换胎和倒车，这一夜没有再折腾，天微微亮，我醒了，阿雅睡在床上，旁边的男生歪在座位上睡着了。而麻花，哦，我的天！趴在方向盘上睡过去了，好在卡车也是停稳的。我晃了晃麻花，麻花勉强睁开眼睛，说的第一句话让我大跌眼镜："我怎么睡着了……"我说："你怎么睡着的自己不知道吗？"麻花揉揉眼睛，还是一脸茫然，说道："我只记得好累。"麻花重新振作精神，发动了卡车，等我们到麻扎时，天才开始大亮。

大胡子在麻花睡觉的时候超过了他，等我们到麻扎时，大胡子已经吃过了早饭，正蹲在沟边抽烟。我下了车，走到远处山坡下的一块巨石后面解决了小便，顺便看了一眼麻扎的模样。麻扎的规模比多玛要小，甚至比大红柳滩都要小得多。除了小沟边上并排的三四家简陋的早餐铺，再没有其他建筑。麻扎所在的山坳里有一条河，是叶尔羌河的上游，从麻扎出发，沿着一条简易的公路，能到达中巴边境上的世界第二高峰、海拔 8611 米的喀喇昆仑山主峰——乔戈里峰。叶尔羌河对岸的山坡上有一座手机信号塔，太阳还未升起，靠太阳能电池板供电的信号塔没有电，手机没有信号。阿里无人区路段上所有的信号塔都是这样工作的，在信号塔的腰部或距离基座不远的地方，都装有太阳能电池板给信号塔供电。

麻扎就那么三四家餐馆，所有翻越昆仑山的司机几乎都聚集在了这里。从某种意义上说，麻扎与叶城之间就隔着昆仑山，翻过昆仑山，进入塔里木盆地了。

麻花抢走了最后一碗面条，我和阿雅只能继续挨饿，不过，想着今天就能到达叶城，兴奋早已取代了饥饿感。如我所料，太阳照到信号塔二十分钟以后，手机来了信号，这是离开多玛三天后，手机第一次收到信号。一收到信号，阿雅的手机就塞满了晓薇打来的电话和发来的短信，两天联系不上我们，她很着急，我们说刚到麻扎，可能天黑前赶到叶城，而晓薇则不好意思地说她已经到了喀什。我和阿雅又落后一大截了。

离开麻扎，开始了翻越昆仑山的冲刺之旅，第一个达坂是赛力亚克达坂，不知是一直赶夜路没办法感受之前的路况，还是之前的路况过于温柔，赛力亚克达坂是我在新藏公路上看到的最为险峻的达坂，路面狭窄不说，在半山腰处遇上了下雪，雪很大，周围的所有山头都被皑皑白雪覆盖。路两边没有护栏，车速很慢，可陡峭的山路还是让人不敢直视。可能对于麻花来说算不上什么，可对我而言，这样的路无论如何都不敢开车上来。翻过赛力亚克达坂，卡车就一直在山谷中穿行，这一路上能感觉到海拔在慢慢降低。最明显的标志就是从满眼都是雪峰的山口到光秃的石头山，再到有少量绿色灌木和柳树存在的河谷，等到达库地时，已经是满眼的绿色了。

库地和多玛乡一样，是新疆进入西藏的最后一个检查站，除了检查身份证还要出示边防证，货车还要进行超重检查。在库地检查站出了一点小意外，同行的男孩没有带身份证，就连边防证都没带。麻花把车停在距离检查站五百米的地方，气得半天说不出话来。"现在怎么办，嗯？你什么都没有要是被查出来，不仅你走不了，我的车还会被扣，你说现在怎么办？"

"我已经让同学送过来了，再过几个小时就到。"男生说。

"几个小时！那还能赶到叶城吗？你现在就把钱给我，我没办法拉你，现在就把三百块钱给我。"麻花大声说。我们现在才知道麻花收了这个男生三百块钱，这和大胡子说的价格一样。

"你们不用管我，我自己去和检查员说。"说完，小男生提着自己的东西，朝检查站走去。麻花摇摇头，上了车，重新发动汽车，在距离检查站还有一百米的时候，他让我们下车，他要去核载。我们检查完毕，在前面的马路上等他。

我们顺利地通过了检查，让我们感到意外的是，男孩也顺利通过，我们问他怎么办到的，他说登记了身份证号就让他过来了。

重新坐上车后，麻花的脸色不太好看，我开玩笑地问是不是被罚钱了，没想到真被我说中了，麻花的车超重了！过了库地，翻过阿卡孜达坂，我们就从山谷里一路冲进了塔里木盆地。拉萨河沿岸郁郁葱葱的景象终于又出现在眼前，我的眼睛都快忘记绿色是什么样了。

在距离叶城市区快十公里的地方，我们经过灯火辉煌的炼油厂，现代工业文明的概念又重新回到了脑海。我像第一次见到路灯一样，数着路两侧的电线杆。只有经历过的人才知道这意味着什么。

麻花等着卸货通知，把我们放在了某个路口，男孩给了麻花三百块钱，麻花没有片刻犹豫就收下了，阿雅下了车，我收拾着这几天已经遍布车厢每个角落的行李，装好了递给阿雅。全部的行李扔下了车，我掏出三百块钱递给麻花，麻花看着我，他可能在重新评估要不要收下，他虽然不说，但从他的眼神里看得出。我们帮了他很多忙，装盐、换胎、打灯，路上阿雅给他剥花生、看手相、开玩笑、打闹嬉哈，这时候，他不好办。我希望他收下，与其说是出发前谈好的契约，不如说是发自内心的感谢。这一路上我同样要感谢麻花，是的，他说话粗俗、行为鲁莽，但不得不说是一个好人。为了家庭，他一个月要跑三四趟阿里，往返于噶尔与叶城，在封山之前，他希望能多挣点钱。十月一日到四日，噶尔到叶城，四天时间麻花就睡过一个安稳觉，一晚被困，其他时间都在忙碌开车，他的劳累程度是普通人难以想象的。他对工作的热诚，对生活的态度，无形中给了我莫大的鼓励。

不远处是一个水果摊，对于我，恍如隔世。阿雅早就等不及，跑到了水果摊前，我把钱放在麻花手上，就下了车。

阿雅买了葡萄，我让她给麻花送过去一串，我收拾着脚边的行李。一抬头，看到车窗后的麻花那经典的笑，我也情不自禁微笑起来。

再见，麻花！

喀什之行

315 国道穿城而过，它与 219 国道的交会点就是新藏公路的起点。在这两条南疆交通命脉的交会处，有一个象征性的广场，花坛里栽满了灌木和树苗，如果忽略随处可见的维吾尔语标识，会让人误以为这里是新疆以外的地方。我们所在的位置是 219 国道上的一处区域，宾馆两侧除了货运公司和修车店，就是一家挨一家的快餐馆。

我们对新疆是陌生的，对叶城也是陌生的——对一个地方的认识，来自书本或影视作品都是不完整的，只有亲身体验过，你才知道这个地方最吸引人的是什么，或者对自己而言，什么才是最印象深刻的。

提到新疆，很多人想到的是羊肉串或葡萄哈密瓜，和慕名而来的大多数人一样，我和阿雅也被这些所吸引。住的地方距离市区还有一段距离，我和阿雅打算坐公交车前往。

踏上未知的旅途，电子地图显得异常重要，平时怎么用都用不完的流量，现在还没到月中就要购买流量叠加包了。住在城郊，只要方向没有错，任何一辆公交车都可以把我们带到市区，作为计划外的停留，我们没有明确的地方需要参观。随便跳上一辆进城的公交车，在最想停下的地方下车，那里就是我们的目的地。

公交车站牌用汉语和维吾尔语两种语言书写，看着每一路车的行车路线，对着电子地图，在脑海里将地图和路线合二为一，这么做是为了让自己对行经的地点有个大概的印象。

不一会儿，公交车进站，我和阿雅没有犹豫直接跳上了车。走进车厢，我们才意识到车内和车外原来如此不同。司机是一位穿着白色衬衣和短袖毛衣的长胡子大叔，头戴一顶维吾尔风格的圆帽。车内的其他人无一不是穿着维吾尔服饰的男女老少，看到一身风衣的我们，他们比我们还要吃惊。车载移动电视上播放着维吾尔语节目，不用说，我们一句听不懂，车内此起彼伏的说话声也是维吾尔语，这些听不懂倒也无所谓。可当公交车停稳，司机开始大声说出一串维吾尔语后，我和阿雅都不淡定了，这是到哪儿了呢？

确定司机用维吾尔语报完站点，不会用汉语再报一遍后，我和阿雅除了浏览两边街景，也开始关注两边的标志性建筑来，打算找准时机下车。车厢内听不懂的语言、车窗外一闪而过的低矮土基平房，给人一种行走在异域他乡的感觉。

距离城区越近，路两侧的高大树木开始多起来，毛驴车上的水果摊和路两侧的烤馕店作为新疆的名片开始陆续出现。在一处有地下商场和过街天桥的地方，我和阿雅下了车。过了天桥，走上一条辅路，阿雅被路边的苹果树吸引。这是我第一次看到一座城市用苹果树做绿化，虽然只是短短的一条街，但这样的做法也足够吸引我和阿雅。十月初，正是苹果成熟的季节，秋风吹过，街道上落满了树叶，果树枝头挂满了红红绿绿大大小小的苹果，对离开拉萨后就没吃过多少水果的我们来说，枝头上的苹果具有强烈的吸引力。想走上前去摘两个，但又想了想，虽然看到的人不至于说什么，可这种事情还是不做为妙。

这条栽满苹果树的马路尽头是一个不大的广场，广场中央是用帐篷搭起的临时办公场所，帐篷四周摆放着长椅和桌子，帐篷外围拉着警戒线，里面是荷枪实弹的武警战士。和西藏的检查站和固定警察哨所不同，这里的治安布置点可以根据需要进行调整。有人说叶城街道上的武警比逛街的人还要多，这虽然是夸张的说法，但从侧面反映出南疆地区反恐形势的严峻。

说新疆是吃货的天堂，一点都不夸张。新疆充足的日照让这里的水果含有很高的糖分，甜脆可口。分布在沙漠边缘和昆仑山脚下的绿洲，成了世界闻名的瓜果之乡，除了内地人经常听说的葡萄和哈密瓜，这里的石榴、无花果、梨也是世界闻名。除此以外，和田的大枣、干果坚果也远近驰名。除了水果，羊肉串儿更是让人食指大动的美食，当然，还有手抓饭和拌面。

位于叶城西北方向的人民公园是叶城最大的一处绿色公园。公园里除了两个篮球场和一个旱冰游乐场，就是被石板路分割成若干片的树林，树木基本上是常见的柳树和杨树。公园里人不多，和公园外嘈杂、飞满尘土的街道相比，这里显得清净、整洁很多。

离开公园沿 315 国道走一段，是一条颇为热闹的小吃街，街两侧羊肉飘香，各种美食应接不暇。我已经顾不上平时看见就挪不动步的凉皮小吃摊儿，径直朝着冒烟的烧烤摊走去。这里的羊肉串儿用的是长长的铁签，炭火烧得很旺，羊肉切得很大块儿，烤好的肉有乒乓球那么大，用嘴把肉从铁签上撕下来，满口都是羊肉的油香味，再喝一口大叶茶解腻，那种美妙之感根本没办法用语言来形容。

除了烤串儿，小吃街上随处可见的还有另一种新疆美食：馕坑烤肉。烤肉的炉子用胶泥烧制而成，炉子的结构确保了炉子内的温度均匀，且有独特的热力循环系统。这样烤出来的羊肉不仅色泽鲜艳，羊肉内的多余水分和油脂也会被烤干，撒上芝麻和特制佐料，酥脆有度、油而不腻，让人欲罢不能。馕坑烤肉一般和馕一起卖(当然，只买肉也是可以的)，买一张馕，盛一碗肉汤，就着多汁的羊肉，会把你的注意力彻底从价格上拉开，以同样方法烤制的鸡也是一大特色。手抓饭作为新疆人日常生活中不可缺少的一部分，除了一些专门经营的餐厅，手抓饭只能在中午吃到。这和手抓饭的准备时间有关。

手抓饭的原料极其简单，但它的味道却是任何人都抵挡不住的。手抓饭是不是起初真的用手抓着吃，我不知道，至少在今天，无论在哪里，吃手抓饭的无论是当地人还是外地人，都是用筷子和勺子吃，绝对没有用手抓的现象，至少我没见到过。好了，言归正传。手抓饭除了特殊做法，一般只会用到如下几种材料：米饭、羊肉、胡萝卜、黄萝卜。黄萝卜是新疆特有的一种萝卜，内外都是黄色的。一般在当天卖完一锅手抓饭后，店主会用水把口径一米左右的大铁锅泡上，等到夜幕降临，一天的琐事忙完，便将铁锅刷洗干净，开始准备抓饭的材料。手抓饭中的羊排或羊肉先用羊油翻炒，接下来将泡好的米、洗净切丝的胡萝卜和黄萝卜放进大铁锅，和羊肉一起翻炒。炒好后盖上锅盖，闷上一个晚上，萝卜丝闷软，米饭吸足羊油，羊肉中的水分充分分离，析出油脂。第二天给铁锅加热，再翻炒一遍，将水分炒干，最后剩下油汪汪的手抓饭。为了做出高品质的手抓饭，准备时间很长，所以只在中午能吃到手抓饭，店家卖完了不会再做，只有等到第二天。吃手抓饭可以免费加一次米饭，加餐是不会有羊肉的，但是吸足了羊油的米粒和萝卜丝，不会因为没有羊肉而影响哪怕一点点口感。

在叶城吃的第二顿新疆特色的正餐是拌面。这也是一道让人垂涎三尺的地方美食。我吃过的面食不多，不好说新疆的拌面和其他地方的有何不同，仅以我的视角，和大家讲讲我所吃的新疆拌面。拌面，顾名思义是要搅拌的面，上餐时，会有两碗东西：一碗面和一碗调料。吃的时候，根据自己的口味拌入调料。此调料和方便面的调料有很大的不同，味道也有天壤之别。

219 国道和 315 国道交会处，315 国道的一侧是棚户区，219 国道的延长线尽头是叶城火车站，延长线将棚户区分成东西两部分，西面是维吾尔族户主的小吃店，东面是汉族维吾尔族的杂货店，要买生活中的各种杂货可以到这里，吃饭则更多地会选择在西面的小吃店。小吃店看上去不管如何简陋，店门口总有一张单人床模样的餐桌，我称其为床，床的三面是二十厘米高的雕花木栏，床上铺着花毯，正中是一张方桌。就餐时，一些人会选择到这里，脱掉鞋子，盘腿坐在床上，此种情形就像东北的炕，可这里是完全露天的。我和阿雅走进其中一家，在等拌面的时间里，我叫了羊肉串儿——对于烤串，我总是欲罢不能。

如果看到维吾尔族师傅做菜的样子，你怎么也想不到这样做出的饭菜会有多吸引人。和内地较为讲究刀工和烹饪手法相比，这里的做法可以用"粗放"来形容。洗净的羊肉不是小心翼翼、工整地切成片或肉丝，而是散乱放在砧板上，用菜刀剁得七零八碎，放进炉子上的铁锅里。一旁的白菜、青椒、大葱、芹菜、西红柿切碎了放在簸箕里备用，等铁锅里的羊肉炒熟，切好的蔬菜一股脑儿地倒进去翻炒，炒熟了加佐料，拌面的调料就做好了。上面时，一碗白面，一碗做好的调料，然后将两者混合，加入油辣椒，辣椒的香辣、面条的劲道、调料的酸爽，真是怎么都吃不够。在知道拌面能免费加面之前，我几乎是一餐要吃两大碗面。自从知道拌面能免费加一次面之后，我的调料总会留下一半。阿雅吃一碗绰绰有余，吃不完的时候也是有的，考虑到我能吃，她也会放下淑女形象，叫老板给她也加一份白面，最后也给了我。这一路上，阿雅就这样给我省下了不少生活费。

在叶城的短暂停留，已经让我们感受到了新疆的富足，而全面了解南疆的机会，我们留给了南疆最大的城市——喀什，这座最具南疆特色、最受旅行者青睐的城市。

叶城到喀什只有250公里，坐火车却要5个多钟头，南疆火车之慢可见一斑，不过对于旅行的我们，这倒是欣赏沿途风光的绝佳机会。

铁路沿着315国道直达喀什，虽说火车在塔里木盆地边缘行驶，可无论从车窗外的哪一个方向望去，都是一望无际的田野和果园。这里干旱少雨，但海拔较低，有源源不断的冰川融水补给，田园风光并不少见。棉花到了收获的季节，顶着棉球的棉花田看上去白茫茫一片，田间地头站满了摘棉花的人。用黄土夯实而成的平房周围是笔直的杨树和柳树，毛驴拉车的情形随处可见。这里的民房周围没了风马旗和经幡，倒是清真寺多了起来。不知不觉间，我们又被一种完全陌生的文化笼罩了。

下了火车，坐公交到了东湖公园附近的麦田青年旅社。每到一个地方，我们首先考虑的就是青年旅社，一方面青年旅社便宜，另一方面能在这里遇到志同道合的伙伴，晓薇就是在麦田青年旅社找到了新的同伴。由于我和阿雅在进疆路上耽搁了太长时间，晓薇和新同伴去了乌鲁木齐，从那以后，我和阿雅就再也没有和她相遇。从喀什开始，三人组合变成了两人组合（虽然分分合合在旅途中再正常不过，有同伴离开，也会有新的同伴加入，但自从在米拉山脚下的松多镇相遇，我们就成了一个整体，三人组合也好，两人组合也好，都是相对于那个时候而言的）。往后的日子里，我们和别的同伴一起，分分合合，走过了很多路。

麦田青年旅社在一条幽静的巷道里，白天和晚上都很安静。我入住的房间是六人间，床位只剩靠窗的一个。我的斜下方躺着一个大叔模样的矮个子男人，进来的男生告诉我，他是一个韩国老头。我收拾好行李，约阿雅出去吃饭，等安顿下来已经是晚上九点，可此时的喀什还笼罩在夕阳下。

喀什作为中国第六个经济特区，是南疆经济最发达的城市，加之是维吾尔族文化的发源地，也就成了"维吾尔族民俗博物馆"。有句话是这么说的："没到喀什就不算到新疆。"很多人因为这个"信条"来到喀什，而喀什确确实实是一个值得停留的地方，除了美食美景，维吾尔族文化在这里体现得淋漓尽致。

东湖公园的夜景很漂亮，尤其是湖中的喀什市城市规划展示馆亮灯以后特别引人注意，周围的街灯和景观灯装饰让人忘记了这里是中国最西部的城市，仿佛置身于东部沿海的某个发达地区。这么多天下来，我们发现了一些规律：对于地处国境地带、充当贸易口岸的城市，无论其居住环境多差，经济如何不发达，城建永远是其最光鲜的一面。高楼、地标性建筑随处可见，这似乎是中国边陲小镇发展的一般特点，只要远离口岸，一切真实面貌又展现在路人面前了。现代城市景观在哪里都一样，但对于旅行者来说，最感兴趣的还是当地最原汁原味儿的风土人情。对于喀什噶尔老城区和高台民居，我们安排在第二天去看。

吃完烤肉回到旅舍，韩国大叔已经起床，和他一起坐在床边的是一位没见过的男生，看样子他们正在分享自己的旅行经历，我凑了过去。韩国大叔不会说汉语，交流的唯一纽带是韩国大叔手上的一本旅行读物。这本旅行读物是韩国大叔从韩国带过来的，韩国旅行出版社出版的一本名叫《中国最值得去的 100 个景点》。看到书名，我就开始同情起韩国大叔来，以这样一本书作为旅行指导来中国，这不是坑"叔"么。大家试想一下，买一本国内最常见的《中国最值得去的××个景点》作为旅行指导，您还敢出门吗？到最后会染上旅行恐惧症吧。我们问韩国大叔最中意中国的哪些地方，他已经到中国六个月了。听我们这么问，韩国大叔来了兴致，开始用旅行书一页一页翻着去过的地方，看到自己中意的，就竖起大拇指；看到确实坑"叔"的，就狠狠地在胸前画一个叉。每当这时候，我和另一个男生也跟着在胸前狠狠地画一个叉，表示这个地方确实很坑"叔"。可能由于文化差异，韩国大叔似乎对自然景观更加热衷，这和我一样。我的问题在于：人文景观我不懂，自然景观是好是坏一目了然，不需要动脑筋。比如峨眉山、九寨沟、四姑娘山、库车大峡谷、红其拉甫口岸、塔什库尔干等，都是韩国大叔津津乐道的地方。第二天，他就要离开喀什到乌鲁木齐，那里有天山天池等着他，希望不要让他失望吧！爱国主义情结从未像现在这样强烈过。

自由行和跟团游最大的不同点，就是做自由行的人，时间完全由自己支配，我们几乎是天天睡到自然醒，每天的活动都是从中午开始的。吃完午饭开始一天的闲逛，可到了喀什，这让我们犯难了。喀什用的时间是乌鲁木齐时间，也就是新疆时间。新疆时间比北京时间晚两个小时，这里的公务员上班、小商小贩营业都以新疆时间为准，这是我们在一次偶然事件中发现的。在一次乘坐公交车的经历中，我盯着司机头顶的挂钟看时间，又低头看了看自己的手机，我对阿雅说："那钟的时间是错的，比我的慢两个小时。"阿雅表示赞同，可在接下来的时间里，每一次坐公交车，只要有挂钟，我都会看上一眼，而每一次挂钟的时间都比我的慢两个小时，最后，我甚至去偷窥乘客手腕上的手表以确定挂钟的时间是否有误。可观察结果是：手表的时间和挂钟是一致的。最后，我终于搞清楚这是时间"自成一派"的缘故。如果按照北京时间安排工作，会给新疆大部分区域居民的生活工作带来不便。

我们睡到中午自然是以北京时间为准，十一点起床，十二点上街找吃的，这本是吃午饭的时间。可这个时间出门，以新疆时间计算，却是上午九十点钟的样子，早饭时间已过，午饭时间尚未开始。没有早饭吃，午饭吃不上，只能饿着，真正吃午饭的时间是下午一两点钟，这时也是手抓饭餐厅、拌面餐厅生意最火的时候。如果想吃早饭，七八点钟出门是看不到营业的餐厅的。

吃过手抓饭，我和阿雅便搭车前往艾提尕尔清真寺。到艾提尕尔清真寺的目的倒不是去参观这个全国最大、中亚三大清真寺之一的寺庙——和布达拉宫一样，不是不想看，是确实看不懂。对于没文化的我，寺庙看多了，觉得它们看起来也都一样。我们的目的，是和艾提尕尔清真寺一街之隔的欧尔达希克小吃街和喀什噶尔老城区。

艾提尕尔清真寺是到喀什旅游的必到之地，清真寺周围被各式各样的具有新疆特色的手工艺品店包围。和藏刀一样，英吉沙的匕首作为新疆地区最具代表性的刀具，广受人们喜爱。和藏刀比起来，英吉沙匕首没有太多花纹装饰，但其刀身和刀把的独特设计，不仅喜欢刀的男生会为之动容，女生携带也显得得体大方。此外，还有纯手工制造的铜壶，让人很容易想起阿拉丁神灯的模样。维吾尔族人的食物以羊肉为主，羊肉含有太多油脂，喝茶能解腻，所以吃肉喝茶，成了绝妙的搭配，茶壶成了日常生活中必不可少的器具。老城区有很多手工艺者靠做水壶为生，那种用碎铁片、铜片、钳子、火炉打铁做锅碗瓢盆的场景，也只有在喀什这样古老的西部城市才能见到了吧。

欧尔达希克小吃街是进入喀什噶尔老城的一条普通的街道，由于靠近艾提尕尔清真寺，又在主街道口，就成了有名的夜市小吃街。在这里，我又见到了此生难忘的新疆美食。正所谓一方水土养一方人，同样是麻辣烫，这里的食材却和内地完全不同。在北京，麻辣烫的食材除了木耳、豆皮、鸭血、腊肠、土豆、大白菜、海带、莲藕，几乎见不到正儿八经的肉类食品，即便是肉类，也分辨不出肉的属性。正因为如此，偏向于肉食性的我，对北京的麻辣烫一直提不起兴趣。而在喀什见到的麻辣烫，却是不一样的景象：除了肉类，几乎看不到蔬菜品种。新疆盛产羊，麻辣烫自然以羊肉为主，羊肝、羊肾、羊肚、羊肠、羊心、羊肺、羊皮、羊肉，只要你能想到的羊的部位，都能在这里找到。每到这个时候，我就恨自己的食量有限，要是能借胃，我定会借上十个八个，一直吃到嘴罢工为止，可我只有一个胃，还没尝够味道，胃就已经装不下了。

胡辣羊蹄又是一道美食。在摊位旁支一口大锅，用炭火慢慢地炖着羊蹄。每一只羊蹄都用喷灯处理得干干净净，再用文火炖熟，加入秘制调料，这样处理过的羊蹄不仅有炖肉的质感，还有烤肉特有的清香。每一只羊蹄都炖得烂糊，如果取放时不小心，皮肉就会从骨头上脱落下来，若真如此，只能用手捡起来吃了。羊蹄价格也便宜，只要三块五，一口气吃下去四五个，让人想不到地快活。除了馕和水果，这里的每一样食品几乎都和羊肉有关，饺子是羊肉馅的，包子是羊肉馅的，煎饺是羊肉馅的——只要开口吃饭的那一刻，你就和羊肉干上了。

吃饱喝足，沿着欧尔达希克街往里走，小吃街渐渐淡出视野，古城的安静取代了城市的喧嚣。古城是喀喇汗王朝王都的遗址，住的都是皇亲国戚和皇族贵人，喀什干旱少雨，即便是土木和砖木结构房屋，数百年来也从未坍塌过，一些年代久远的房屋甚至存了五六百年。老城区街道纵横交错，曲径通幽，走进去像进入迷宫一样，令人分不清方向，街道两侧的房屋布局多变，有平房，也有两层、三层，甚至四层的小高层建筑，还有横过街道的吊在半空的过街楼。维吾尔族是一个家庭观念很强的民族，他们喜欢世世代代居住在一起。地基院子就这么大，家里的成员越来越多，就只能新增房屋。先从院子开始，腾出一部分院子建楼，等到院子实在拓展不出空间来了，就开始往上面发展。在原来平房的基础上建楼房，一层、两层。为了不至于在这错综复杂的街道中迷路，老城区的街道地砖有其铺设特点：如果是四方形的砖铺成的小路，那样的路是死胡同，一般止于一户人家，这样的道路是走不通的。而六方形的砖铺成的道路是古城内的主道，是可以通到古城外的道路，如果在古城里迷路，只要沿着这样的道路前进，无论如何都是可以走出古城的。

伊斯兰文化和藏传佛教，是两种我极其感兴趣又一无所知的文化，说实话，在出发进行长途旅行之前，我甚至没有关注过两者。现在切身体会到两种文化之后，不得不感慨信仰的力量。至于女孩戴不戴头巾的问题，我也搞不明白，倒是古城里大门的开关很有讲究。古城里每家每户的大门都是两扇的，如果两扇大门全开，说明男主人在家，此时，不论男女都可以去拜访；若是大门只开一边，说明男主人不在家，只有女主人和孩子在家，此时，除了女性拜访者外，男性拜访者是不能进入的；要是房门紧闭，自然是没有人在家；两扇门全开，能看到门内的布帘，说明家里来了客人。有人说旅游最好先了解当地的民族风俗，我想这确实不无道理。

欧尔达希克街的尽头是恰萨街，沿着恰萨街一直往东，出了古城就来到了吐曼路，吐曼路和吐曼河中间的高地上便是高台民居。高台民居是和喀什噶尔一样古老的维吾尔族居住区。隔着吐曼路，远远地看着黄土高墙和立在高墙上的木头电线杆和晾衣竿，阿雅说这个场景让她想到了电影《追风筝的人》，看着从眼前跑过的高鼻梁、浓眉毛、大眼睛的维吾尔族小男孩儿，我就想在这土筑高墙平实的屋顶，飞过五彩风筝，伴着夕阳白鸽，会是一幅什么样的景象？高台民居的房屋错落有致，错综复杂的小巷连接各户。一些房屋因年久失修已经破败不堪，甚至墙体倒塌、门窗破裂。不时地有摩托车从小巷里疾驰而过，清真寺像西藏无处不在的白塔和寺庙一样，存在于这里的每一处村庄中。

离开西藏来到新疆，羊肉代替了牛肉，水果和羊肉串儿代替了甜茶和酥油茶。烧烤的东西怎么吃都吃不腻，中午抓饭，晚上拌面，夜里烧烤，烧烤摊弥漫着的烤肉味，让人没有半点抵抗力。

走了一天，回到麦田，遇到一个从和田回来的男生，还有两个刚刚摘了一个月棉花赚够路费的年轻人。每年的九月和十月，四川、河南、河北等省份的农民都会坐火车到新疆摘棉花，摘棉花的价格有高有低，一般一公斤一块七，经常摘棉花的人一天可以摘一两百公斤，但对于没有经验的人，一天摘不了多少，而且从早到晚弯着腰低着头顶着烈日，一般人是吃不消的。两个年轻人坚持了一个月，实在坚持不下去了。从和田回来的男生在我们面前展示带回来的石头，阿雅动了心，说无论如何要去和田捡块玉带回家。我以为她在开玩笑，可看着她一本正经的样子，我知道我们的行程已经要从北上变成南下了。进入新疆后，我们的行程变得很随机，就这样，因为看到了几块石头，我们的行程就从喀什指向了和田。

有人说到新疆一定要去的地方，就是具有新疆特色的巴扎。到喀什的第三天，我们去了喀什中西亚国际贸易市场。大巴扎就在高台民居的对面，艾孜热特路边上。这里的商场布局和内地的大多数商场一样，但更多的是当地特色的摊位。如果说手工艺品、丝绸布匹、玉器瓷器在哪儿都能见到，那么水果摊位、干果摊位绝对会让人大开眼界。这里不但水果种类繁多，而且样样精致便宜、多汁甜爽。在喀什，我第一次吃无花果——要说无花果，骑行川藏时在瓦斯沟见过。无花果一块钱一个，我一口气能吃十个。鲜榨的果汁，西瓜、石榴、葡萄、哈密瓜，顾客随便挑选。干果除了常见的葡萄干、杏儿干、无花果干、核桃、大枣随处可见。

西藏走出城再搭车的做法在喀什行不通，因为喀什附近的乡镇太多，我们怎么走都走不出城。在西藏听过来人说新疆的车不好搭，这让我们心里没了底。可无论如何，我和阿雅还是想碰碰运气。吃过早饭，带了些馕，我们开始了新疆境内第一次搭车。

寻玉之旅

喀什到和田是 315 国道方向，喀什周边都是人口密集的乡镇和县城，我和阿雅怎么走都走不出城，宽敞的马路上没有一辆车愿意停下，我们决定坐公交到疏勒县，到了疏勒即使搭不上车，也算有一个新的开始。

疏勒县是一个距离喀什不远的小县城，下了车，没走多远就离开了村镇，看到如此情形，我们对搭车多少有了信心，因为这具备了适合搭车的一般条件。果不其然，没过多久，我们就拦下了一辆拉砖的车。一位老伯拉砖到英吉沙，被我们拦下后，他显得有些不知所措，显然是第一次遇到我们这样的人。老伯听不懂汉语，也不会说汉语，车载广播里是维吾尔语节目，这一路上我们不知道说什么好，只能默默地看着窗外。高速公路边的果园已经采摘完毕，田也翻了土，农用拖拉机正在往田里运送农家肥。

到了英吉沙路口，我们谢过老伯下了车，继续朝前走。高速公路还没开始收费，过往的车辆极为迅速，拦了几次都无果。太阳烤得厉害，我和阿雅就躲到横跨公路的铁路桥下。按照分工，拦车是阿雅的活计，不是我不想揽这份儿活，而是我出面拦车，根本没有车愿意停下。

在失败了几次之后，一辆蓝色小轿车终于在开出百米后停下，缓慢朝我们的方向倒回来，我和阿雅见此情形，提起脚边的行李就朝着小轿车跑去。开车的是两位年轻的内地大哥，看到我俩站在高速公路上，前不着村后不着店，不忍心就将车停了下来。开车的大哥问我们去哪里，我们说和田。大哥先是一愣，接着说："没有多少内地人会跑去和田的。"我们问为什么，大哥说最近南疆不太稳定。我们说就在前两天刚从叶城去喀什，没觉得有什么不好。大哥笑了笑，说我们不了解情况，万事还是小心为妙，要是在别处，不会捎上我和阿雅，但这一带，为了安全起见，不得不把我们带上。大哥这么一说，本来没多想的我们开始对旅程有些担忧。两位大哥到莎车县办事，到路口时，给了我们两罐椰汁。

我和阿雅继续在高速公路上徘徊，由于距离叶城较近，很容易就上了一辆到叶城的越野车，可到了叶城后，搭车最艰难的路段开始到来。叶城虽然是一个县城，但是处在交通要道上，过往的车很多，但从叶城去和田就成了"单行道"，过往的车少了，到叶城时已经不早。

在黄土堆上等了快一个钟头，没有顺路的车经过，阿雅去买葡萄，我在路边看行李。此时，在一旁看了我很久的男孩跑了过来，说道："兄弟，搭车啊！"我一听可能有戏，拍了拍屁股上的土站起来说是。他问去哪儿，我说去和田。他"哦"了一声，说："还以为你们要上山，如果要上山，可以等我们两天，搭你们一段来着，看你们在这里等了很久。"我对上山不理解，所以问男孩什么是上山？男孩把头转向昆仑山方向，说道："上山就是去西藏，这里的人把去西藏叫上山，返回新疆叫下山。"我笑着说："还有这种说法。"男孩也笑了，说："对，大家都知道上山下山就是去噶尔和回叶城，既然你们不上山，那我也帮不上什么忙，我走啦，如果要上山，记得到这边的车站找我，我都在。"我谢过男孩的好意，继续在路边等阿雅。

太阳一点点西沉，我和阿雅做好了停留叶城的准备。这时候即使成功坐上去和田的车，到和田也是半夜了，对人生地不熟的我们来说会有诸多不便。可抱着最后的希望试一试永远是阿雅最喜欢干的事儿，就在我打算回叶城的时候，一辆卡车奇迹般地停下了，卡车正是去和田方向。喜出望外的同时，这趟车也给我们添了不少麻烦。由于沟通障碍，这辆车并不到和田，而是和田前面的墨玉县，好在我们运气足够好，等我和阿雅摸黑走下卡车的时候，正好来了一辆从喀什开往和田的客车。等我们安全抵达和田已经是夜里十一点半了。

夜里十一点半对于新疆时间而言，也才九点半，正是夜市火爆的时候。我和阿雅顾不上疲惫，直奔夜市，又是一顿胡吃海喝。夜市的手抓饭要比餐厅的要简单些，但是味道相差无几，价格也便宜一半以上，我一口气吃了两碗，啃了几个羊蹄，烧烤摊上不仅有烤羊肉，还有烤羊肝，这是我第一次吃烤羊肝，烤羊肝味道不赖，一串儿只卖一块钱。这种时候，你不会埋怨自己的钱不够多，你只会埋怨自己的胃不够大。阿雅天天吃羊肉有些吃不消，偶尔会换点别的吃，比如凉皮儿、凉面什么的，而我除了肉什么都不想吃，天天吃羊肉，怎么吃都吃不腻。500多公里的疲惫，用20块钱的美食就打发干净。我不得不再次感叹，新疆是个好地方。

到和田是来捡石头的。第二天吃过午饭，我们就来到城郊的玉龙喀什河。玉龙喀什河发源于昆仑山，是和田河的一条支流。和田玉出名以后，流经和田的这条河就没有消停过，人们寻找和田玉的足迹几乎遍布整条河。在和田市郊，这条河的河床被挖掘机翻了个底朝天。我们到达时，不远处几台挖掘机在河床里作业，挖掘机将河床上的石头铲进一旁的铁筛，一些做玉石生意的老板会雇用一些人去仔细地翻看铁筛里的石块儿，看有没有玉石。如果没有玉石，又重新从河床里铲出石块继续翻找。看到如此情形，我不禁想，别说玉石了，就算是丢在河里的绣花针，也早就找出来了吧。我和阿雅走下公路桥，朝着河中心的一处石滩走去。这时，一个蹲在河边的少年起身，朝我们走来，看着装是本地人。少年走到我们面前，问我们要不要石头，说着，他从胸兜里掏出两粒石头，一颗是乳白色，拇指大小，另一颗是琥珀色，腰身细长。阿雅接过少年手中的石头仔细端详起来，脸上露出愉悦的神情。接着，少年把我们带到水边，说："这个石头要放在水里才好看。"说完，少年拿过阿雅手上的石头，用手托着放入清澈的河水中。正如少年所说，石头在水中呈现出半透明状，颜色也更加艳丽。阿雅说好看，少年说如果喜欢，他愿意把石头卖给我们，一颗100块。我和阿雅都不懂玉石，心里琢磨这么小的石头100块一颗未免太贵，于是表示先在河里找找看。此后，少年便穷追不舍，一直尾随着我们，一个劲儿地让我们买他的石头，看到我们不理会，少年急躁起来，一面往河里扔石头，一面没好气地大声嚷嚷让我们买他的石头。我们开始后悔和这个少年搭话，想起昨天搭车路上两位内地大哥的忠告，心里变得害怕起来，就怕弄出什么事端来。

转机出现在几个旅游者模样的人下河的时候，少年的注意力就从我和阿雅身上移开，朝着那几个年轻人走去。看到如此情形，我和阿雅迅速通过河道，走上了河中央的乱石滩，远远地看着少年和那几个年轻人交谈。果不其然，几分钟后，交谈变成了少年一个人的大喊大叫，还不断地往几个年轻人在的水域里扔石头。几个年轻人终于不想和少年纠缠，离开河道走上了公路。几个年轻人走后，我一度担心少年会不会重新纠缠我和阿雅，看着他走向了远处的桥洞，我和阿雅才舒了口气。

我们翻着脚边的石头，看到好看的石头就把它放进水里仔细观察，如果呈半透明状、色彩鲜艳，就放进背包里。如此捡了大半个钟头，玉石模样的石头一个没见到，背包里却多了几个我们自我感觉良好的普通石块。

走到河滩中央，看见几个用铲子挖河滩的挖玉人。其中一个是汉族，我和阿雅便走过去搭话。这位福建大哥到和田是做玉石生意的，平时没有货源，就会带上铲子到河里碰碰运气。长年累月，他的皮肤早已晒成了古铜色。他和不远处的几个挖玉人都认识，因为做玉石生意，他们挖到的石头也会拿来给福建大哥看，福建大哥觉得品相不错就当场买走，交道打得多了，他们也成了朋友。他们就这样一铲一铲，在身后挖出一条半人深的壕沟，每一铲子下去，都会仔细翻看铲子里的石头。和远处的挖掘机比起来，他们这算是小作坊似的劳作，一天不能前进几步，但是也有收获的时候。福建大哥和几位挖玉人从"壕沟"里爬出来，和我们分享他们的战利品。这些石头看起来比刚才遇到的少年的石头更像玉石。我兴致勃勃地拿出背包里的石头，让大哥帮忙鉴定一下。大哥看完我的石头，摇摇头说："你这些都是普通石头，不值钱。"说完，从自己包里掏出一个手掌大的扁平石块，说："别看我这块石头不起眼，他可比你手上的石头值钱多了，只是品相不好，玉还是有一些的。"我看着大哥手上黝黑的石头，它正中间有一块草绿色的胎记模样的斑点。大哥说如果想要可以给我，我兴高采烈地收下了。

　　我询问大哥在河滩上挖玉有什么窍门，大哥说没什么窍门，只要找一块没被挖掘机翻过的地方，蹲下来老老实实刨就行。我没有工具，但想碰碰运气，就在不远处的河滩蹲下，用手认真刨起来。我刨出一个半米见方、三十厘米深的坑，不仅没有见到玉石，就连表面的鹅卵石都没清干净，阿雅走过来劝我不要再浪费时间，要是用手都能挖出玉来，别人就不会开着挖掘机下河了。我想想也对，而且福建大哥说了，挖玉是要看缘分的，和玉有缘，才能挖到玉，我连玉都不会看，估计遇到了也认不出。但我觉得和田之行不能白跑一趟，即便是普通的石头也要捡两块带回家。

　　河的对岸是和田玉石和奇石交易市场，和市场上的比起来，我的石头简直不值一提，可同样有个问题让我犯难：怎么区分玉石和有机玻璃呢？

　　本想到和田挖玉，可一天下来，除了几块普通的石头，我们一无所获。对于我们而言，和田唯一的诱惑就是捡石头，如今石头已经捡过，接下来又到了重新安排行程的时候了。旅行最忌讳的就是原路返回，不仅浪费时间，还没新鲜感。所有人都说新疆最美的季节是秋季，新疆的秋季是从北疆开始的，然后一路南下，到十月中下旬横扫整个新疆地区。北疆看的是白桦林和落叶针叶林，南疆看的是胡杨林。到和田时正好是十月十日，看着路两边的杨树还是一片绿色，我们不知道此时的胡杨林是什么模样，没做功课的我们也不清楚上哪儿能看到最"新疆"的胡杨林。在英吉沙到莎车的路上，我和阿雅曾问过开车的大哥，新疆最好的胡杨林在哪儿。他们不是经常游玩的人，对这样的问题没给出确定的答案，倒是提到泽普县附近的金胡杨国家森林公园。金胡杨国家森林公园在叶城以北，但这样的话，我们不得不返回叶城。回宾馆后，我摊开随身携带的新疆旅游地图，寻找着胡杨林的影子。就这样，轮南进入了我们的视野。轮南不仅是沙漠公路的必经之路，而且塔里木河就从附近流过，不远处便是胡杨林国家级自然保护区。我们没时间去考证这个胡杨林自然保护区是否距离轮南很远，即使最后胡杨林自然保护区距轮南太远，沙漠公路也有足够吸引力。因为这样，不仅没有原路返回，还能横穿塔克拉玛干沙漠。有了目标之后，整个人变得轻松起来，再次回到夜市胡吃海喝就当作最好的庆祝。

　　想要横穿沙漠公路最好住到民丰县，这是我和阿雅离开和田的首站停留地。和田到民丰就一条 315 国道，中间经过洛浦、策勒、于田三个县。乡镇很多，车也不少，搭车却比西藏困难得多。一方面，当地车居多，很少能碰到旅游车；另一方面，司机都为当地人，懂汉语的不多，而且都是途中办事，很少愿意停下来搭两个陌生人。和田是地区首府，走出去要花很多时间，我和阿雅借鉴喀什的经验，坐客车到了洛浦县，在洛浦县郊区搭车。

　　新疆的瓜子全国闻名，十月正值向日葵采收的季节，在公路两侧，向日葵的晒法和内地用簸箕翻晒很不一样。由于产量大，种植户先在地上铺上油纸，然后用铲车将瓜子一铲一铲地倒在油纸上摊开，315 国道两侧成了巨大的天然晾晒场。

　　在洛浦县搭上的医药运输车是一辆面包车改装的，司机是维吾尔族人，不会汉语，当我们问他是否到民丰时，司机先是犹豫了一下，最后点了点头，并同意我们上车。阿雅坐在副驾，我坐在拆了一排座椅改成的货箱里。货箱里唯一能坐的是横在车厢里的氧气罐，我骑在氧气罐上一路颠簸。过了策勒检查站，司机停下车，示意他不再往前，而是要拐进小道去乡下，我和阿雅才反应过来司机大哥不去民丰，而仅仅是顺路罢了。

　　在策勒检查站，我们等了很久，等来一辆收大枣的面包车。两位大哥倒是爽快，说他们要去达玛沟乡一家农户的田里看大枣，如果愿意就带我们去。我们自然没有拒绝的理由，就随两位大哥到了达玛沟乡。

　　若不是亲眼所见，真不敢想象这样一条位于昆仑山脉和塔克拉玛干沙漠之间的国道两侧，能有如此茂密的白桦林和一望无际的枣树林。道路两侧的白桦树将阳光遮得严严实实，被白桦林分成方块状的枣田里早已挂满了硕大饱满的和田大枣。我们到时，主人不在家，两条田园犬拴在木桩上叫个不停。大哥示意田里的枣可以随便吃，但是不能带走，我和阿雅当然不负众望。将红枣上的尘土用衣袖擦去直接放进嘴里，红枣不仅多汁，而且很甜，根本想象不到戈壁滩上能长出这般水灵的大枣。大哥说到田里收这样的鲜枣，一斤的收购价在十块左右，但是运到广州，一斤和田鲜枣就能卖到八九十元。

在田里等了很久，没见主人来，两位大哥决定先到于田住一晚，第二天再过来，就这样，我们随两位大哥到了于田。

于田到民丰只有一步之遥，我们在于田等到快天黑，终于被去且末的维吾尔族兄弟捎上。三个维吾尔族兄弟不会汉语，一路上他们说他们的，我们说我们的，根本没有半点交集。都不说话的时候，就剩下广播里的维吾尔语节目小声地向外发射着声波。

于田到民丰的这一段路程，公路北面是一望无际的沙地戈壁，再往北望去就是露出高大沙丘的塔克拉玛干沙漠，南面的沙地戈壁的尽头，是连绵的昆仑山脉，雪峰隐约可见。暮色下，昆仑山像一条钢铁巨龙，横卧在天地间。

哈拉汗遇到的灵异事件

　　饿得不想挪动半步。和困在大红柳滩的感觉不同，若要比较两者饿的程度，毫无疑问大红柳滩被困是饿得最严重的一次，可无法忍受程度，这一次却表现得异常强烈。何至于此不得而知，这似乎和人的坚持有些许关系。大红柳滩除了忍耐别无选择，要么活下去，要么死，两者之间的区别仅仅在于是坚持还是放弃。

　　从民丰出发，走在前往沙漠公路入口的路上，虽说吃过早饭，身上还有两个作为午餐的馕，可肚子却饿得让人抓狂。我一面走一面往嘴里送馕，在大红柳滩第一次吃到这一独具新疆民族特色的食品，当时觉得这就是世上最好吃的饼，现在民丰的路上，我依然这么觉得，无论是味道、质地，还是口感，都让人无可挑剔，可我就是饿。阿雅看到我无精打采的样子，问我怎么了，我回答说饿。听到我的回答，阿雅觉得莫名其妙，但看出我没有开玩笑，她决定到前面找一家饭馆吃饭。

　　沿着 315 国道行走，作为餐馆存在的土房一间也没有出现。走出村子，前方的房屋变得稀疏。房屋之间成排的白杨林后是硕果累累的枣田。看到大枣，我的腿更是沉重得迈不开步子了。阿雅见此情景，用鄙视的眼神看着我，我妥协了，说："我想吃枣。"阿雅环顾四周，确定没人后，下了路基，穿过白杨林，走进了枣田里。不一会儿，她两只手里攥满了红彤彤的大枣，我赶紧把馕挂在背包挂钩上，伸手向阿雅要枣吃，阿雅给了我一把。我把枣用衣袖胡乱擦一下就送进嘴里，一面吃一面对阿雅说："你怎么不多摘几个？掉地上坏了也是坏了。"阿雅没好气地说："大哥，我们这是偷啊！要是田里有人，上去打招呼要枣吃，别人不至于不给，可是偷的话，一个也是偷啊！这已经是不道德的事情了，你还想怎样。"理亏的我没有再说话，默默地把阿雅给的枣吃完，然后看阿雅小口吃着自己的。

几个大枣吃下去，精力恢复不少，黯淡无光的双眼，此时也愿意接受透过薄云的太阳的灼烧。远远地看见一家简陋的餐馆，院子里歪歪扭扭摆着几张桌子，阿雅说如果还饿，可以在那里吃完饭再走，我当然同意。阿雅在前，我紧随其后，朝餐馆小跑过去。

跨过院子前一条干涸的水沟，我突然在地上看到一颗核桃，没等我控制住脚步，左脚就抢先踩了上去。只听喀嚓一声，身体略微下沉，整颗核桃被我踩得粉碎。我小心地把脚挪开，看着碎作一团的核桃，俯下身子，把两边的壳儿扒开，将较为完整的、还可以用手指夹起的核桃仁捡起放进嘴里。这颗核桃在炙热的阳光烘烤下，已经干透了，加之果实饱满、皮薄肉厚、油脂丰富，放进嘴里香滑干脆、口感宜人。我顾不上周遭环境，只顾低头，小心地分离着核桃仁。就在这时，我被阿雅的笑声惊得抬起了头，她已经笑得前俯后仰，不时地双手叉腰弯下身子。我草草地捡起地上的核桃仁放进嘴里，并把一同送进嘴里的泥吐出。我走到她面前，问她为何如此开心。阿雅定了定神，刚要说话，可看到我又笑得让人不知所措，我只能等她莫名其妙地笑个够。

院子里没有人，一扇木门把我们引进了另一个庭院，庭院正中是一张维吾尔族餐厅常见的铺有羊毛毯、供客人坐上去吃饭喝茶的凉床，四周是绿树成荫的果树。我把头伸进木门，朝里面喊了一句："有人吗？"过了一会儿，从里屋走出一个包着头巾的大妈，我向大妈点点头，问大妈有没有吃的，大妈微笑地朝我点点头，说现在只有拌面。不用说，我和阿雅一人叫了一碗拌面，阿雅加的那份面自然给了我。在等拌面的时间里，我问阿雅刚才为什么笑得那么开心。听我这么问，阿雅像被人点了笑穴，咯咯笑个不停。我说："要说赶紧说，待会儿吃面时千万别讲什么笑话，面条会从鼻孔里出来的。"阿雅努力控制着情绪，不让自己笑出来，可从她憋得通红的脸颊可以看出，这股情绪似乎很难控制，最终，我还是等到了阿雅开口的机会。"嗳，你知道吗，你蹲在地上捡核桃的时候……"阿雅想笑，可还是控制住了，继续说道，"特别可怜。那动作，那眼神，真的特像一个乞丐。哈哈哈……"原来这就是阿雅一直笑的原因。阿雅继续说："我本来想用相机把这一幕照下来，可是到最后，我笑得根本直不起腰来。嗳嗳！你要不再去演示一下，我把照片补上。哈哈哈……"我抠了抠鼻孔，一本正经地说："没核桃了。不过，真的很惨吗？"阿雅听我这么问，扑哧一下又笑开了。得！都是我的错，这事儿本不该提。

吃完拌面后，我们继续上路。中午的太阳让人受不了，远离村庄也就远离了白杨树林，路两边没有高大的树木，没有树荫，只能在烈日下行走。走到一块里程碑前，我和阿雅决定不再往前，这里已经足够远离村镇，而且是一条笔直的路段，视野开阔。

经过这一带的车很少，除了几辆短途的卡车，我们没有见到任何别的车辆。在这里，除了时间，我们一无所有，我们唯一能做的只有等待。

一天过不了一辆车是不可能的，一个小时后，我们成功拦下一辆去若羌县的越野车。开车的是两位中年老大哥，哈萨克族。两位老大哥在政府工作，十一假期打算开车绕一次南疆环线，可迟迟没有统一的时间，两天前终于在时间上达成一致，从乌鲁木齐出发。由于在政府工作，去内地的机会很多，两位老大哥对内地的发展和饮食也是津津乐道。他们问我们新疆什么最吸引人时，我们自然会把吃作为此行最印象深刻的部分。在沙漠公路入口处，两位老大哥竭力说服我们和他们一起到若羌，这样第二天就能到乌鲁木齐。我和阿雅不赶时间，沙漠公路和胡杨林是南疆之行的一部分，因此便没有和他们同行。第一次在沙漠边缘候车，有没有车经过我们心里也没底。我们下了车，告别两位哈萨克族的老大哥，走进陌生的沙漠。

沙漠公路入口处何来如此大规模的芦苇丛，我不知道，在我的印象里，芦苇一直是作为一种只生长在水边的植物存在。十月中旬的塔里木沙漠公路民丰出口，密密麻麻长满了飘满白絮的芦苇，我跳进芦苇丛，观察芦苇的分布，看不出人为栽种的痕迹，说明芦苇是这里土生土长的植被。在315国道方向，芦苇丛消失的地方是高大的沙丘，这是旅行以来我第一次看到如此大规模的沙丘。第一次见到沙漠，大多数人不会去想沙漠对于生命意味着什么，更多的是对新鲜事物产生的好奇和惊喜，我也不例外，第一次见到沙漠的我对沙漠充满了好奇。芦苇丛中央是一座废弃的土屋，土屋外是一架被卸了车轮的马车车架。芦苇丛的一阵躁动引起了我和阿雅的注意。不一会儿，一群扭着圆屁股的羊群出现。对于眼前的我们，它们始终视而不见，低着头吃着芦苇从身旁走过。这里的羊很好看，身体是一个圆鼓鼓的圆球，拖把一样的大圆屁股走起路来左右摇晃，这样的身体结构和纤细的四肢一点儿都不相称，让人不禁想：这弱小的四肢"何德何能"撑起这硕大的躯体呢。

塔克拉玛干沙漠腹地——塔中，是塔里木油田。塔里木油田隶属于中国石油，在沙漠公路的入口处，中国石油的巨型标志立在公路正上方的横杆上，一旁巨大的沙石上，刻着"塔里木沙漠公路"几个字。指示牌上的数字显示从这里横穿沙漠公路到达另一端的轮南镇是530公里，这相当于喀什到和田的距离。新疆很大，我们走了一千多公里，还没走出一半南疆。

只要有车经过，在沙漠里搭车还是很容易的——这和在西藏的情形有点儿像，我认为一般人，除非自己不方便，不会忍心把两个人扔在这样的地方不管。从沙漠里出来一些旅行车和客车，和我们即将进入的方向相反。客车是乌鲁木齐发往和田的大巴，走沙漠公路比走喀什方向要节省近300公里，这是一个了不起的距离。当第一辆驶进沙漠的车出现时我们就顺利上了车，虽然这也是等了近一个小时的成果。

我们上的车是中石油的油罐车，头一天刚把油运到喀什，今天返回安迪尔。安迪尔是沙漠边缘的一个小镇，从沙漠公路进入约90公里，然后离开沙漠公路再走约20公里便是。沙漠中的城镇和村庄，无一例外都是沿着河流分布的。

开车的维吾尔族大哥像极了好莱坞影星杰森·斯坦森，短短的络腮胡，小麦色肌肤，加上维吾尔族男士特有的帅气，若不是在这种情形下碰见，我会误以为此人就是杰森·斯坦森。维吾尔族大哥名叫哈拉汗，家住喀什，有两个女儿，年轻时在内地闯荡，后来回到家乡，成为中石油运输队伍中的一员，和麻花比起来，同样是运输，这里条件要好得多，待遇也不错。哈拉汗大哥很健谈，作为为数不多、能说一口流利普通话的维吾尔族人，他也不忘向远方的客人介绍家乡的美好。他喜欢现在的工作，他说当和田和喀什还是靠戈壁滩上的一条石子路相连时，他就从事现在的工作，一直到新疆大部分地区都铺上了柏油路。从当初的跑一个来回要一星期到现在只需要三天。

离开沙漠公路入口，油罐车渐渐驶向沙漠深处。路两边的芦苇丛开始消失，远远地能看到微微泛黄的胡杨，这是我和阿雅第一次见到胡杨。在芦苇丛消失的地方，沙漠公路两侧出现宽约十米的柽柳带。这是人工栽种的固沙带，固沙带贯穿整个沙漠公路。每一排柽柳的根部都铺满了采用滴灌技术滴灌的输水管，输水管里的水来自分布在沙漠公路两侧的每隔五公里左右就有一个的水站。水站是集装箱式房屋，天蓝色的墙体和红色的屋顶。房屋一般有两个房间，一个是工作人员的起居室，一个就是水房，水房里是数百米深的深井和水泵，水泵将井里的地下水抽上地面分流进输水管中。

"沙漠里有野猪，还有狼，晚上没人愿意在这条路上开车。"哈拉汗大哥说。

听哈拉汗大哥这么说，我和阿雅都愣了。沙漠里不是什么都没有吗，哪来的野猪和狼。哈拉汗大哥说："现在少了，以前到处都是。什么野兔啊、野猪啊、野狼啊，多得很。"

"沙漠里不是什么都没有吗？狼吃什么？"我不解地问。

"沙漠里有河，有河的地方就有草，草有了，野兔野猪的就会来，狼就吃它们。"哈拉汗大哥说。

"现在还有吗？"阿雅继续问。

"现在有没有不知道，反正见不到了。附近村庄养了很多羊，有时候羊会被狼逮住，那些人见过狼的。"

"我们今天在公路入口看到羊，可是没见到人。"我说。

哈拉汗大哥喝了一口浓茶，说："羊都不用看的，它们会自己回去。这条路上还有鬼，晚上不敢跑。"

"咦?"我和阿雅都感到惊讶，这怎么可能!

"有的。"哈拉汗大哥继续说，"沙漠里有黄金，有很多宝藏，但是在哪里没有人知道。为了找宝藏，这里面来过很多人，但是都没找到，一些人因为风暴就死在了沙漠里，他们死后，也没停止对宝藏的寻找。到晚上的时候，这条路上全是鬼，没有人敢过。"

听到这里，我和阿雅不寒而栗。果然寻宝不是在沙漠里，就是在海洋里，但哈拉汗大哥是不是寻宝小说看多了。

"我就遇到过。"哈拉汗大哥说。

"啊?"我和阿雅的好奇心被哈拉汗大哥激起来了。

"嗯，那天晚上装满了油，天色已经很晚，但想到油已经装满，在油田过夜也是浪费时间，不如直接回喀什。就这样，我开车上了公路，朝民丰的方向走。天黑后风变得很大，一些沙穿过防护林来到公路上，公路灰蒙蒙一片。"哈拉汗大哥一边说一边小心地避让着路上出现的大坑，"就这样开着车在公路上行驶，突然在不远处的树丛里，看到一个白白的东西。我想在这样的地方，这么晚不至于有人在，应该是白色塑料袋或之类的东西被风吹得罩在了树上。我没有多想，油罐车装满了油，速度不快，我也能渐渐看清眼前的那个白色物体。就在距离白色物体大概十米的距离时，我断定那个白色的物体是个人，而且是个女人，头发被风吹起散乱着。"

听到这里，我的后背开始发凉，这不就是一般鬼片里才会出现的情节吗？这位大哥不会真碰上了吧!

"看到这里，我断定自己是碰到鬼了，我使劲儿踩下油门，正要冲过去，那女人突然跳到了路中间，双手张开要拦我的车，我闭上眼睛冲了过去。可车身一点儿反应也没有。后视镜里还能看到穿白色长袍的女子，隐隐约约听到女人说：'我的羊，我的羊。'我赶紧摇起两边的窗户，头也不回地沿着公路疾驰，一面开车，一面大叫。"

"你看清她的脸没?"我问哈拉汗大哥，虽然自己也很害怕知道。

"哎呀！不要！"阿雅显然不想听，此时的她正紧紧地攥着衣角，显然是被吓到了。

"唔，当时很紧张，没看清，只看到长长的头发和白色的长袍。"

"会不会是你的错觉。"

"错觉？不会的。"哈拉汗大哥摇摇头说。他坚信那天遇到了女鬼，从那以后，哈拉汗大哥一次也没跑过夜路。

到了安迪尔路口，大哥让我们下车。在这个路口，除了路牌、不远处的水站、路两侧十米宽的柽柳带和黄沙，什么也没有。阿雅走到路牌形成的阴影里乘凉，我则越过柽柳带走进沙漠，看一望无际的黄沙。柽柳带之间挂满了被风吹来的白色垃圾，沙漠上留下的一串串细小的脚印，看样子是蜥蜴或老鼠留下的。滴管在柽柳根部留下巴掌大的潮湿区域，其他被水淋过的地方，在沙的表面留下一层白白的盐。

我重新回到公路上，阿雅正无聊地用枝条在地上画着什么。一个工作人员模样的人骑着单车从我们面前走过，最后拐进了不远处的水站。不一会儿，路口出现一条黄色的小田园犬，篮球大小，看样子是被一只蝴蝶吸引，蹦蹦跳跳跑到马路中间，用前肢去拍打蝴蝶，甚是可爱。可看到我们的那一刻，小田园犬先是愣在马路中间，接着便是想起什么似的"汪汪"叫起来，一面叫一面往回跑，跑到水站路口，躲进柽柳丛中不见了。

狗是讨人喜欢的动物，正所谓"儿不嫌母丑，狗不嫌家贫"。在这里，狗和人都是孤独的，但和人迫于生计不同，狗是随主人到了这里的，只要有主人在，似乎什么都无所谓了，即使每天的娱乐，仅仅是调戏一下不知多久才会出现一次的蝴蝶。

塔克拉玛干奇缘

　　我对中石油的好感就是从那一刻开始的，在新疆，我和阿雅得到了中石油基层员工的无数次帮助。把我们从安迪尔乡路口送到塔中的是中石油的一辆工程车，这辆皮卡刚从油井回来。

　　塔中，顾名思义就是塔里木盆地的中心，是沙漠公路重要的补给站和停留点。这里有宾馆、有餐厅、有中石油塔中油田项目部和宿舍区，相当于塔中油田的生活区。由于地处人类活动区域，生活用水丰富，这里的怪柳长得很高很茂密，还有芦苇等其他植物。沙漠公路两边有移动基站，所以一路信号很好。到达塔中时，太阳已经西斜。塔中的宾馆我们看了个遍，不是太贵就是太差。这么的，我们没有停留的打算，就到不远处的检查站碰运气了。

　　在塔中检查站，我们遇到几辆自驾车，都是住在塔中的，出现在这里是跑出来拍沙漠中的日落，其余的车都是中国石油系统内的车辆，往返于各个油井。太阳落山时，我和阿雅失去了信心，检查站的工作人员从之前的五六个减少到了两个。其中一个说："据我的经验，太阳下山，这里就没有去轮南的车了，有车也走不远。"

　　我和阿雅决定放弃，这里条件不尽如人意，但也不是这一路上最差的地方。我背起背包，阿雅做着离开检查站的准备，这时驶来一辆大巴，看车身上的文字，属某矿业公司。大巴停到我面前，四十多座的大巴就三个人，此时都下车接受检查。在检查人员的询问中，我们听到对方要去库尔勒。我们顿时眼前一亮，阿雅提前进入搭讪模式，就等着对方朝我们走来。

检查完毕，两人上了车，司机在后面整理着手上的驾照和行驶证。阿雅朝着司机走过去，哀求司机搭我们一程。司机看了我一眼，说这是公家车，不拉外人。我说这么大的车，空着也是空着，能否顺路把我们捎上。司机说："你们先问问车上的两位，他们要是同意，我就拉。"我立刻跑到车前，还没等我开口，坐在门口的一名男子说："别问我们，开车的是他，他若同意，我们没意见。"显然，他们没有拉我们的打算，看着司机就要上车，检查站的一位检查员走了过来，对车内的男子说："就两个人，你们行个方便给带上吧，他们都在这儿等一天了。"

"就是就是。"我和阿雅附和道。

见此情形，坐在门口的男子没开口，司机上车后，说道："上车吧，我们只到轮南。"

我和阿雅心中窃喜，到库尔勒我们也不去啊！我们也只到轮南！

沙漠在太阳的余晖下还能看到些许轮廓，不一会儿，天空升起了繁星，一辆车在公路上疾驰。

我迷迷糊糊睡了过去，被阿雅叫醒时，我们已经到了轮南。我不知道我们身处轮南的什么位置，也不知道轮南的本来面貌，在漆黑的夜里，我只看到无处不在的停车场和修理厂，以及修理厂中间零散分布的餐厅和旅馆。

第二天一大早，匆匆吃过早饭，我们就决定走出轮南去搭车。离开住的地方，我们得以窥探周围的环境。我们住的地方离轮南镇还有一段距离，而距塔里木河大桥只有区区两公里，我们住在一个叫塔河的地方。

走出塔河，马路的一边是棉花厂，另一边是一望无际的棉花田。厂区堆积如山的棉花和轰鸣的机器声，显示此时正是采收棉花的时节。马路上不时驶过的装满棉花的拖拉机，像一朵掉在地上会行走的云。路边有一些捡棉花的人，一手拿着蛇皮口袋，一手捏着钳子，捡着洒落在地上的棉球。棉花田里的棉花较北疆要矮一些，株高到膝盖或膝盖朝上一点。走进棉花田里，我才看清棉花为什么要分好几次摘。棉花成熟前是一个个棉球，成熟后棉球打开，露出雪白的棉絮。就像一株辣椒上的辣椒成熟有早有晚一样，棉球成熟也有早有晚，等全部成熟再采摘不现实，所以只能成熟一部分，采收一部分。在棉花田里走走停停快一个钟头，我和阿雅又重新走回公路。今天的路程一百公里不到，和之前动辄四五百公里比起来，今天算是异常轻松，所以我们不着急，这条路上车很多。

毫无例外，这一次被我们"劫"下来的，还是一辆中石油的车。大哥姓葛，中石油工作服，红衣服，红裤子，还有红运动鞋，光头，个子和我相仿，但是身材相貌像极了香港影星欧阳震华。是我太能联想还是巧合太多。前一天的哈拉汗大哥像杰森·斯坦森还让我兴奋不已，今天又遇见一个"大明星"。

葛大哥的车厢里都是油桶，上车后，我忍不住问他："葛大哥，油桶里装的不会是柴油吧？"

葛大哥笑了笑，说："路边到处是加油站，装什么柴油啊！这里面装的是催化剂，脱硫用的，加到油井里，出油的品质就好。"

这个就比较专业了，但对于化学专业的我，听起来不算陌生。葛大哥很健谈，这一度让我产生错觉，觉得进出沙漠的人是不是都是话痨子，可能平时也没什么人说话。葛大哥是江苏人，来到新疆之前开过拖拉机，开过大卡车，创过业，也年少轻狂过，喜欢旅行，到处跑。现在在库尔勒娶了老婆安了家，游玩的机会少了，但一逮着机会就带着老婆孩子到处飞，这几年借工作之便带着老婆把新疆游了个遍，出疆太远，就只能飞来飞去了。按照葛大哥的说法：新疆太大，自驾的话，还没出省呢就得往回赶了！我和阿雅虽然对新疆不熟，但这几天的经历，让我们对葛大哥的话无比赞同。

上了葛大哥的车，往轮南方向行驶不到五公里，路两侧的成片胡杨林让阿雅和我激动得叫起来。我们一直以为错过了胡杨林，没想到胡杨林却误打误撞在这里出现。我们总以为胡杨林只在塔里木河沿岸存在，没想到这里也有。公路的右侧是围栏围起来的轮台塔里木原始胡杨森林公园，左侧是完全开放的胡杨林。从卡车上往两侧看，两边的胡杨林没有任何区别。此时的胡杨林正是黄绿相间、色彩最艳的时候。葛大哥把车开下公路，停到了公园门口，对我和阿雅说："走，去拍胡杨去。"

"葛大哥不赶时间吗?"我问。

"我什么时候到轮台都行，等你们玩爽了，我们再走。"葛大哥说。

听葛大哥这么一说，我和阿雅便欢呼雀跃起来，拿着相机跳下车，朝着金色的胡杨林跑去。

关于胡杨，有一种说法：胡杨生千年不死，死千年不倒，倒千年不朽，这从反映出胡杨坚忍不拔的特性。胡杨生长环境特殊，一般都为沙漠边缘地带或盐碱地，水资源极度匮乏，气候干旱。可以说，胡杨从发芽的那一刻开始就和恶劣的生存环境作斗争，生长极其缓慢，眼前二三十米高的树，都有百年以上的树龄。

胡杨树干干裂蓬松，裂缝沿着树干蔓延，表皮就像膨松剂加多了的面包，巴不得一阵风吹过就能将这层蓬松的表皮吹去，可当你用手去掰的时候才发现，这些摇摇欲坠的表皮牢牢地黏在树干上，并且坚硬无比。无一例外的，每一棵庞大的树干下，都撒落着一层厚厚的枯死的树枝，树干的枝丫部位像私密处的毛发般长满了纤细的、蓬乱的枯死树枝。这就是"选择性死亡"。有一种说法，胡杨在水分充沛的时节会努力生长，向下发展根须，向上发展枝叶。当遇到干旱的季节，水分不能满足自身需要时，就让一些枝叶死亡以保证水分供应。死亡的枝干在水分充沛的时节自然不会再活过来，但这样保证了胡杨在环境最恶劣的时候也能挺过去。因此，每一棵胡杨身上，无论植株大小，都挂满了"选择性死亡"留下的数量众多的枯死枝条，即便是现在看上去枝繁叶茂的胡杨，也因为这些过去的"伤痕"，让人不免怜惜起来。

踏上胡杨林间的盐碱地，就像走在一块酥脆的面包表面。干裂的土壤表皮在太阳的烘烤下高高翘起，硝石和盐碱是除了沙粒外最常见的地表物质。走上去噼里啪啦，还能弹起一阵灰尘来。死去的胡杨也是千姿百态，但无论怎么死去，它们都有一个共同的特征，那就是枝干扭得像麻花。就像人挣扎着死去，这些树想必也是挣扎着死去的吧。和人不同，它们可能挣扎了百年，才恋恋不舍地离开世间吧。如果继续说下去，这想必是一个让人伤感的故事。

胡杨林里气温比周围低一些，有胡杨的地方，距离水源不会太远，这里滋生了很多蚊虫。胡杨虽美丽，但里面的蚊虫却让人有些吃不消。才在树林里走了一会儿，手臂上就被蚊虫咬出一串儿大包，就连头皮都未能幸免。和胡杨一样，这里的蚊虫的生命力异常强劲，它们会落到脖子上，然后向上向下爬遍全身，让人防不胜防。钻进头发里的蚊子，在头皮上能咬出大包来。在胡杨林里走了一阵，我们三人便返回卡车。相比于我和阿雅的无法忍受，葛大哥显得意犹未尽。

一路往北，我和阿雅才意识到刚才看的只是轮南大片胡杨林中的边缘地带，真正的胡杨林还在前方，葛大哥是一个喜欢游玩的人，看到前面的景色，他也不想错过，何况今天捡到两个愿意和他一起玩的人，按照他的说法，这就是缘分，何不一次看个够。我们又一次停车，走进胡杨林。

葛大哥说到了轮南工业园请我们喝丸子汤，我和阿雅连连推辞，葛大哥倒说："我还没吃饭，到时候不能让你们看着我吃呀！"轮南工业园是塔里木石油勘探开发的物资集散地和交通要道，很多石油公司的勘探总部和工程总部都集中在这里。除了大公司的办公区，轮南工业园显得脏乱不堪，但工业园周围林立的钻井和频繁过往的工程车，让这里增添了不少神秘感。

离开胡杨林就是一望无际的沙漠，和塔克拉玛干沙漠腹地不同，这里没有高大的山丘，更多的是盐碱地和戈壁，还有远处不时出现的稀疏的胡杨。在到达轮南工业园前，我们经过了一片位于沙漠中的枯死的胡杨林，这里就是塔里木有名的胡杨坟场。这似乎验证了若干年前塔里木河流域曾经远达此地，或者说，塔里木河在改道前就从这里流过，由于塔里木河改道、河域面积萎缩，当初生长在河岸边的胡杨彻底失去了水分来源，最后全部枯死。看着戈壁灰蒙蒙的天空，这幅景象更加凄凉。

沙漠中的植被之所以能在如此恶劣的自然环境下生存，一个最重要的原因是：它们有发达的根系。在离开胡杨坟场前进的途中，公路两侧有一种看似侧柏的植物布满了整个戈壁，这种植物的枝干部分很细小，呈丛状分布，但是枝干下方是比枝干庞大得多的根系，狂风已经将根系周围的沙粒吹走，被根系固定的部分保留了下来。如果说冰山10%在水面以上，90%在水面以下，那么，这种情形用来形容眼前的植物也是非常恰当的。露出的根系几乎是头顶枝干的几十倍，甚至是数百倍。矗立在沙漠边缘的这些沙堆，就像一座座坟冢，头顶有一小撮绿色。看到这些高高的沙堆，我突然冒出一个想法：这些沙堆是如何形成的呢？我想到了两种可能：第一种可能，以前的沙漠平面和现在沙堆的高度持平，由于风的搬运作用，沙尘开始移动，但长有植被的地方，由于植被的固沙作用，植被下方的沙粒并没有被搬运走。久而久之，植物周边的沙被风掏蚀干净，并不断往下侵蚀，植物的根系开始暴露出来，由于根系的固定，根系周边的沙粒留了下来，最后形成眼前的景象，沙漠被整体削去了近两米。另一种可能，以前的沙漠平面就是现在的高度，一些植被在沙漠表面生长，由于风的搬运，植被用身体积累着飞向它们的沙尘，沙尘越堆越高，植被也跟着向上生长，长年累月如此，就成了今天的样子。第一种沙堆的形成是沙漠平面下降的结果，第二种则是沙堆依赖植被的生长和固沙作用形成。想来想去，我倒觉得第一种猜想靠谱得多，当然，也有可能两种都不对。

葛大哥带我们看了位于轮南的"西气东输"工程起点，门卫不让拍照，我们就远远地看了这个和"南水北调"齐名的工程奇迹。葛大哥的工作是轮班制，他和另一个同事共用一台车，往塔中油田送脱硫剂，一人一趟轮着来。葛大哥把我们送到轮台县城，他还要把车开回总部交给下一个同事，再赶回库尔勒的家中。我和阿雅刚安顿下来就接到葛大哥的电话，葛大哥说同事临时有事，明天还要到塔中一趟，如果我们没有安排，希望我们和他一起去，到塔中玩两天。我和阿雅觉得，虽然横穿了塔克拉玛干沙漠，但是真正的沙漠生活却没经历过，沙漠美景也没看够，这倒是一个不错的机会。我们二话没说答应了。

第二天，葛大哥装满了脱硫剂，开车到宾馆门口接我们。和爱玩的葛大哥在一起，让我们的沙漠之行确实让人印象深刻。虽然前一天已经拍过胡杨林，但是渐渐入秋的南疆，胡杨林是一天一个样，就这样，对着拍过一次的胡杨林，我们又肆无忌惮地拍照起来。除了前一天到过的地方，我们到塔里木河大桥时也停下车狂拍不止。一路上，葛大哥给我们讲着沙漠公路的历史、塔里木油田勘探的历史等等。看到路边的沙枣，他把车停到路边，带我和阿雅去摘。沙枣树是沙漠边缘常见的植物，十月中旬，正是沙枣成熟的时候。沙枣树高四五米，枣结得很密，树枝被压弯，沙枣大小和花生米相当。葛大哥说要是不小心吃坏肚子，只要嚼几粒沙枣就能好起来。说完，他就在一旁嚼起来。看着葛大哥很享受的样子，我也放几颗到嘴里，我想着新疆的枣应该都很甜，可没想到沙枣的口感比和田枣差很多。就像往嘴里塞进一把稻草，苦涩的同时，口腔里的水分像是突然全部蒸发，喉咙干得难受，根本无法下咽，眼泪不停地往外冒。阿雅看到此情景，笑着说："让你贪吃，这回中招了吧。"

到塔中后，葛大哥把我们带到了他们的营地。住宿区就像北京的四合院儿，一道大门进去，红砖房围成一个四方形，这样的布局，窗户朝里，能避开肆虐的风沙。院子里载着几棵白杨树和柳树。四合院儿的四个角落拴着四条狗。看到我和阿雅进去，便从地上翻起来叫个不停。葛大哥打开一道房门，我们跟在后面进去，这里并不是房间，而是沿着红砖房围成一圈的回廊，回廊外侧是有窗的墙面。这样做是为了挡住无处不在的沙尘，不让风沙直接吹进房间。葛大哥先带我们到了他的宿舍，宿舍是六人间，三个上下床。葛大哥让我们把东西暂时放在宿舍里，他带我们去个地方。

葛大哥带我们去的是距离住宿区不远的一处"禁区"。从住宿区出来，走上主道，主道两侧是茂密的芦苇和混杂在芦苇丛中的低矮白杨，晚风吹过，芦苇发出沙沙的声响，一群麻雀从一片芦苇丛飞向另一片芦苇丛。这里虽然地处沙漠腹地，但也算是一个颇具规模的人类聚集区，周边食堂剩下的剩菜残羹，成了这些麻雀最好的食物。有的麻雀会在芦苇丛中安家，有的把家安在废弃的油桶里或废旧机械设备集中处理区。在一个低洼区域中横七竖八地放满了集装箱，每个集装箱都用混凝土墩垫离地面约二十厘米。葛大哥说那是公寓，每个集装箱就是一个生活区，除了厨房和卧室，还能洗澡。那是工程师的待遇，一般人只能住宿舍。我看着隐藏在沙坑里的集装箱，想象不出这里面会有多舒适，要我选择，我宁愿住进集体宿舍。

沿着主道走了近五十米，前方有一个路障，葛大哥抬起路障，让我和阿雅通过。过了路障，主道水泥路面消失在前方的黄沙里，芦苇此时也到了尽头，眼前的景色重新被茫茫的沙漠取代。往右边看，沙漠中扬起的黄沙遮住了太阳，今天是沙尘天气，有风吹过能感觉到凉意。右边不远处是一个处理厂，损坏的或不用的工程零部件都堆放在了那里，其中不乏钻井平台和挖掘机，还有各式各样的油桶，锈迹斑斑地躺在沙漠中，葛大哥示意我们往左边走。

左边除了沙丘，什么也没有，倒是不远处有一块矗立的沙石，看样子又是某种标识。走上一个不大的缓坡，此行要看的东西终于出现在眼前——钢板跑道。据葛大哥介绍，这里是塔克拉玛干沙漠里唯一的机场跑道，由于沙漠松软，而且容易受到风力搬运的影响，沙层又厚，在沙漠上建机场几乎不可能，后来就采取了在表面铺设钢板的办法，直接用钢板铺设了这条跑道。跑道长 600 米，宽 20 米，共用了 10400 块预制钢板，在塔里木油田勘探和运送物资期间，这个机场起到了至关重要的作用。在 1995 年沙漠公路建成通车以前，几乎所有的勘探活动和物资运输都依赖于它。1998 年，南疆石油勘探公司租用飞机的合同到期，沙漠机场钢板跑道也就停止使用了。

葛大哥还有其他事，他示意我和阿雅可以再待会儿，回宿舍后可以去找他。葛大哥走后，我和阿雅在钢板跑道前溜达了一会儿，便走进了沙漠。沙漠的吸引力还是比钢板跑道要大一些。

沙漠很大，我们走出的每一步都有可能是人类在这里留下的第一步。沙丘很松软，我和阿雅便把鞋脱下拿在手上，光着脚丫走在沙丘上。太阳不够强烈，但被从早晒到晚的沙粒还是很烫脚，脚丫陷入沙中又特别凉爽。没有穿鞋的我们走在沙丘上如履平地，没多久就将塔中甩到身后。走沙地就像游泳，体力消耗得快。由于对沙漠感到新鲜，我们在沙丘上打滚、跑跳，玩得忘我，不仅没有感到体力消耗严重，就连太阳下山也没过多注意。看到夕阳把远处的沙丘染成了橘黄色，我们才意识到太阳快下山了。看着远处的塔中以及快下山的太阳，我们在犹豫要不要加把劲儿，爬上身后最高的沙丘，从那里看一次沙漠中的日落。最终好奇心占了上风，我们提着鞋往身后的沙丘爬去。

经常爬山的看官有没有这样的经历，当你看着眼前的山峰是周围所能见到的最高山峰时，往往爬上其顶端后会发现周围有更高的山峰出现，即所谓的"一山还比一山高"。我们的处境也是一样的，我和阿雅认为刚才看到的沙丘就是最高的，但费力爬到顶端时才发现，前方还有更大更雄伟的沙丘。当我们继续往更高的沙丘爬去的时候，太阳已经沉入了沙中，我们的视线变得越来越模糊。本来想爬上最高的沙丘看日落，没想到太阳完全沉入沙中，我们还在爬向"最高"沙丘的路上。

太阳下山后，还没等星星照亮沙漠，沙漠就已经被另一种人造光照得通明——燃烧的油井。要不是沙丘后照得通红的天空，我们还不知道后面就是油井。四周漆黑一片，除了远处塔中零星的灯光，就剩下沙丘后的神秘世界了。我看准塔中的方向，和阿雅商议着去看看晚上的油井是什么样子再返回塔中。阿雅同意后，我们就朝着火光的方向爬去了。

翻过一个沙丘，距离火光就更近一些，直到火苗从一个沙丘后时不时探出头来。在四周都漆黑的环境里，火焰就像一个温柔的太阳，借助火光，能看到很美的人物剪影。我和阿雅就在沙丘上拍起人物剪影来，借助火光拍完照，翻过刚才拍照的沙丘，就彻底地进入了油田所在的位置。油井和油田的规模不得而知，但从距离油井不远处的灯火通明的办公楼可以判断，油井的规模不小。燃烧尾气的铁塔不断地朝夜空吐着火舌，目所能及的区域内散落着数个燃烧的铁塔，就像插向夜空的火炬。

看到油井，那么就会有通往塔中的公路，从沙漠里返回塔中虽然不至于迷路，但是我们已经没有力气再去走松软的沙地了。我和阿雅穿上鞋，因为前方是用于固沙的稻草方格，赤脚走过肯定会扎到脚。我们借着铁塔的火光，沿着稻草方格走了一段就走到了柽柳丛的内侧。这里的柽柳丛长得密实，并且一人多高，我试图穿越了几次都未成功。我和阿雅只能沿着柽柳丛前进，希望能找到一处较为薄弱的地带，然后穿过去。

最终找到了一处，虽然被刮伤，但幸运的是我们终于回到了柏油马路上。柏油马路的尽头是熟悉的丁字路口，我们顺利地回到了塔中。到宿舍区时，葛大哥正和几个工友打麻将，对于沙漠里的生活，这算是不错的消遣方式了。

宿舍区的自来水是咸的，用这里的水漱口就像用食盐水漱口一样，和牙膏混合在一起，味道让人想吐。洗完脸后，脸部像是抹上了一层薄薄的蜡，紧绷绷的。第二天，葛大哥开着车，往分布在不同地方的油井送脱硫剂。我和阿雅又多了一次看塔克拉玛干沙漠落日的机会。中午吃过饭，买了水和零食，我和阿雅朝着沙漠进发了。整整一下午的时间，我们就坐在沙丘上等日落。因为无聊，我去掏蜥蜴的洞穴，光着脚和小蜥蜴赛跑。小蜥蜴跑得很快，但有身高优势、有更开阔视野的我，总是提前判断小蜥蜴可能的行走路线，然后抄近路去截住它。后来小蜥蜴不跑了，开始玩起伪装来，它静静地趴在沙丘表面，然后迅速地抖动身体，用四周的沙把身体盖住。最后，它还真的完全消失在沙漠中了。

今天没有遇到沙尘，天一直是蔚蓝的。只在地平线上有一层薄薄的雾，在太阳的余晖下，无数个起伏的沙丘在身后甩出长长的阴影，而沙丘向阳的一侧则闪着金光。

天刚亮，我们就起程回轮台了。这一次，在车里看到了沙漠中的日出。日出前，沙漠是寒冷的，我们是吐着白气上车的，可太阳升起没多久，我们就开始一件一件脱衣服。葛大哥今天要到一处水站见一个朋友，他答应那位朋友把他收集的废瓶子带到轮南卖掉，返回时再把钱给他。葛大哥的朋友是四川人，和我见到的大多数四川人能吃苦耐劳一样，这位四川大哥空闲时间喜欢搞点儿"副业"。因为两个水站之间的距离大概是五公里，为了保证自己的管理区域内树苗不被晒死，他们每天都要走路巡逻，要么骑自行车。就这样，四川大哥借助工作之便收集着路边见到的易拉罐儿和塑料瓶，这些都是旅行者或是路过的人留下的。从另一面看，正是因为有了像四川大哥这样的人，沙漠公路才不会像川藏公路、新藏公路一样被废弃的瓶瓶罐罐包围。葛大哥常年跑这段路，遇到水站的工作人员搭便车，葛大哥就会停下车捎他们一程，葛大哥和他的这位朋友是不是这样认识的我不知道，但十有八九是这样。

在四川大哥所在的水站，我们有幸近距离参观水站的布局。四川大哥所在的水站有三个房间，距离水站不远处，竖着几排巨大的太阳能电池板，沙漠里最不缺的就是阳光，有了这样的太阳能电池板，水站的电就不需要外界供给。水站的房间除了其他水站都有的水井房和起居室之外，还有一个配电室，这个十五平方米的配电室放满了整齐排列的电瓶，电瓶的输电线和外面的太阳能电池板相连。按照四川大哥的说法，从太阳一出来，这些电瓶就开始充电，电充满后，多余的电除了带动水泵抽水浇水，还供日常生活用。充满的电瓶提供晚上所需的电量，足够使用。四川大哥和我们一起上了车，他收集的废瓶子在不远处的工地。

四川大哥和我们聊天，当听到我们是背包客时，他和我们分享了这些年在沙漠公路看到的旅行者。四川大哥说每年都能见到很多外国人到这里骑车，也有徒步的，他自己也接待过这样的人。四川大哥说："我接待他们从来不收钱，虽然这一路有很多水站，但是其他人都不愿意提供方便，或者要很多钱。我倒觉得没必要，在沙漠里求助的人是真的需要帮助的人，吃能吃多少，睡一觉也不会有什么损失。"四川大哥说沙漠里的水不能喝，所以饮用水和吃的一星期送一次，有时候也会送鱼。有好吃的，四川大哥都会联系葛大哥，叫葛大哥上水站吃个便饭。

除了捡瓶子，四川大哥还会到沙漠腹地去找一种只有沙漠中才有的珍贵中药——肉苁蓉，也就是沙漠人参，他们都称这个东西为沙参。肉苁蓉是一种寄生在沙漠树木梭梭或是柽柳根部的一种寄生植物，是古地中海残留植物（古地中海是相对于现在的地中海而言的。在远古时代，中国新疆还沉浸在一片汪洋之中，这片海就是古地中海。后来由于地壳运动，古地中海逐渐退缩和消失，只剩下今天的地中海，亚洲内陆湖泊黑海、里海也是古地中海残留的一部分）。四川大哥送给葛大哥一棵不久前刚采集到的肉苁蓉，浅黄色，表面有鳞片，看上去像蛇的身体，但确确实实是植物。

返程的我们和进塔中时一样，走走停停，还去了一直没有近距离参观的胡杨坟场。因为遇到了葛大哥，我们的塔克拉玛干之行才能如此完美，这就是旅行带给我们的最意想不到的收获。

巴仑台的慈祥大叔

　　回到轮台后，对接下来的行程，我和阿雅陷入两难。前方的城市库尔勒是两条国道的交汇处。这一路上无论是住宿、吃饭、还是目的地，特别在西藏，我们几乎没有选择权。睡觉的地方就一两处，不住就没得住，不吃就没得吃，只要启程，除非往回走，要不然就是一条道走到黑，渐渐地，我们都习惯了这种按部就班的旅程。现在有了选择，我们反倒不知所措，像突然患上了选择障碍综合征。

　　在库尔勒选择不同的路线，会把我们带到不同的地方。沿314国道，我们的目的地指向了乌鲁木齐；沿218国道，我们的目的地就指向了伊宁。虽然季节不合时宜，但伊宁是我们想去的地方。看着手上的新疆交通旅游图，我们第一次对旅行的线路做了统筹研究。如果从库尔勒到乌鲁木齐，再从乌鲁木齐去伊宁，只是为了到伊宁肯定没问题，可到了伊宁后怎么安排呢，返回乌鲁木齐？选择原路返回是最经济的，从伊宁去最北边的喀纳斯会有部分路线重叠。对于旅行而言，最佳的旅行方案就是走最少的路看更多的风景，没有路线重叠才是最好的安排。显然，先到乌鲁木齐的方案被我们否决了，我们接着考虑218国道方向。在库尔勒选择218国道方向不仅能到达伊宁，沿途翻越天山，还能欣赏新疆最美的草原和森林，巩乃斯大草原、那拉提都在国道旁。这样到达伊宁后，沿连霍高速出伊犁河谷，到奎屯北上，目的地直指喀纳斯，返程选择216国道回乌鲁木齐。这样安排，不但能看到计划外的风景，路线也不重复，想去的地方一个没落下，真正做到了走最少的路看更多的风景。

解决了目的地问题，搭车的事又让我们陷入困惑。在国道和高速公路并存的情况下，搭车地点到底选在哪里好呢？选择高速公路，唯一的办法就是到收费站。选择国道，可有了高速谁还走国道呢，除非只到近郊或本地的车辆。搭车前对搭车方式感到如此困惑，在我不长的搭车经历里还是第一次。

抱着试一试的态度，我和阿雅走到轮台城郊挥手搭车。一般而言，在还有公交车出没的地段是不太可能搭上顺风车的，可那天偏偏碰上好运气，一个回库尔勒的大哥把我们捎上了。我们说要去和静县（距离库尔勒不远的县城，之所以说要去和静，是因为到了和静之后，基本上前进的路只有一条，只要往前走就能到达伊宁，有选择障碍的人最害怕看到眼前是错综复杂的路线），大哥说如果他去和静还能送我们一程，可惜只到库尔勒，不过他愿意帮忙，表示如果快一些，能赶上库尔勒到和静的末班车。这么的，我和阿雅就被这位"热情"的大哥莫名其妙地带到了库尔勒客运站。大哥走后，我和阿雅看着彼此苦笑，要是坚决一些在城郊下车，我们就不用自己走出去了。

库尔勒是新疆少有的国家园林城市，孔雀河穿城而过，因盛产香梨而被称为"梨城"。库尔勒香梨皮薄，脆甜多汁，可以直接当水喝，具有新疆优质水果的一切特质。库尔勒给我留下深刻印象的，就是一斤多一个的香梨了。但我们一心只想到和静。

打开电子地图走到城郊，迎接我们的已经是夕阳的余晖。好不容易在修理厂"劫"到的一辆富康，把我们带到了焉耆县。

"兵团农场和当地农场从远处能一眼认出来。"坐在副驾上的怀孕大嫂转过头来对我和阿雅说。

前一天到了焉耆，焉耆县就在博斯腾湖的边上，博斯腾湖是进入新疆以来距离我们最近的湖，也是中国最大的内陆淡水湖。到焉耆的时候已经天黑了，我们没了到湖边走走的念头，天亮第一件事就是赶路。走出城，来到与高速公路相交的省道，打算在那里搭车，后来被去和静走亲戚的一家人捎上。看到我和阿雅站在高架桥上，那辆桑塔纳缓缓地停到路边，开车的大哥走下车，阿雅上前打招呼。他们去和静，大哥愿意搭我们一段，走到车跟前，我们才看到车里坐着一位女性，已经有了身孕。看到我们拿着行李，嫂子面带笑容，打开车门坐到了前面。我们连连抱歉，给大哥大嫂添麻烦，大嫂倒是笑着说："举手之劳，没关系的。"

一路上我们和大哥大嫂分享旅途中的见闻，大哥笑着说："果然青春无敌，年轻就是好啊!"我说在大多数人看来，我们都是坏孩子，不工作，不挣钱，背着包到处跑也没想过要回家，大哥听完后说："每个年龄段都有最适合做的事，我不相信你们以后不工作、不赚钱。工作和赚钱什么时候开始都不迟，倒是这样的事，再不做这辈子就真的别想做了。"听大哥这么说，我们从心底里感到欣慰。大哥大嫂都是五六十年代内地支援新疆的老一辈援疆汉人的后代，现在算是土生土长的新疆人。他们和我们聊老一辈人的创业，新疆这几十年来的变化，在他们看来，日子总是越过越好的。看着车窗外平整的农田和成排的果树，嫂子讲到了兵团。

"怎么区分当地农场和兵团农场?"我问嫂子。

嫂子用手指了指窗外，说："你们只要看，如果眼前的田是平整的，田两边的果树和白杨也是整整齐齐栽种的，那肯定是兵团的农场。要是田里乱七八糟，东边种麦子，西边种向日葵，什么都是一点半点，田埂上的果树也是东一棵西一棵，不成规模的，那肯定是当地农场。"

"为什么?"阿雅问，这也是我的疑问。

"兵团的农场种什么，怎么种都是规划好的，如果规定今年这个农场种向日葵，那肯定一片都是向日葵，如果种麦子，那肯定一片都是麦子。老百姓不一样，他种什么全凭自己的需要，要么种向日葵，要么种麦子，要么一样种点都行。种果树也是，梨呀，苹果呀，核桃呀，老百姓都会种，也都种在一起，这不像兵团农场的规模化。"

"哦，我明白了，军队讲究的就是整齐划一，就像叠被子。"我说。

"你说的对，"嫂子笑着说，"他们不但叠被子，还把叠被子这一套用到了种田上。走路讲究整齐的步伐，种田也讲究整齐划一，如果能控制植株的高矮，他们巴不得让田里的麦子都长得一样高哩。"

嫂子刚说完，不大的车厢就被笑声装满。

"到了和静，还要去哪里？"沉默了一段时间后，开车的大哥问道。

"我们想继续北上，翻过天山去伊宁。"我说。

"啧啧，现在路不好走，山上下雪了，大巴都停了。"大哥说。

"我们到和静碰碰运气，能走就走，实在不行，我们就不去冒这个险了。"阿雅说。

"你们来的季节不对，现在到新疆，最好玩的是南疆，北疆的旅游季节已经过了。像喀纳斯，十一后景区就关了，最美的季节已经过去是其次，最主要的还是下雪，开始封山了。"嫂子在一旁感叹道，她也认为这个时候去伊宁不是很好的选择，离开伊宁去喀纳斯更是不可取的安排。

"我们知道九月底十月初是北疆最美的时候，可那会儿我们还在西藏呢，从西藏出来就一直在南疆，当时就只能这么安排。现在不容易到了这里，觉得北疆不去看看也算是遗憾。所以无论怎么说都想去。即使不是最美的时候，那欣赏不一样的北疆也是不错的选择啊。"我说。

"你说的也对，在你们看来，经历才是最主要的，这样的经历让人羡慕。"嫂子说。

"嗯，其实景色也很重要，有好景色看，谁还看不好的呀！"听完阿雅的这番话，不大的车厢又被笑声塞满了。

到了和静，大哥打开后备箱，硬是给我和阿雅塞了两个大苹果，说别的忙帮不上，希望两个苹果能帮我们在路上解解渴。顿时，我们都不知道说什么好，只能祈福好人一生平安。

我们到和静吃了几个羊肉包子便匆匆上路了。到新疆，包子是羊肉的，饺子是羊肉的，拌面是羊肉的，拉面是羊肉的，手抓饭是羊肉的，烤串是羊肉的，麻辣烫是羊肉的，我都吃了半个多月羊肉了，想换换别的口味儿，可没什么可换的。

　　离开和静，就正儿八经地走上了 218 国道，没有省道纠缠，更没有高速纠缠，眼前进入天山只有这条路。南疆也有放牧，但北疆才是新疆的大牧场，北疆的牛羊通过眼前的 218 国道和独库公路源源不断地运往喀什和南疆的其他地方。眼前就是南疆和北疆的天然分界线——天山山脉，眼前的天山还是寸草不生，如果对《西游记》中火焰山的场景有印象，那么眼前的山脉就和火焰山相差无几，就像湖面在太阳的照射下升起一团水雾，石头山在强劲的西风下升起一团沙尘，眼前的天空灰蒙蒙一片，这里不仅能看到沙尘暴，还能看到沙尘暴的"发育"过程。

　　本以为出发的早，搭车会容易一些，没想到整个中午就在路边的沟渠边度过，多亏搭我们到和静的大哥给的两个苹果帮了很大的忙。近两个小时的等待，我渐渐失去了信心，车很少，愿意停下的更是一辆没有。如果就这样留在了和静，我不知道第二天还有没有勇气重新站回到这条马路上。

　　一辆白色的小型卡车缓缓地朝我们驶来，在地上坐了很久，现在终于有了起身的理由。阿雅朝卡车招手，卡车喘着粗气慢慢地靠向路边，看此情形，应该是停车的节奏，我赶紧收拾脚边的行李，没想卡车和我擦肩而过，并没有停下，而是继续往前，卡车离开后，留下一股羊的粪便味儿。白色卡车不大的车厢用铁栏杆隔成了上中下三层，是一辆拉羊的车。卡车还是缓慢的速度，继续贴着路基行驶，最后稳稳地停在了十米远的地方，我朝卡车看了一眼，如果是愿意搭我们的车，那样的速度不至于需要那么长的刹车距离，在我们面前就能停下，想必是临时停车也说不定。我没多想，把包放在地上，打算继续发呆晒太阳，阿雅则把目光转向那辆莫名其妙停下的卡车。没过多久，车上走下来一位老人，花白的胡子，七十岁上下，老人朝我们招手，阿雅喜出望外，我弄不明白怎么回事，提起背包，机械地跟在阿雅身后朝着卡车跑去。

　　"大叔，您到那拉提吗？"阿雅礼貌地说。

　　大叔把头上的帽子攥在手里，抓了抓花白的头发，又把帽子戴回去，摇摇头，说："巴仑台。"

　　"嗯？"阿雅没听清楚大叔的话。

　　"回家，巴仑台。"大叔又说了一遍。

之前计划线路看地图时，我对巴仑台有印象，巴仑台是和静前方的一个小镇，大叔的意思是他不到那拉提，他回家，只到巴仑台。我急忙对大叔说："我们也到巴仑台，大叔能捎我们一程吗？"

"嗯。"大叔点点头，回到了驾驶室。阿雅不知道怎么回事，一脸莫名其妙地傻站着不动，我推了推她的肩膀，示意她上车再说。

大叔打开后座的车门，取出后座上的一个竹篓和一些编织袋，扔到了后面的车厢里。此时，我们看见前排坐着一位大妈，看样子是一对夫妻。后排座位除了大叔扔到后面的竹篓和编织袋，还有一台老式的长虹彩色电视机，屏幕朝下倒扣在座位上，大叔往一侧拽着电视机，想把此时放在中间的电视机往边上挪，我对大叔说这样就可以，我们可以把背包放到后面的货厢里。大叔摇摇头，说后面很脏。座位上放着的应该是大叔大妈的午餐（也有可能是晚餐），简单的几个馒头和一袋固液混合物，看不清楚是什么，此时被坐在前面的大妈收到了怀里。大叔收拾好后座，示意我们上车，我和阿雅才万分感激地坐上车。

大叔发动了汽车，汽车全身颤抖了一下，颤颤巍巍地重新驶上公路。大叔车开得不快，可车还是各种声音响个不停。我想通过后视镜看一眼老人慈祥的脸，这才发现货车没有后视镜。大叔不太会说汉语，大妈则一路没开口说过话，他们安静地坐在前面，我们安静地坐在后面，一句话没说。我看着身边积满灰尘的彩色电视机，在想这是大叔买的还是带去维修的。

安静的氛围被一阵电话铃声打破，大叔拿出用好几层塑料袋包好的手机。接下来，大叔和大妈开始大声地说着什么，我们听不懂维吾尔语，只能从两位老人的表情判断发生了什么。大妈好像很不高兴，大叔也不示弱，这看上去像是一场争吵。我不知道这场争吵和我们有没有关系，但看到这样的场面，我也会觉得我们难辞其咎。不知道发生什么的我们，唯一能做的，就是静静地坐在后面，什么也不说。这种感觉让人很不好受。我忍不住想，没有我们，这场争吵是不是就不会发生。过了一会儿，争吵停止了，大叔给手机充上电，又给大妈整了整衣领。我望向窗外，游了半个月的沙漠戈壁，现在又回到了山里，眼前的山上草木不生，光秃秃一片，给人一种置身于青藏高原的错觉。

到了巴仑台，大叔把车停到路边。从开始停车到车最终停下，我们开出了近十米，这一路上，大叔的时速没超过四十码。大叔用微笑送我们下车，我们对大叔大妈的帮助表示感谢。

巴仑台很小，没走几步就出了镇子。从和静一路伴随着我们前进的铁路在这里拐了一个弯，完全和国道分开了。在公路与铁路交叉的铁路桥旁，有一个石头雕刻的马头雕像，上面刻着的少数民族文字不同于维吾尔文，看上去更像蒙古文。结合巴仑台所处的位置，我最终确定这就是蒙古文。相对于南疆，北疆是一个多民族融合的地方，随着旅行向北疆深入，越来越多的不同民族进入了我们的视野。

我们继续在路边等车，没想到又遇到了捎我们的大叔大妈。大叔说他们只到巴仑台，我和阿雅以为他们到了目的地，没想到还会再一次遇见。大叔又一次将车停在距离我们十米远的地方，大叔把头伸出窗外，朝我们招手喊话，让我们上车，我们自然不会再给大叔大妈添麻烦，更何况他们不可能走很远。我和阿雅朝大叔招手，告诉他我们不再赶路了。大叔重新启动卡车，车身抖了抖，在身后留下一缕浮尘。

要说幸运，我们今天也算超级幸运。焉耆县到那拉提全程约 320 公里，和南疆一天就能走 500 多公里不同，这里需要翻越天山，山路险峻，加上雨雪，路面结冰，车速跟不上。当决定一天从焉耆赶到那拉提时，我们都觉得这样的计划不靠谱，抱着试一试的态度，不行就到巴仑台留宿。巴仑台是我们计划中预留的住宿点，虽然到巴仑台的那一刻就已经对其失去了信心，但是不得已只能接受。没想到下午六点之后，在巴仑台成功拦下了一辆大卡车。这辆卡车从西藏回来。

开车的两位大哥，其中一位躺在座位后的床上，露出半个脑袋。虽说是大卡车，可开车的大哥却开得飞快，他们今晚要赶回新源县。巴仑台镇到新源县有310 公里，他们要在夜里十二点之前赶到，大哥以八十码的速度前进。对于大卡车而言，八十码已经是很快的速度了，加上路面颠簸，我和阿雅一次次被抛到半空，然后重重地落回到座位上，看到如此情景，开车的大哥哈哈大笑起来。

"走新藏线的时候，你们高反没有?"听说我们也是从新藏线来的新疆，开车的大哥便问。

"在西藏待的时间久了，走新藏倒是没什么感觉了。"我说。

"嗯，我们新疆人受不了。"大哥叹息一声，说道，"很多人第一次上山都会高反，我第一次上山的时候是别人带着去的，一个人不敢去。"他指了指躺在床上的另一个男子，"他，第一次去，离开叶城的第一天就吐，头疼，到噶尔歇了两天我们才走的，要不然，他的状态，我们不敢走。"此时，身后的男子咧着嘴笑了笑，又把脸藏进了被子里。

卡车在盘山公路上行驶，天气由原来的晴空万里变成了乌云密布，接着零星的雨点开始掉下来。等翻过一个无名山口时，就彻底变成雨天了。这是进入新疆以来，我们遇到的第一场雨。山岗上出现斑驳的残雪，说明不久前这里下过雪。翻过几个山岗，石头山开始消失，渐渐地，山上有植被出现，最终，整齐的森林出现在眼前，这是 50 天来我第一次重新见到森林。我像一个第一次见到森林的孩子，抑制不住心中的喜悦。当卡车驶入巩乃斯国家森林公园管辖区，我更是被眼前成片的森林惊得说不出话来，想象不到新疆会有如此大规模的森林。

在一处下坡路上，开车的大哥突然减速，这才把我的注意力从两边茂密的森林里拽回来。眼前的公路上散落着十几头绵羊的尸体，没有一具尸体是完整的。一些尸体在路中间，大多数尸体在水沟里。从山上凌乱的脚印可以判断，这些羊应该是下山途中被路过的车碾死的。内脏已经被乌鸦和其他大鸟掏食干净，剩下羊的躯壳。看到如此惨景，我开始同情死去的绵羊和羊的主人来。

到了 218 国道与独库公路的交会处，我们决定停下来吃晚饭。这里是一个补给点，两条公路上的卡车司机会在这里吃便饭。几间木板搭建起来的简单房屋是这个山洼里唯一的休息地，此时，天空下起了雨夹雪。南疆火辣辣的太阳似乎在一天时间里离我们而去，再也回不来了。整个天空是粉色，森林也被染成了浅粉色，何至于这样，我不得而知。我站在门外的火炉旁，一面等着自己的简单的炒饭，一面看着这一切。

那拉提是一个旅游小镇，我们赶到时，天已经全黑。大哥把我们放在陌生的街道，继续朝着新源驶去。整条街除了餐厅和宾馆，我们看不到别的商店。对于不需要买什么东西而只想找个地方睡觉的我们来说，这样再好不过。

淡季的那拉提，很多外地人开的宾馆和餐厅都已关门，还在营业的价格也回归到了正常水平。在那拉提的两天，我们住着旺季四五百的房间，吃着旺季四五百的饭菜，这是我们的意外收获。如果说南疆的火热让我们彻底忘记了冬天的存在，那么天山山麓里的寒风、宾馆里的暖气，让我们感觉到了冬天。更巧的是，第二天天亮时，我们被眼前的一切惊呆了：那拉提下雪了！

下雪还用继续赶路吗？答案是否定的，好不容易天公作美，这样的机会专程赶来的人都不一定遇得上，我们遇上了，何不顺水推舟。我们买了帽子和手套，进入冬天模式，游览冬天的那拉提。

那拉提景区十一黄金周过后就不再收取门票了。除了高端大气上档次的那拉提游客服务中心，检票口设在路边的小亭子里，亭子外有路障，检票过车过人。景区关闭，只消撤去路障就恢复了正常的道路，这时自然是随便进出。关闭了的景区什么人都可以进入，加之里面还有居民，放牧的人也不少，融化的雪水掺杂着动物粪便，让道路看上去很不讨人喜欢。但离开主路，走进草场和河边，眼前的景色还是相当迷人。特别是叶子还未完全落光的杨树，雪白的地面，下山的羊群，这些事物同时出现在眼前，一片绝妙的景色就形成了。远处洁白的群山覆盖着一层薄薄的水雾，偶尔一群鸽子飞过，让人感觉行走在水墨画中。

在一块没人践踏过的雪地里，我和阿雅堆起了雪人，我已记不清上一次堆雪人是什么时候了。我们把脚边和周围能收集到的雪都收集起来。先用手捏一个拳头大小的雪团，然后将雪团放在雪地里推着滚起来，雪团越滚越大。接着将滚起来的雪团逐一堆起来做成身体，再在身体上放上一个雪团做脑袋，雪团之间的缝隙用雪填满，再用手削出一个较为优美的人形来，最后装上几粒石头，雪人就做好了。说实话，雪人做得不尽如人意，但已经是我们能发挥的最高水平了。想不到在堆雪人的过程中，我们倒成了摄影师的拍摄对象。正所谓"你站在桥上看风景，看风景人在楼上看你"！

太阳没进山里了，骑马的牧羊人赶着牛羊回家，马蹄声和牧羊人的吆喝声在原野里回荡，茂密的树林背后，青烟从屋顶的烟囱里吐出，朝着远处的山野飘去。

吐尔根乡畜牧市场的交易

那拉提镇坐落在巩乃斯河河谷中，巩乃斯河从城南流过，将那拉提镇和那拉提山分开，218 国道在巩乃斯河谷中一路向西。昨日的降雪持续到中午，然后天气转阴，到了晚上就完全放晴了。一早，我们站在那拉提的街道上，看着街道两旁房檐上的雪水滴答落在墙角的地面上，溅起一朵朵泥花。一些向阳的房子已经露出蓝色或红色的屋顶，薄薄的水雾从地面和屋顶升起。穿城而过的 218 国道是连通南疆北疆的交通要道，来往的车辆早已将路面上的积雪碾到路两侧的水沟里去了，露出黝黑的冒着水汽的柏油路面。

我和阿雅沿着 218 国道朝新源的方向走去。旅游季节已过，路上为数不多的小客车都是当地的短途车，作为旅游集散地而非物资集散地的那拉提，此时定不是往返于南北疆之间的卡车出现的时候，反倒是 50 公里外的那拉提机场成了我们的希望。218 国道在阿热勒托别镇与机场路相交，去机场接人送人的车成了我们的考虑对象，话是这么说，可期待中的车还是没有出现。

深秋时节，道路两侧笔直的墨绿杨树开始泛黄，十点刚过，路上已经看不见昨日的积雪，只在路基下的水沟里和树根旁残留着薄薄的一层，当然，河谷两侧的高大山岗还是白茫茫一片，在山腰和山顶升起了一团团白色的雾。天空碧蓝如洗，蓝得和公路指示牌的底板一样，眯着眼睛看太阳，阳光尖锐得像麦芒，扎向眼球的同时，在眼角留下炙热的温度。

在阿热勒托别镇到那拉提机场的岔路口，我们遇上了到吐尔根乡买羊的维吾尔族小哥，阿雅拦下这辆银白色的车厢隔成上下三层的轻卡时，我正蹲在那拉提机场路牌下的石头堆里，翻捡着可能出现的漂亮石头。可能是赶时间，也可能是对突如其来的招手措手不及，银白色皮卡迅速从我们身边驶过留下一股浓浓的汽车尾气后，在前方约二十米的地方停下，一会儿，从驾驶室走下一位身材矮小、皮肤黝黑、戴着一顶维吾尔族特色小花帽的年轻小伙。他先是张望，然后朝我和阿雅吼着说是不是想搭车，我和阿雅见状，自不用多说，阿雅上前去和小哥打招呼，我在后面抓起一直放在路牌下的背包，朝卡车跑去。

维吾尔族小哥一身的混搭让我入迷：深蓝色的衬衣外是一件黑色的皮衣，皮衣看上去算不上陈旧，但衣领和袖口已经沾满汗渍，一条干瘦的黑色皮带随意地缠在腰间，将一条相对小哥来说过于肥大的棕黄色西裤固定在腰上，脚下黑色皮鞋倒是被擦拭得一尘不染。

我们走到跟前时，倒是维吾尔族小哥先开了口："我到前面，你们去哪儿？"小哥笑嘻嘻眯着眼睛看着我和阿雅。

"我们也到前面。"我说。

"上车吧。"说着，维吾尔族小哥打开后面车门，将后座上的一个胀鼓鼓的旅行包放到副驾，并将散乱在座位下方的几把干草收拾好，用毛巾拍打着残留有几滴油滴的座位罩子，回过头来笑嘻嘻地说："不好意思，拉羊的车，多少有点味道，一个人也没怎么收拾。"

我和阿雅跟着小哥上了车。一路上，维吾尔族小哥津津有味地听我们讲路上的见闻，不时发出惊叹声。阿热勒托别镇到吐尔根乡不远，半个小时就到了，距离国道不远处是畜牧交易市场。维吾尔族小哥意犹未尽，他说自己以前从来没有搭过人，第一次搭人就碰上两个可爱的人，他邀请我们一定要到他刚建好的房子里看看，要做饭给我们吃，我们自是感激涕零，但今天无论如何都想赶到伊宁市，所以婉拒了维吾尔族小哥的热情邀请。维吾尔族小哥把我和阿雅直接带到了吐尔根客运站，交代说这里有到新源县的客车，如果实在要走，没有搭上车就乘坐最后一班客车到新源县留宿，从那里到伊宁要方便得多。

不算大的吐尔根客运站，除了门口蹲坐着几位老人，再无他人。候车厅和售票厅是一座浅粉色的一层小楼，楼前是一条长廊，长廊上每隔几米有一套五人座的红色塑料座椅供候车的人使用，不大的院子里，除了长廊的尽头停放着一辆摩托车外，看不到一辆客车。车站和国道之间是两米多高的铁栅栏，栅栏上爬满了爬山虎，爬山虎已经红透，在阳光的照射下显得更加诱人。远处，湛蓝的天空和雪白的山脉间，飞过一群大雁。客运站外，不远处的国道两侧是密实的白杨林，两个学生模样的年轻人正在用水平仪测量着什么。

在客运站等了快一个钟头，搭车毫无进展，我让阿雅先到客运站里休息，我想到畜牧交易市场看看。

畜牧交易市场离客运站不远，我离开客运站后朝那拉提方向走一段路，下了国道，就看到一大片平整的土院子，土院子后方有一个土山包，是人工的还是天然形成的不得而知，土山包从山顶沿着两侧山脊下来是一人多高的土墙，土墙从山顶一直围到山脚，把里侧的山坡围成一个半圆，像从蒙古包上切下的一块儿。土墙内侧的山坡被分成不同的平台，像一层层垒起的蛋糕，土墙下方是一条土路，每一个平台的出入口和土墙下方的土路相连。平台由下到上逐层减小，到山顶时只有不大的一块儿，每一个平台上都零散地站满了人和牲畜。虽然每一个平台上的牲畜并不单一，但从数量上可以判断，下层的交易台面以羊为主，上层的交易台面以大型的牲畜如马、牛为主。它们被拴在木桩上，木桩周围零散地放着一些草料。畜牧交易市场的大土院子和最下面的两个交易平台上，停满了大大小小的卡车和马车。前一天的雨雪，加上牲畜的排泄物，让整个交易市场浸泡在一片泥泞中，空气中充斥着浓浓的氨水味儿和草料的腐败味。熙熙攘攘的人你来我往，像是某种选秀场地。穿梭在马、牛、羊之间，不远处，我看到搭我们到吐尔根乡的维吾尔族小哥，他正在一辆马车旁和一个花白胡子老人争吵着什么。我走了过去。

维吾尔族小哥蹲在地上，大声地和花白胡子老人用维吾尔语聊着什么，只见花白胡子老人蹲在地上，抽着旱烟，不时地摇头。身后不大的马车车帮上，用白色的细绳拴着几只白色的羊，一些羊站着，还有一些羊则躲进马车下的阴影里。此时，一些不明就里观众开始聚集到这边来，他们有的是微笑的脸，有的是微风吹不起半点漪涟的脸，或抱着手，或叉着腰，或走累了似地蹲在一旁，嗑着瓜子，嚼着干草，看这场交易如何收场。

随着聊天的深入（我自是听不懂维吾尔语，只能从谈话的轻重缓急来判断事态的进展），花胡子老人不时地看向身后的羊，最后，维吾尔族小哥起身，径直走向自己的轻卡，回来时，手上抱着几捆干枯的草料，丢到羊的面前，几只羊先是受到惊吓朝后躲了几步，之后走向前来抢食地上的干草。在此过程中，维吾尔族小哥又和花胡子老人细声细语地说了几句，说完，维吾尔族小哥脱下黑色皮衣，蹲在花胡子老人的前面，抓起老人的手，盖上黑色皮衣。为何如此，我不得而知。只见黑色皮衣里两只手在不停地翻动，花胡子老人一摇头，皮衣里面的手又翻动几次，如此一来二去，最终，花胡子老人点了点头，维吾尔族小哥如释重负，弯着腰站起，脸上露出满意的笑容，此时花胡子老人也起身，将拴在车帮上的几只羊解开，牵着走向维吾尔族小哥的轻卡，维吾尔族小哥的轻卡里已经有几只羊在等候。交易有惊无险地完成后，刚才聚在一起的众人又起身，踱步到别的地方去了。

接到阿雅打来的电话时，我正打算和维吾尔族小哥打招呼，阿雅拦下了一辆警车，开车的是一个回新源县办案的警察。警察叫海纳，年龄和我们相仿，除了没戴帽子，一身都是警察的装束。这一路没问我们从哪里来、要到哪里去、要去干什么，只在我们上车时问了一句："我到新源，你们到哪里？"他似乎对我们不感兴趣，对我们的问题也是简单地嗯嗯啊啊作答，好像我们才是这辆车的主人，他一路没怎么说话，告诉了我们名字和身份后，就一直默默地开着车。快到新源时，海纳像突然想起什么似的，问我们安顿好没有？我和阿雅面面相觑，说如果时间不算晚，想再往前走一走，能到伊宁更好。听我们这么一说，海纳大哥便说道："晚上别走了，在新源住一晚！一起吃饭！"我们正要拒绝，海纳大哥就拨通了电话，挂完电话，头也没回地对身后的我们说："宾馆我订好了，我带你们去吃饭。"我和阿雅不知如何是好，要是以往，遇到如此情况，我们无论如何都会和车主"讨价还价"一番，可面对这位海纳大哥，我们却没有胆量和他争论半句，他的气场很奇怪。

到了新源县，海纳大哥将车开到一家火锅店门口，见有客人来，个子不高的老板娘就迎过来和海纳大哥打招呼，并用眼神扫了扫站在一旁的我和阿雅，我们回以微笑，看得出他们认识。老板娘把我们带到一张不大的方桌前让我们自便，海纳大哥在橱窗前点着菜。阿雅朝我使了使眼色，问我怎么办。我说："既然这样，我们就请大哥吃顿饭，一会儿你和他说说话，我去结账。"阿雅同意。不一会儿，海纳大哥过来了，在我的正对面坐下，他把车钥匙和手铐放在桌的一角，朝我和阿雅微微一笑，说："账我结过了。"这让我和阿雅有些尴尬，只能一面微笑，一面点头对海纳大哥表示感谢。

火锅和菜都上齐了，我们等着海纳大哥先动筷子，海纳大哥却一直看着我和阿雅，像在看两只不明生物，见我们一直未动，他才轻声说道："哦，是这样，我出发前吃过了，这餐是请你们的。"我和阿雅惊讶得说不出话来。在一种奇怪的气氛中，我们结束了晚餐。海纳大哥把我们送到预订的宾馆，说："明天直接走就行，钱我已经付过了。"听到这话，我和阿雅都不淡定了，我问海纳大哥吃饭住宿多少钱，我们自己支付，搭车的事已经很感谢了。海纳大哥坚决不要。后来我们想退而求其次，宾馆的钱怎么都要给他，不料海纳大哥用强硬的口吻说道："我说不用就是不用！我停下车拉你们，理所当然要把你们安顿好，要么我就不拉！别再提钱的事，再提我生气了！"见状，我和阿雅都惊呆了，不敢再说半句。

临走前，海纳大哥要走了我的电话，并把他的电话给了我，交代遇到事可随时打电话找他，说完就开着黑色桑塔纳走了。回到房间，我和阿雅惊魂未定，阿雅一直问我这里面会不会有诈？会不会遇到坏人？我只能回答不清楚，遇上这样的事我也是头一遭，吃饭时，放在桌角的手铐在我脑海里一直挥之不去，脑袋里乱作一团。我一直想，夜里的某一时刻，海纳大哥会不会打电话给我，如此这般等着，终于在东方泛起鱼肚白时迷迷糊糊睡着了。

第二天很平静，没有等来海纳大哥的电话，也没有等来海纳大哥的短信，我和阿雅走上恰普河大桥，随一辆回家的重卡到了塔勒德镇，并在那里上了一辆经巩留县回伊宁的小轿车。一路上，阿雅有一句没一句地和开车的老大哥聊着一路见闻，而我则陷在后面的座位里打起盹儿来，当不时被车内的笑声惊醒时，我就把视线转向窗外，窗外是不间断的渐黄或全黄的白杨林。

　　往西，北面的阿吾拉勒山渐行渐远，南面的乌孙山逐渐南斜。眼前的伊犁河谷渐渐宽阔，只剩下雪峰在遥远的南北两侧连绵，我们也到了伊犁哈萨克自治州首府——伊宁市。

伊犁河畔的午后

　　伊宁位于"喇叭口"朝西的伊犁河谷，曾经西域的中心地带。我和阿雅到伊宁只是单纯地想当一天普通市民，感受一下伊宁人民的简单生活，这么的，到伊宁的第二天，我们吃过手抓饭，买了零食、无花果、石榴和苹果，接着想去伊犁河边看看。

　　在城郊一处离河岸不远的公交站，我和阿雅下了车。我们沿着几乎没有车辆经过的宽阔马路走了一段后，从一个豁口走上了一条被小型车辆碾压得结结实实的土路。土路两侧是杨树林，阳光在杨树林里留下斑驳的树影。一些树叶变成棕黄，但整体上看，树还是墨绿色的模样，微风吹过，杨树发出沙沙的响声，接着像抖掉身上的灰尘一般，从身上抖下几片枯黄的树叶。土路在通往伊犁河岸的方向上毫无预兆地拐进了一个像是废弃厂房的场所，四周很安静，隐隐约约能听到有人说话的声音，我和阿雅决定上前探个究竟。越往前走，声音越大，并不时传来电锯的声音，渐渐地，看到散落在土路上的树枝和树干。再往前走时，终于看到两个正在伐树的工人，一位穿天蓝色上衣和天蓝色麻布裤子的年轻人正单膝跪在地上，用手抱着横搭在路上的白杨，另一位穿红色上衣、牛仔裤、头戴一顶维吾尔族帽子的小伙子双手抱着油锯，正在给树干清理树枝。看到我和阿雅过去，他们停下手上的工作，蓝色上衣的小伙子起身，拍了拍膝盖上的尘土，看着我们的装束，露出一副"何至于到这种地方来"的表情。我示意阿雅停下，我小跑般来到两位小伙子身边，询问伊犁河边怎么走。两个小伙子还是一副"何至于到这种地方来"的表情，不说话，我稍做镇定，露出一副"我也不想到这种地方来"的神情，说我们只是想到河边，不知不觉就走到这里迷了路。两个小伙子的表情如释重负般舒展开来。红色上衣的小伙子把油锯放在一边，用搭在脖子上的毛巾擦了擦手上黑黝黝的机油，然后转身指着土路的方向说道："从这里过去，一直往前走，一会儿会看到一道铁栅栏，沿着铁栅栏再往前走一段有个铁门，进去是游乐城，穿过游乐城就是河边了。"我在脑子里记录着小伙子所说的每一个关键节点，谢过两位伐木的小伙子，我和阿雅缓慢通过他们的区域，当我们穿过几根横在土路上的树干、几堆码放在树桩旁的枯枝败叶、一辆车厢四角插有四根木棍的拖拉机后，再往回看时，只见两个伐木的小伙子还在看着我们，脸上又挂着一副"何至于到这种地方来"的表情。

按照红色上衣小哥的指引，我和阿雅终于在延绵不绝的铁栅栏上看到一处未上锁的铁门，而他所说的游乐城其实是一个废弃的场所。从铁门进去，再穿过几棵白杨，就来到一片开阔地带，开阔地带的水泥地由于长时间没人料理，在反反复复的雨水浇灌和太阳暴晒下，已经结了一层厚厚的苔藓，此时，黑褐色的苔藓像沥青毡一样裂开翘起，破损和有裂缝的水泥地上长满了高高的野草。通过这片开阔地，沿着一条红砖铺就的小径，我们来到一个类似水上乐园的项目前，水池中的水已经干涸，露出蓝白相间的马赛克瓷砖。水池两边长满了已经发黄的野草，红砖铺成的小径两侧，几张破旧的塑料座椅深深地掩埋在高高的枯草中。绕过水上乐园，能看到远处尚未完工的过山车。在过山车和水上乐园中间，是两根高耸的照明灯塔，灯塔下方是圆顶的旋转木马亭和旋转飞车亭，旋转木马亭除了几只依然立在杆子上的污迹斑斑的木马外，其余的木马要么扭曲地瘫在旋转平台上，要么身首异处地散落在旋转木马亭周围，旋转木马亭外围的围栏上爬满了藤蔓植物，被点缀上了些红的、黄的颜色。旋转飞车亭同样一片狼藉，除了几只挂在铁链上的锈迹斑斑的飞车，其他散落在各处的车厢也同样被藤蔓植物和枯枝败叶掩盖。

绕过几处废弃的设施后，我们还是未能走出游乐场，但这种地方定是一个人也没有。我们决定到尚未完工的过山车处看看，说不定能找到出口。过山车也是破败不堪，已经生锈的轨道与撑杆连接处已然成为几只鸟的筑巢之地，只是现在鸟去巢空，留下一地的白色排泄物和羽毛。轨道上脱落的油漆在地上画出轨道的走向，被风从四面八方吹来的树叶、塑料和废报纸，一层层地缠绕在撑竿的底部，我和阿雅绕过施工完成的部分，走过淹没了几个秋千的水池，穿过一条长长的回廊，来到一个池塘边，池塘不远处，坐着几个垂钓的年轻人。这时，我和阿雅都不约而同地长舒了一口气。半晌儿，在身后一直跟着的阿雅开口说道："还体验伊宁人民的休闲时光呢，哪个伊宁人民会在废弃的游乐场里逛一下午。"我承认这是我的失误。

经过一个钓鱼人的指点，我们终于找到了去河边的路，同样的，当几个钓鱼人看着我们从回廊这一侧走向他们时，也露出一副"何至于到这种地方来"的表情。

走出游乐场，眼前出现了一条干燥结实的土路，土路两侧是两米多高的芦苇。跨过几条从芦苇丛中流出的横穿土路的水沟，随着土路被细细的河沙代替，我们终于看到了宽阔的河床。远远地是横跨在宽阔河床上的伊犁河大桥。沿着河边的沙滩行走，已入深秋的伊犁河已经褪去了雨季的狂野，不受约束的河床中央露出巨大的河心滩，河心滩上除了离水边较近的芦苇丛，还有成片的杨树和柳树，柳树似乎更能感知秋天的到来，已经褪去了绿色，一株株金黄的倩影倒立在清澈的河水中，映着蓝蓝的天空，像一块精美的琥珀。我们在一片被杨树包围的沙滩上坐定，阿雅翻起了随身携带的杂志，我走到河边，用芦苇花逗岸边的鱼。

我是被拖拉机的突突声吵醒的。睡了多久不得而知，此刻，身后不远处的土路上驶过一辆拉满树干的拖拉机，速度不算快，没有掀起什么尘土，倒是一阵黑烟呛得人喘不过气。太阳比刚到时西斜了很多，阿雅此时已不再看书，折边的书摊在背包上，她双腿收在胸前，双手捧着一个不大的苹果搭在膝盖上，眼睛看着远处阳光下金灿灿的河心滩，若有所思，睫毛像阳光照射下的芦苇花。

"要不要到前面的桥上看看，桥高，视野应该不错。"说着，我伸手去拿不远处的无花果，喉咙有些干哑。

阿雅收回远眺的目光，缓缓地转过头来，看到我的那一刻，扑哧一声笑了出来。

我不明所以，问她为何发笑，可她每一次冷静下来要说什么时，又乐开了。

我在一旁收着东西，少顷，阿雅说："嗳！我发现每一次当你有一个计划的时候，我都会觉得很棒，可是一看到你，我就怎么都没办法把你和完美计划结合起来，有时候觉得你很搞笑。"说到这里，阿雅又忍不住笑起来，但还是用手抹着胸口，让自己恢复平静。"就拿今天来说，当你建议我们放弃逛商场逛市区来这里郊游时，我开始觉得很不错，可踏上旅途后，又和想象中的不一样，甚至可以用糟糕来形容。大半天走不出的游乐场、布满粪便的林间小路、怎么找都找不到的出口，每一次都走到身心疲惫，每一次都深度怀疑自己的决定。可每一次达成目标后，你都是心满意足的样子，似乎怎么都无所谓。结果是美好的，过程却不尽如人意，还有你自始至终不修边幅的邋遢样儿，每一次，一想到和我一本正经聊天的是这么一个人，和我一路走来的是这么一个人时，我就莫名地想笑。"

我放下收拾一半的包，在阿雅的身边坐下，看着河心滩说："以前遇到过我这样的人？"

"你是第一个。"

"那，和我这么一个人一起旅行，感觉怎么样？"

"怎么说呢，有时候我会想，要是没有遇见你，我的旅行会怎样，是还在继续，还是已经在某个地方结束？"阿雅把头转向我，问道："嗳！如果没有遇见我，你的旅行会在哪里结束？"

"没有遇见你，我的旅行在拉萨就结束了！"我说着，捡起身边的一颗石头扔进河里，石头不偏不倚，陷进河滩上一堆墨绿色的动物粪便里。

"所以，你要感谢我咯？"阿雅歪着脑袋，面带微笑看着我。

"为何这么说？"我问。

"我会感谢你。"阿雅说着，眼睛又看向远处的河心滩，"我的旅行方式从出发到现在一直没有变，从我离开广东开始，广东到广西，广西到贵州，贵州到云南，云南到西藏，西藏到新疆，不是搭车就是徒步，唯一变的就是身边的人。换成你之后，旅行和之前相比，各方面都发生了翻天覆地的变化，但要说最大的变化，就是未知和不确定性，如果说之前是按部就班，现在就是全无预料。有时候我想，这样的不同是地理环境造成的还是你造成的呢？一开始我将这一变化归咎于地理环境，毕竟西藏和新疆的地理环境还是要恶劣一些，旅途中的未知和不确定性较之内地有很大的不同也在情理之中，可渐渐地，我发现单纯的地理环境不会带来如此大的变化，这么的，似乎你才是带来这些不确定因素的最大源头，特别是经历今天的游乐场事件之后，我更加确定。若没有你，我可能会在商场、市区结束伊宁之旅，而有了你，就变成了废弃游乐场和布满动物粪便的伊犁河滩。"

"这种未知和不确定性，你是喜欢还是不喜欢呢？"

"很难说，从刚接触时的喜欢到中间某一时刻的不喜欢，又到现在的有点喜欢，甚至是有点期待，这么说有点奇怪，但实际就是这样。"

"期待我做傻事？"

"哈哈哈。生活和旅行一样，有人喜欢稳定、可预知，有人喜欢冒险、不可预知，我不知道下这样的结论是否正确，你似乎是一个喜欢冒险、喜欢不可预知的人。"

"如果可预知，谁又喜欢不可预知呢？如果能稳定，谁又喜欢冒险呢？可反过来，如果不冒险，不大胆一点，万事可预知，那人生的意义又在哪里呢？比如说钓鱼，在人工养殖的鱼塘，鱼塘的水情可预知，鱼的大小、数量、种类可预知，你只消坐在鱼塘边，放下鱼竿，并不需要太多技巧，或多或少都有所收获，至少很难空手而归，这样的钓鱼方式可能会缺少惊喜和刺激，可单就渔获而言并不算差，如果你就想钓几条鱼美美吃一顿的话。可是海钓或者到陌生的水域垂钓，或称之为野钓，水情未知、鱼情未知，单就渔获而言，运气好可能收获颇丰，运气不好可能颗粒无收，而且对钓鱼者而言，野钓对垂钓者的垂钓能力和垂钓技巧的要求相当高，但不管结果如何，野钓的过程绝对充满了悬念和未知，惊险和刺激程度都是鱼塘不能比的。当然了，你很难去评价哪一种钓鱼方式更好、更招人喜欢，因为每个人都不一样，都有自己的喜好，相对而言，我更喜欢野钓。这么说，你可明白？"

"我不太理解你们男生钓鱼摸虾的事儿。"阿雅说。

"生活就像一盒巧克力？"我把爬上脚背的一只灰色蜘蛛抖进旁边的鞋印里，灰色蜘蛛从鞋印里爬出，钻进不远处的芦苇丛里，在干燥的沙滩上留下细小凌乱的脚印。

"对，生活就像一盒巧克力。"

"喜欢巧克力一样的生活？"

"所以我要谢谢你，你的冒险主义和对未知的探求让我的旅行有了不一样的意义，生活观似乎也开始有点改变。我现在想，你的或者说你们的冒险主义和对未知的无畏，我说的就是骑行的你们，在你们骑行路上就是一种体现，只是现在换了一种方式，变成了搭车和徒步，可是内核还是一样的。你们有胆识、有勇气、有一股蛮横不讲理的毅力和永不言弃的精神，那个，怎么说来着：'不到黄河心不死，不撞南墙不回头？'但和女生比起来似乎显得不够心细，给人感觉就是略显鲁莽。刚开始旅行的时候，我的旅伴是女生，我们的旅行可以用温柔来形容，虽说没有多少曲折，但惊喜和刺激还是有的，不过这更多的来自视觉感官和新鲜劲儿，如果用你钓鱼的理论，可能就像在鱼塘里钓鱼吧。可和你一起以后，惊喜和刺激是全方位的，除了感官的，还有精神层面的东西，曲折变多了，也有很多个艰难和辛酸的时刻。如果说旅行以来有没有从哪个时刻开始，需要动用我坚强的毅力储备和坚持的勇气，那就是遇到你之后。有时候我想，旅行就是让自己放松的，随着人流走过大街小巷，看别人看过的风景也没什么不好，为什么我要用现在的方式刺激和折磨自己。可慢慢地，这种旅行带来的刺激和惊喜就像在拆盲盒，就像在拆一盒巧克力，我开始喜欢上这种感觉。有时候我希望不要遇见你，这样我就能安安稳稳地完成既定旅行，回到工作中，虽然少了刻骨铭心的惊喜和刺激，但至少会有惊无险的完成，不虚此行。可真那样想了之后，又庆幸遇见了你，这样的旅行让人回味无穷，怎么咀嚼都不会变味。"

"所以，开始喜欢巧克力一样的生活咯？"

阿雅把手中的苹果最红艳的一面转向自己，咬了一口："走吧，我们去桥上看日落。"说着，起身朝着桥的方向走去。

我们原路返回，走过离开游乐场的出口后，上了一个不大的坡，土路的尽头和一条水泥路相连。我们走上水泥路，朝桥的方向走去。水泥路的左侧是河道，偶尔能遇见几辆停在河床里的挖掘机，是不是趁着枯水期疏通河道不得而知，水泥路的右侧是树林和护坡，拐过一个不大的弯，水泥路笔直地出现在眼前，远远地从桥下穿过。我们沿着少有人走的水泥路来到桥下，才发现并没有现成的路或者台阶和桥面相连，我在桥墩两侧找了个遍，除了护坡上两条被人踩出来的人行道和坡顶被人为撕开两个口子的围栏，再无其他。

我对身旁疲惫的阿雅说："没办法，爬吧。"

我们走上踩出来的人行道，穿过别人撕开的围栏，终于来到了桥面上，桥头的石碑上刻着"伊犁河大桥"五个大字。

阿雅是对的，过程不尽如人意，不过结果是好的。桥上的视野要比河岸好很多，除了远处连绵的雪山，伊犁河谷无垠地展现在眼前。往西看，这里的沙洲更多，林木也更茂密，密密麻麻黄黄绿绿的河心洲，像被遗留在河里的毛绒玩具，铺满整个河床。此时，西斜的阳光斜射在几乎静止的河面上，也斜射在来来往往的行人脸上，不论是河面，还是行人的脸，都泛着金光。

乌尔禾开拖拉机的老人

  高速路入口比国道好搭车，这是我们在芦草沟镇高速入口处搭上到独山子的油罐车得出的结论，何以见得？且不说我们从伊宁市区到芦草沟镇搭了三辆车，等车更是一种前所未有的煎熬。如果说西藏的阿里是半天见不到一辆车而让人失望，那么这里是车太多但没一辆愿意停下而让人绝望。从伊宁市带我们到惠远镇的兄弟，我怀疑是他的某一个错误操作才让我们坐上车的。经过是这样的：我和阿雅还是习惯性地坐公交到城郊，然后在 218 国道旁搭车，在目送无数疾驰而过的车辆后，一辆蓝色天籁终于在甩出一串土尘后跌跌撞撞停在不远处，我相信是挡在我们之间的灰尘散去，我们才看到彼此的。接下来，有趣的一幕发生了：在灰尘散开前，我们不确定眼前的车况，所以我和阿雅提起行李时，还站在拦车的位置，等我们终于确定车停稳后，开始往车的方向走去，可就在这时，车却缓慢地启动了。看到车启动，我和阿雅随即停下了脚步，这时，车又缓慢地停了下来，我们朝前走去，可停下的轿车又启动起来。我们不动车不动，我们动车动，如此反反复复、你追我赶几次之后，我们终于来到了车前。一张显得稚嫩的脸从车窗里探出来，仔细打量着我和阿雅，用一口流利的普通话问道："你们，这是干什么？"我们表明了来意，这位兄弟的目光又在我和阿雅身上游动片刻后，说道："我只到惠远。"我们上了车，他的目光又在我们身上游荡一圈后，才转向了前方。车开得很快，两地距离不远，还没开口说话，我们就到了惠远。

惠远镇到清水河镇，清水河镇到芦草沟镇，都是不远的距离，我们却遇上了两个对背包旅行态度截然不同的人。把我们从惠远镇送到清水河镇的是一位在伊宁做生意的内地人，他说挣钱才是正事，其他的都是不务正业，对背包旅行更是举双手不赞成，觉得没有任何价值。一路上，他向我们诉说他的创业事迹，并教导我们如何规划自己的事业路线，如何赚钱，我和阿雅坐在车后插不上嘴，一路听着那位大哥的"谆谆教诲"。我们下车时，光溜溜的脑袋从车窗里探出来，大声喊着让我们结束旅行赶紧回家。清水河镇到芦草沟镇是一个瘦小的看上去文质彬彬的戴着金框眼镜的中年男人，几分钟的行程里，他仔细听着阿雅讲述我们的旅行，时不时地点头，眼里放着光芒。他对我们很佩服，一路说着鼓励的话，认为年轻人花些时间旅行不是什么坏事，眼界比钱财更重要。得知我们要继续赶往乌鲁木齐方向，中年男人把我们带到了芦草沟镇连霍高速入口处。他说："国道上都是附近乡镇的车，走不了远路，要到乌鲁木齐就得上高速。"果然，没多久，我们就在高速入口处等来了一辆到独山子的油罐车。

我和阿雅在距离收费站不远处的路边站着，油罐车缓缓停在前方不远处后，从车上走下来一个皮肤黝黑的男人，男人穿着宽松的牛仔裤，棕色的翻毛皮鞋，茶色的毛衣，外套是一件白蓝交替的某所中学的校服。男人手里拿着铁棍，绕着车敲打着车轮，想必是上高速前对轮胎进行检查。我对阿雅说副驾上没人，如果不出意外，这辆车我们能上。说完，阿雅就朝着油罐车走去，而我做好了上车的准备。阿雅走到蹲在地上检查轮胎的男人面前，弯腰和他说着什么，男人不时地往我这边投来目光，最后笑着起身，用带着脱脂棉手套的手擦了擦额头，阿雅也起身，朝我挤了挤眼，我知道可以了，于是提起脚边的行李就朝着油罐车跑去。开油罐车的是吕姓大哥，山西朔州人。

从芦草沟到果子沟口是果子沟河冲出山谷形成的冲积扇，一路向北，巍峨的科古琴山越来越近，前进了 10 公里左右，我们驶入了果子沟，冲积扇也在向沟口聚拢。芦草沟到果子沟口的冲积扇上分布着大大小小的村镇和农场，高速公路两侧是成片的已经收割完毕的农田，玉米秆堆成的草垛像一顶帽子倒扣在田间。

引水渠两侧笔直的白杨把冲积扇分割成一块块方形田地。穿过沟口，两边的农田被高耸的北天山山脉所代替。山脉间向阳面是白雪覆盖的草地，背阳面则长满了茂密的雪岭云杉。油罐车一路喘着粗气，在山肚子里盘旋一圈后通过果子沟大桥，峰回路转之际，在出赛里木湖隧道的一刹那，赛里木湖就出现在眼前。下午的阳光正好扎进湖里，波光粼粼，远处的山坳里，一条条雪线一直延伸到山脚的森林中，看上去美极了。我们在身后不停地拍照，吕大哥就不停地笑。经过赛里木湖，上连霍高速沿着北天山北侧的冲积扇边缘一路向东。油罐车很慢，我们得以仔细地浏览公路两侧的风景。说奇妙也是奇妙，伊犁河谷一片绿意盎然，河谷两侧远远的雪山，就算河谷艳阳高照，只要抬头看向远处的雪山，就感觉一股凉意扑面而来，实际情况也是如此。站在伊宁街道上，阳光洒在身上暖洋洋，可当远处吹来的风经过身旁时，让人禁不住打寒战。穿过北天山，过了赛里木湖后，公路拐一个弯进入北天山北侧的冲积扇，高速公路在高山夹峙下的冲积扇上延伸，两侧不再有农田，也没有了村镇，取而代之的是茫茫的戈壁，以及从远处山坳里冲出的辫状河流。

我们和吕大哥分享旅行故事，吕大哥听得津津有味，他双手离开方向盘，拧开放在茶几上的水杯，喝了一口浓茶，说："我也喜欢旅游。"他把放在中控台上的《中国公路交通地图集》递给我，"我也去过很多地方，结婚前跑长途，拉过煤，拉过牛，后来拉水果，全国各地到处跑，结婚后就稳定下来了，拉油，专门跑伊宁到独山子这条线。一星期跑两趟，剩下的时间都是自己的。"

我接过吕大哥递过来的已经有些破旧的地图集。这本 2008 年出版的地图集已经从书脊处断成两半，书皮和部分页角扭曲得像麻花，封底的塑料膜和纸张已经分离，塑料膜里充满气泡的封面右下角，几滴油污模样的污点已经把"地图"两个字遮住一半，变得模糊不清。我把书翻到折断处的页面，页面内容是湖南省衡阳市及周边交通地图，上面除了几滴油污一样的污点，还有铅笔涂画的几条线段和圆圈。想必当时是一面吃着午饭或晚饭，一面规划着路线来着。

"吕大哥家在独山子?"我继续翻着地图。

"奎屯。"吕大哥说。

"这边工作后搬过来的？"

"不是。"

"嫂子是奎屯的？"我抬起头。

"对，前些年到新疆拉水果认识的。"说完，吕大哥抬起头，骄傲地看着前方。

"嚯！"我羡慕地看着他。

少顷，吕大哥说："你知道什么车最难开吗？"

"不知道。"我说。

"我开过面包车、卡车、挂车、油罐车、拖拉机，拉过煤、水果、汽油，跑长途连续几天不眠不休，但你要是让我开拖拉机，我是怎么都不愿意的。"

"拖拉机我没开过。"

"拖拉机点火是技术活，上下坡是技术活，拐弯更是技术活。"说话间，吕大哥的视线盯着前方，车速还是一直稳定在六十码上下，此时，一直坐在后方的阿雅放下手上的杂志，也认真听起来。

"年轻时也想过好好读书来着，可是怎么都提不起兴趣。那会儿我们那里拉煤的车很多，每天从村口的路上驶过，长年累月，路两边堆起了一层薄薄的煤灰，我放假或没事的时候，就会跑到矿山上看卡车拉煤。从矿区出来的路两侧站满了骑三轮车或者推独轮车的老乡，他们去捡掉在地上的煤块，拉回家当柴火，我也是从那个时候开始接触到拉煤的。"说着，吕大哥给自己点了支烟，"后来和拉煤的卡车司机交谈，知道他们拉着煤可以全国各地跑，没出过远门的我心里早就痒痒了，想着什么时候才能有机会去拉煤。哦，扯远了嘛。我们要说拖拉机来着。"吕大哥像是想起什么似地说道，"后来上学不成器，高中毕业我就到矿上帮忙，拉了煤，攒了几年的钱后，打算给家里盖新房，就到桑干河里拉石头。我自认为车技还可以，可拖拉机却怎么开都不得要领。启动暂且不说，那拐弯可真是要人命。那天下午我把拖拉机开到河边就回家睡觉了，帮忙的老乡在河里装石头，石头装够了他们会打电话给我。那天是最后一车，可能他们觉得最后一车，怎么也要多拉一点，这么想着，就把车厢装得满满当当。我到河边开车时，他们已经走了。我和平常一样把车点着，沿着河床里的轮印把车驶出河床，这一次，要说和平时有什么不同，那就是车身比平时晃得厉害，摆动的幅度有些大，但我觉得没什么问题。离开河道是一个反方向的弯，向后拐弯上坡后就是平路，我往左边偏了偏，加了点马力，可车头爬上去后车厢却卡在一个石坑里，我左右摆动方向盘，车轮和石头摩擦发出沙沙声，我下车查看，轮子陷进去的不算多，往前冲一冲没准儿能出去。我重新上车，调整了一下车头的角度，打算在加足马力的情况下，一股脑冲到坡顶，这么想着，我加大了油门，拖拉机抖动得厉害，终于从石坑里出来了，可还没等我缓过神，车头突然向上高高翘起，前轮离开了地面，我赶紧跳下车，可车把结结实实地挑在腰窝上，整个人摔在河里，我一口气接不上，眼泪一直流，我想发声，虽说能感觉到嘴巴一张一合，可听不到自己的声音，我借着最后一丝力气爬上岸，手捂着腰窝让自己平静。我看着倾斜在河床上的拖拉机，一些石头已经滚落到地上，更多的是滑落到车厢的后部，整个车翘了起来。"

我和阿雅屏住呼吸。

"后来呢？"阿雅颤颤巍巍地问道。

"河边的老乡看到我的车翘起来了，几个老乡过来帮忙，才把我的车开了出去，我呢，断了一根肋骨。"吕大哥苦笑道，"后来嘛，我就不拉煤了，开始拉牛，内蒙古的牛，山西的牛，拉北京，拉广州，这么拉着拉着，又拉上了水果，到了新疆。"

我们聚精会神地听吕大哥聊着家常，当巨大的炼油厂出现在眼前时，吕大哥说："独山子到了。"这是我第一次看到如此巨大的炼油厂，整个炼油厂几乎就是一座城。厂区布满了大大小小的球形储罐，分布在周围的蒸馏和裂化装置像一根根利剑直插云霄，在密密麻麻的灯光下，又像一根根巨型的灯塔。到了奎屯西立交桥，吕大哥说他要回运输队，只能把我们放在那里，下了立交，走出收费站，就是奎屯市区了。穿过收费站的人工通道，走在奎屯的街道，我时不时地转身，看着立交桥那一面灯火通明的炼油厂，惊叹得说不出话来。

乌尔禾的魔鬼城吸引了我和阿雅的注意，从奎屯去喀纳斯，需要沿着 217 国道北上，途经的乌尔禾魔鬼城，就在乌尔禾城区的国道边上。就这样，我们把行程定到了乌尔禾。从奎屯带我们到乌尔禾的是农十师 184 团的小兄弟。小兄弟一路欢快得像只鸟，叽叽喳喳，喜欢听我们讲旅途中的故事。"说真的，你们要是和我一起到 184 团，我不要钱，包吃住，但要是只到乌尔禾，我就要收车费钱了。"快到乌尔禾时，小兄弟一本正经地说道。

"184 团有什么？"我问。

"什么都有。"小兄弟回答道。

"还有多远？"

"七八十公里，半个小时就到了。"

"我们还是想在乌尔禾，明天去看魔鬼城。"阿雅附和道。

"魔鬼城到处都是，184 团也有。"

"我们还是想看乌尔禾的魔鬼城，毕竟比较有名嘛。"阿雅继续回应道。

看到我们不随他去，小兄弟使出了杀手锏："你们看我手上的石头漂亮吗？"

我从小兄弟手里接过红红绿绿的石头，光滑透明，看上去像塑料。阿雅也凑过来抢走了几粒，放在手心小心地翻看，不时发出惊叹声。小兄弟见状，接着说："怎么样，跟我去，这样的石头戈壁滩上多的是，要多少有多少，说不定，还能捡到宝石呢。"

这让我想起了在和田捡石头的经历，说道："兄弟，我们也很喜欢这样的石头，可我们和宝石没缘分，之前也想在和田捡和田玉来着，可是一无所获。"

"哎呀！和田玉，山旮旯都被翻得底朝天了，当然找不到，戈壁滩这么大，谁也逛不过来，谁也看不过来。"

我们还是提不起兴趣，小兄弟看我们无动于衷，最后近乎哀求地说道："其实，我就是路上无聊，有你们跟着，我也精神些。"

怎么办呢？去了 184 团，我们就不得不离开既定线路，在戈壁滩里等车，那是我们怎么都不想的。最后，小兄弟不舍地把我们放在乌尔禾恐龙文化园的路口，几只硕大的恐龙雕塑把我们迎进了乌尔禾。

我和阿雅走下国道，沿着一条在盐碱地上展开的简易道路，朝着远处的土丘走去。厚厚的盐碱地像穿山甲的铠甲覆盖着周围的大地，和别处的盐碱地略有不同的是：这里的盐碱地上是密密麻麻的磕头机，绛红色的机身后是青色的输油管，把原油源源不断地输送到远方。

我们走近土丘才看清土丘的纹理，正午太阳正艳，微风剥离着土丘上的碎屑，让人只能眯着眼睛前进。快进入土林时，我们离开简易公路，沿着土丘之间的通道进入迷宫一样的土林。有的土丘和我们平时看到的土丘没什么两样，通体土黄色，就像一个巨大的土疙瘩，而有的土丘却色彩艳丽，黄的、灰的、绿的、红的、白的土层一圈一圈，从脚下一直叠加到顶部，像等高线。除了色彩，土丘也是千姿百态，有的拖着长长的尾巴，像战舰，有的像蘑菇，有的像情侣接吻，有的像乳房。走进土丘容易让人迷路，我和阿雅有时不得不走出风蚀形成的通道，爬上一些低矮的土丘寻找方向。整个克拉玛依就是一个大油田，不仅国道两侧分布着密密麻麻的磕头机，目所能及，戈壁滩里也比比皆是。在乌尔禾魔鬼城里徒步，翻过一个土丘或者走出一条小径，总会有单个或者两个、三个一组的磕头机出现，它们不知疲倦、不知孤独地在红黄相间的围栏里一直磕。盐碱地里的车轮印，把散布在魔鬼城里的磕头机串联在一起，磕头机就像这座城里的卫士。

扎达土林也好，乌尔禾魔鬼城也好，要看到美丽的风景，光线显得十分重要。有时候云的阴影、太阳的角度，都会带来不一样的景致。我和阿雅等着日落，想看看霞光里魔鬼城是一番怎样的景象。

我们走上一个宽阔的土丘，想在那里结束今天的旅途。随着太阳西斜，风开始大起来，不远处，三四股龙卷风卷着白色的沙尘在戈壁上扭来扭去。另一侧，四五个磕头机的围栏外，有一个近乎消失的狭长的水塘，水塘的一面长满了芦苇，另一面则是干燥的沙地。太阳就要落定了，这时的风是一天中最强劲的，盐碱地上土屑和砂石粒随风翻滚，太阳光将东边的云染成橘黄色时，远处的公路上出现两辆疾驰的越野车，两股白色的烟柱尾随其后，最后在一个开阔地带停下，紧接着，从车里走出一些男女，一些人跳上车前盖，手里拿着白的、红的纱巾或类似的东西，面对着身后高大连绵的土丘手舞足蹈起来。等天空终于全部染成了橘红色，土丘的颜色达到最甚，各种颜色节理之间层次分明，就连单纯的土黄色沙丘，也因为身后拖着长长的一道阴影显得庄重起来。太阳没入山中，两辆越野车沿来时的路扬长而去，我和阿雅离开土丘，打算从前方芦苇丛的一边，沿着一条未曾走过的土路回去。

走过芦苇丛旁边的土路，穿过一段盐碱地，我们走进了一片由柳树、杨树、柏树组成的密林，由于风沙的搬运和密林的遮挡，密林中堆满了大大小小的塑料薄膜和纸片，发黄的纸片证明它们在此已经停留了好长时间，不远处的密林里，露出几座歪歪扭扭的坟冢。坟冢的出现是我没有想到的，阿雅也没想到，一刹那，我们都发出"啊"的叫声。我的心跳开始加速，我们不自觉地加快了脚步。穿过密林，路的一侧还是几棵稀疏的白杨，另一侧是几块开垦的农田，在不远处的一个杨树围绕的土丘下面有两个收瓜的老人，看到有人出现，我和阿雅都长舒了一口气。

我们沿着不宽的土路行走。脚边是从远处一直延伸过来的地垄，地垄上的瓜藤已经从根部割断，被太阳晒干的发黑发黄的藤蔓整齐地分布在垄沟里，地垄上每隔一段就堆着四五个成熟的哈密瓜。

两位老人看到我们时，我们即将走出那片瓜田。老大爷向我们招手，我们也向他招手，我们继续朝前走，这时，老大爷继续向我们招手，老妇人也加入行列，示意我们到他们那里去。我和阿雅沿着垄沟走进去，因为光线太暗，这个时候才看清瓜田里停着一辆拖拉机，地上整齐地堆放着几袋装得鼓鼓的蛇皮口袋。老大爷身穿灰色麻布衣裤和一双绿胶鞋，花白的头发和胡子，老妇人穿着紫色花边的全黑布衣，下身是一条蓝色的布围裙，头上缠着粉底的花头巾，脸上是深深的皱纹。两位老人都是少数民族模样，至于是哪个民族，因为没有过语言交流，不得而知。两位老人不会汉语，当我们走到跟前时，他们微微一笑，老大爷嘴里说着什么，指了指地上的蛇皮口袋，又指了指拖拉机车厢，说话中，不时看看站在一旁的老妇人，老妇人此时像一个羞涩的姑娘，黄褐色的皮肤上泛出一圈红晕，后退到了一旁的垄沟里。我领会到了老大爷的意思，阿雅想帮忙，老大爷笑着摆摆手。我和老大爷把几袋哈密瓜搬到车厢里的时间里，阿雅帮着老妇人把剩余的蛇皮口带和绳子放进车厢，收拾完后，老大爷从坐垫底下的盒子里拿出"Z"

形摇把递给我。老大爷走到车头前站定，看着我。我拿着摇把走到车头一侧，把摇把卡入卡槽后，提了提肩，双手握住摇把，正要发力，老大爷说着什么走到我跟前，摆摆手，然后指了指后部的一块儿铁片，让我往外拉，我不知道这样做的用意，想着是不是像手动挡轿车启动一样要踩离合。我重新调整了姿势，左手往外拉铁片，右手缓慢下摆。刚开始摇把的阻力很大，往下压并不容易，慢慢地，随着飞轮的转动，像自行车提速后一样，变得轻巧起来，随着"嗵嗵嗵"的几声声响，排气管吐出一圈黑烟，摇把甩得越来越快，恨不得把我的手臂从身上拽走。我停止发力，顺势抽出摇把，松开了铁片，可抽出摇把的瞬间，声音急转直下，熄火了。我重新插入摇把，拉出铁片，重重地将摇把下压，靠着向上提的惯性，再重重地将摇把压下，如此一来一去，拖拉机终于如愿以偿地叫出声来，可"嗵嗵"声还是在抽出摇把之后偃旗息鼓，我重新试了两次，都不得要领。老大爷此时接过我手上的摇把，自己做起示范来，当发动机发出有气无力的声响时，他抽出摇把，又递到我手上。可最后的几次还是越来越差，力气越来越小，左右手怎么都协调不起来。老大爷没办法，只好打电话找人，此时天已黑尽，太阳下山后，气温下降得厉害，由于长时间摇车，双手有些僵硬，我还想试一试，可最后都以失败告终。老大爷用哀怨的眼神看着我，我自知没帮上忙，有些羞愧。

我和阿雅没有继续停留，告别两位老人后，沿着土路朝乌尔禾城区的方向走去，虽算不上满月，但借着月光，还是能勉强看清脚下的路。在田地消失的地方，我们走到了一片坟冢中间，坟冢间枯黄的野草上，挂满了被风带到这里的塑料和废纸，有风吹过时，发出沙沙的声响，远处的魔鬼城，在月光下显得幽蓝，也更加狰狞，看上一眼似乎有一股寒气从身体里穿过。我牵着阿雅略带小跑地穿过坟冢，直到一排简易的平房出现在眼前。

我躺在床上，想起我没能帮上忙的两位老人，有些自责。不知道他们离开了吗？什么时候离开的？

拖拉机，果然是这个世上最难掌握的机器。

铁热克提的婚房

发源于喀纳斯湖的布尔津河，在布尔津城郊汇入额尔齐斯河，河口附近，布尔津河像少女的秀发，交织着流过长满白桦树的河心滩，现已是十月下旬，刚下过雪的布尔津，路基两侧的背阴面还有些残雪，在太阳的烘烤下，潮湿的公路升起一团薄薄的水雾，紧邻河心滩和河岸的白桦树已经没了树叶，露出点缀着黑色斑点的灰白色树干，远离河岸的白桦树则一片金黄。布尔津河流量减少，露出大片鹅卵石滩，上面横七竖八地躺着几根从遥远地方顺流而下的树干，林间的草木已经枯黄，树林里隐隐约约传来铃声，想必有放牧的人和牲畜从林中走过。我和阿雅在布尔津河大桥上踱来踱去，沐浴在冬日阳光里，看着眼前的一切。

在布尔津把我们拉上的是古尔邦节放假回哈巴河探亲的回族小兄弟。在这里碰到旅行的人让他感到意外，他说喀纳斯也好、白哈巴也好、禾木也好，最美的季节已过，此时的北疆进入淡季，景区会关闭，工作人员会下山，不然大雪封山就出不来了。我们说碰巧地就走到了这里，怎么都要到喀纳斯看看，避开旅游旺季说不定会有不一样的风景。回族小哥倒也见怪不怪："说是这么说，"他稍作停顿，换了一下档位，"不过，旅行还是要舒服方便好些。"

到哈巴河的时间尚早，我们想碰碰运气，看能不能遇到白哈巴方向的车，小哥把我们放在城郊一条笔直的柏油马路旁，说："白哈巴就从这里走，你们沿着这条路走，运气好的话，就能遇上去白哈巴的车。"说着启动了轿车，黑色的轿车吐出一股白色的尾气，驶进了哈巴河县城。哈巴河离布尔津并不算远，但雪似乎要大很多，除了柏油路上的积雪已经不在，道路两侧以及两侧的农田都被一层薄雪覆盖，只有为数不多的玉米秆和潮湿的土包露出雪地，道路两侧的白桦树，大多树叶寥寥无几，茂密的几棵也因为雨雪的摧残，树叶耷拉着。

除了农田和远处的村庄，这里没什么可看，天空中虽然挂着太阳，但在这样的冰天雪地里，并不让人感到暖和，我和阿雅就这样走着，突然，从身后传来拖拉机的"嗵嗵"声，我们循声望去，一位老人驾驶着拖拉机朝我们的方向驶来。我和阿雅喜出望外，赶紧挪到路边，这是我们走了近一个小时看到的第一辆车，虽然知道拖拉机走不远，但至少比走路要快。阿雅招手，老人见状缓缓地把拖拉机停到路边。老人戴着一顶花白色的圆帽，高高的鼻梁，两只眼睛深深地陷进皱纹里，红彤彤的脸庞收拾得一尘不染，一身灰色的着装。

老人说他只到前面的阿克托别村，如果不介意，可以把我们带到村口的桥头。我和阿雅坐进拖拉机的货箱里，货箱里堆满了老人购买的东西，我和阿雅抱着行李，坐在车帮上。拖拉机平稳地驶上公路后，老人转过头来说："在路上看见你们背着大包，我以为是卖衣服的呢。"说完，咧开嘴笑了笑，所剩无几的牙齿并没有让老人的普通话听着捉摸不透。

"大叔的普通话说得比我都好。"阿雅说。

这倒让老人乐开了："哈哈，上海我去过，广州我去过。"拖拉机向一侧吐着黑烟，"嗵嗵"声似乎是这旷野里唯一的噪声。

"大叔，今天过节怎么还去拉货呀？"我看着车厢里大包小包的商品。

大叔说："钱啊！钱的力量啊！钱的力量是巨大的呀！"接着，大叔话锋一转，问道："你们要去哪里？"

"白哈巴。"

"白哈巴！哎呀我的妈呀！你们走路去吗？"

"没车走路，有车搭车。"

"哎呀我的妈呀！你们知道这里到白哈巴有多远吗？100多公里啊！这一路

什么都没有，没吃的没住的没车！大雪封路，就算一个小时走 10 公里，你们算一算，算一算能走到哪儿！这么老远到白哈巴看什么？"

"看雪。"

"哎呀我的妈呀！看雪！你们脑袋有水吧！是不是脑袋里有水？"

"在南方没见过雪。"

"哎呀我的妈呀！我给同乡打个电话，看他下山没有，哎呀我的妈呀！"大叔很激动，似乎我们犯了某种罪行。

片刻之后，大叔说："关机了！我看你们就是脑袋有水，我把你们带到路口，那里等车方便，等到 5 点没车就赶紧坐车回县城，公交 3 块钱，哎呀我的妈呀！是不是舍不得花钱？"

"大叔不说了吗，钱的力量是巨大的呀，钱很厉害！"我半开玩笑地说道。

"哎呀我的妈呀！那也不能让自己受罪呀，这么走在路上不冷？哎呀我的妈呀！我到了，你们就在这里等车，不要朝前走了，5 点没车就赶紧回县城，一定要注意安全啊，哎呀我的妈呀！"

我们在村口的桥头等着，没等来车，倒是等来了几个学生模样的小孩，他们在我们周围跳来跳去，像一群小鸟，用异样的眼光扫视着我们，看我们的着装、看我们的背包。

等到四点还是见不到几辆车，无事可干，冷得人难受，我们决定回县城。到了哈巴河，我和阿雅走到客运站打听白哈巴的客车，才知道白哈巴的客车因为大雪封山已经停运了，我们把目标停留在了距离白哈巴最近的乡镇：铁热克提。

这里的雪似乎只在夜里悄悄降临，第二天出门，又是艳阳高照的一天，可地上的雪比昨天多很多。经过昨日的等待，我们决定乘坐客车到铁热克提。

在客运站，你能一眼认出乘客是回家返乡的，还是出门旅游的，这种时候，肯定不是想着出门舒舒服服看看美景的人的理想旅行时间，反倒是一些孤独的旅行者竞相上路的时候。我们很快就在人群中发现两位同道中人：英子和廖川。英子是广东女生，个子不高，齐肩的短发，玫瑰红冲锋衣，黑色冲锋裤，看到她时，她正坐在比自己矮一点的背包上给双手哈气。廖川是山东人，但和印象中彪悍的山东汉子比起来，廖川的身体显得有些单薄，厚重的登山鞋上站立着一具干瘦的躯体，天蓝色的冲锋裤，灰白条纹相间的羽绒服，背上是一个同样干瘦的旅行包，看到我们时，咧着嘴笑，露出两颗大门牙。

我们一同坐上了去铁热克提的客车，客车不大，马上就被回乡的老乡和我们塞满。不知是不是天冷的缘故，所有人上车都往车厢的后部走去，等我上车时，寥寥无几的几个靠前的位置还空着，我选了司机身后靠过道的座位坐下，巨大而明亮的挡风玻璃前空无一物。得，这倒是一个不错的观景平台，我想。

司机清点完人数后，缓慢地驶出了车站。客车驶出城，穿过一片田野，拐上了我和阿雅昨日走过的柏油路，过了我们等过车的那一座桥后，客车驶进了我们完全陌生的场景。车内几乎没有人说话，只是在不经意间，几句语速极快的、微弱的声音飘进耳朵，每一个人都穿着崭新的厚实的衣物，稳稳当当地坐在座位上，随着车身摇摆。离开平整的农田和井然有序的村庄，我们很快就驶入了山区地带，公路变得崎岖，路上开始出现积雪，最后，积雪漫过路基，和远处的山坡连为一体。路面上除了早些时候留下的为数不多的轮印就是白茫茫一片，公路两侧的高山上，除了极少数倔强地露出头颅的野草和灌木，以及山坡背阴面只剩下树干的暗灰色落叶松，仿佛世上的一切都被染成了白色。看到如此极具规模的雪原还是第一次，我掏出相机，对着正前方的挡风玻璃拍个不停。当我把身体斜向右前方时，我看到坐在车门后的一位略显得肥胖的老人看着我微笑。老人戴着一顶某种皮毛做成的毛茸茸的棕黄色皮帽，蓝色的厚实棉衣外是一件带有民族特色花纹的马褂，黑色的绒裤下一双刷得一尘不染的黑色毛皮鞋，脚边放着一个胀鼓鼓的背包。白色的皮肤在老人脸上显得特别突出，一双大眼睛就藏在花白的眉毛下面，已经花白的八字须，像挂在嘴边的两条香肠，嘴唇下的山羊胡围住整个下巴，像用梳子精心梳理过，整整齐齐地微微向外翘起。

我微笑着向老人点点头，继续拍照，少顷，我听到有人说话的声音，我寻声望去，老人正看着我，几乎同一时刻，老人开口说话了，老人语速很快，但明显是对我说的。我歪了一下脑袋，示意没有听懂。老人在座位上调整了一下坐姿，双手握住座位前的栏杆，身体稍微向前倾，说："你们是来旅游的？"老人说的你们，显然是在这车里显得与众不同的四个人。

"是的，大叔。"我说。

老人满意地点点头，用手捋了捋梳理整齐的山羊胡："喜欢我们的地方？"老人眼睛看着前方。

"是的，非常漂亮。"

"哦，每年都这样，你们从哪里来？"

"不同的地方，都是从内地过来的。"

"哦。"

"大叔是回家还是探亲？"我问。

"到姑娘家过节，现在回家。"

"是古尔邦节吗？"

"对，古尔邦节，哈萨克族的古尔邦节。"

往后，老人没有再说什么，我也没再问什么，两个小时后，客车驶进一个不大的山谷，山谷中间是一大片已落叶的白桦林，墨绿色的常绿针叶林和落叶松错落有致地爬满山坡，空白地带是白茫茫的草场，一条黝黑的线条从山谷中间的白桦林中穿过，那是一条河。零散的木屋出现在半山腰处。随着客车的驶入，连成片的木屋开始出现，路上积满了雪水，混杂着枯草和动物粪便的雪水沿着路面滑向另一侧的水沟，司机将客车停在一个类似晒麦场一样的宽阔地带，告诉我们铁热克提到了。我提着行李走下车，等着后面的同伴，那位老人此时提着背包也下了车，朝我微笑点点头，指了指前面就离开了。

廖川在车上结识了一个本地人，下车后就跟那个本地人回家去了，我们约好第二天在这里集合。我、阿雅和英子看着这个更像是村子的铁热克提，犯愁晚上在哪儿留宿，整个小镇或者说整个村子就分布在一个狭小的区域里，没有路灯，没有招牌，只有紧挨着的或者彼此分散的分布在山谷里的木屋，下车的人一会儿工夫就全都散去了，客车司机把车停在这个不大的晒麦场，也离开了。

地上到处是污浊的泥水，我们背起背包，朝着像是镇中心的地方走去。说是镇中心，其实就是房子比较集中的地方，在我们快要走出村头的时候，一道栅栏上的门打开了，走出来一个背着背篓的年轻人，我们马上迎过去，问年轻人哪里有住宿的地方。

"住宿？你们在找住的地方吗？"年轻人把背篓放在一边，问道。

阿雅抢上前去，说："是的，我们在找住的地方，可这一路没有看到像宾馆的地方。"

"现在没有宾馆，都关了。"年轻人说。

看到我们很失望，他接着说："不过，你们可以住我家里。"

看着一路见不到人，冰天雪地，我们答应到他家看看。年轻人见状，重新背上背篓，带着我们往前走，一面走，一面回头笑嘻嘻地看我们。我们走过一片木栅栏围起来的空地，来到一栋上下结构的木屋前，年轻人说："到了。"

木屋两侧和栅栏相连，房屋正中是一扇和木墙浑然一体的木门。年轻人打开门扣，我们跟随他进入。木门后面，是一条横穿木屋的通道，我们穿过通道，来到一个很大的院子前，院子里有草垛，有卸下马匹的马车，还有饮水槽，正前方不远处，是首尾相接围成一个"匸"字形的三栋房屋，院子是用圆石铺成的空地，我回过头看，才看清楚刚才我们穿过的是牲畜的生活区，从面朝院子的一侧能清楚地看出这是一栋二层房屋，一楼是牲口圈，通道两侧各有一架木质楼梯通向二楼，上面堆满了草料和马车的配件。

年轻人把我们引到三栋房屋中靠左的一栋，他和里面的一位老人交谈着什么，不一会儿，门内的帘子掀开，露出一张慈祥的带着微笑的脸，点头示意我们进去，我们走进屋里。房屋中间是一架炉子，烟通过银白色的烟囱导向屋外，房间里比外面暖和得多。这时候，从里屋走出来一位穿着红色民族服饰的年轻女子，笑着和我们打招呼。年轻女子把我们引进里屋，里屋正对着门是一组沙发，沙发前是铺着灰白格子花纹桌布的茶几，此时的茶几上摆满形态各异的果盘，果盘里除了水果，还有奶酪棒、油饼、点心，茶几中央抽屉盒子模样的木质容器里盛放着煮好的羊肉。木质墙用红蓝色彩的花布包围，沙发正上方的房梁下，挂着一张夏天景致的结婚照，新郎白衬衫黑色马褂，手里捧着花，新娘一身白色的婚纱，身后长长的裙尾用手托着，笑容让人羡慕。我认出了新娘和新郎就是迎接我们进屋的少女和带我们进家的年轻人。此时，一身蓝色绸缎外衣的老人走进里屋，手里捧着铜制茶壶，笑着走到我们面前，说这是热奶，喝一点身体能暖和些，茶几上的食物可以随便动手。我们哪好意思动手，见状，老人倒是先动起来，她拿起木质抽屉盒子边上的小型刀具，切下羊肉递到我们手上，我们欣然接受，老人说："刚才进来的是媳妇，儿子刚结婚，过节大家一起热闹热闹。"

我喝了杯热奶，吃了点心和羊肉，女生似乎对花花绿绿的物件有种天生的亲和感，英子和阿雅对这个精心布置的屋子充满了兴趣，新娘拿出婚纱照和主人家的相册，三个女生围成半圆翻看着手里的照片，我一个大男生夹在中间似乎不太合适，就起身走到院子里。院子里，年轻人在往草楼上叉草，我走过去打招呼说一起弄，他看了看我，点点头，他做了几次示范后，把木叉子递给了我，自己爬上楼梯，把楼梯口的草料往里面推了推，我叉好一叉子草料，甩向草楼。"你们从哪里来？"接过草料的时候，年轻人问我。

我告诉他我们的名字和出发地。年轻人点着头说："哦，有一些听过，我叫叶尔肯。"

"什么……肯？"语速太快，我没听太清楚。

"哈哈，叶尔肯，叶，叶，尔，尔，肯。叶尔肯。"叶尔肯一字一句地教我说，"我们哈萨克族说话是不是特别快？"叶尔肯问我。

"有点。"我说。

我看着已经堆满草料的二楼，一楼的圈里却没有牲口，便问道："叶尔肯兄弟，这么多草料，我没见到有牲口要喂啊？"

叶尔肯笑了笑说："等马鹿回来了，就吃得快了。"

"马鹿？"我不知道那是一种什么样的生物。

"对，马鹿，山上找不到吃的，它们就该回家了。"叶尔肯说。

"咦？"我有些不解，"它们不会丢吗？"

"哈哈哈，不会的，它们知道路。"叶尔肯继续整理着草料，把挂在楼梯上的草料拾起甩进草楼的里侧，接着说："等它们回来了，就要关在家里，吃草，割鹿茸，等春天到了，山上有吃的了，就放它们出去。"

"一年回家一次？"

"一年回家一次。"

"不会丢？"

"嗯，回不来的时候也是有的，不过有时候，也会有小崽子跟着回来。"

"啧啧。"我惊叹不已。

我和叶尔肯又转移了几垛草料。他说第二天就要和妻子回塔城，妻子在塔城教书，而他也在塔城找到了工作，假期结束就过去，家里只有母亲一人，趁着在家，他帮忙把冬天的草料准备好。一说起他的漂亮媳妇，叶尔肯激动得说不出话来，他掏出手机让我看他们一起拍的照片，他指着一张在游乐场门口拍的照片对我说："我喜欢游乐场。"

可能是过节的缘故，晚饭吃得很丰盛，我们和叶尔肯兄弟一家吃了甜食、油饼和羊肉，喝着奶茶。无论是他们还是我们，这个节都过得很别致。

吃完饭，新娘子带我们看了他们的婚房。婚房的布局和客厅的布局类似，也是红蓝格子图案的墙，从房屋正中的灯罩上向房间的四个角牵出四根彩带，比客厅略小的沙发上方同样是一张结婚照，不同的是：这张照片，他们的身后是草原和雪山，他们的服装是民族服装。

沙发前的茶几上，正中是一个茶水盘，茶水盘里一个细腰的铜壶，几只倒扣的玻璃杯，茶水盘的周围，是放满点心、糖果、奶疙瘩和油饼的盘子。房间的一侧是一张床，床用红色的床帘罩着，红色的被单、红色的被褥、红色的壁毯，让人忍不住想躺上去。

晚上家里来了客人，叶尔肯兄弟一家开始招待客人。他们把客人迎进客厅，安顿好后，新娘子和老人在外屋的炉子旁忙碌起来，他们要给来的客人准备馄饨。阿雅和英子会包馄饨，就加入了这场家庭聚会，客厅里的叶尔肯和里面的客人用本地语言聊着趣事，发出阵阵笑声。女孩儿们忙着准备馄饨，而我帮不上什么忙，想走到外面看看，便独自出了门。

今晚不是满月，但月光足够明亮，加之地面上积雪的反射，能看清脚下的路。我沿着来时的路往回走，在一个"Z"字形拐弯处，我离开公路，跃过一条水沟，走上被雪覆盖的草地。这里没有人涉足，洁白的雪还是刚落下来的模样，可脚下并不平整，深一脚浅一脚的，在快要到坡顶的位置有一间不大的木屋，我朝着木屋走去。

木屋的四面墙体，除了一扇木门和一扇窗户，没有任何的出入口。木门紧闭，上面挂着一把不大的锁，窗户从外面打不开，我掏出手机，打开照明，想仔细看看木屋的构造。木屋的墙是用整棵树干不加修饰地堆砌起来的，只有约二十厘米高的地基是用石头砌成。原木之间的缝隙被苔藓和泥土塞满，紧实得用力都抠不掉。我围着木屋转了一圈，没看出什么所以然来，于是继续往前走。走到坡顶，延绵向远方的是另一个更为平缓的被白雪覆盖的坡，坡脚稀疏地散落着几间木屋。远处，群山明暗交替着与天相接。

我转过身，看向躺在山谷里的铁热克提，月光和白雪冲淡了夜的黑，整个小镇沉浸在深蓝色的柔和光线中，零星亮着的几盏灯，像天上的星星闪烁着。在这旷野里，不论是抬头仰望还是低头俯瞰，看到的似乎都是同一片天空，只是，这看似一样的天空里，一片夜越来越深，一片情越来越浓。

喀纳斯生死劫之白哈巴

我们离开时，新婚的小两口还没起床，老人为我们准备了热奶和奶酪。我们简单吃过早饭来到昨日分手的简易车站等廖川。大巴依然停在晾麦场模样的水泥地面上，车窗上爬满了薄薄的冰，车轮上潮湿的泥土和地面上的冰浑然一体，用脚踢上去，硬得像石头。

太阳还未升起，气温正是一天中最低的时候。英子联系了廖川，廖川说十分钟就到，我们几乎穿上了所有的衣物，但在这冰天雪地里还是感觉力不从心，为了避免脚趾头冻僵，我们三个不停地在晾麦场蹦来蹦去。阿雅把顶部有个毛绒球的毛线帽拉下来罩住整个头部，只露出眼睛和鼻孔。英子戴着黑色皮手套，习惯性地把双手放到嘴边哈气，这不具实质性效果的动作似乎能从心理上赶走寒意。等廖川从远处的山坡上跑下来时，我们的眉毛上已经结了一层薄薄的冰。

"你这十分钟有点长啊！"英子看着跑到跟前的廖川，没好气地说。

廖川羞着脸说："不好意思，出门花了些时间，和昨天认识的小伙子特别投缘，聊到很晚才睡觉，还有，你们看。"说着，廖川把干瘪的旅行包放在脚边，松了松脖子上的围脖，拉开灰白条纹羽绒服的拉链，露出深蓝色西服，紫色花边领带笔直地挺立在白色的棉布衬衣前，一根带金色链条的金色领带夹将领带紧紧地固定在衬衣上。看到这一幕，我们三人惊得半天合不拢嘴。英子像是确认什么似地晃一晃脑袋，重新盯着廖川看个不停，嘴里嘟囔着说道："干吗在这种时候这身打扮？你不知道今天是要徒步的吗？"

"知道啊，"廖川倒显得理直气壮，"就是因为知道才要穿在身上嘛。本来带上正装是为了应付需要着正装的场合，可直到现在也没合适的场合，今天突发奇想，想穿着正装来一次徒步旅行来着，可惜打领带生疏了，才耽搁了这么长时间。"

"你不会运动裤里也是一条西裤吧？"我疑惑地问。

"那不至于，不至于，穿西裤还怎么徒步嘛。"廖川觉得我的问题有些可笑。

我们沿着眼前的公路走出了铁热克提街区，在房屋消失的地方是一座公路桥，桥下是穿城而过的小河，除了河中间黝黑细长的水面，河面和河岸都被白雪覆盖。过了桥，路两边的木屋被茂密的白桦林取代，斑驳的枝头看不到一片树叶，前一天被拖拉机也好、轿车也好、客车也好、马车也好、牲畜也好、人也好，踩得稀碎的雪，像一顶顶白色的帽子扣在道路两侧，还未来得及汇入河里的被泥土和动物粪便染成墨绿色的雪水，经过一晚上的封冻，变成冰块扎扎实实地贴在柏油路上，经过这样的路段，让人有种溜旱冰的错觉。

穿过白桦林，路两边变得开阔起来。公路靠山的一侧是缓坡，缓坡上斑驳地露出一些灌木，一些较高的草秆从白雪中探出头来，稀稀疏疏地立着，像一个秃顶中年男人头顶上倔强的发丝。公路靠河谷的一侧是宽广无垠的平地，平地足够大，此时被白茫茫的雪覆盖，分不清是田地还是草地。平地的尽头是蜿蜒而过的小河，河两岸被茂密的白桦林包围，白桦林的后面是铁热克提小镇。公路在山坡边缘缓缓铺开，当我们走到谷地中间部位时，太阳已经悄然爬上了山顶。此时的阳光透过白桦林的空隙，洒到我们面前的山冈上。清晨的阳光虽算不上猛烈，但凡是被阳光照射到的地方，都升起一层薄薄的水汽，河岸边、山坡上、谷地里，升起的是水汽无疑，只不过看着被白白的云雾笼罩的铁热克提，我并不能很好地判断，这云雾来自太阳蒸腾的水汽还是清晨的炊烟。

太阳跃过白桦林树顶，阳光毫无遮挡地射向眼前的大地，明亮得让人睁不开眼睛。柏油路上热气腾腾，近处的水雾和远处的水雾聚在一起，一起升向天空，变成柔软的云。由于不停地行走，还有太阳的照射，早上还不可一世的寒气早就无影无踪，现在反倒热得让人有些透不过气。我第一个脱掉了穿在外面的红色风衣，将其拴在腰间。阿雅摘掉了毛线帽，戴上了墨镜。英子取下围巾，重新装进旅行包，取而代之的是一块儿魔术头巾，她把魔术头巾绑在手腕上，时不时地用它擦着额头上的汗珠。廖川涨红的脸显示他此时也热得发慌，但还是坚持把羽绒服穿在身上。

一个不大的弯把我们送进了狭窄的河谷，开阔谷地和铁热克提小镇被两边不大的山体代替，白雪覆盖的山体、冷杉林和落叶松开始出现。我们沿着公路行走，过了两个山坳后，远远地看见一座建筑。随着距离拉近，建筑规模越来越大，跨过一座小得多的公路桥后，这座建筑的全貌就完完全全展现在我们的眼前。它不同于铁热克提小镇中的任何一座，坐落在公路旁一个不大的山坳里，最大的连体建筑有三角形屋顶。旁边有一座副楼模样的建筑，高耸入云的三角形屋顶就像教堂的塔楼，整个建筑群是一个欧式建筑模样，全木质结构，除了窗户，墙体的颜色就是原木本身的木色，屋顶则是蓝天的蓝色，房檐边缘和三角形窗户的边框通体被染成白色。这里是喀纳斯景区铁热克提门票站，进入冬季，门票站已经没有售票服务，所有房门紧闭并上了锁，楼前的停车坪上看不到一个轮印，想必这里已经"人去楼空"，景区已无人值守，如此一来，我们像走进了无人之境。参观完人去楼空的门票站，我们继续前进。

进入山区，公路上的积雪多起来，除了被太阳照射到的冰开始融化外，其他躲在阴暗处的积雪仍然无动于衷，各自默默地趴在树丛里、草地上，一条不大的小溪一直跟随着我们，经过稍微陡峭的河床，覆盖在冰面和白雪下的溪水传来"咕咕"的水声。我走下路基，来到一处较为开阔的河岸，弯下腰看藏在冰面下的溪水。这里的溪水清澈得无以复加，河底的石头也是一尘不染，甚至连青苔都没留下，若不是若隐若现的水纹，我还以为石头和我之间只隔着看不见摸不着的空气。我把手放进溪水中，溪水冰凉刺骨，悬空在河水上方的冰面晶莹剔透，我轻轻地掰下一块儿放在手心，让透明冰片在手心里融化成透明的冰水。

没有阳光的直接照射，公路在山谷中左绕右绕，一个弯把我们送入阳光的怀抱，另一个弯又把我们送进阴影里。外露的皮肤就这么冷热交替着，藏在衣服里的身体自始至终热腾腾，总的来说，身体没有感觉到热，也未感觉到冷，似乎一切都恰到好处。我们你一句我一句聊着一路见闻，分享旅行趣事。我们今天的目标是40公里外的白哈巴村，靠的是我们的双脚，所以有车也罢，没车也罢，全然不在我们的考虑之内。早上出发时已经备足了水和零食，所以这一路走得异常轻松，心情也异常愉快，四个人这一路上值得一提的小插曲，出现在遇到的第一个盘山路路口，说是盘山路，但不是像大家喜闻乐见的左一个弯右一个弯、折来折去好几个弯的那种盘山路，而是仅仅只有一个180°大拐弯的山路。虽说一路美景迷人，气温也不温不火，但几个小时的行走让人不免感到疲惫，看见一望无际的公路也不免生厌起来，因此，当看到眼前的公路伸向远处的山坳，又在不远处的山坡上出现时，我们一致决定不再绕这么大一个圈，而是选择爬上眼前的山坡，直接爬到公路上。

我们走下略微陡峭的路基，用脚小心地摸索着被白雪覆盖的地面。地面崎岖不平，走过一小段像是草地的路面后，脚下的地面变得凹凸不平，此时能感觉到地下布满石头。我看着眼前的山坡和公路延伸的方向，经验判断，我们所经过的应该是一条小溪的河床，公路在上游不远处跨过小溪爬上前面的山坡。积雪盖住了眼前的一切，河床和山坡的情况不明朗，脚下的石头并不牢靠，不能径直踩上去，我们小心翼翼地摸索着前进。英子个子不高却背了一个足够大的登山包，前进途中，登山包在身后的雪地上拖曳出一条平整的痕迹来。廖川虽然身体消瘦，但一来背包里东西不多，二来个子高挑，走起来较为轻快，他走在最前面。除了衣服，我的东西几乎一股脑儿地塞在阿雅的背包里。阿雅背着我的小背包，身轻如燕，走得较为顺利，我走在队伍的最后。

我们跨过小溪，寻找较为缓和的坡面，计划从较为缓和的坡面爬到公路上。虽然这么想来着，可实际情况却比我们想的要困难得多。因为有雪覆盖，我们无从判断脚下是什么路况，在攀爬过程中才意识到，所谓的缓坡根本不存在，反倒是坡面上布满了修路时推到河谷里的大量松散的石头，稍不留神就会滑动，给攀爬带来困难的同时，可能还有崩塌的危险。廖川小心地在前面爬着，阿雅紧跟在廖川的身后，英子爬得最慢，她的背包也是重得可以，这种时候更是显得力不从心，几次向上前进半步后，又被身后的背包硬生生拽回去，在石缝里艰难地爬着。到几个较为陡峭的地方，我让英子只管找准位置向上爬，我用手托着她的背包以减轻她的负担，如此过了此处后，英子彻底地没了力气，爬不动了，此时的廖川已经到了公路上，我让他下来帮忙。廖川放下背包，让后面到达的阿雅在路上等待。廖川像一匹脱缰的野马，三下五除二滑到英子前面，取走英子的背包，英子一身轻完成剩余的坡道，我依然在最后。

　　爬到路面上时，英子累得瘫倒在地，喘着粗气，头顶冒着热气，胸脯上下起伏着。从出发到现在，我们还未吃过东西，这一次攀爬，大家的体力多少有点透支，遂决定吃点东西再走。

　　从叶尔肯兄弟家出来，我们都带了点路上吃的食物，馕子、油饼、手把羊肉、苹果、橘子都有。除了油饼和几个橘子，廖川还带了牛肉干和奶疙瘩。我们在这一眼望不到边的雪原里吃着简单的午餐。重新出发时，临近正午，太阳正是火辣辣的时候，我终于还是脱掉了灰色抓绒衫，穿上轻薄的黄绿色皮肤风衣，此时，廖川也解下领带，脱下西服，小心翼翼地放进旅行包。

　　英子此时打趣道："终于还是脱了，我还以为你舍不得呢。"

　　廖川笑了笑，没说话。

　　一路上我们很少再说话，没有飞禽，没有走兽，除了风吹过森林发出的沙沙声，再无其他声响，眼睛也好、耳朵也好、精神也好，渐渐习惯了初冬时节北疆森林里特有的安静，以至于一声汽车的鸣笛把我们四个吓得不轻。这是我们这一路遇见的第一辆车，也是一天里唯一的一辆车，这是一辆通体黄色的电力工程车，轻型皮卡。我们惊魂未定，似乎忘记了此行的目的，反倒是电力工程车在不远处停了下来，从副驾上跳下来一位身穿棕黑色棉服的中年男人。

　　"哎，我说你们，"中年男人往脚边的雪地里啐了一口唾沫，问道："这是要去哪里？"

　　这时我们如梦初醒，赶紧迎了上去，阿雅喜出望外，急忙说："我们要去白哈巴。"

"去白哈巴干什么？看你们像旅游的？"中年男人有些不解，上下打量着我们。

"是的，我们是旅游的。"英子凑上前去，"本来我们是想坐客车直接到喀纳斯的，可是客车停了，我们就到了铁热克提，今天从铁热克提走出来的。"

"行啊，你们。"中年男人惊讶地说道。

"大哥到哪里？能不能带我们一段？"阿雅笑嘻嘻地哀求道。

"我们也到白哈巴，可你们人多啊，我们的车带不了这么多，你们干吗这时候到喀纳斯，进去了也没车出来啊！"中年男人还是一脸的惊讶。

"能上几个呢？"阿雅问。

"人嘛，死活只能带一个，你们没想过没车了就从铁热克提回去，回哈巴河？"中年男人还是没能从自己的疑惑中走出来。

"我们就是在哈巴河知道去喀纳斯的客车停运了的，白哈巴也到不了，所以我们才决定坐客车到铁热克提，然后走进去的。"英子耐心地说。

"啧啧，你们。"中年男子的脸像被皮鞭抽打一样扭曲了一下，"这怎么办，我们车上工具太多了，车厢塞得满满的，路上又滑，你们这个时候大包小包的，走到白哈巴不知道几点呢。你们要是放心，就把东西放我们车上，再上一个人，我们先把东西带到白哈巴，你们到了找同伴取一下，不然你们天黑也到不了。"

这么难得的机会，我们当然不会因为不能集体满足而放弃，决定让英子先走，行李都由她带上，到白哈巴和我们联系。我把一部分吃的都转移到我的小背包里，剩下的三个大背包一股脑儿地扔上了黄色电力工程车。黄色电力工程车开出不远又缓缓地停在了路边，一会儿，中年男人从车里下来，走到我们面前，身后的英子也下了车，站在车旁。中年男子在我们面前站定，说："你们的同伴有点不放心，她希望能再上一个，这么的，我跟她说了，再上一个死活都不行，要么呢，换一个放心的人上来，她走路，如果不愿意，实在要上一个，就只能坐一个，抱一个，但这样两个人都会相当不好受，而她呢，不愿意走路，你们看怎么办？"

我们三个面面相觑，不知道怎么办才好。我已经下定决心走路，我和廖川希望阿雅和英子先到白哈巴，不管车上有多难受也比走路强。这么地，我们决定英子和阿雅先走。可就在上车的时候，阿雅让廖川上了车，她选择和我一起徒步。

黄色电力工程车走后，我问阿雅为什么最后没上车。

"我觉得走路更有意思。"阿雅说。

"当然是坐车有意思啊！"我说。

空旷的森林里只有我和阿雅，不停地行走，我们额头上都沁出细细的汗珠，可温度极低的风吹到脸上，又让人忍不住打寒战。除了提供给行走所需的能量，身体也在无时无刻不在抵御着外面的寒气，简单的午饭并不能满足这般能量的消耗，我和阿雅一路前进，除了脚下碎冰破碎的咔嚓声，整个山中没有任何声响。正午刚过，倾斜的太阳悬在远处的天边，由于我们基本上朝着东北方向走，此时的太阳就一直晒着我们的侧脸和后脑勺，在其他地方不至于感受深刻，可在这冰天雪地里，阳面和阴面还是区别明显的，就我个人而言，能清楚地感觉到背部烫得火辣辣而面部冻得凉飕飕。

走出了山坳，出现一段笔直的公路，经过长时间的太阳照射，这段公路上的积雪已经全部融化，露出干燥黝黑的柏油路面。我和阿雅决定在这里小憩片刻。我找了一块儿干燥的地面，把背包枕在头下，平躺在路上，让长时间得不到太阳照射的正面恢复一下体温。阿雅盘腿坐在一旁吃着零食，按照她的说法：不能两个都睡了，在这深山老林里，万一睡过了就会凶险得很，再说得有一个人放哨才好，万一有车经过，还能及时发现。我顾不上那么多，早上起得早，长时间负重前进，身体早已疲惫不堪。躺在地上没多会儿，我就在温暖的阳光中睡过去了。等我被阿雅叫醒时，时间已过下午四点。我睁开眼睛时，阿雅正俯视着我，一双贼溜溜的眼睛在我的脸上扫射，像是一架给某个零件做检测的机器。

"喂喂，我脸上有花吗？"我揉了揉眼睛，翻身坐起。经过长时间的烘烤，身体舒展开了，脸上的皮肤松弛了很多，感觉没那么紧绷了。

"你脸上没有花，做梦了？"阿雅突然问。

"没有，干吗这么问？"我说。

"听见你说梦话来着。"阿雅笑嘻嘻地说。

"这种时候？"我对做梦全然没有印象，只是隐隐约约感觉到睡着时有某种东西在身上爬来爬去，弄得脸庞痒酥酥的。

"我本来在远处坐着来着，可突然听见有人说话的声音，发现是你在嘀咕着什么，我就凑近听了一会儿。"

"我说什么了？"

"听不太清楚，所以，你做什么梦来着？是做梦了吧？"

"全然不记得了。"我揉了揉眼睛，想记起阿雅说的做梦这一件事，可怎么努力也记不起哪怕一丝丝梦的痕迹。

"你这个人，你不是才醒吗？怎么做不做梦都不记得了？"阿雅失去了兴致。

"我真不记得有做梦这回事了，我说了些什么？"

"一会儿严肃一会儿笑的，说什么全然听不清。老实说，是不是梦见女孩子了？"阿雅手里不知何时多了一根木棍，歪着脑袋看着我，阿雅没有扎紧的头发从肩上滑落，在脸的一侧展开，像一道门帘，一双眼睛直勾勾看着我，像要把我的魂魄勾走。

"没，没有吧。何至于在这种时候……"

"哎！算啦算啦！不说算啦！"说完，阿雅背着手背，大跨步朝前走去。

我抓起脚边的背包跟了上去："喂喂，我真不记得做过什么梦了，为什么现在才叫醒我，时间有些晚了。"

"还不是不想扰人美梦，本来想着你做完美梦能分享呢，这可好，人家选择性遗忘。"

"我真不记得做过什么梦了，就算做了也该不是什么美梦，我全然不记得。"

"你这个人，好了，把失去的时间都赶回来吧。"说着，阿雅加快了脚步，我紧随其后。

时间渐晚，山里刮起了风，我们走到一段盘山路时，太阳已经西斜，橘黄的阳光透过密林照在身上，已经没有了火辣的感觉，像一个软绵绵的拳头打在身上。我们沿着公路拐了两个弯，走到写有"白哈巴国家森林公园"的石碑前时，太阳已经快要没入山中，从眼前的河谷看向西边硕大连绵的群山，眼前的小溪在远处巨大的山体下，汇入阿克哈巴河，在两条河的交汇处有一个心形的沙洲，沙洲上长满了白桦树，远远地看去，像一小撮枯黄的野草。在我们离开石碑不久，太阳就扎扎实实没入山中了，黑暗像突然苏醒一样从四面八方袭来，风开始变得汹涌起来。

离开写有"白哈巴国家森林公园"的石碑，穿过一小片泰加林，公路在一大片坡地上笔直地展开，公路的东面是茂密的森林，西面是树木稀少的缓坡，此时被白雪覆盖，缓坡一直延伸到远处的阿克哈巴河河谷，河谷的另一边是陡然升起的巨大山脉，山的那一面便是哈萨克斯坦了。一路向前，偶尔会有几条从缓坡深处蜿蜒而来的水泥路和公路交会，缓坡地带开始出现零零散散的木屋，白哈巴就要到了。

黑夜像墨汁一样填充在这片大地上，黑暗稳定后，天空中闪烁起点点星光，除了我和阿雅轻柔的脚步声和轻轻的喘息声，四周没有任何声响。英子发来信息，他们已经落实了住所，我们只需要到那里即可。在天黑尽前，我们看到了稀疏的木屋和水泥路，这让我和阿雅觉得白哈巴就在不远处，可当天黑尽，地面上看不到半点灯光时，这让我们又怀疑进入了白哈巴地界的可能性。要说白天还有一路的美景慰藉，让身体暂时将疲惫抛向一边，可天黑以后，四周看不到像样的景致，疲惫就像突然睡醒一样裹满全身，拖得人步履蹒跚。

虽然天已黑透，但眼睛渐渐适应了周围的灰暗环境，有星光和雪地的反射，不用手电也能看清地面，我像猎狗搜寻猎物一样，搜寻着旷野里的灯光，潮湿的鞋帮因为气温降低的缘故变得僵硬，长时间的徒步让脚趾头磨得有些疼痛。我想在黑暗中快速地找到一点点人类痕迹，好让疲惫的心有所慰藉。就在这样的搜寻中，在森林的一侧，远远的密林缝隙里，我看到一个发光的圆盘，长时间的行走已经让脑袋失去了基本的判断能力。那个圆盘出奇的明亮，它泻下的光甚至在眼前形成一条明亮的瀑布一样的光影，光影在细小的冰晶上跳动，像水晶。"阿雅，你看森林里的那个是什么？是不是路灯？"

阿雅看向我说的地方，说："那是广告牌反射的光。"

我全然没有怀疑这种可能性，除了广告牌反射的光还能是什么呢。我们继续行走，那个明亮的圆盘越发明亮，还升高不少，它始终在我们的东面，不远不近，我开始怀疑那并不是广告牌反射的什么光，因为走了那么远既没看到广告牌，也没看到什么光，但那究竟为何物是怎么也想不出来。等我们终究走到白哈巴村路口时，圆盘爬过了树梢，高高地挂在天上。原来是月亮。

我们按照英子的指示，借着月光，走上了通往白哈巴村的水泥路，水泥路在一个军营门口戛然而止，取而代之的是用足球大小的石头铺就的石子路，绕过灯火通红的军营，走过一段横穿田地的土路，眼前零星地出现几栋亮着灯的木屋，循着英子的指引，我们终于在土路的尽头找到了留宿的地方。

留宿的地方是一家民俗山庄，说是山庄，其实就是自家房间清理出的几间客房，一部分区域是主人的起居室，一部分区域提供给客人。山庄门口高大的木门上悬挂着某某山庄的牌子，像古代的客栈。若是平时，看到"某某山庄"的名号，我自是不敢靠近，可今日实在没有别的办法。不过，经营这家山庄的图瓦人满达大哥倒是爽快，说："经营山庄算是副业，旅游旺季的时候给客人提供方便，我嘛，主要还是经营包车，客人愿意住就住我这里。现在旺季过去了，景区封闭了，无事可做。时不时地也有像你们这样进来看雪的，他们和你们不一样，他们包车，你们走路，哈哈哈。"不管满达大哥说的是真是假，总之，他一人只收三十块，这已经让我们刮目相看啦。

"我们这里人最多的时候就是秋天，到处都是人。都是内地人，新疆人不来的"。我们坐在火炉旁烘冻僵的手，满达大哥摆弄着手里的某种零件说道。

有火炉的房间是主人和客人共用的活动空间，火炉在中间，火炉两边是几条木制的长凳，靠墙是绛红色的木桌，供喝茶用，以这个公共空间为界，房屋的一侧是主人的起居室，另一侧就是客房，客房与客房之间以走廊相连。分布到每个房间的暖气管道是从火炉开始的，暖气片和供暖管道都是用不锈钢管做成。火炉烧制食物和烧水的同时，余热不停地供应到供暖系统中，整个房间甚至显得有些闷热。

"为什么?"阿雅问。

"为什么? 哈哈哈，"满达大哥放下手中的零件，"北京人会跑去看天安门吗?"

"不会吧。"阿雅不好意思地说。

"一样的道理。"

"您倒是想得通透。"我说。

"是这么个道理，从小到大，我没看到哪个新疆人吵着要去牧场、要去喀纳斯的，没有。但你们不一样，你们很喜欢这些东西，花多少钱都愿意。"

我看着院子里的黑色路虎和白色普拉多，认为情况属实。

我们吃过简单的晚饭，把早已湿透的鞋袜放在暖气片上烘烤。我出去洗漱时，正好看到女主人从起居室里出来，她怀里抱着一只不大的羊羔，手里握着一只奶瓶。小羊羔通体白色，只在脖颈和背部随意地长着几撮棕色的杂毛。看到我出来时，女主人微微一笑，我回来时，女主人坐在火炉旁烘手，放在脚边的奶瓶里已经没有奶水了。此时的小羊羔稳稳地卧在地毯上，眯着眼睛。

"它生病了吗？"我看着眯着眼睛打盹的小羊羔，问女主人。

女主人笑了笑，搓着手说："没有，它太小了，天冷，晚上就睡屋里。"

"还要喂奶？"

"对，还得喂奶，晚上会饿的嘛。"

"你们都很爱你们的动物。"

"嗯。"女主人害羞地点点头。

随着柴油发电机的一声叹息，隆隆声停止了，灯熄灭了，整个世界突然安静了，黑暗像水面上散开的油花重新聚拢一样填满了眼前的空间。透过窗帘的缝隙，能看到远处深邃的泰加林，树梢上残留的雪，在月光的照射下反射着冷冷的光，深空里若隐若现的星光，像一双双注视着人世间这一切的眼睛，迎着我的目光，似乎要从我的双眼里看出个什么所以然来。我闭上酸涩的眼睛，睡意立刻狂风暴雨般朝身上砸来。

喀纳斯生死劫之木屋

　　雪地里的长途跋涉让我昨夜睡得相当深沉，以至于阿雅叫我时，我才第一次睁开眼睛。早上起来，肿胀的脚趾像粉嫩的猪鼻子，脚掌失去弹性，按上去硬邦邦的并伴随酸痛。白哈巴到喀纳斯有三十公里，距离不如铁热克提到白哈巴，但也绝对不好对付。

　　我们起床时，满达大哥已经坐在火炉旁，嘴里叼着烟，手里拿着雨靴在火炉上烘烤，他要趁着雨雪不是很大时，用拖拉机多拉一些木柴回家，以备过冬。入冬前砍好的木柴就堆在我们来时看到的森林里。满达大哥打趣道："要是顺路，我还能捎你们一程。"

　　我们吃过早饭，告别满达大哥一家，开始上路。走出山庄高大的木门，走过一小段石子路后上了水泥路。水泥路两侧零散地分布着一些木屋，这里的木屋和铁热克提的没什么两样：木头做的围墙，木头做的屋顶，木头做的篱笆，木头做的房门，只是在有的院子里，会多出一个木头做的圆圆的建筑，看上去像"蒙古包"。"蒙古包"的墙是用木头一根根垒起来的近似六边形的结构，上面是用帆布和木板围成的近圆形屋顶。这是什么用途的建筑我不清楚，平生第一次见。在屋后旷野的边缘地带，摞着一些高高的草垛，草垛堆放在木头和木板搭建而成的简易平台上，像棕黄色的巨大蘑菇。

　　除了木屋和草垛，村子四周都是自然生长的泰加林。白桦树已经褪去了黄色的树叶，只剩下灰褐色的树干裸露在天地间，枝条茂密的西伯利亚落叶松，靠着杂乱无章的树杈兜住一些雪花，看上去黑白分明。冷杉和云杉密实的树叶上堆满了白雪，枝条被压得很低，一些融化后还没来得及滴落的雪水，经过一晚上的封冻，变成冰凌挂在树干上。

　　由于人畜的踩踏，水泥路上的积雪要少得多，有些地方已经露出干燥的路面，向阳的冷杉树下，露出黑褐色潮湿的土壤，上面零散地洒落着细小的枝条和成熟的松果，夜里好像有小型动物来过，雪地上留有新鲜的脚印，还有融雪滴落时砸出的小坑，溅起的黑褐色泥点铺满了整个区域，像一块碎花布。沿着水泥路上了一个"Z"形缓坡，穿过冷杉林，一大块儿平整的原野出现在眼前，此时，太阳刚刚爬上远处高大山体的顶端，不遗余力地将万丈光芒洒向眼前的大地。一尘不染的天空和大地让人心情通透，阳光照耀下，远处山体的褶皱和雪线都看得十分清楚。雪线以上没有任何高大的植被，此时每一座山顶已经被白雪完全覆盖，像是戴着一顶雪白色的帽子，雪线以下是幽深的冷杉林。因没有积雪覆盖，本身也不具备反射阳光的能力，冷杉林看上去像是某个黑暗将要降临的黑暗地带。除此以外，眼前的旷野已经洒满阳光，雪地反射着阳光，随着人的走动和方位变动，像针尖儿一样的阳光就会射进眼睛，让人只能眯着眼睛。旷野里的水泥路完全淹没在雪地里，上面除了几条车轮印再无其他，我们像走进了一片钻石的海洋。远远的山坡上是蜿蜒而上的公路，眼前的水泥路想必是和公路相通的。对于我们几个南方人来说（作为北方人的廖川也未必见过），如此大规模且层次分明的雪景还是第一次见到，我们离开水泥路，朝着山上公路的方向，在这旷野里撒欢起来。这片巨大的晶莹剔透的雪地，没有任何人和动物留下的痕迹，我们的脚印是实实在在的第一脚。在没过小腿的雪地里行走并非易事，但玩雪的兴致早就盖过了赶路的紧迫性，自由行的意义不就在于此吗？我们四人在雪地里打滚、打雪仗，玩得不亦乐乎。夜里的寒气还未散尽，我们就已经玩得满头大汗，保暖内衣都被汗水湿透了。

　　我们恋恋不舍地离开眼前的场所，爬上一个缓坡，走到了柏油路上。地图显示，只要沿着眼前的路走下去，三十公里后就能到达喀纳斯。虽然昨夜没下雪，但这里的积雪要比铁热克提厚得多，路面上稀稀疏疏的几条轮印，显示这里自下雪以来就鲜有车经过。路面和路基在雪的覆盖下融为一体，只有路两侧的缓坡和冷杉林大概的指示着路的宽度和走向，我们一前一后走在车轮印里，森林里没有一点声响，我们不说话时，除了脚下踩雪的吱吱声，就是短促的呼吸声。

他们像是有备而来，走上雪路后，不约而同地掏出墨镜，而我只能眯起眼睛盯着雪地。天空蓝得可怕，空气洁净得一尘不染，雪地里没有任何污秽物，就这样，像用擦拭纸擦过无数遍的太阳将针尖一样尖锐的阳光洒向大地时，雪地也毫无保留地将针尖一样的阳光反射向天空，如此一来，盯着地面就如同盯着太阳。还没走多远，眼睛就酸痛得厉害，此时，我只能坐下来闭上眼睛休息——这般经历还是平生第一次。

一路上，我们无不被眼前的景色所震撼，无不被这奇妙的经历所折服。走路走得全身冒汗，用手触摸脸庞时却感觉是冰冷的，似乎此时触摸的是别人的脸。随着太阳升高，气温慢慢回升，冷杉树上厚重的积雪在阳光的烘烤下，时不时地像雪崩一样突然从树枝上滑落，落到树下的雪堆上，雪堆上洒落着一同坠落的枯枝。在一个"Z"字形下坡路口，夹在两个弯道里的一大块儿区域没了树木，只零散地露出几截树桩，树桩上顶着冰激凌状的球形雪帽。我们决定在这里休整片刻，吃点东西再走。

我们走下路基，推掉树桩上的积雪，把背包放其上，开始堆雪人。这一路都没有走下路基的机会，在这么一个场所走下路基才发现，山里的积雪深得可怕。跳下路基，可能是坡面倾斜的缘故，积雪一下就到了膝盖部位，稍一弯腰，用嘴就能衔起地上的雪。

相较之前见过的雪，这里的雪花是放大版的，我用手把雪轻轻地捧起，没有经过任何破坏和挤压的雪花整整齐齐、一层一层排列，能清楚地看到六边形雪花的形状和棱角，这时候，不得不让人惊叹大自然的鬼斧神工。

在森林中穿梭很久，在一个不大的山坳里，我们跨过一条小溪，爬上一个缓坡后，眼前的世界突然豁然开朗，森林快速地从公路两侧退去，眼前出现了一大片宽阔的台地，台地被一望无际的白雪覆盖，一直延伸到远处的山脚和森林相遇。我们正前方不远处有一间木屋，木屋修建在高出地面约三十厘米的石头垒成的地基上，这些天的阳光照射让黑褐色的地基已经完全从周围的雪地里露出来。木屋的墙壁和柱子没有经过任何的防腐处理和上色，露出原木本身的颜色。木屋像是旅游旺季时游客休息的场所，除了已经上锁的房间，木屋的外面有一个屋檐遮盖的平台，平台用木板铺设而成，木地板中间是一张方桌，四条长凳围在方桌周围，一个深绿色的带翻盖的垃圾桶矗立在柱子脚下。我们把背包放在方桌上，时值正午，我们已经走了三分之一的路程，剩下的路程，想必天黑前能赶到。昨日的长距离行走，脚掌显得有些力不从心，我们决定在这里烘烤一下浸湿的鞋子。休息间天南地北闲聊，最后话题不可避免地落到这次旅行身上。为什么在这种时候到这种地方来。

"我算是'半路出家'，"我说，"本来只打算从成都骑车到拉萨，做一次全身心放松的旅行，没想在翻越米拉山的前一天遇上了阿雅，这么地，在拉萨的几天都厮混在一起，最后随她搭车到了新疆。"

"阿雅和我说了不少你们的事，什么纳木错啦、转山啦、捡石头啦，你们的经历真的很了不起啊！"英子双手叉着腰。

"哈哈哈，了不起的经历从何谈起，"我笑着说，"事情要是像我们计划的那样发生，这一路就少了很多狼狈和不堪。"

"那样的话，也会少了很多惊喜和刺激吧。"英子说，"我看过很多旅行的书，他们认为旅行就是某种冒险，他们就是冒险的一分子。"

"你觉得我们这算冒险吗？"我问。

"我觉得不算。"英子说。

"我认为算，我们现在就是一种冒险、一种尝试、一种对未知的探险。我们不刻意寻求刺激，但这一过程又无时无刻不给我们刺激，这就是自由行的意义吧，是否同意？"

"我同意，不过我更喜欢人文领域的探险，比如我这次到新疆是专门来了解兵团文化的，在布尔津遇到了他（英子用下巴指了指坐在长凳上拿着手机傻笑的廖川），鬼使神差地就到了哈巴河，接着就遇到了你们，喏，就到这里了。"

"廖川，你别在一边乐啦，快说说你为什么这种时候到这种地方来，我们现在得出的结论是我们都好傻。"阿雅朝着还在看着手机傻笑的廖川说道。

廖川从手机屏幕上抬起头，意犹未尽地笑了一会儿，说："什么？你说什么？什么我们都好傻？"

"这种时候徒步到喀纳斯来，你不觉得脑袋有问题的人才做得出来吗？"阿雅用木棍敲打着脚下的积雪。

"没有，我就是要到这里来，我觉得这种时候到这种地方来才能让我冷静，好好地思考接下来的打算。"廖川说。

"什么打算？"我问。

"将来啊！"廖川放下手机，将一直挂在脖子上的耳机收进背包里，长叹了一口气，"我和你们不一样，你们要比我自由得多，想怎么安排自己的生活都可以，我不行。"

"和女朋友闹别扭了？"阿雅打趣道。

"小儿科！"廖川似乎在为接下来要说的话组织语言，话到嘴边又咽了回去，"我的人生从我出生就不属于我，我上面有三个姐姐，我是老四，我们老家比较看重男孩，全国重男轻女的地方不少，但到我们那种程度的我从未见过，我的家乡，每家每户必要一个男孩，没有决不罢休，定要生到男孩为止，在生到第四个时，家里有了我。你们有过同时被爸妈和三个亲姐姐疼爱的经历吗？"

"没有。"我们异口同声地回答。这样的经历可遇不可求吧。

"你们怎么可能有，羡慕吗？"廖川问。

"羡慕。"我们回答。

"可我的感受一点都不好，你们是不是想说身在福中不知福？"

"是。"我们回答。

"哈哈，果然，别人的都是最好的。"

"咦？"我们有所不解。

"诚然，多几个人疼爱，怎么都是好的，从我出生到大姐、二姐出嫁，家里没有让我干过任何事，什么打扫卫生啦，洗衣做饭啦，统统不让我干。我每天吃什么、做什么、看什么书、写什么作业、和谁交往，都被安排得明明白白，不容我做任何选择，甚至走哪条路上学、放学几点到家都要按照他们的安排来执行。小的时候觉得这就是爱，很幸福，可上了中学后觉得这是一种枷锁。谁这么说来着：'生命诚可贵，爱情价更高。若为自由故，二者皆可抛。'"

"鲁迅。"阿雅说。

"不是鲁迅吧，鲁迅说过这话吗？"英子问。

"说过，在哪个文章里读过。"阿雅很确定地说。

"不是他说的吧，是他引用的？"英子一脸不太确定的表情。

"引用的吗？我记得老师让我们背过，还默写来着。引用的何至于让我们又背诵又默写？"阿雅歪着脑袋。

"背诵还默写的鲁迅的诗？"我也思考了起来，"好像有句叫什么'横眉冷对千夫指，俯首甘为孺子牛'吧？你说的是这个吗？"

"对对对！就是这个。"阿雅激动地跳起来。

"它们是同一首诗吗？"英子问。

"不是吗？"阿雅看着我。

"是吗？"我也不确定，眼神在英子和阿雅脸上游动。

"嗳！嗳！嗳！我……你们……"廖川从思绪中回过神来，打算阻止这场没有意义的争辩，"谁说的不重要，谁说的不重要，听重点，听重点。"

阿雅和英子还在小声地讨论着这首诗的出处，廖川像一头深海里的鲸，探出水面呼吸新鲜空气后又沉入水中一般，打断我们的讨论后又沉浸到他的思绪中。

"我没有自由。"少顷，廖川开口说道，"我不反对他们对我的爱，我也希望他们爱我，但不是那样的爱。我本想着大姐、二姐出嫁后会好一点，但事情并没有什么改观，我就像一个玩偶，被他们安排着一切。后来上了大学，专业是他们选的，毕业的工作是他们找的，相亲的对象也是他们找的。就在他们着手安排我的人生大事之时，我跑出来了。从小到大，我就叛逆这么一回，我要跑得远远的，跑到他们不能轻易到达的地方。"说到这里，廖川露出满意的笑容。

"那你，不打算回去了？"阿雅用确定某物是否为活物的小心翼翼的口吻问道。

"小儿科。"廖川提了提墨绿色登山鞋的鞋舌，紧了紧鞋带，"肯定要回去的，但是我已经决定了，回去参加国考，考到札达去，我要去那里工作。"

"札达？你说的不会是西藏阿里的札达吧？"我惊讶地说。

"就是西藏阿里的札达。"廖川露出骄傲的神情，"一方面，那会是我喜欢的生活，另一方面，那里应该是除了出国以外离家最远的地方了吧，也是最不容易到达的地方。"

"你，真拿定主意了？"阿雅问。

"我在为此做准备，同时需要冷静的思考，这毕竟是一辈子的事，这不，就到这冰天雪地里来了。足够冷静吧，哈哈哈！"

"静不静不知道，冷是真的冷。"阿雅打了个寒战，走到方桌前背行李。

我抬头，看着从屋檐上垂下的像钢钉一样的冰凌，半米多长的冰凌垂在头顶，反射着阳光，同时反射着的，还有我们夸张的身影。

我们重新出发，穿过这片很大的台地后，我们拐进一个不大的河谷，河谷一侧是光秃的被雪覆盖的山坡，另一侧是茂密的泰加林。这里的森林和南北天山的大多数森林一样，阳面生长着稀疏灌木和草甸，阴面生长着茂密的森林，两者在山脊的位置有明显的界线，像被人工修剪过，只是偶尔会有几棵松树像迷路的山羊，跑到阳面孤独地生长着。根据这特有的自然规律，虽不能让人精确地辨识出正南正北方向，但大体的朝南朝北方向还是没问题的。沿着河谷走了二十余公里后，我们走出眼前狭窄的河谷，一条更为宏伟宽大的河谷出现了。在两山夹峙的河谷中，有一条蓝绿色的、在树林中若隐若现的河流，那便是发源于喀纳斯湖的喀纳斯河。

河谷的西侧，一片宽广的缓坡从山脚一直延伸到喀纳斯河，缓坡处在茂密的森林和喀纳斯河之间，缓坡正中有一条和公路相连的道路，道路两旁整齐地分布着一排排木屋，形成一个不大的村落。太阳即将沉入西边高大的山体，十几根烟囱向天空中排放着白色的烟，一辆拖拉机吐着浓浓的黑烟驶下公路，朝着村落的正中驶去，"嘟嘟嘟"的响声传遍整个山谷。

喀纳斯生死劫之月亮湾

宽大河谷里的村子叫图瓦村，村口立着硕大的门牌，我们进村时，天色不算晚，但有人的房屋却很少，对我们的突然到访，老乡无一不露出一副"何至于这个时候到这种地方来"的神情。我们沿着水泥路走到村子的中央，遇到了愿意收留我们的阿德勒大叔一家。阿德勒大叔打开木门把我们迎进家，摇着头说："大巴没有了，酒店没有了，景区也没什么人了，你们来得不是时候。"

阿德勒大叔家不是经营住宿的地方，阿德勒兄弟看到几个旅游模样的人在村里找不到住的地方，就跑到家里和阿德勒大叔商量，就这样，我们来到了阿德勒大叔家。阿德勒大叔一家四口，两个儿子平日里在景区上班，现在景区关闭，就回家帮忙准备过冬的物资。可能是在景区的缘故，这里没有饲养牲畜的痕迹，除了几间朝南的起居室，在院子的东面是两间堆放柴火的简易木板房，其中一间已经堆满了伐好的木柴，另一间刚清理干净，角落里松散地堆放着干草和马鞍之类的物件。起居室前的院子是没有经过任何人工修饰的草地，和远处的原野别无二致，只是因人类活动的缘故，积雪融化不少，能看见露出的墨绿色野草。木栅栏围成的院子中央，停着一台卸去车头的拖拉机，车厢上夺拉着几块白色的床单。

我们的意外到访没有打乱阿德勒大叔一家的日常安排（长期居住在景区见惯不怪也未可知），阿德勒大叔夫妇依然里里外外忙着自己的事，大儿子不知跑到哪里去了，一直到快吃饭时才回来，小儿子比较健谈，喜欢看我们拍的照片，他凑到阿雅面前看完以后，又凑到英子面前，廖川一路听着歌，现在正忙着给手机充电。我们计划第二天一整天都在喀纳斯景区游玩，所以打算在阿德勒大叔家住两个晚上，我们把主意和阿德勒大叔说过后，大叔说："不要紧，住多久都行。"

清晨，当第一缕阳光洒向西边的山冈时，我们已准备好行装。我们沿着水泥路走出村，上了柏油路，朝着喀纳斯河的方向走去。

处在巨大山体中的河谷得不到阳光的照射，气温偏低，我们不约而同地把衣领立起来，用围巾紧紧地裹住脖颈，一路吐着白气，慢吞吞走着。冬日的清晨，烟火气息还未苏醒，眼前的河谷除了隐隐约约传来的河水声再无其他。太阳越升越高，照在脸上显得温暖有力，手脚慢慢暖和起来。阳光照进远处的河谷里，没一会儿，河谷中就升起了一团云雾。我们顺着河谷两侧的山坡，朝着山顶的方向爬去。河谷中茂密的树林开始消失在云雾中，我们所在处位置，阳光还未完全到达，各种景致还沉浸在昨夜遗留的灰暗的时空中。

我们沿着柏油路走了约半个小时，过了喀纳斯边防派出所，来到一座桥前。此时的水声已经非常大，桥下是流向远方的喀纳斯河，河水不算平静，但清澈的河水让人想到了尼洋河，蓝绿色的河水在洁白的两岸交界处留下清晰的界线，黑褐色的石头点缀在河水与河岸之间，若不是河水在河床上撞击出的白色水花，会让人误以为这里的河水就是蓝绿色的液体。过了桥，出现沿着河岸修建的栈道，我们下了公路，走上栈道逆流而上。栈道修建在距离河边不远的河岸上，一些路段延伸到河里，弯弯曲曲的栈道穿梭在茂密的泰加林中，林中的白桦树，叶子已经脱落，留下黑褐色的树干。西伯利亚落叶松头顶一片白雪，静静地矗立着。除此以外，满眼都是浓密的冷杉和地面上错落有致的灌木丛，由于树木的遮挡，地面没有多少积雪，而是被厚厚的苔藓覆盖。越往上游走，河床中的碎石越多，河水的声响也越大，随着几棵歪歪扭扭倒在河中央的树木出现在河的尽头，一大片静静的青色湖面突然闪现在眼前，喀纳斯湖到了。

喀纳斯湖是一个堰塞湖，由于冰川融化退缩，冰碛碎石在冰舌末端堆积堵塞后形成。喀纳斯湖两岸带状分布的泰加林像两条墨绿色的腰带，把喀纳斯湖与两侧的高大山体隔开，平静的湖面与湖口奔腾的河水形成鲜明的对比，但无论是奔腾的河还是平静的湖，色调却是惊人的一致，像是高级的颜料。走到湖边的休息平台，我们得以看清湖水和湖底，远观的湖水呈现出诱人的蓝绿色，眼前的湖水确清澈见底，能清楚地看见结伴游来游去的鱼，湖底的鹅卵石上没有一丝沉积物，像是有人清洗过又放回去一样。近处的远处的泰加林，一些靠近水边的冷杉和白桦树斜斜地靠向湖面，或直接躺进湖里，那些在水里有些年月的树干已经变得乌黑发亮，横七竖八地穿插在河道里——一种原始的美扑面而来。

就在阳光快要洒进喀纳斯湖时，河谷中升起的浓雾也赶到了。几阵微风吹过，眼前的湖面能见度开始降低，浓雾沿着河道涌向湖面，来时的栈道慢慢淹没在雾中。不过十几分钟光景，湖面就完全被雾气掩盖。看不到湖，我们没有继续往喀纳斯湖的方向前进，而是调转方向，朝着月亮湾的方向走去。

我们走出河边的泰加林，重新回到柏油路上，雾气很大，让刚暖和起来的身体又一次凉下来。由于特殊的"U"形地貌，雾气流动的速度极快，就是站在路上静止不动，一团团的水雾也像有人抛过来砸在脸上一样，拍得脸痒痒。水分在脸上的绒毛、睫毛上集结，不一会儿工夫，脸上就挂满了带有松香气味的水珠。用嘴吸气，能实实在在感觉到空气的湿重感，而且潮湿阴冷的空气进入肺部，让人从里到外生出寒意。也罢，我只能紧闭嘴巴，用鼻孔吸气，靠着鼻毛的阻挡和鼻腔的加热，让这带有松香气味的空气能多少暖和一点。

在浓雾中，我们走到了喀纳斯景区旅游集散中心。硕大的停车场和旅游集散中心大楼看不到一辆车、一个人。我们没有过多停留，继续沿着柏油路前进。离开集散中心时，雾气开始减弱，淡淡的阳光透过雾气照向地面。正当我们穿过一片小树林时，一只黄褐色的马鹿从树林中窜出，站在马路中央，倾斜的阳光穿过树林形成丁达尔效应，黄褐色的马鹿站在光线中，正扭头看着我们。马鹿深邃的眼睛里映着我们的影子，鼻孔里呼着白气，像下凡的神兽，我举起挂在脖子上的单反相机，刚要拍照，马鹿后腿一蹬，纵身跃进一侧的树林里，我追上去时，它已消失在薄雾中。对于我，还是第一次见到马鹿，第一次对视时，我就知道这是一种乖巧的生物。

　　穿过小树林后，雾气就在眼前消失不见了，太阳悬挂在蔚蓝的天空中，远处的山谷里，雾气没有继续往上爬，而是悬在山腰静止不动，像白色的腰带挂在墨绿色的山腰上。眼前的柏油路在一片开阔地上展开，这片开阔地位于森林与喀纳斯河之间，除了河岸边带状分布的冷杉林（也有几片颇具规模的相互独立的树林）和零散分布在其中的三三两两的树木，已经被厚厚的积雪覆盖，积雪反射着阳光，让人睁不开眼睛。走进开阔地，没了雾气，没了树木的遮挡，身子马上暖和起来，我们的步子也变得欢快了，还有一条狗和一只猫加入了我们的旅途。猫和狗都是在喀纳斯旅游集散中心遇到的。狗是黑黄相间的成年狼狗，除了背部、脸庞、尾巴末端和两只耳朵是黑色外，其余部位都是土黄色，左耳廓上有个心形的缺口。猫是一只虎斑猫，黑灰相间条纹，个子瘦小，看上去让人怜惜。

　　一路上，狗不知疲倦地在我们眼前上蹿下跳，一会儿跑到前方不远处坐定，等着我们走到跟前，一会儿又跳下路基，跑到雪地里打滚狂奔。虎斑猫身材矮小，腿短，一路上几乎是小跑着前进，一直喵喵地叫着。

　　神仙湾是景区内的一个著名景点，这里河面开阔，水流温和，在河中央形成几个沙洲，沙洲上长满了冷杉、落叶松和白桦树。几棵冷杉倾斜着倒向青色的河面，未融化的积雪在河岸的边缘勾勒出沙洲的形状。河岸边，几匹棕色的马低头啃着野草。我们在神仙湾观景台坐定，打算在这里休息片刻。

　　我们吃着带在身上的简单零食，看着眼前银装素裹的风景，烘烤着暖烘烘的太阳，心情得到了最大程度的放松。一直紧跟不舍的虎斑猫迎来了难得的喘息机会，它坐在栈道的木板上，伸直后腿，用嘴巴捋着毛发，狼狗吐着血红的舌头在地上躺了一阵后，跳进了眼前的雪地里，它在雪地里蹑手蹑脚，鼻子一会儿紧贴着地面，一会儿又高高扬起，在空中嗅来嗅去，像是寻找某种气味，最后歪着脑袋站定，在确认无误后，高高跃起，头和前掌插进眼前的雪地里，之后又快速跑到前方，再次高高跃起，如此反反复复，原来它在雪地里逮到了老鼠，欢快地在雪地里打起滚来。我们本以为狼狗会把老鼠吃掉，或者带到虎斑猫面前。谁知狼狗的兴趣仅在于捕捉老鼠，它对吃老鼠毫无兴趣，也不给猫吃，咬死了丢在雪地里。在我们休息的时间里，狼狗逮住了几只老鼠，渴了就用嘴铲一口雪。玩得失去了兴致，就跑到栈道上逗猫，狼狗在虎斑猫面前手舞足蹈，跳来跳去，虎斑猫拱起瘦小的腰，从脖颈到尾部，整个后背的毛像针尖一样立起来，咧着嘴发出警告，狼狗自然不会被眼前的弱小生物吓到，开始用手去拍打虎斑猫的脑袋，几次恐吓不奏效后，猫放弃了抵抗，跳进栈道的缝隙里，躲到栈道下面去了。见失去了挑逗的对象，狼狗又跳进雪地里，朝喀纳斯湖的方向狂奔去了。

离开神仙湾，栈道逐渐与公路分离，公路向上爬向山腰，栈道则一直平缓地前进，穿进了前面的密林。就在我们快要走进密林的时候，朝喀纳斯湖方向跑去的狼狗像一台扬雪机，在旷野里卷着白色的雪团朝我们的方向飞奔而来，我们都被这滑稽的景象逗乐了。密林中少了阳光的照射和管理人员的清理，栈道上是二十来厘米的积雪、折断的树枝和落叶，在布满积雪的栈道上行走让人时刻绷紧神经，稍不留神就会脚底打滑，没走出去多远，我们头上都冒出了虚汗。狼狗跟在我们的身后，在栈道上摔了几次后，嗷嗷叫着跳进了密林中，我们凭着地上凌乱的脚印和远处松树上抖落的雪花，判断狼狗的去向。走出密林，栈道把我们引向一段陡坡，在陡坡的正中，栈道分向两个方向：一个方向沿着河岸延伸，另一个方向竖直向上，和头顶的公路相连。此时展现在我们眼前的就是著名的月亮湾。平静的河水像一块绿松石镶嵌在洁白的河床上，除了树木，所有裸露的大地都被积雪覆盖，微风吹过时，从松树林中传来"沙沙"的响声，像一群人在低声吹着口哨。

我们沿着栈道来到公路，公路往卧龙湾的方向是一段向上的缓坡，从喀纳斯到月亮湾，这一路的美景已让我们心满意足，我们决定在月亮湾折返。折返前，我们在月亮湾的休息亭小憩，这座不大的木质亭子修建在紧邻公路的密林边缘，半米多长的冰凌从房檐伸向地面，末端的水滴折射着阳光，散发出七彩的光。我踮起脚尖，掰下一段托在掌心，看似洁白无瑕的冰凌，里面冰封着很多生物，有枯枝败叶，有苔藓松针，也有蚂蚁蜘蛛，像一块琥珀，里面禁锢着一个小型的生态系统，想吃一口冰凌解渴的想法在看到这一切后作罢。

往回走是一段下坡，黑色的柏油路能更高效地吸收阳光，路面上的积雪已经融化，狼狗在我们歇息的间歇爬上了公路，抖掉一身的白雪后，随我们一起返程。走到神仙湾的观景台，太阳已经比经过时西斜了很多，沙洲上的树影跨过河道，落到了河对岸的沙滩上，吃草的马已经离开，远远的，在雪地里留下凌乱的脚印。狼狗在虎斑猫消失的位置扒拉着，突然，从栈道底下传来几声猫叫，狼狗兴奋地在马路上跳起了舞，没一会儿，猫出现了，原来它一直藏在栈道下。我们重新上路，跟来时一样，猫一面叫着，一面小跑跟在我们身后，狼狗时而跳进雪地抓老鼠，时而窜到后方调戏虎斑猫，似乎永远不知疲倦。跟随我们走到喀纳斯景区旅游集散中心后，狼狗一溜烟跑进了附近的树林里，再没有出现。虎斑猫跟我们走到喀纳斯新桥后就没有再往前，而是跳上不高的护栏继续叫着，叫声略显凄惨，声音一度盖过桥下的哗哗声。

从图瓦村出发走了近三十公里后，我们又回到了村口。我看着天空中的太阳，时值傍晚，两侧的山腰上已经没有了云团，天空明亮得一尘不染，清晨的浓雾让观看喀纳斯湖的计划落空，此时的天气十分友好，站在高处欣赏喀纳斯湖的景色应该相当震撼，我把这个想法告诉了同伴，他们表示今天已经走了足够多的路，想回去歇息，喀纳斯不想去看了。我把背包给了阿雅，告诉他们我将爬上村口正对着的那座山，如果顺利的话，看完日落就下山。阿雅一向对我有信心，这一路上鲁莽的行为不少，但都化险为夷，她没有过多担心。

他们走后，我轻装上阵，站在柏油路上抬头看了看地形，决定从靠近喀纳斯湖的一侧上山。这样一方面能在攀爬的过程中看湖景，另一方面，出于安全考虑，喀纳斯湖可作为一个朝东的参照物，在攀爬过程中遇到密林也不至于迷路。如此想着，我走进了密林。然而，我千算万算却未考虑到喀纳斯河谷的成因，这一失误给我带来了很大的麻烦。

喀纳斯生死劫之马鹿

　　我跳过水沟，走进稀疏的树林。眼前的树林算不上茂密，但视野并没有想象中的开阔，在马路上看到的高大山体和大体能够辨认的喀纳斯湖的方位，在走入林中后变得不可辨认。周围除了树木和积雪，再无其他。我原路折返，走出树林，回到马路上，重新规划路线。在密林中行走，要躲避倒在地上的树干和低矮的灌木，七弯八拐之后方位就乱了套，我决定贴着坡脚前进，在适当的位置爬上山坡，待视野开阔之后再做打算。

　　如此决定后，我在山脚找了一根结实的木棍，沿着坡脚向树林深处走去。我一面在雪地里前进，一面在山体上寻找着能够攀爬的位置。下午开始起风了，森林发出沉闷的吼声，我只顾低头看路，抬头看坡，当一座坟冢出现在眼前时，我被吓出一身冷汗。坟冢上插着已经被积雪击打得面目全非的坟飘，坟飘紧紧地贴在褐色的潮湿木棍上，墓碑上倾斜地放着一根约两米长的木棍，木棍上悬挂着画有穆斯林图案的铁片，木棍顶部是月牙形的铁片和一颗五角星。有风吹过时，铁片互相撞击，发出清脆的撞击声。坟冢后稍显平整的地面上，有一些凌乱的动物脚印，动物脚印从一侧的山坡上铺展开来，我推测那是一条动物上山的通道，决定从那里上山。

　　我绕过坟冢，走到通道旁。通道有两脚并排的宽度，上面的脚印并不密集，且没有新的雪覆盖，想必是雪停以后某种动物留下的，且仅限于一两头的规模。虽然积雪没过小腿，但山脚的通道走起来并不困难，为了避免侧滑，我先用木棍把通道上的雪清除，露出地面后再踩上去。我左手抓着草尖或小灌木，右手握着木棍清扫积雪，身子贴着山坡前进。随着高度的增加，攀爬开始变得艰难。首先是通道变窄，能容下两只脚的通道慢慢地变得只有一脚的宽度，此时，脚只能一前一后挪动。左手可供抓握的草木也逐渐减少，甚至消失，最致命的是脚底的通道变得倾斜了，似乎要和山坡合二为一、渐次消失。我紧盯着眼前的动物脚印，左手搜寻着可以抓握的东西，右手清理积雪，这样不知不觉来到一片光秃秃的雪坡，雪坡上除了雪什么也没有，没有树木，没有脚印。当我回望来时的路时，才发现自己爬上了几十米高的陡坡，高大冷杉的金字塔造型出现在十几米开外的位置，树的顶端似乎触手可及，实际却离得很远，山脚黝黑的坟冢像一个裸露的石头躺在树林中间，能隐约看到铁片晃动的样子，但听不到一点声响。一阵风掠过树梢，顺着山坡爬到眼前，吹得我一阵眩晕，这阵风像是带走了身上的所有力量，我顿时两腿发软，手臂失去了力气。

处在这样的位置让我进退两难，一失足必死无疑，我闭上眼睛，深吸了几口气，让自己镇定下来，并开始分析眼前的形势：原路返回？有几个险要的位置没有足够的把握安全通过，现在的位置不允许我转身，后退着下撤容易滑倒或踩空；继续前进？前方已经没了路，就连一直存在的动物脚印也消失不见了，亦有可能那只动物攀爬至此，发现无法通行又转身离去。我看着斜上方十米开外的裸露岩石和灌木丛，决定斜穿过眼前的雪坡，先到岩石那边去。我一面用左手搜寻着雪地里能够抓握的东西，一面将右手中的木棍使劲插进雪里作为支撑，身体贴着雪地，脚底和坡面保持垂直以免打滑，我像攀岩一样，在确定手的抓握方向和脚的落脚方位后才移动，在近十米的移动中，我忘记了自己的处境，完全沉浸在攀爬中，眼睛直勾勾盯着不远处的岩石，每迈出一步后又以此为中心重新规划新的前进路线。这样一步步地挪动，终于走出了这片死亡地带，我靠在岩石边一棵西伯利亚落叶松下，心脏狂跳不止，喉咙深处传来像从海底深处发出的沉闷的敲鼓的声音，虽然身处冰天雪地，我却汗流不止，双手不停地颤抖。我在落叶松下平静了许久才缓过神来。岩石后依然是光秃的陡坡，此时，喀纳斯湖毫无遮挡地出现在眼前，这个视角下的喀纳斯湖，就像一个放大版的月亮湾，群山中间裹着一块"S"形的蓝绿色的平静湖泊。太阳已经西斜，远处雪山顶部的云被染成了橙红色。马上就天黑了，这段上山路花费了太多的时间，我抬头看向身后的山顶，经过这番努力，似乎只到半山腰，前面的遭遇让我改变了上山策略。现在上山只有两个选择：一个是正上方几乎没有植被的雪坡，坡顶是一片树林；另一个是斜后方有稀疏灌木的林地，林地在远处和坡顶的树林相接。我回忆上山时看的地形，判断穿过坡顶的树林就是山顶，山顶必有一面是没有任何树木的阳面山坡，走出密林就能看到喀纳斯河谷，就能回到图瓦村。要到达山顶的密林，走雪坡要近得多，但对空无一物的雪坡我不敢再尝试，于是选择了需要绕一段距离的林地。林地有灌木抓握，还有几棵冷杉的阻挡，我像一只在屋檐上跳跃的猫，弓着腰，脚手并用在林地和冷杉之间跳跃，穿越起来并不算慢，距离山顶的密林越来越近时，雪地里重新出现了动物的脚印，有大有小，密集程度开始增多，我兴奋起来。

我顺着动物脚印走进密林，密林不算大，能远远地看见密林尽头洒进来的微光。刚开始我无从判断这些脚印是何种动物留下的，有时候甚至会胡思乱想，认为会不会是某种凶猛的野兽，当看到密林深处一块块一平方米的裸露的草地时，我判断这要么是鹿，要么是某种食草动物留下的脚印，它们用头掀开地上的雪，啃食草根和树叶，露出绛红色潮湿的土。当我跌跌撞撞走出密林时，夕阳已经收起最后的余晖，沉入远处的山冈。然而，展现在面前的景色让我大失所望，期待中平整的缓坡没有出现，也没有什么真正意义上的山脊，而是几个起伏的山谷，山谷的一面是光秃的坡，另一面是遗留在山谷间的几小撮冷杉林，在目所能及的遥远的山顶，是几乎看不清的观鱼台。我不敢重新走进密林，天色越来越暗，现在脑子里唯一想的，就是找到一处人工场所。在山脚时带着的木棍忘在了中途休息的岩石边，我重新找到一根结实的树枝，走进雪原，朝着观鱼台的方向走去。

起伏的山谷很平缓，但背阴面齐大腿根部的积雪让前进变得困难。我时刻让观鱼台保持在我的前方，不轻易改变路线。在雪地里急促地行走，整个身体着了火一样闷热，汗顺着额头流进眼睛，眼角火辣辣地疼。渴了，就抓几把雪放进嘴里咀嚼。我用上了骑行川藏时的"绝招"：将自己和观鱼台之间的距离在脑子里分割成若干段，并在地上找好参照物，每完成一段就吃一口雪，休息片刻，这样一来，眼前的困难就不是不可逾越的，而是可以一口一口吃掉的、可以化整为零的。

在经过一小撮冷杉林边缘时，突然蹦出两只马鹿，昏暗的天色看不清马鹿的模样，但是马鹿无疑，一只的头顶光滑，另一只的头顶长出分叉的鹿角，从体形判断，应该是一公一母。我从它们身旁经过时，它们离开了觅食的树林，奔跑着跳进雪原，像两只硕大的兔子。

马鹿消失后，我朝着该走的方向前进。一面走，一面吃着脚边的雪。天色越来越暗，观鱼台已经模糊不清，此时，在观鱼台和我之间，隐隐约约出现类似木屋的建筑，我心跳加速，看到了走出雪原的希望。我加快脚步，几乎是在雪地里匍匐前进，等我"跑"到那片木屋时，天已经黑尽。

木屋和木屋前面的平台被数根水泥柱托着离开地面，我沿着插进雪里的木质台阶走上平台，几间商店模样的木屋已经上了锁，屋檐下垂着冰凌，平台四周，长凳被积雪覆盖。我走到喀纳斯湖的一侧，眼前一片漆黑，如同深不见底的深渊。喀纳斯湖像油墨纸上一小片未干的墨痕，在那片黑暗中微微地反射着微光。我收起目光，走到一条长凳前，用手扫去积雪后坐了下来。走出密林后我尝试着联系阿雅，可只有一格的信号飘忽不定，若有若无，电话要么拨不通，要么拨通了没人应答，电子地图一直处在缓冲的界面，看不到具体的位置。我给阿雅发短信，告诉她我可能的位置，让她在村里找车上来接我。

天色暗下来后星星撒满了天空，月亮被挡在远处的山峰后迟迟未现，雪原反射着星光发出淡蓝色的光。停止行走后，体温迅速下降，湿透的保暖内衣紧紧地贴在身上，冰冷刺骨。我起身抖掉鞋上和裤腿上的雪，在平台上踱着步，想让身体暖和起来。我用嘴扯下已经破损的手套，双手插进衣兜抵御寒风，可并没有什么起色，寒风一丝不苟地剥离着它所能接触到的任何一丝热量，起身踱步想让身体暖和的方法并不奏效，反倒是增加了暴露在寒风中的身体部位使失温变快，我又坐回到长凳上。我蜷着身子，手里攥着手机，向空中左右扫射寻找信号。某一瞬间，手机出现一格信号，收到几条未读信息，我顾不上看信息，马上拨通阿雅的电话，可还是无人接听。尝试几次无果后，我点开未读信息，除了阿雅发的，还有廖川的，大意都是一致的：电话打不通，不知你人在哪里，收到速回。

电子地图打不开，我给阿雅和廖川发去一样的短信：

> 观鱼台景区的一个平台，有木屋，木屋前是一大片没有树木的雪原，观鱼台在后方远处的山顶，在村里找车接我，并告知司机电话。

编辑完短信，信号又奇迹般地消失了，尝试着发送了几次都以失败告终，我起身，将手机举过头顶，在平台上四处游走，寻找着可能随时出现、也可能随时消失的手机信号，就这样几分钟后，信息发送成功，又过了几分钟，收到阿雅发来的信息：

> 天黑以后联系不上你，我们觉得你有可能困在山里了，阿德勒大叔家的大儿子就戴上手套骑摩托车到山里找你去了，这是他的电话，你联系他。

看到阿雅发来的信息，我激动万分，立刻拨打阿雅发来的手机号码，可按完11个数字后，我惊讶地发现后面还有两个数字，我绝望地看着剩下的两个数字，想生气可怎么都生气不起来。我给阿雅发去短信，让她将正确的号码重新发给我。我看着13位数的手机号码，推断阿雅会在哪里出错，会在哪个位置安插进错误的数字。

夜里风开始变大，信号变得很不稳定，最后彻底消失了。给阿雅的短信一直没发出去，但得知阿德勒兄弟已经在接我的路上，让我多少有了些期盼。为了能清楚地看到上山接我的阿德勒兄弟，我离开平台，坐到通往雪原的木质台阶上。宽阔的雪原没有树木的阻挡，掠过雪地的寒风直接吹在身上。上山时没有戴围巾，我把冲锋衣的拉链拉到最高，立起衣领把嘴巴和脖颈围住，将已经浸湿的破损的手套垫在屁股下坐着，然后蜷着腿，把双手夹在腿弯里取暖，眼睛盯着前方。

月亮迟迟未露面，星光下幽暗的巨大山体遮住三分之一的天空，挂在半山腰并延伸进河谷的森林，像耷拉在桌子边缘的灰黑色抹布，淡蓝色的雪原从山脚一直延伸到眼前，其间点缀着数片不大的树林。远远的，几只身体庞大的生物从眼前走过，若是鹿，身体未免过于庞大，若是马，这种时候也不该出现在这里。拥有庞大身躯的生物一面低着头啃食着雪原里的野草，一面朝着密林走去，它们走后，整个山谷又见不到一个活物了。

我掏出手机，发给阿雅的信息还躺在未发送的文件夹里，距离发送时间已经过去半个多钟头了。此时，月亮终于翻过东边巨大的山体，皎洁的月光洒向大地，浅蓝色的雪原变得明亮起来，密林在雪地上留下倾斜的树影。风停了，松林的涛声戛然而止。整个世界变得安静下来，静得巴不得掉下一根针都能听到声响。久坐未动，身体变得僵硬，我伸直双腿，潮湿的保暖内衣几乎和身体合为一体，只要一移动，内衣就随着身体扭动起来。我起身走回平台，让已经冻僵的双脚恢复知觉，降温后，平台上留下的水渍已经重新结成冰，走上去有些湿滑。我扶着护栏，在平台上走了一圈又一圈，脚底没有变暖的迹象。手机依然没信号，我逐渐放弃了通过手机联系外界的想法，我现在寄希望于已经发出的短信，希望阿雅他们能联系到阿德勒兄弟，让他找到我。

在平台上暖和身子无济于事，我重新回到台阶坐好，看着远处幽深的河谷，寻找着随时可能出现的车灯。暴露在寒气中的身体不自觉地开始抖动，牙齿在口腔里打架，我知道这是身体抵御寒冷做出的应激反应，就像工厂停电后启动备用电源一样，身体开始不受大脑控制地抖动起来。我想把精力集中在身上，可此时的精力像一只充满氢气的气球，远远地飘走了。月亮在天空中移动，树影像圆规一样在雪地上画着轨迹，在遇见鹿的地方，那两只鹿又出现了。它们走过一个不大的山谷，在身后留下一串脚印，回到我们相遇的那片树林。头顶着鹿角的雄鹿把脸转向我，我们明明隔着很远，可我能清楚地看见那张鹿脸：两个鼻孔和嘴唇正中，三个顶点连成的黑色三角形区域精准地立在嘴唇上方，除了耳郭边缘的一圈黑色绒毛，整个面部被棕黄色的浓密毛发覆盖，各长出六个分叉的鹿角像两根干枯的树枝插在头上，长长的睫毛后面是一双黝黑的闪闪发光的大眼睛，在它清澈的眼眸里，倒映着一个身穿红色冲锋衣、深蓝色冲锋裤、坐在木质台阶上的男孩。我像被某种力量推进鹿的眼睛，整个人陷入稠得像糖浆一样的鹿的眼眸里。看着这里，我冷不丁打了个寒战，摇摇头，揉一揉干涩的眼睛，回过神来盯着眼前的雪原。雪原里还是开始的模样，除了树的影子，没有鹿，也没有别的生物，我看向遇见鹿的那片树林，那里寂静得可怕。心脏发出一颗石头掉进枯井一样空洞的声音。我一定是产生了幻觉，把眼前看到的树影和看到的马鹿合二为一了。不觉间，我的双腿插进了台阶下方的雪中。我收回双脚，用冻僵的手拍去鞋面上的积雪。潮湿的鞋带硬得像两根铁线，潮湿的裤腿似乎变成了两片钢板，紧贴在脚踝上。

在无休止的等待中，时间到了晚上九点。饥饿难耐，我走回平台，试着在鞋里弯曲脚趾，可感觉不到脚趾的存在。我掰下一根从屋檐上垂下的冰凌放进嘴里，咽下冰水后，吐出含在嘴里的枯树枝和可能存在的蜘蛛蚂蚁，眼睛直勾勾望着河谷的方向。少顷，我看到谷底的方向有一个光点在移动，我以为是萦绕在眼前的萤火虫，我用手在眼前挥赶，想赶走眼前的这个生物，可这个生物非但没有消失，还一会儿向左移动，一会儿向右移动。当这个生物将一束光扫进我的眼睛，并在这一瞬间改变移动方向后，我像突然从梦中惊醒一般。我使劲儿晃了晃脑袋，揉了揉眼睛，那个光点没有消失。我跑到台阶前，看着眼前移动的那个光点。那一粒光点在雪原里绕来绕去，在变换移动方向的瞬间射出一束光。车灯！那是车灯！那是一辆上山的车！这时候不会有别人，是上山找我的阿德勒兄弟无疑！我激动地在平台上叫了好多声，明知对方听不到也看不到，我还是拼了命向下挥着双手，脸颊上两股温暖的液体顺着紧绷的脸庞流进脖颈。

随着光点的推进，从山谷里隐隐约约传来摩托车发动机沉闷的声音。光点变成了光柱，能清楚地看到摩托车上阿德勒兄弟的身影。阿德勒兄弟一到，就把随身携带的手套和帽子递给我。我全身冻得僵硬，不能自主上车，阿德勒兄弟停稳摩托车，把我抱上车。虽然是下山，我们的速度却很慢，山路上堆满了冰和雪，摩托车在弯道里侧翻了两次，我紧紧地抱着阿德勒兄弟，阿德勒兄弟一路没说话，他紧紧地握着方向盘，眼睛直勾勾盯着前方，我把下巴支在阿德勒兄弟的背上，以此来减小下巴颤抖的幅度。到图瓦村时，阿德勒大叔把我牵回家，我的脸发麻，头皮发麻，舌头发麻，嘴不由自主地歪了。

阿德勒大叔把我拉到火炉旁，帮我脱去已经冻住的鞋子、袜子和外套，阿德勒大婶到厨房给我准备热奶，阿雅、廖川和阿德勒兄弟说着些什么，他们的话像是从一根长长的钢管里传来，在我的耳朵里回荡。我似乎困了，又似乎很清醒，我看着满屋子忙碌的人，像在看一部电视剧，和我相干，又似乎和我不相干。阿雅凑到我的眼前，看着我说着些什么，我看着她上下翕动的嘴唇，可声音像消失在了太空中，我开口说话，声音异常的大，好像声音不是从嘴巴里发出的，而是来自耳膜。我的声音像被坝挡住的洪水，在我和他们之间荡漾，无论如何都传不到他们的耳朵里。我的意识已经离我而去，眼睛像一台摄影机记录着眼前的一切：阿德勒大婶给我送来热奶和面糊糊，我喝了个精光，阿雅给我端来热水，我泡了脚，洗了脸。廖川和阿德勒兄弟把我扶上床，帮我脱去了抓绒衫和已经扯破的冲锋裤，我看着在身边忙碌的他们，眼皮像是挂了铅坠，渐渐地合上了。

杜热乡的驼铃

"嗳！你知道你昨天有多逗吗？"在去哈巴河的路上，阿雅突然问我。

经历了昨日的一切，我只想赶在变天前迅速离开喀纳斯。早上醒来，我拾起枕边的眼镜戴上。阿德勒大婶正在烧炉子，干燥的树叶在炉子里噼啪作响，炉口有青烟涌出，火苗紧紧抱着灶台上的热水壶猛烈地烧着。看到我醒来，阿德勒大婶微笑着把烟囱后面已经烤干的鞋和袜子放到床边，我急忙起身，背部的主经络像被人一把抓住往外拖拽，一股触电的感觉从腰窝迅速蔓延到脖颈，我用手抓住床沿，眼前似有金光一闪而过，两颗黄豆大小的泪珠甩到了镜片上。我开口说话时才意识到嗓子肿胀得厉害，像瓶塞一样的东西深深地插在喉咙深处，我用沙哑的声音连连感谢阿德勒大婶一家的救命之恩，阿德勒大婶一直在笑，摆着手说没什么。阿德勒大婶拿来热奶，让我趁热喝，她说估计是昨天吸冷风的缘故，我的喉咙发炎了，喝点热奶有好处。她不知道我在山上吃过冰凌，是冰凌把喉咙冻坏了。我喝完热奶，穿好衣服和鞋子，从床边站起，除了肩膀和大腿根部略微感到酸痛外，身体其他部位没有异样，这让我很欣慰。我走出门，三个同伴正站在马路中间晒太阳，远处的山腰上缠着白雾，天空蓝得透彻，阳光刺眼。阿雅看到门口的我，跑着跳着来到我身边，这戳一下那动一下，说："哦呦呦，你终于醒过来了，你知道昨天我们有多担心你吗？"我连连道歉。"道歉就不必了，可别再给我找这样那样的麻烦事儿。赶紧收拾你的东西，我们马上走，满达大哥就快到了。"

临走前，我决定把身上的钱都给阿德勒大叔，阿德勒大叔怎么都不愿意收，阿德勒兄弟说这是举手之劳，不是什么了不得的事。我们在房间里你推我搡，我给钱的意愿强烈，阿德勒大叔一家不收钱的意愿也极其强烈，我身体刚恢复，不是他们的"对手"，没几个来回，我就被他们"赶"出了房间。我不再坚持，他们也心满意足地处理自己事务去了。满达大哥赶到时，我让阿雅先上车，我到屋里取行李，并把钱压在了枕头下。

"我不怎么记得了，只记得屋里乱哄哄的。"我看着窗外被雪覆盖的一切，雪地里反射的光射到眼里一次，我就打一次寒战。我就要离开这片雪原了，以后也不会再见了吧。

"屋里最乱的就是你了。"廖川刚说完，车里就爆发出一阵狂笑声，坐在副驾上的英子放下手上的书，转过头来，说："你昨天可把我们吓坏了，我们以为你脑子在山上冻坏了，说一些稀奇古怪的话。"

英子的话是我始料未及的，我只记得我在说话，他们也在说话，至于他们说的和我说的，我全然不记得。"什么稀奇古怪的话？"我问道。

"从没听你说过的话。"阿雅说。

"嗯嗯，我也没听过。"廖川用期待的眼神看着我，嘴角的胡子微微翘起。

"你从来没听过的会是什么话？"我问阿雅。

阿雅在座位上挪了挪身子，重新调整好姿态后，偏着头看着我，说："我觉得你当时在讲方言，你是不是在讲方言？"

"方言？"我苦笑道，"我为何跟你们讲方言，讲你们也听不懂啊！"

"是啊，我们听不懂啊！"英子不再看书，把书放到中控台上，索性加入我们的对话，似乎要弄明白这一"奇异事件"。

"这样吧，要不然你给我们说一段方言，我们判断一下是不是昨天说的那样？"阿雅说。

"好主意！"英子打趣道。

"说什么？"我看着阿雅。

"随便，你想说什么都可以。"

"总得有个话题吧，干巴巴的，我也不知道怎么开口。"我说。

"那，那你问英子在看什么书，用方言问。"阿雅说。

我用方言问英子，刚说完，车厢里又爆发出一阵狂笑，阿雅手舞足蹈："怎么样，就是这个味儿！哈哈哈。"

我委屈地看着近乎癫狂的阿雅，满达大哥也咯咯笑起来。

"说吧，你都说什么了，我们琢磨了一晚上，也没琢磨出个所以然来。"阿雅说。

"说实话，我也不知道当时讲了些什么。你们说了些什么我听不见，只看到你们的嘴唇在动，我能感觉到我的嘴唇在动，但声音就像被大坝挡住的洪水，一直萦绕在脑袋周围，没有传达出去，我的嘴歪了来着。"我说。

"你的嘴是歪了，像这样。"廖川说着，做了个鬼脸，嘴巴恨不得咧到耳朵根。

"所以，你不知道你说的什么？"阿雅问。

"不知道，我也不知道你们说了什么。"我说。

"唉！可惜啊！"英子说。

"可惜什么？"我问。

"阿雅昨天可几乎没睡，一直陪着你，又是说这个，又是讲那个的，我听了都羡慕，植物人也不会无动于衷吧。阿雅可没少在你身上费工夫，要不然你能恢复得这么好。这倒好，白说一晚上，人家听不见。"英子手一摊，做昏睡过去状。

"是吗？"我小声地问阿雅。

"哎呀！没什么。"阿雅突然仰起头看向车顶，长长的睫毛后面，黝黑的眼珠上有透明的液体在打转。

我顿时如鲠在喉。我们都没再说话，车子在积雪上行驶，传来从纸箱上扯下胶带的黏糊糊的声音。天空无云，阳光在防紫外线玻璃的阻挡下变得温和起来。

"哇！快看！云瀑！"廖川的一声尖叫，打破了车厢里的宁静。

"你们要不要看，我可以靠边停车。"满达大哥说。

黑色路虎缓慢地驶向路边，在露出绛红色土壤的路边停下，我们裹紧着装，相继下车。我们的脚下是向阳的缓坡，缓坡一直延伸到远处的山谷，山谷的对面，一座绵延数十公里的山峰被白白的云雾笼罩，此时的云雾，像溢出瓶口的牛奶，顺着山坡一泻而下，俯冲入山谷，紧接着，从山谷深处飘出一丝丝轻盈的云雾。

我们在白哈巴进行了隆重的庆祝，一方面，五天紧张刺激的喀纳斯之旅后，我们都安全地回到了出发地，也是我们的相遇地。另一方面，廖川要回山东参加国考，决定到西藏札达工作，英子要去石河子进一步了解兵团文化，第二天，我们又将各奔东西。

我们在车站互相道别，英子和廖川上了乌鲁木齐的大巴，我和阿雅上了布尔津的客车。按照既定计划，我和阿雅决定从布尔津出发，到达北屯市后，从北屯市沿着216国道去乌鲁木齐，完成一次准噶尔盆地边缘小环线之旅。

我们在布尔津城郊的额尔齐斯河大桥上等待北屯市方向的车，布尔津处在一个重要的十字路口上，南北向217国道从城边穿过，两头连接着克拉玛依市和阿勒泰市，东西向省道则连接着哈巴河县和北屯市。由于处在十字路口，车辆很多，可细分到四个方向就显得不那么多了，快到正午时，一辆油罐车停了下来，这辆油罐车运油到喀拉玛盖乡，因为是油罐车，司机大哥不进城，上车前还特意询问我们是否介意。对于搭车的我们来说，去哪里并不是一成不变的，有的时候也需要随时调整目的地。我们上了油罐车，满载的车速度并不快，傍晚时，我们才到达位于乌伦古河畔的喀拉玛盖乡。

又要在渺无人烟的地段搭车。相对于大都市或是热闹的城市来说，不论从哪个方面看，喀拉玛盖乡都是一个渺无人烟的地方：土黄色的土坯房在公路两侧连成一片，低矮的围墙顶部露出防止雨水渗透的半透明油布，粗糙的墙面上留下干旱半干旱地区雨水淋溶的痕迹，土黄色的野草在土黄色的沙地上枯萎，大腿般粗细的杨树和柳树上，所剩无几的枯黄的叶片在枝头摇摇欲坠，和此时此刻满地都是白雪的喀纳斯不同，这里的土地像是干涸了千年。只剩下涓涓细流的乌伦古河露出成片的沙洲，河岸边枯黄的芦苇低着头插进脚边的泥土里，风扬起的黄灰悬浮在近地的天空，像一片刚刚经历战争的战场。按照常理，我们只要站在路边等候就可以，但实际却行不通，虽说这里和大都市比起来是个渺无人烟的地方，却是古尔班通古特沙漠边缘较为热闹的场所，它紧邻福海县，离乌伦古河注入吉力湖的入湖口不远，作为一个连接沙漠戈壁和现代文明社会的存在，喀拉玛盖乡已经强过西藏阿里地区的很多乡镇，甚至是县城。在西藏，我们尚且离开一眼就能看到头的乡镇到荒无人烟的路口等待，在这里，我们没有不这么做的理由。

我们离开喀拉玛盖乡"繁华的街道"，走到镇子的边缘。笔直的公路两侧，一边是稀疏的民房，另一边是毫无遮挡的乌伦古河，乌伦古河在毫无阻拦的宽大河床中左摇右摆，留下众多月牙形的废弃河道，一些河道残留有水，另一些河道则完全干涸了，在风的作用下，河道边缘垒起硕大的沙丘。民房一侧，笔直的杨树将田地分成块状，分布在房前屋后。已经收割完毕的田地里，细碎的土壤被风搬运着爬满屋顶，被风吹起的地膜缠绕在地头的杨树上，像一面旗帜。

当一辆黑色皮卡从身边呼啸而过时，我和阿雅正蹲在地上，用木棍翻弄着鹌鹑蛋大小的某种草食动物的粪便，讨论着这是哪种动物留下的。我猜测是鹿留下的，圆形的粪便，我所见过的有羊的、兔的、马的、鹿的，可这么大个头的，基本可以排除兔子和羊，至于马，马的粪便呈蛋状，也有大有小，表面暗绿色或黑褐色，光滑、质地松软，用木棍轻轻一敲或者稍稍一用力就能戳开，里面是粗糙的植物纤维。可眼前的蛋状粪便却硬得像石头，马的粪便何至于硬到如此程度，我猜测这不是马的粪便。至于鹿的，我开始并不这么认为，觉得这种地方何至于有什么鹿，可想起西藏看到的野毛驴，如此环境恶劣之场所也会有精灵出现吧，于是我大胆的猜测这里有鹿。阿雅怎么都不相信我的分析，她对此持怀疑态度，倒是比较愿意相信这是马留下的。她的理由是：这是马前些天留下的，这里那么干燥，肯定是被晒干了才变硬的。我在南方确实没见过干到如此程度的马的粪便，我觉得阿雅说的不无道理。

黑色皮卡在不远处停下，留下一串黄色的灰尘。一位穿黑色皮夹克的男子下车朝我们吼的时候，我们还蹲在一团乌黑坚硬的动物粪便旁争论不休。直到看见车子和一脸无辜的男子，我们才回过神来，起身朝着黑色皮卡跑去。

搭我们的是两个做石头生意的福建人，这次到新疆，行程就安排在准噶尔盆地里的沙漠戈壁，寻找一些稀奇古怪的宝石。开车的大哥四十岁出头，略胖，长时间的户外活动使他的脸庞已晒出小麦色模样，墨绿色吉普帽、咖啡色墨镜、深灰色多口袋吉普马甲里面穿着一件墨绿色长袖毛衣。黑色皮夹克男子身体显得较为单薄，黑色皮夹克和深灰色牛仔裤像随意架在身上，唯有架在高高鼻梁上的墨镜显得坚不可摧。为了便于区分，我暂且以胖子老哥和瘦子小哥称呼两位，并无不敬之意，可实在是记不起两位哥哥的名字，就此来称呼吧。

上车后不久，瘦子小哥转过头来对我们说道："我们捡石头的目的地相当不确定，住所也是相当不确定，可能随时停车不走，也可能一直走，要是有什么不方便，你们可以随时下车，不过，我们肯定先把你们带到安全的地方。"

"肯定不能耽误你们的正事儿。"阿雅笑眯眯地说道。

"哈哈哈，正事倒是不耽误，我们俩一天到晚就在这沙漠戈壁里游荡，也是孤独得很，很远就看到你们蹲在路边，我就和哥们儿讲，在这种地方背着包蹲在马路边的，多半是旅游的，要是顺路就给捎上。"

"嚯！倒是被你们猜中了。"阿雅说。

"呵呵，怎么样，想看看我们的石头？"瘦子小哥问。

"想看！想看！"阿雅露出期待的神情。

瘦子小哥见状，笑嘻嘻地弯下腰，从脚边拿起一个深蓝色行李包，打开拉锁，揪出几个自封袋，每个自封袋里都装着大小不一但颜色接近的半透明彩色石头。黄的、橙的、红的、蓝的、绿的，可谓相当丰富。我和阿雅接过瘦子小哥递过来的彩色石头，隔着自封袋抚摸起来，瘦子小哥见状乐出了声："不用这么小心，石头又摸不坏，你们可以拿出来看。"

听瘦子小哥这么一说，我们也差点被自己的行为蠢哭了。阿雅递给我黄色和红色的石头，其他的她都攥在手里，爱不释手。我打开红色的袋子，取出鹌鹑蛋大小的两粒，两粒石头表面都呈现出毛玻璃状，半透明的质地，拿在手上有玉的质感。我们看石头的时间里，瘦子小哥在一旁讲着这些石头的来历，这是什么石、什么时候在什么地方捡到的、能做什么用、值多少钱，等等。

"哇，我也好想体验一下捡石头的乐趣啊!"阿雅兴奋地说。

"你不是捡过了吗?"我说。

"呦! 你们也捡石头!"瘦子小哥感到意外。

见状，我把我们在和田的捡石经历简单说了一遍。

"哈哈哈，和田玉你们找不到的。"瘦子小哥说："且不说你们找的方法对不对，就你们找的那个位置，淘米知道不? 早就被人淘米一样淘过多少遍了，还能有什么玉，漏网之鱼都没有。"

"是啊!"阿雅叹息着说，"你们怎么就这么容易呢?"

"我们也不容易，但相对和田玉来说，还是要容易一点。"瘦子小哥说，"你想想看，是河的面积大还是戈壁滩的面积大。"

"戈壁滩啊!"阿雅瞪着眼睛说道。

"对，再多的东西，也经不起人流的轮番轰炸，但是戈壁滩的宝石不一样，地广人稀，一天见不到几个人，你到一个地方，方圆几里都是你的地盘，你要捡块宝石还不容易得多。"

"哦，好像是这么回事。"阿雅若有所思地说。

"我们到前面找个地方停下来，看看能不能找到。"胖子老哥说道。

不知何时，公路不再沿着乌伦古河河岸延伸，而是进了荒漠深处，公路两侧都是一望无际的豹纹般的戈壁，黄褐色的大漠间，稀稀疏疏长着簇状的植物，远处，几股小型龙卷风扭打在一起，将地上的尘土卷入空中，天空与地面之间，形成一层薄薄的土黄色空气层。各位看官有无这样的经历：当我们将一瓶浑浊的泥水静置一段时间后，下层泥和上层水会有一条明显的界线，当我们用棍子搅动上层的水时，泥的底层和水的上层依然保持着稳定的状态不受影响，在泥层和水层交界处会形成一个泥和水的混沌态。如果把我们所处的环境想象成那样的体系，此时的我们就处在泥水的混沌态中，遥远的天空还是蔚蓝，而近地的表面却浑浊不堪。

我们在一段笔直的公路边停下，胖子老哥和瘦子小哥倚着车门抽烟，我和阿雅走进路边的戈壁滩，想碰碰运气。我们脚下的戈壁和我想象的拥有色彩斑斓的彩色石头的不太一样，目所能及，整块戈壁都被脚下花生米大小的黑色石头覆盖，石头表面几乎看不到一点尘土。我用脚把黑色石头分开，想看看其下会不会埋藏着彩色石头，但表层的黑色石头下面却是一层黄沙，并没有什么彩色石头的影子。我在这样的黑色地带走了几十米，在一处被洪水冲垮的凹陷地带终于看到了彩色石头。周围全是黑色戈壁，唯独这里，露出一片黄色的沙地，沙地上布满彩色石头，我把阿雅叫了过来。

这里的石头和瘦子小哥给我们看的石头类似，只是个头要小得多，紫的、红的、蓝的、绿的，还有的从一种颜色过渡到另一种颜色，放在太阳底下观看，都呈现出半透明状。颜色如此丰富和透明的石块，要是在别处见到，我会毫不犹豫地认定是人工打磨过的彩色玻璃或人工树脂。我们捡了两大把石头，兴高采烈地跑到黑色皮卡前，让两位大哥做鉴定。胖子老哥说："这样的石头好看是好看，但距离宝石还有不小差距。"

瘦子小哥在一旁打趣道："这样的石头乌尔禾多得很，遍地都是。"他害怕这么说打击我们的自尊心，想了想，又补充道："你们捡的也不赖，不是宝石但是好看的石头，作为摆件也是很高大上的。"

我自是对手上的石头是不是宝石无动于衷，倒是对第一次在野外寻得这么漂亮的石头感到心满意足，阿雅似乎也是这样认为的。她捡了一些收进背包，说带回去送朋友。"这可是我在戈壁滩上亲手捡的。"阿雅骄傲地说。

太阳西沉，把远处薄薄的一层污浊的空气染成了橙红色。夕阳将黑色皮卡的黑色影子拖出去很远，扔进黄色的戈壁滩深处，黑色的影子跟着车在起伏的戈壁滩上滑动。夕阳照射下，我们每个人的脸都成了橘红色。

到了杜热乡，两位大哥还要继续向前，他们不确定接下来会在哪里停留，我们决定不再添麻烦，就在这计划外的场所停留。

杜热乡和前面经过的喀拉玛盖乡一样，公路的一侧是戈壁，另一侧是乌伦古河。戈壁滩的一边，蓝色或红色屋顶的房子整整齐齐地分布在正交的街道两边。除了不大的商店，像样的宾馆和餐厅一个也没有，不知不觉就走出了不大的街区，我们不得不折返，在为数不多的宾馆中重新选择。

街道上，在牧民的驱赶声中，走过来一群羊和骆驼。它们有着相似的体型，都是纤细的四肢上架着一个圆圆的肚子，若不是骆驼背上的两个驼峰，会让人误以为这是放大版的山羊。它们跳进路基下干涸的水沟，又从干涸的水沟里爬上路基，仓促行走中搅起的黄土把羊和骆驼完全罩住，只传来"叮铃叮铃"的驼铃声。

费了九牛二虎之力后，我们终于在紧挨着乌伦古河的一侧找到一家"中意"的汽车旅馆。放下行李后，一天没正经吃东西的我们冲进了一家餐馆。

在等餐的间隙，阿雅若有所思。

"想什么呢？"我问。

"你说，"阿雅右手支着下巴，看着左手中的筷子，"那路上的粪便会不会是骆驼留下的？"

我被这突兀的问题逗笑了，笑着说："怎么还想着呢？这是个过不去的坎？"

"那倒不是，刚才看见骆驼，突然这么想来着。"

"为什么那么硬？"

"是一只便秘的骆驼留下的吧。"阿雅凝视着左手中的筷子，像是在确认筷子的长度。

"为什么这么想？"我强忍着笑意。

"你想啊，它们在沙漠中行走，几乎喝不上水，这水喝不上，草料也是干巴巴的草料，这么的，不就容易便秘吗？"

"得，得。"我彻底绷不住地笑出声来。

天黑以后，风变得大起来，汽车旅馆的院子里传来物件被掀翻的声音，发出锅盖撞击地面的声音的物件像乒乓球一样跳跃了几次后，在某个地方偃旗息鼓，不一会儿听到有人给铁门上锁链的声音。阵风吹着口哨从门前跑过，像播种一样在门前洒下几颗沙粒，房顶铺设的隔水层发出噼里啪啦的声响，想必是固定四角的支撑物被风吹走，此刻正被风抛向天空。如此狂风大作一阵之后，风突然停了，像什么都没发生一样。

从河边的某处，隐隐约约传来几声驼铃声，它们是在调整睡姿，还是在河边补给水分，为明天的旅途做准备呢？

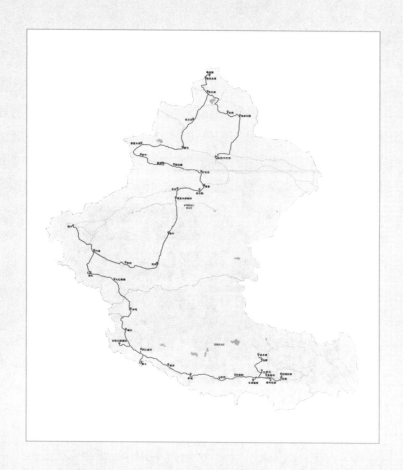

篇外篇

廊桥夜色

成都。

国际青旅的大通间像一个小型的国际社区，不大的房间里布置着三张高低床，进门靠右是首尾相接的两张，靠左依次是洗手间、储物柜和一张高低床。我就在左侧的上铺，下铺是一位从青岛骑车到成都的韩国年轻人。右侧摆着四张床，靠窗的上铺是杭州来的男生，下铺是韩国大叔，靠门的上铺是法国人，下铺是美国人。西方人喜欢夜生活，晚上我们回来时，他们不在；白天我们不在时，他们回来了。

和阿雅约好一起出门的早上，法国人还没回来，美国人在洗手间许久没有动静。韩国大叔头枕在右臂上，侧身躺着，目不转睛地盯着洗手间的门，上铺的男生手持四川地图，一面看地图，一面斜眼瞟着洗手间的门，我下铺的韩国年轻人半晌儿一个翻身，头包得很严实，不知是在睡觉还是强忍着什么。我嘛，自不用说，正强忍着尿意坐在床沿上。

我和阿雅去了成都东北郊的大熊猫繁育研究基地后，回到城里逛了宽窄巷子和锦里。我们吃过晚饭，看过电影，就沿着南河岸边的滨江东路散步。我们走过合江亭和横跨府河的安顺廊桥，走上紧邻河岸的人行道，在一盏散发着橘黄色灯光的路灯下站定。阿雅少见地扎起了辫子，露出小巧玲珑的耳朵，白色针织毛衣的圆领一直围到耳朵根部，在灯光的照射下，银色的绒毛翩翩起舞。下身是齐膝卡其色毛呢格子裙和平跟的白色球鞋。这是我第一次见阿雅穿裙子，也是第一次看到阿雅有裙子。一起旅行的近三个月里，我没见她穿过裙子，也没见她展示过，她是何时何地拥有这身裙子的呢？

平静的河水在景观灯的照射下泛着绿光，对岸灯火辉煌的各类建筑以水面为界，在河中倒映出一模一样的光景。左侧，横跨府河的九眼桥，腰间缠绕着从桥洞中射出的蓝绿色光晕，桥面上矗立着八根橘黄色的簇状路灯柱，让整座桥看上去像插了八根蜡烛的生日蛋糕。右侧，安顺廊桥在橘黄色和白色的景观灯照射下显得金碧辉煌，桥倒映在水中的造型让人不禁浮想联翩。我抬头望向天空，寻找着月亮。说到月亮，这一次旅行，似乎每一个月圆之夜过后都有不好的事发生：在多玛乡过完中秋，我们离开西藏进入新疆，接下来就是大红柳滩被困。10月30日，农历九月十六日，我们徒步进入喀纳斯，次日我就在观鱼台景区犯了糊涂。今晚的天空不仅没有月亮的影子，连星星的影子都没有。一旁的阿雅双手抱着护栏，看着河对岸的塔形建筑。

"嗳！"我看着橘黄色路灯倒映在府河中的圆盘一样的光影。

"嗯？"阿雅将视线转向我，一双清澈的黝黑发亮的眼睛像两汪泉水，长长的睫毛上有橘黄色的光点在跳动，她微笑着，用标志性的歪着脑袋的姿态看着我。

"在喀纳斯图瓦村，那天夜里，你都说了些什么？"

"想听？"

"想听。"